DER AUTOR

Herbert Otto, geboren 1925 in Breslau, war als Dramaturg und Verlagslektor tätig. Er veröffentlichte neben Erzählungen und Reportagen den Roman «Zeit der Störche», der wie auch das vorliegende Buch von der Defa verfilmt wurde. Herbert Otto lebt als freier Schriftsteller in Kleinmachnow bei Berlin.

HERBERT OTTO

Der Traum vom ELCH

ROMAN

ROWOHLT

Veröffentlicht im Rowohlt Taschenbuch Verlag GmbH,
Reinbek bei Hamburg, Februar 1990

Lizenzausgabe mit Genehmigung des
Marion von Schröder Verlages, Düsseldorf
Umschlaggestaltung Barbara Hanke
Satz Centennial und Futura schmalfett (Linotronic 500)
Gesamtherstellung Clausen & Bosse, Leck
Printed in Germany
980-ISBN 3 499 12437 8

für e.

1

Fast den ganzen November hatte sie gewartet.

Sie war auch diesmal ohne eine Nachricht von ihm, aber sie wußte, daß er kommt. Er kam immer im Mai und im November, nun schon im dritten Jahr. Kometenähnlich sein Verhalten: Auf einer langgedehnten Bahn durchstreift er die Teile des Himmels, am äußersten Punkte kehrt er um, seine Helligkeit nimmt wieder zu, er nähert sich schnell, und fast so pünktlich wie ein Himmelskörper trifft er ein. Er bleibt nur wenige Tage jedesmal. Und doch, erklärbar oder nicht, füllt er Annas Leben ganz aus. Alles mißt sie an ihm. Das Alleinsein, Erlebnis und Besorgnis, eine Verliebtheit zwischendurch, Überlegtes oder Leichtfertiges: sie teilt es ihm mit in Briefen, die er nie gesehen hat. Sie liegen geordnet bei der Wäsche im Schrank. Es ist wenig, was sie über ihn weiß. Auch wenn sie wollte, sie wüßte nicht, wie sie ihn erreichen könnte. Er scheint alles zu sehen und zu bewerten, aus der Ferne besonders. Geist über allen Wassern.

Sie nennt ihn Elch.

Auch diesmal tat sie, was sie immer tut, wenn sie ihn erwartet: vom Krankenhaus ohne Umweg oder Aufenthalt nach Hause, einen Dienst übernehmen, wann es ging, um viel freie Tage anzusammeln für ihn, eine Nachricht hinterlassen da oder dort. Und wieder die Länge und Langsamkeit und die wechselnde Gestalt eines langen Wartens. Die Linden waren fast kahl, Buchen, Flieder und Haselnuß nicht, es war für sie voll von Erlebnis, wenn sie eines der letzten großen Lindenblätter sich lösen und langsam fallen sah.

Es kann ja sein, schrieb sie an Elch, Du hast doch eine Frau. Sie hat ein Bein gebrochen oder das Schultereckgelenk, und Du mußt sie pflegen. Splitterbrüche sind die schwierigsten. Oder sie erwartet ein Kind, so daß Du eine Zeitlang verschollen bist. Oder Du bist abgekommen von Deiner Bahn und ganz verschollen. Ein Gedanke, den ich schnell vergessen will. Aufschreiben, heißt es, hilft beim Vergessen.

Warum sie ihn Elch nennt: weil er so schön anzusehen ist und seine Freiheit so sehr liebt und sich lange in den Weidegründen aufhält, wo wohl in feuchten Niederungen das Gras steht, das er braucht für sein kräftiges Geweih. Und weil er jemand ist, dem man nur selten und nie wieder begegnet hierzulande. Er ist scheu. Selbst ihre Freundin kennt ihn nicht. Und es gibt kein Foto. Geht ein Elch zum Fotografen? Na also.

Gegen Ende des Monats hatte ihr Warten, ohne daß sie es aufgab, an Kraft verloren, allmählich kehrte sie ins Alltägliche zurück, nahm endlich freie Tage, schlafen, schlafen, Frühstück im Bett, lesen, durch Geschäfte bummeln im Zentrum, Christel besuchen, die das Schuhgeschäft leitet, und auch wieder ausgehen mit Freundin Annette. Karten für Theater und Konzert besorgt Christel. Der Emmes, Annettes Junge, geht nun schon zur Schule. Sobald Schnee liegt, hat Anna ihm versprochen, wollen sie mit dem Schlitten auf den Töpferberg, und sie fahren vielleicht von ganz oben hinunter. Der Hang hat starkes Gefälle, und bald ist die Bahn vereist. Man kann auch aus halber Höhe abfahren; das ist harmlos und braucht gar keinen Mut.

An Elch schrieb sie: Es ist auch das Gefühl, daß Du mich brauchst, wenn Du kommst. Ich gehe wie ein Kind, das sich im Wald verlaufen hat. Nur daß ich nicht rufe. Weinen kommt vor. Die Station, das langsame Sterben und die Mühsal der Kranken, was ich ja doch teile, sind weit entfernt. Annette hilft mir. Sie nimmt alles leichter und wie im Vorübergehen. So sieht es jedenfalls aus. Auf diese Anzeige, von der ich schrieb, haben sich allerhand Freier gemeldet. Gut sortiert liegen sie da. Ein unreifes Unternehmen. Ich weiß. Wie sagst Du? Die Torheiten zeigen, wie erwachsen du bist. Aber wir wollen anfangen, die Herren vorzuladen und zu besichtigen. Auf den Gedanken waren sie schon im Spätsommer gekommen, abends bei Annette das Geplauder über das Seelchen und die andere Hälfte der Welt, Kerzenlicht und Rachmaninow. Oder war es Brahms, Konzert in D-Dur, schön drogenhaltig, die allerliebste Wegwerfmusik, die sie kennen. Also die junge Frau, die schön am Leben ist, aber allein lebt, so gut wie allein. Am Ende von zuviel Freiheit hast du keine mehr. Nur Wechselbäder von Verstrickung und Alleinsein, wieder hintergangen, wieder Anträge. Man hat dich ausgespäht als ungebunden. Freu dich und sei folgsam.

Seine schlechte Lage ändert nur, wer sie durchdacht hat und verstanden. Was, wenn man die gültigen Regeln umkehrte? Statt ausgewählt zu werden, wählt man selber.

Wenn das ginge.

Es geht. Eine Anzeige müßten wir aufgeben. Die Bewerber melden sich massenhaft, wir laden sie vor. Es war der Entschluß, ein Spiel zu versuchen, Mischung aus etwas Rache, Spaß und Zeitvertreib, gütige Rache, am Boden ein Satz Bitternis. Für Annette lag vielleicht mehr darin, winzige Hoffnung, die sie nie zugibt.

Schon mit dem Anzeigentext hatten sie viel Vergnügen gehabt. Die meisten Wendungen, aus gedruckten Anzeigen, schieden natürlich aus.

Bin fürs Alleinsein nicht geschaffen. Oder: Wo bist du, liebevoller, helläugiger Hüne? Zärtliches Femininum sucht passendes Maskulinum. Schönheit kein Hindernis.

Oder der: Bin ein Engel mit nur einem Flügel, muß meinen zweiten Engel finden, mit m.-l. WA, was wohl marxistisch-leninistische Weltanschauung hieß. Wie mochten sie aussehen, die Engel mit m.-l. WA?

Das Angebot, das sie aufgaben, war voller Gegensätze.

Pechvogel, weder e. Schönheit noch vermög., sportl.-eleg., temperamentv.-romant., ernst-humorv., 29/167, reisel., m. Int. f. Kunst, Natur u. Autosport, sucht stimmungsv. Partner, zielstreb., spars., aber n. geiz., m. viel Selbstvertr., geist. und körperl. anspruchsv., mögl. Akad., aber n. Beding.

Von den Bewerbern wollten allzu viele auf satte Häuslichkeit hinaus. In die engere Wahl kamen ein Hausmeister, ein Lehrer, ein Anlagenfahrer, ein Psychologe und jemand von der Reichsbahn. Die Auskünfte zur Person verschleierten mehr, als sie deutlich machten. Beiwerk, das schmücken sollte: bin übrigens tierlieb; schätze hoch die Toleranz; körperlich bin ich durchtrainiert und stark ausdauernd; Wassergrundstück mit Bungalow vorhanden.

Nur einer, Hartmut Hahn, gab unumwunden zu, in einem Pflegeheim Hausmeister zu sein, hätte früher leitend im Lichtspielwesen gewirkt, sei lebenslustig und besitze einen Dacia mit vielen Extras. Ihn luden sie vor, auch weil Annette, die gern graphologische Betrachtungen anstellte, sein Schriftbild gefiel. Als zweiten Kandidaten bestimmten sie den Eisenbahner, der wohl kein Fahrzeug besaß, denn in seinem Brief hatte er Wert und Annehmlichkeit jener Freifahrscheine beschrieben, über die er verfüge, wohin auch immer zwischen Warnemünde und Wladiwostok, Peking nicht ausgeschlossen.

Und so hatten sie am ersten Mittwoch im Dezember den Bestelltag, das Besichtigen der Freier, denen aufgetragen war, sich im Stadtkrug am Markt um achtzehn Uhr einzufinden, jeder versehen mit einem Kennzeichen. Sie selbst trafen sich früher. Sie bekamen den Ecktisch am Fenster und bestellten beide ein Glas Sekt. Jede hatte der anderen versichert, daß sie gut aussehe und ihr gefiele. Das stimmte auch; weibliche Mißgunst gab es zwischen ihnen kaum. Festlich waren sie nicht gekleidet, aber vorteilhaft.

Anna trug ihre Lieblingsbluse, die pflaumenblaue, dazu den grauen Hosenanzug, der ihre Schlankheit sehen ließ. Das Haar fiel weich und fein und schimmerte in zahllosen Tönen zwischen Rosenholz und Kastanie. Annette, wie sie es gern hatte, sah fraulich und streng zugleich aus: das Kleid, ein dunkles Grün, lag eng an, war aber hoch geschlossen, die züchtige Stiftsfrisur aufgehoben dadurch, daß an Stirn und Schläfen, wie unabsichtlich, feine Haarsträhnen hervorkamen.

Anna hatte den Sekt rasch ausgetrunken; sie wollten wach und beschwingt sein und bestellten ein zweites Glas. Hinweise auf das Aussehen jener Dame hatten sie nicht gegeben, saßen also sichtbar und doch wie im Hinterhalt.

Der Eisenbahner, wie sie vermutet hatten, kam zuerst. Ihm war ein schwarzer Stockschirm zugeordnet, den er senkrecht hinterm Rücken in einer Hand trug, so als müßte er ihn verbergen. Seit Tagen herrschte trockenes Hochdruckwetter.

Er nahm einen der freien Tische, nestelte am Schlips. Was macht er mit dem Schirm? Etwas Kurzweil hatten sie doch. Er hängte ihn zunächst an die Kante des Tisches, nahm ihn wieder ab, um ihn auf den Stuhlsitz neben sich zu legen, blickte zur Uhr und dann, wie ohne alle Absicht, von Tisch zu Tisch. Sinn für Gleichmaß und Ordnung schien der Mann zu besitzen: um gut so liegen zu können, war der Schirm nicht kurz genug, so daß er ihn an die Stuhllehne hängte.

«Scheußlicher Schlips, den er hat», sagte Annette.

«Und was er dauernd mit dem Kopf macht», sagte Anna. «Hühner machen das. Sieh mal. Und kann die Karte kaum lesen. Nimmt keine Brille aus Eitelkeit. Seine Chancen stehen nicht gut. Oder?»

Die beginnende Glatze wollten sie ihm nicht anlasten. Wenig Haare sind schließlich kein Makel, gelten eher als Hinweis auf sehr bestimmte Qualitäten. Und dann bekam er, was er bestellt hatte: eine Fruchtmilch. Ob nun geizig oder magenkrank – der Fall war entschieden.

«Trotz der Freifahrten», sagte Anna. «Wir sollten ihn sitzenlassen.»

«Warten wir den anderen erst ab», sagte Annette.

Und einmal, nur flüchtig, Annas Gedanke: Die Tür geht auf, und herein kommst du. Nirgends hab ich etwas hinterlassen, und siehe, du findest mich doch. Psychische Phänomene, sagt Annette dazu. Und sie hält davon viel. Ich bringe selbst das Einfachste nicht fertig: Ich wünsche mir einen Traum über dich und mit dir und träume dann prompt den gewöhnlichen Blödsinn.

Kurz vor sechs kam ein Mann Anfang Dreißig, rundes Gesicht, rötliche Locken. Die Jacke von feiner Qualität, schottischer Tweed, großkariert. Wie ein Hausmeister wirkte er nicht. Er setzte sich zu einem Ehepaar an den Tisch. Zum Zwecke des Erkennens sollte er mit einem Papierschiffchen spielen. Tatsächlich zog er bald ein Blatt aus der Tasche und begann zu knicken und zu falten. Das fertige Schiffchen zeigte er vor, sah die beiden am Ecktisch lachen und nickte, auf das Schiffchen deutend, hinüber. Anna nickte zurück. Er kam, nannte seinen Namen und wollte wissen, welche der beiden reizenden Damen es denn sei.

«Das sagen wir später», erwiderte Anna. «Nehmen Sie nur Platz.»

«Es ist wohl noch unentschieden?» fragte Herr Hahn und bestellte zwei Glas Sekt – oder drei, falls wir noch ein Stündchen hier sitzen. Sie verstehen, der Alkohol. Also drei.

«Ach, der Dacia mit den Extras», sagte Annette.

«Sie fanden das affig, ja? Obwohl er mir viel bedeutet. Sind es nicht immer die Extras, die einer Sache erst Bedeutung geben?»

«Nicht immer», sagte Anna sofort, «umgekehrt ist es ebenso richtig. Wenn etwas stimmt oder gut ist, kann es verdorben werden durch die Extras. Sogar entstellt.» Sie hatte den Arm aufgestützt, das Kinn in der Handfläche und an der Nasenspitze den

Mittelfinger oder den kleinen, so saß sie gern beim Zuhören und Nachdenken.

Sie würden die Begriffe heute nicht klären. Wie ein Hausmeister so gepflegte Hände haben kann? Jetzt im Winter, wenn mehr geheizt werden muß, fällt es schwerer. Er habe auch den Garten zu versorgen, Einkäufe zu erledigen. Ein Heim für Alte. Hatte ein Kinngrübchen und einen starken Adamsapfel. Der war beiden sofort aufgefallen. Natürlich.

Als er sich entschuldigte, um hinauszugehen, sahen sie den Mann von der Reichsbahn, halbhoch hielt er jetzt den Schirm wie ein Fähnchen. Aber Mitleid hatten sie nicht. Und Herr Hahn? Kleine Flamme, ab und an eine Ausfahrt. Ihm gestatten, sich manchmal zu schmücken mit zwei Weibern wie uns. Verspricht er sich mehr, ist es sein Pech.

Auch das gehört zu unserem Plan: vergnügt dem Eifer zusehen, mit dem ein Mann die Partie gewinnen will, die er nicht gewinnen kann, denn er spielt sie allein.

Eine Stunde saßen sie noch mit ihm. Den Eisenbahner hatten sie nicht gehen sehen. Der Sekt hob und beschwingte sie. Herr Hahn wollte wieder wissen, wer nun die Dame sei, der Pechvogel, keine Schönheit, nicht vermögend.

«Wir sind es beide», sagte schließlich Anna. «Weil wir fast alles gemeinsam tun. Sehr schwer, uns zu trennen.»

Also beide. Wie wäre es Freitag. Gegen Abend bei einem guten Freund, der das Kunsthandwerk betreibt. Immer eine lustige Gesellschaft.

«Für Freitag liegen schon Pläne vor», sagte Annette.

«Die freilich, meine Liebe, nicht endgültig sind», fügte Anna hinzu.

«Rufen Sie an», sagte Herr Hahn und schrieb die Nummer auf. Annette steckte sie ein. Alle Verwaltungsarbeit erledige sie.

Er bot an, sie mitzunehmen, wohin immer sie wollten. Prag, Venedig, Krakau. Nur zu. Sie nannten einen Straßenzug am Stadtrand, wo Anna wohnte. Auf einige Extras wies er hin. Zehnmeterstreckenzähler, Kartenlampe, Heckjalousie.

Er wollte sie bis vor die Tür fahren. Nein, wir laufen ein Stück. Und melden uns. Tschüs. Aber sie lachten so albern, daß er daran zweifeln mußte. Wendete, fuhr forsch ab und ließ die Fünfklangfanfare hören.

Arm in Arm standen sie. Das war es also. Erfahrung? Nichts, außer dem Schwips, der sie leicht zu tragen schien. So ladet sie vor, Mädchen und Frauen, prüft sie streng, laßt sie abfahren oder laßt sie einfach sitzen. Handelt ohne Gnade. Die weiße Schulter zeigen, die kühle Begehrlichkeit wecken und wieder zu Staub machen. So fühlt ihr euch neu und stark, was eure Lage verändern wird von Grund auf. Ach, ihr. Innere Not löst sich. Unerhörte Dinge werdet ihr träumen: große Fische, die durchs Zimmer schwimmen. An einem Drachen hängen und fliegen, seine weiten Schwingen sind aus buntem Stoff. Euer Stirnband frech, orange oder helles Blau. Heut ist Nikolaustag. Zwei Weihnachtsmänner hatten wir schon.

Ihre Stimmung hätten sie dunkelbunt genannt. Oder müßten sie, falls überhaupt, die Herren neu und strenger sortieren. Es war noch früh, und sie konnten den Abend retten mit Vivaldi oder Händel. Ein guter Tee und etwas Kognak.

«Nein, heut brauchten wir einen Corelli», sagte Anna. «Ach, den hast du. Unser Arcangelo liegt bei dir. Wann kommt dein Mann?»

Er käme in zwei Wochen und war nicht Annettes Mann, sie nannten ihn nur so. Oft mußte er für Monate auf Baustellen ins Ausland, aber er wohnte, wenn er in den Stammbetrieb zurückkehrte, die meiste Zeit bei ihr. Annette wurde häuslich und still, nach innen gekehrt. Anna mochte es, wenn der Mann wegfuhr: sie war dann weniger allein. Annette verwandelte sich zurück – ein Elch war der Mann für sie nicht, nie hat sie gefunden, wen sie sucht – und das Verwandte, die Ähnlichkeit ihrer Bedingungen stellten sich wieder her: Sie lebten beide den Spielraum dazwischen.

Auch über den Freitag mußten sie nachdenken, ob Anna mitkäme zu der Party, ob Annette überhaupt hinginge mit Ludwig, ihrem Maler. Und wie der letzte Stand ist mit ihm. Der alte Stand: ganz ungeklärt. Was ziehen wir überhaupt an?

Scharfer Wind ging, und mitunter rannten sie ein Stück.

Seit dem vierten Lebensjahr wohnte Anna hier. Das Haus lag in einer stillen Straße, umgeben von einem Garten, wie alle Häuser in dieser Gegend. Als der Vater wegging, bekam sie das Zimmer unten mit der Veranda; sie wurde ausgebaut, nachdem ihr Mann einzog und sie geheiratet hatten, so daß sie eine kleine Wohnung mit eigenem Eingang besaßen. Sie benützt ihn heute noch, sogar im Winter, wenn manchmal der Ostwind den Schnee durch die Türritzen weht und außen hoch anhäuft. Sie könnte dann die Tür abdichten, es wäre wärmer, und sie könnte den Eingang durchs Haus benutzen. Tut es aber nicht. Eigene Tür ist Goldes wert.

Bei Mutter oben brannte Licht, das gedämpfte. Das Liebeslicht. Diesen Mann sieht Anna seit Monaten. Meist geht er vor Mitternacht.

«Wen hat sie?» fragte Annette.

«Ich kenn ihn kaum. Er kommt mit dem Fahrrad und bringt Obst. Und macht immer diese Spangen in beide Hosenbeine.»

Unter der Tür lag ein Zettel. Sie erkannte sofort seine Schrift.

Er schrieb: Sei, wenn Du kannst, morgen, Donnerstag, 15 Uhr in Freiberg. In Sachsen das. Bahnhofsgaststätte. Wir könnten ein Wochenende haben. Keine Unterschrift.

Elch war da. Wirklich. Und sie hatte ihn verpaßt wegen der albernen Spielerei. Versäumt. Verpaßt. Er war noch nie im Dezember gekommen und selten mitten in der Woche. Wenn er schon Nachricht gibt, ist sie spärlich. Erst wenige Stunden zuvor meldet er sich an. Er darf das, darf zwei Tage bleiben oder fünf. Am besten länger. Oder immer. Sagt nie, wann er wiederkommt, gibt kein Zeichen in der Zeit dazwischen. Von einer einzigen Ansichtskarte, die sie hat, abgesehen. Er darf alles.

Anna war stumm und blaß. Immer noch stand sie im Mantel da, starrte auf die Schrift, las die Sätze wieder und wieder, als enthielten sie die Botschaft eines Unheils.

Freiberg. In Sachsen das. Wie fährt man da? Jetzt gleich zum Bahnhof. Und für Freitag mittag im Café absagen. Vielleicht geht Bärbel. Den Dienst am Montag auch noch tauschen. Kurze Wochenenden gibt es und ganz lange.

Immerhin war das Unglück nicht vollständig. Verloren nur dieser Abend und die Nacht, falls er überhaupt Zeit gehabt hätte, heute zu bleiben. Einen Abend mit ihm einzubüßen ist Unglück genug.

Annette zog ihr endlich den Mantel aus. «Laß den irren Blick und setz dich.»

Es gab zuviel zu bedenken. Schon das letzte Mal im Mai hing alles am dünnen Faden. Sie hatte gelesen und längst Licht machen und das Radio leiser stellen wollen. Hatte beides nicht getan. Auf dem Herd nebenan kochte etwas Wäsche, die Tropfen zischten auf der Platte. Obwohl trockenes Wetter herrschte, hatte die Klingel wieder ihre Tage. Die Feuchtigkeit der Nachtstunden ist für sie Gift. Nur weil er noch einmal stark geklopft hatte, hörte sie ihn, sah das Auto stehen und rannte hinaus. Dann wollten sie endlich nachsehen und sich etwas Zeit nehmen für das Biest. Eine Zicke von Klingel. Behielten aber wieder nichts übrig. Mit Elch bleibt keine Minute. Ob sie mehr haben oder weniger: zuwenig ist es immer. Und wird so bleiben, wenn kein Wunder geschieht. Aber morgen.

Anna stand plötzlich auf. «Komm, wir gehen.»

«Wohin denn?»

«Telefonieren. Bei Mutter kann ich nicht stören. Es geht sie auch nichts an.»

Und sie bekommt lange Ohren, versucht es hintenherum mit ihren Ermahnungen. Anna hört heute noch den Tonfall der Mutter, wenn sie damals sagte: Und paß auf über die Straße. Nimm die Zöpfe nach vorn. Später schnitt sie ihr grob die Haare kurz, das schöne Haar, zur Strafe für spätes Heimkommen und weil der Vater es angeordnet hatte.

«Zum Bahnhof muß ich auch», sagte sie.

Die Lähmung war vorüber, sie spürte die Vorfreude und viel Energie. Im Bus stellte sie sich vor, daß es ein stiller Dorfgasthof wäre. Er liebt das Entlegene. Und wie er Leute für sich einnimmt. Sie hatten damals Glück und fanden dieses schöne Quartier und konnten ins Tal sehen. Man hörte den Bach, aber es war zu kalt im Zimmer. Die Wirtsleute spielten Karten. Der Mann sagte, sein Vorrat an Kohle sei knapp. Auch sei es gesünder so. Man müsse es kühl haben in der Nacht. Wußte nichts von Nächten oder nicht mehr.

Aber Elch begann vorsichtig seine Späße zu machen, lud sie zu einem Gläschen ein und zeigte Kunststücke mit Karten, die den Mann aus der Fassung brachten. Kam zwischendurch auf das Holz am Schuppen zu sprechen.

Ob er ihm einen dieser Tricks vielleicht zeigen könnte.

Gern. Wie gern, wenn er es nur dürfte. Eine Art Schweigepflicht, sehen Sie. Der ja auch Ärzte unterliegen. Es sind die strengen Satzungen der Gesellschaft für Zauberei, deren langjähriges Mitglied er sei. Vor kurzem sogar in den Vorstand berufen. Ins Präsidium des Vorstands. Aber wo kein Kläger. Einmal ist keinmal. Doch nur diesen einen und nur dann, wenn er dem Manne fest vertrauen könne.

Später sägten die Männer. Elch, wie ein Arbeiter des Waldes, hackte die Kloben und brachte einen großen Korb voller Scheite. Wie das duftete.

Einen simplen Trick eingetauscht für die behagliche Wärme einer ganzen langen Nacht. Immer draußen unterm Fenster der Bach.

Zuerst rief Anna im Krankenhaus an. Schwester Brunhilde sagte, daß jemand nach ihr verlangt habe. Hinterlassen hat er nichts. Und den Dienst am Montag wollte sie für Anna übernehmen. Jetzt noch der Freitag bei Karlchen. Manchmal an freien Tagen half Anna im Café am Turm als Kellnerin aus. Für vier Stunden oder acht. Es kam vor, daß sie an vier, fünf Tagen so viel verdiente wie in einem halben Monat im Krankenhaus. Sie sparte nicht, kaufte Kleider und Schuhe, weil es ihr Spaß machte, sich nach Stimmung und Laune anzuziehen. Wenn ihr danach war, unscheinbar grau oder jedenfalls dunkel, oder bunt und auffällig, wenn sie wollte, daß man sie anstarrte und ihr nachsah.

Karlchen, der Gaststättenleiter, war am Apparat.

«Vor einer Stunde hat einer nach dir gefragt», sagte er. «Junger Mann, groß, dicker Bart und teure Pelzmütze.»

«Ich weiß», sagte Anna. «Deshalb ruf ich an. Ich muß dir absagen für Freitag. Du hast ihn ja gesehen, also weißt du, daß es wirklich sein muß. Soll ich eine Freundin schicken, oder besorgst du dir jemand?»

Er werde das erledigen. Ob er sie verstünde? Ja, ja. Schon okaih. Karlchen sagte zu fast allem okaih, und nie wußte man, ob eine Sache ihm wirklich recht war. Aber zuwenig Personal hat er immer.

Elch mit einem Bart. Sah er nicht so schon gut genug aus. Wozu braucht er ihn? Wenn er jetzt noch besser aussieht, wird es kaum zu ertragen sein. Schnurr- oder Backenbart? Gut, daß sie nicht danach gefragt hatte. Ob sie ihn erkannte, wenn er einen hatte wie Marx? An den Augen immer. Nein, Trauer ist es nicht, es ist wie das Echo, wie Überreste einer starken Traurigkeit. Oder etwa Bartspitzen, die gedreht werden und herunterhängen.

Sie verzieh ihm wohl auch das, und es gelang ihr nicht, sich ihn vorzustellen. Manches wird anders, vielleicht schöner sein. Sie konnte ihn am Bart ziehen. Ob er vielleicht Schauspieler ist und braucht ihn für eine Rolle?

Natürlich hatte sie wissen wollen, was er tut, und hatte manchmal gefragt. Etwas mit Sport? Aber er sagte nur: Auch. Wissenschaft? Ja und nein. Vielleicht Zirkus? Und er sagte: Etwas davon.

Für den Abend am Freitag mit Ludwig wünschte sie Annette Vergnügen. Genausoviel, wie sie sich selbst wünschte. Auf dieses Fest zu verzichten fiel ihr sehr leicht.

Am Bahnhof schrieb sie die Anschlüsse auf. Vor vierzehn Uhr in Freiberg, eine Stunde Aufenthalt in Dresden. Halb sieben müßte sie aufstehen.

Die Luft roch nach Schnee. Das letzte Stück zur Haltestelle rannte sie. Der Bus war hell erleuchtet und nicht voll. Was sie gern gewußt hätte: Ob man ihr etwas ansah.

Rannte auch von der Haltestelle nach Hause, als könnte sie schon hier Zeit verlieren und zu spät kommen, schrieb einen Zettel für Mutter, damit sie die Heizung versorgte, suchte Sachen zusammen. Das Nachthemd war ein Geschenk von ihm und hatte oben das Blümchen. Sie zog es sonst nie an, und es lag nicht boi den anderen.

Vor dem Spiegel prüfte sie, ob sie schön genug sei für den Elch. Immer zog er sie feierlich aus, die Reihenfolge unvorhersehbar und so, als suchte er geduldig eine noch ganz unbekannte Eröffnung des Spiels. Sie hielt die Brüste leicht in den Händen. Klein sind sie. Nicht zu klein natürlich und ganz so, wie er sie mag. Das sagt er nicht nur. Unter dem Nabel beginnen kleine Fältchen. Aber er hat auch welche, wenige und weniger gut zu erkennen und ohne Bedeutung.

Sie versuchte, ihn sich vorzustellen. Sie hatten lustige Namen gefunden und nannten ihn Durchlaucht oder Zumt. Murmeltier. Alles deutet darauf hin, daß er es mag, wenn sie ihn lange ansieht. Zum Glück ging es ihr gut, denn es ist die beste Zeit in diesen drei Wochen, und sie weiß genau, daß sie sich entspannt fühlen und ihm Freude machen wird. Und er ihr.

Weit nach Mitternacht schlief sie erst ein. Beide Wecker klingelten kurz hintereinander. Draußen war es windstill und schneite. Dick und fein auf den Ästen der Schnee. Auch auf Drähten. Die Zaunpfähle hatten steile Hauben, die ließen sich leicht wegpusten. Anna hüpfte vor Vergnügen. Schneebälle konnte man nicht machen.

Noch in der Nacht war ihr eingefallen, den Pelzmantel anzuziehen, Stiefel und die Fellmütze. Sie würden wohl durch verschneite Wälder laufen und dort, wo noch niemand gegangen war. Elch kannte viele Tierspuren und folgte ihnen selbstvergessen und mit Ausdauer. Oder bist du ein Förster?

Der Zug fuhr pünktlich ab. Sie hatte einen Wagen gefunden, der sauber war. Und einen Fensterplatz. In der Tasche steckte etwas zu lesen. Sie sah jedoch hinaus in das Schneetreiben. Es war dichter geworden. Oder wirkte es nur so durch die schnelle Fortbewegung, weil man mehr Raum durchmißt in derselben Zeit? Also auch mehr Schneeflocken. An die zwanzigmal mehr, als ginge man zu Fuß. Sie betrachtete die schöne Täuschung heiter, noch ohne Argwohn.

Der Zug fuhr langsamer und blieb stehen. Im Abteil ein Ehepaar mit einer halbwüchsigen Tochter; die kaute fanatisch einen Kaugummi. Der Mann öffnete das Fenster und glaubte ein Signal zu erkennen, ein rotes Licht jedenfalls. Das finge ja gut an, meinte er. Die Frau, die mit einem Rätsel beschäftigt war, suchte eine Gestalt bei Puschkin. Fünf Buchstaben, vorne ein O. Das Mädchen sagte sofort: Othello. Die Mutter gab ihr einen Klaps und lachte.

Über den Feldern, am Horizont, hing ein Streifen Wald, schwebte dort. Die Gespräche auf dem Gang wurden lauter, Abteiltüren schlugen häufiger. Wie hellhörig ein stehender Zug ist. Die Nervosität eines Zuges, der unterwegs steht. Man wünscht sich nur das Fahrgeräusch zurück. Für viele mochte es bedeutungslos sein, ob sie früher oder später ankamen.

Semmelbrei für Bratstücke, fragte jetzt die Frau. Sechs Buchstaben. Der Mann zog seine Uhr. Ich kann dir jetzt schon sagen: Den Anschluß bekommen wir nie. Hast du Anschlußzüge schon mal warten sehen?

Anna ging hinaus auf den Gang.

Sie wollte nicht über Anschlußzüge nachdenken. Aber das sind Züge immer nur für die Reisenden, die umsteigen wollen, für alle, die ihre Fahrt antreten, sind sie nichts weiter als ein Reisezug.

Das stimmt doch wohl. Diese wollen, daß er pünktlich abfährt, jene verlangen, daß er wartet, bis sie da sind.

Der Himmel sah aus, als herrschte immer noch Morgendämmerung. Es wollte nicht Tag werden. Im Gang besprachen junge Burschen, wer in den Speisewagen gehen und noch Bier holen sollte.

Was meinst du denn, was ich in dem Koffer dort habe.

Trotzdem. Wenn wir hier erst eingeschneit sind.

Sie schicken auf dem Luftwege Decken und Verpflegung.

Bockwürste abwerfen aus dem Hubschrauber. Aber heiße.

Alles fanden sie zum Lachen. Über die Aussicht, hier zu stehen und einzuschneien, lachten sie. Ein Ereignis hat genau die Bedeutung, die jeder ihm zumißt. Und sie würde sich in der Gaststätte so setzen, daß sie die Tür sah. Auf die Minute pünktlich würde er kommen. Seine Uhr war ein Wunder an Präzision, mit einer Weckanlage ausgerüstet. Kein Klingeln, ein Schnurren. Zu keiner anderen seiner Eigenschaften schien ihr dieses Pünktlichsein zu passen: er mußte es eigens erlernt haben.

Der Zug fuhr langsam weiter, mit Widerwillen, und beim nächsten Signal hielt er an. Ein Gegenzug kam vorüber. Die Familie im Abteil aß Brote, der Vater verstummt, der Anschluß unerreichbar. Natürlich wartet er nicht. Was, wenn jeder Zug auf andere Züge wartet. Und wie viele soll er abwarten? Ein Zug ist einfach ein Zug, frisch gereinigt oder vor langer Zeit, verspätet oder nicht, langsam oder etwas schneller. Es gibt solche, die im Schnee stehen. In Elsterwerda betrug die Verspätung über eine Stunde.

Der Mann im Dienstraum auf dem Bahnsteig war gereizt. Bin ich Hellseher. Machen Sie meine Arbeit oder wer. Auskunft am Schalter zwei im Bahnhof.

Anna stimmte ihn um, ihr tiefer grünblauer Blick, dunkel und taghell, die Lider für Sekunden gesenkt, dann aufgeblickt, wieder verlangend, bittend, verzweifelt, bis zur Müdigkeit. Je nachdem. Auf ihren Blick war Verlaß. Wieviel er schon bewegt hat, absichtslos oder eben nicht. Zauberschlüssel, Wunderhebel. Heute genügte es, den Mann so anzusehen, wie ihr zumute war. Nach Zutat war ihr nicht zumute.

Er vergaß die strenge Vorschrift oder erinnerte sich ihrer – wer will das prüfen –, langte das Kursbuch freundlich herunter, schlug Dresden – Freiberg auf. Das ist dieser. Den bekommen Sie nicht. Sie hätten dann vierzehn dreiundfünfzig. Und wieder sechzehn Uhr zwei. Aber bitte. Wann es hier weitergeht, weiß er nicht, wüßte es gern, um es ihr zu sagen. Bitte schön.

Ihr eigener Entschluß schien es nicht zu sein, daß sie die Tasche aus dem Abteil holte. Nun käme sie mehr als eine Stunde zu spät an. Oder später. Der Elch wartet nie eine Stunde. Nun war es einerlei, ob sie weiterfuhr, ausstieg oder umkehrte.

Vor dem Bahnhof fragte sie nach der Post. Aber was den Leuten in der Gaststätte sagen? Punkt drei wird ein junger Mann kommen, hochgewachsen und mit einem Blick, wie man sich finnisches Gewässer im Spätsommer denkt. Ja, und mit Bart. Wird Kakao bestellen, und weil sie keinen haben, verlangt er Tee. Gießt vorsichtig Sahne hinein. Und sagen Sie bitte, er möchte nicht gehen. Ich rufe wieder an. Wenn Sie das für mich tun. Hier liegt hoher Schnee auf dem Platz. Fahrzeuge und Menschen bewegen sich ungelenk.

Vielleicht schneit es dort nicht. Er wartet immer nur fünfzehn Minuten. Oder sieht dann doch auf den Fahrplan und wartet den nächsten Zug ab. Wie gut es wäre, ihn genauer zu kennen und zu wissen, wie er sich verhalten wird. Sie werden dort alle Hände voll zu tun haben. Im Hintergrund Lärm, die Verständigung schwer. Da hätten wir viel zu tun, wissen Sie.

Auf einem Schlitten zog ein junger Mann zwei Kinder und lief schnell. Im Lachen der Kinder hörte man Furcht. Aus einem Taxi stiegen umständlich Leute, das Auto fuhr nicht ab. Anna hatte einen Scheck bei sich und fragte den Mann. Der war nicht abgeneigt und sah auf die Karte. Zweihundert Mark etwa müßte sie rechnen. Drei, vier Tage Arbeit bei Karlchen. Und bis fünfzehn Uhr dort sein. Aber, mein Fräulein. Sie kennen Nicki Lauda. Der den Unfall hatte und sieht aus wie eine Schnecke. Fährt aber noch. Das schafft nicht mal der.

Das Gespräch mußte sie ohne Nummer anmelden, man rief sie auf, und die Stimme vom Amt sagte: Teilnehmer gibt keine Antwort. Also streichen. Das war nicht klug von dir, Elch. Hast du kein Hotel dort? Übermütig bist du gern. Aber unbesonnen? Ein halbes Jahrhundert bist du voraus mit deiner festen Zuversicht in alles Vernünftige. Etwas mußt du doch haben, wo eine Nachricht ankommt. Ein Telegramm. Und du hättest mich stärker suchen sollen und diese psychischen Phänomene verwenden. Ich war doch leicht zu finden.

Das Taxi stand nicht mehr am Bahnhof.

Irgendwann kam ein Zug, mit dem sie zurückfuhr. Sie mußte im Gang stehen. Oder hatte sie selbst schuld und hätte früher fahren müssen. Wenn Karlchen niemand gefunden hat, geht sie morgen mittag ins Café. Abends vielleicht doch mit Annette zu der Party bei diesem Doktor. Ja, doch, es geht weiter. Der Trauer keine Nahrung, nicht die Hände im Schoß. Alles Sachen, die du nicht magst. Im Mai kommst du ja schon und hast die Abstände immer eingehalten. Nun schneite es nicht mehr. Die Dunkelheit kam schnell. Endlos lange noch bis Mai. Und sie hatte sich später, hinter Dresden, bißchen zurechtmachen wollen. Wenig von dem Lidblau und etwas Wangenrot.

Endlich weinte sie.

2

Wenn sie aus dem Fenster zum Brunnen hinüberschaute, sah sie ihn. Es herrschte wenig Betrieb um die Mittagsstunde. Anna konnte stehen und hinaussehen, und aus der Entfernung kam er ihr vor wie ein alter Mann. Der er keineswegs war.

Er saß halb liegend auf der Bank und war dabei, an nichts mehr zu denken. Der Schatten, den er warf, war unnatürlich lang. Ein viel zu dünner Schatten im Schnee.

Ob es ihm gutging. Konnte einer so sitzen, allein, in der Kälte auf einer harten Bank, und sich wohl fühlen. Auch ein Sonnenbad nahm er nicht, denn er hatte tief im Gesicht eine Mütze. Sie fühlte sich zum erstenmal von ihm beunruhigt, noch ehe sie wußte, wer er war und daß er sie für lange Zeit und auf immer neue Art beunruhigen würde.

Er saß, ohne sich zu rühren, die Beine ausgestreckt, Kopf und Arme hingen schlaff herab. Man konnte den Eindruck haben, er sei tief eingeschlafen oder sogar tot.

Eben noch hatte er an Schneider gedacht und an die zähen Gespräche vom Vormittag. Schneider hat viel zu kleine Augen. Dachte, weil es ihn erleichterte, an Ludwig, den er am Morgen in der Wohnung kurz besucht hatte, der zerstreut und noch im Halbschlaf sein schlampiges Frühstück zusammentrug und wieder gesund schien. Kramte auf dem Tisch zwischen Blättern, Farbstiften, Leberwurst und Butter. Hatte abwesend gefragt: Ißt du was mit?

Dachte noch an Tochter Gisela. So was schreibt man nicht. Man nimmt sich Zeit und kommt für eine Mitteilung dieser Größe. Opa Stefan. Irgendwann im Mai. Und es gibt jüngere Großväter. Ja.

Dann entschloß er sich, nichts mehr zu denken, zog die Mütze gut über die Augen – überhaupt nur zu diesem Zwecke besaß er die Mütze –, schob noch die Handschuhe in den Nacken. Die Lehne der Bank drückte bereits. Und erteilte die ersten Befehle, sank hinab, fiel tiefer und tiefer in den Schacht, wo er sich nun schwebend aufhielt.

Die Kommandos galten den vegetativen Systemen, auf die wir gemeinhin ohne Einfluß sind, und einem Zuschauer gleich begann er darauf zu achten, wie Herz und Kreislauf sich verhielten. Die Glieder wurden schwer und schwerelos zugleich, von einer festen fließenden Wärme umgeben. Das Herz schlug langsam wie befohlen. Jeden Gedanken, der aufkam, jede Zahl, jeden Namen löschte er sofort.

Die Sonne wärmte kaum noch. Im Sommer hörte man hier nur das starke Rauschen der Wasserspiele, und die Bänke waren dicht besetzt. Junge Mütter sahen zu den Kindern hinüber, die am Brunnen spielten. Fast immer, wenn er in der Stadt war – und er kam gern, nahe bei Berlin und weltenweit entlegen –, konnte er es einrichten hierherzugehen; ließ sich um die Mittagszeit in der Nähe des Hotels absetzen, schlenderte am Stadtwall entlang bis zum dicken Turm im Zentrum und suchte sich einen Platz am Brunnen. Nahm dann bald diese Haltung ein, fast liegend und locker in sich zusammengesunken wie ein Zecher, der endlich ausruht. Was die Leute denken mochten, störte ihn nicht.

Seit dem leichten Herzversagen, das nun zwei Jahre zurücklag, hatte er den Umgang mit seinen Kräften neu regeln müssen. Noch in der Klinik erlernte er diese Übungen und beherrscht sie bis heute. Sogar aufrecht sitzend ist er fähig, nur nach innen zu horchen und den körperlichen Abläufen mit einer mild gedämpften Aufmerksamkeit zu folgen. Der Redner vorn verblaßt und tritt zurück in dem Maße, in dem der Raum, ob Zimmer oder Saal, sich überallhin ausdehnt, bis die Stimme, nur noch Geräusch, aus weiter Ferne kommt. Die Preisverleihung, der er beiwohnt, könnte ein beliebiges Ritual sein, Jugendweihe oder etwa Gottesdienst. Was in der Wirklichkeit nicht vorkommt: jedes Geschehen büßt seinen Inhalt ein, in seiner Erinnerung bleibt eine Lücke. Und den Wachschlaf sieht man ihm nicht einmal an; mit geschlossenen Augen sitzt auch einer, der ganz bei der Sache ist. Er jedoch sammelt neue Kräfte an für die nächste Aufgabe.

Eine sonderbar hilfreiche Fähigkeit, die er da erworben hatte; denn aus dem vollen schöpfen, wie noch vor kurzem, konnte er nun nicht mehr; da war schon das Kratzen der Kelle auf dem Topfboden.

Stefan nahm die Befehle jetzt zurück, der Folge nach umgekehrt, wie er sie erteilt hatte, brachte Spannung in Arme und

Beine, atmete tief und öffnete die Augen. Er steckte die Baskenmütze in die Manteltasche. Plötzlich, wie eingeschaltet, waren die Geräusche der Stadt wieder da. Schräger Schatten fiel auf die alten Gemäuer, wovon ihre Narben tiefer schienen als sonst. Der Brunnen war still. Wie kann ein Brunnen so trocken sein. Er stand auf, streckte sich und ging zum Café hinüber, das man geschickt in einer Lücke des Stadtwalls errichtet hatte.

Denn er war ein Eisesser. Kaum jemand außer der Familie und einigen Mitarbeitern wußte das. Er verbarg die Leidenschaft – ganz im Gegenteil zum Fischessen – wie ein Laster und ging ihr, ohne sich nach Beweggründen zu fragen, mit unnützer Vorsicht nach. Am liebsten allein.

Sie brachte ihm das Eis und den Kognak, ohne daß er Notiz von ihr nahm. Er sah sie zwar an, bemerkte aber nicht einmal ihre Augen. Am Abend und in der Nacht wird ihm das zu denken geben, denn ihre Augen sind helldunkel und von ungenauem Grün, also durchaus auffällig. Sie jedoch wird sich erinnern und im Morgengrauen sagen: Da sitzen Sie, Stefan, wie? Sitzen also, Stefan Schallhammer, wie ein Oberlehrer und essen gierig das Himbeereis. Statt die großen Entscheidungen reif zu machen. Sie wird noch wissen, daß er etwas notiert und die Zettel sorgfältig weggesteckt hatte, um sie bald danach wieder hervorzuholen. Er bestellte doch Zigaretten und steckte die Packung ungeöffnet ein. Die Minuten auf der Bank waren ein Aufschwung; etwas besser ging es ihm, aber unter der Bräune war immer noch Blässe. Er brauchte keinen Spiegel, er spürte das Grau. Den Kognak hatte er feierlich über das Eis gegossen. Er dachte an den Abend und fühlte sich gut.

Die Kellnerin kam, und er bezahlte. Wieder sah er sie an und wieder nur flüchtig. Mit der Straßenbahn fuhr er ins Werk, wo das Auto stand. Am Nachmittag das gewohnte Taktieren, Versteckspiel mit Mengen, Daten und Projekten, obwohl unumstritten ist, was man erreichen will. Das Vernünftige bedarf der List. Daran wird sich wohl nichts ändern. Und du mußt sicher sein, daß du das jeweils Vernünftige betreibst. Um nicht zu unterliegen, gewöhnst du dir Sicherheit an. Du übst sie wie Radfahren oder Ringeblasen aus Rauch. Dein Partner hat das auch getan. Beide seid ihr gewohnheitsmäßig sicher, gleichgültig, wer gerade recht hat. Egal, wer unterliegt, gleichsam ungeschlagen wird er den Kampfplatz verlassen, wenn er ihn nur selbstsicher genug verläßt. So kann er sein Fehlverhalten abtrennen von sich selbst, ablegen wie ein Sakko, objektivieren und endlich einordnen in die größeren Zusammenhänge.

So gibt es kaum noch Verlierer, dachte er. Der Niederlage sind Stachel und Bitterstoff entzogen. Die Fähigkeit, Schlüsse zu ziehen aus Fehlern, ist geschrumpft.

Als er abends ins Hotel zurückkehrte, blieb ihm eine gute Stunde Zeit. Gegen acht würde Ludwig kommen; sie wollten zur Kolchose. So nannte er das Stückchen Land am Rande der Stadt mit dem Hügel, auf dem die Mühle stand. Eher der Stumpf einer Mühle, vorerst zweistöckig. Aber er baute und verglaste und stockte auf, allerdings ohne die erkennbare Absicht, je damit fertig zu werden. Fünf Minuten Fußweg entfernt lag ein Wasser.

Ich mach sie vielleicht elfstöckig, hatte er mit Blick und Tonfall des Verschwörers gesagt. Oder höher. Ganz oben dann die Flügelchen. Gezeichnet hatte Ludwig das längst: phantastischer Turmbau nach Bosch, die verwinkelten Treppen und Plattformen außen sind bevölkert, und jemand startet oben mit einem Ballon. Man kann weit sehen, und du siehst, man kann Flugversuche machen.

Ein zufriedener, nimmermüder Verrückter. Figurenmacher, Maler und bunter Vogel. Stefan sah ihn wie das gelungene Gegenstück seiner selbst, mit Wehmut manchmal oder neidisch. Als Lehrlinge hatten sie in einem Stralsunder Altstadthaus lange ein Zimmer geteilt. Auch damals ähnelten sie einander kaum, aber so verschieden waren sie noch nicht. Ihre Beziehung war durch räumliche Entfernung, durch Differenzen und grobe Offenheit nur noch enger geworden: die gespannte Vertrautheit, die zwischen Gegensätzen herrscht.

Jedem anderen hätte Stefan heute abgesagt. Der Gedanke, den Abend allein zu verbringen, war angenehm. Abschließen, duschen, das Telefon ins Deckbett wickeln und das Bündel in den Schrank. Du bist geborgen. Etwas zu lesen hatte er immer im Gepäck. Diesmal ein sächsisches Wochenblatt, gebunden, Jahrgang achtzehnsechsunddreißig.

Um ein Jahrhundert oder länger lehnst du dich zurück. Da brauchte eine Neuigkeit Monate um den halben Erdball. Man hatte den Sultan schon begraben, als die Sachsen von seiner Unpäßlichkeit erfuhren. Und sie lasen, daß ein schneller Kegelaufsetzer Unterkommen fände im Landhaus zu Güntersdorf.

> Die ächt englische Patent-Fleck-Seife
> von
> *G. Fleetwordt in London*
>
> welche alle Flecke von Harz, Talg, Wachs, Oel, Pech
> und dergl. aus Merino, Mousselin, Bombassin, Leinwand,
> Tuch und Filzhüten sowie aus Stubendielen herausbringt,
> ohne der Farbe des Stoffes zu schaden,
> ist fortwährend zu bekommen bei
>
> *Ed. Oeser in Leipzig*

Oder weiter in der Geschichte vom Briefeschreiber Moses lesen. Auch ein Verrückter. Schon seit Wochen dehnte er das Vergnügen, indem er sie genüßlich in kurze Lesehappen teilte.

Es klopfte, und draußen stand Ludwig; kragenloses Fleischerhemd unter der Jacke, seine Haare standen nach oben und den Seiten widerspenstig ab, ein Strahlenkranz. Wenn er sich malte, dann schon seit Jahren so: ein Struwwelpeter, aber mit viel Glatze und einer fleischigen Bogennase, die er nicht hatte. Ein Porträt von Stefan zeigte einen Mann, der hauptsächlich Stirn trug, einen mit zuviel Vernunft. Die Welt, wie sie ist, malt Ludwig ja nicht ab. Er malt, was er sieht. Das wußte Stefan längst, ganz verstanden hat er es noch nicht. Er nahm nun das Päckchen aus dem Koffer, eine Folie, die aus England stammte, mit der man feinen Glanz erzeugen konnte auf einem farbigen Entwurf. Er hatte sie von einer Reise nach Rom mitgebracht. Rom ist in der kleinsten Hütte, sagte Ludwig. Er schämte sich, Freude zu zeigen. Und ich könnte es mir selber kaufen. Warum kann ich's nicht? Dutzende Male schon besprochen zwischen ihnen. Aber Ludwig stocherte gern in einer Wunde. Trotzdem: Ich mach dich unsterblich.

Eines Tages und wenn ich will, pflegte er zu sagen, hau ich deinen Kopf aus einem Stein. Und schon bist du unsterblich.

Von mir, wenn ich will, erwiderte dann Stefan, kannst du eine Menge Ahnung kriegen, was es alles gibt außer deinen Kröten und Köpfen aus Gips.

Ja, wenn ich will, sagte Ludwig, als müßte er noch herausfinden, ob es nicht genug sei mit Farben und Figuren und den wunderlichen Tieren.

Und heute abend sei alles anders, meinte er nun. Sie gingen zu einer Fete. In die Mühle könnten sie später. Eine Fete zum Nikolaustag. Weiber, Schnaps und lebende Bilder. Krippenspiele für den Mittelstand. Bei Knochenkurt. Der hat einem Kumpel gerade das Bein gerettet. Muß ich dir erzählt haben. Nein? Der bricht sich das Schienbein, mehr nicht, und als der Gips runterkommt, gucken sie sich alles an. Erledigt. Er läuft, hat aber Schmerzen, und das Bein wird kürzer. Und wird dick. Es war überhaupt nicht zusammengewachsen. Und es gab nur noch eins: abschneiden die Pfote. Aber ich schick ihn zu Knochenkurt. Der versucht's natürlich. Der versucht immer alles, sägt ihm ein Stück Knochen aus dem Arsch, na gut, bißchen höher, flickt ihn ein, dazu noch Silber oder was, verschraubt alles, und mein Kumpel läuft wie früher.

«Knochenkurt macht uns doch das mit den Ohren», sagte nun Stefan.

«Ja, ja», sagte Ludwig knapp. Seine Verlegenheit war kaum zu bemerken.

«Geht es denn besser?»

«Jedenfalls nicht schlechter», sagte Ludwig.

Er hatte Anfang des Jahres plötzlich einen Hörsturz erlitten, aus heiterem Himmel nicht, eher als notwendige Folge von zuviel Spannung und Ärgernis und einer steilen verzehrenden Lebensführung überhaupt. Sein rechtes Ohr war so gut wie taub. Das Erschrecken dauerte nur kurz, und während die Taubheit nachließ, begann er so schonungslos zu leben wie zuvor. Gelegentliches Nachsinnen blieb; Ungemach soll nicht verdrängt, es soll gewendet und behandelt werden. Die allerbeste Art, den Schrekken zu töten, ist, ihn lächerlich zu machen. So fanden sie den Ausweg, der, wie alle großen Lösungen, bestürzend einfach war: ein Hundeohr.

Die erste Bemerkung dieser Art stammte wohl von Knochenkurt. Sein Handwerk verstand er wie kaum einer und würde sie – denn daß auch Stefan, der demselben, wenn nicht härterem Verschleiß unterlag, den fraglichen Sturz bald erleiden würde, galt als ausgemacht – würde sie also mühelos ausstatten mit intakten natürlichen Hörapparaten und zugleich mit allen Vorzügen, die ein Hundeohr bietet. Niemand sah und ahnte etwas, sie jedoch konnten Flugzeuge früher hören, Pottwale, Insekten, Erdbeben und Neuigkeiten. Auch solche womöglich, die nur für wenige bestimmt waren und aus allerlei Gründen weder gemeldet noch verbreitet werden sollten.

Immer wenn sie sich sahen in dieser Zeit, hatten sie viel Vergnügen damit gehabt, die Vision vom Hundeohr zu beschwören; Ludwig hatte versucht, sie mit dem Zeichenstift zu bewältigen. War auch abgeschweift, malte sich auf einem der Blätter mit einem Schweineohr, dem Backwerk gleichen Namens, bis er plötzlich im Spätsommer den zweiten, schwereren Anfall erlitt. Stefan hatte einen Spezialisten der Charité ausfindig machen lassen. Sogar Termine handelte man aus. Das lag nun zwei Monate zurück. Sie hatten sich, weil Stefan verreist war, nicht gesehen.

«Bist du operiert?» fragte er.

«Etwas operiert, ja», sagte Ludwig.

«In Berlin?»

«Nein, nein. Von Kurt. Er war enttäuscht, als er hörte, ich will woanders hin. Er hat etwas versucht. Und es scheint zu gehen.»

«Du hörst besser?»

«Ich glaube.»

Tatsächlich hörte er wesentlich besser. Nein, anders: weiträumiger, heller und mitunter auch schon Dinge, die er nie gehört hatte. Kurts Erklärung war knapp gewesen und womöglich nur ein Teil der Wahrheit. Da gäbe es neben anderen Innereien – dem Amboß, dem Hammer und dem ovalen Fensterchen – auch den Steigbügel. Genau den habe er verändert und verbessert. Man müsse nun abwarten, wie alles sich zueinander verhalte. Ein Prozeß sei im Gange.

Wenn er nun doch Ernst gemacht hatte. Das Ohr ist schon immer eines seiner Hobbies. Dazu der Eifer, mit dem Kurt die Rottweilerzucht betreibt. Den Zwinger unterhält er bei seinem Bruder auf dem Lande. Wenn er also nicht anders gekonnt hat und den Versuch endlich machen mußte, heimlich, ja – und er, Ludwig, hätte jetzt wahrhaftig ein Hundeohr. Von einem pfiffigen Welpen der Rasse Rottweiler, der vielleicht Dagobert hieß.

«Ich denke, er ist Chirurg», sagte nun Stefan.

«Beides. Ohrenarzt wollte er zuerst werden, und es ist seine

Leidenschaft geblieben. Und wurde Chirurg. Er kann fast alles und tüftelt und probiert die verrücktesten Sachen. Und braucht nur fünf Stunden Schlaf. Den ganzen Rest hat er für die Arbeit und seine Projekte. Oder mal ein Vergnügen wie heute.» Und er fügte plötzlich hinzu: «Bist du der alte?»

«Was meinst du?»

«Na, ich frag dich, wer du bist. Immer noch das Riesenas. Der große Ochsenfrosch. Oder wer? Bist du noch einer, mit dem man übers Eis geht im April?»

«Schon gut. Was willst du?»

«Nimm mir eine Freundin ab», sagte Ludwig. «Es ist dringend. Nicht, daß sie mich umbringen. Aber fast. Und sie versuchen es dauernd. Ich zeig sie dir heute abend. Und du bist in Stimmung», setzte er beschwörend hinzu. «Du hast sogar die Wahl. Es ist nicht sicher, ob beide kommen. Aber wenn wir Glück haben.»

«Wieso beide?»

«Es handelt sich um zwei. Ich habe zwei zuviel. Verstehst du jetzt meine Lage und wie mir geholfen wäre.»

«Wissen sie voneinander?»

«Nein. Die jüngere heißt Ulrike. Die andere Annette. Kannst du die Namen behalten, oder wollen wir sie aufschreiben? Oder ich mach ein Zeichen, wenn ich sie dir vorstelle. Trete dir auf den Fuß.»

«Besteht denn keine Priorität?» fragte Stefan. «Es muß doch Unterschiede geben in der Dringlichkeit.»

«Beides gleich dringend», sagte Ludwig. «In dieser Hinsicht ist kein Unterschied. Sonst natürlich ja. Zum Beispiel, daß Ulrike zu jung ist. Oder ich sage: Und hier Annette. Ist das ein Name? Das sage ich einfach dazu. Kannst du dir das merken? Du wirst sehen, sie sind dein Typ. Beide. Und fliegen auf dich. Und die freie Auswahl hast du außerdem. Sei in Stimmung. Sei ein Ochsenfrosch. Ich mach dich unsterblich.»

Beinahe immer seit seiner Scheidung hatte Ludwig eine Freundin zuviel. Stefan hatte ihm in ähnlicher Lage bereits ausgeholfen, aber das ist Jahre zurück. Auch damals fiel es ihm schwer, die nötige Freizeit zu erübrigen. So lächerlich es klingt, so etwas kostet Zeit. Und gerade daran fehlt es; er hat heut so gut wie keine mehr. Was neben der Arbeit bleibt, gehört ganz der Familie.

«Wie soll ich das machen? Wie stellst du dir das vor?»

«Weißt du nicht mehr, wie man's macht? Oder darfst du keine Kebse mehr haben in deinem Amt?»

Diesen Verdacht zu äußern, liebte er: Stefan sei nicht mehr Herr seiner selbst, habe das Leben sich abschwatzen lassen gegen Macht oder die Einbildung von Macht und hohem Einfluß.

«Das mußt du bestreiten, ich weiß. Schlechten Tausch gibt keiner gern zu. Wie auch immer. Du weißt nicht mehr, wie du's machen sollst. Du willst deinem Kumpel nicht aus der Klemme helfen. Gut. Er wird sich erschießen.»

«Ich seh sie mir an», sagte nun Stefan. «Ja, doch. Versprechen kann ich nichts.»

Von außen wirkte das Haus klobig und ohne Reiz, aber die Räume waren hoch und hell und angenehm sparsam ausgestattet. Kurt, der Hausherr, trug Stiefel, Kordhosen und Kittelhemd, zurechtgemacht schon für seine Rolle; denn er würde an diesem Abend den Nikolaus geben.

«Das ist Knochenkurt als Gutsherr und sein Knecht», sagte Ludwig. «Und hier endlich mein Freund Stefan.»

«Der auch dieses Ohr braucht irgendwann», sagte Stefan.

«Ah, ja», erwiderte der Doktor. «Willkommen.»

Sekundenlang sah er Stefan durchdringend an, musterte dessen kräftige Stirn, das krause Haar, das überall noch dicht war und nur leicht ergraut. Verglich ihn mit der Zeichnung, die er doch wohl kannte? Oder es war einfach Zerstreutheit und fehlender Schlaf.

«Wenn das alles ginge», sagte er abwesend. «Spaß hatten wir viel damit. Seine Skizzen dazu kennen Sie?»

«Vielleicht nicht alle», sagte Stefan. «Er zeigt nie alles.»

«Es wäre falsch, keine Geheimnisse zu haben», sagte der Hausherr. Sein Blick flackerte noch, die Miene entspannte sich aber. «Geheimnisse sind wie Stimulantia.» Er lachte überraschend laut. «Willkommen also. Und vergnügen Sie sich.»

Alles an ihm schien zueinander zu passen: das rötliche Gesicht, Stimme und Statur und der Aufzug. Nur die Hände paßten nicht; schmal und blaß und mit eiligen Fingern, die unnatürlich dünn waren. Hände für einen Geiger oder Taschendieb.

Etwa zwanzig Gäste mochten anwesend sein, vom Tonband lief ein Klavierkonzert. Man saß in Grüppchen, einige auf Kissen oder Polstern auf dem Fußboden. Schauspieler, Handwerker, Tierärzte, ein Architekt. Ein Autor, dessen Stücke, wie Ludwig meinte, niemand so recht sehen wollte, erzählte den Provinzlern das Jüngste von Bühne und Bildschirm. Er kannte den Marktwert seiner Neuigkeiten; man nahm sie ihm ab wie Radieschen im März. Der Mann trug einen dichten, gutgeformten Schnurrbart. Ob er Binde oder Brenneisen benutzte?

Stefan erinnerte sich der Bartsalbe «Kyffhäuser», für die in einer seiner alten Zeitschriften annonciert war. Sie können damit dem Schnurrbarte jede gewünschte Lage geben und dieselbe andauernd erhalten, ohne dabei den Bart klebrig noch fettig zu machen. «Kyffhäuser» ist kein Klebestoff. Und er dachte etwas, was er nie tat, wenn er Schnurrbärte sah: Warum lebt der Mann nicht mit seiner Oberlippe, wie andere auch.

Es gab viele Räume und noch mehr Türen, die fast alle geöffnet waren. Der Hausherr stand mit Ludwig im Flur und redete, den Gesten nach zu urteilen, mit Nachdruck auf ihn ein. Vielleicht besprachen sie einen der Auftritte, die folgen sollten.

Weitere Gäste erschienen, darunter ein junges Ehepaar mit einem Säugling, vier Wochen alt höchstens. Einen Korb hatten sie mitgebracht und stellten ihn in eines der Nebenzimmer. Nachdem das Kind genügend bewundert war, legten sie es dort in den Korb.

Endlich kam sie. Das feine schwarze Haar, das wohl sehr lang war, streng zurückgekämmt und den Zopf zu einem Knoten gesteckt. Ludwig beeilte sich, Stefan mit ihr bekannt zu machen.

«Das ist Annette.» Und wie angekündigt, fügte er hinzu: «Ist das ein Name?»

Sie war nicht geschminkt, trug weder Ketten noch Ringe. Das lange Kleid schmucklos, eng. Eine Spur zu sachlich sagte sie: «Er hat oft von Ihnen erzählt. Natürlich nur Gutes. Wie Sie vermuten werden.» – «Ja, ich vermute es.»

Zu deutlich sah man, wie sie nichts aus sich hatte machen wollen. Und das war der Schnickschnack, den sie trug. Mit der züchtigen Strenge führte sie ihre Sinnlichkeit um so unverhüllter vor. Stefan, um guten Willen zu beweisen, tanzte mit ihr. Ludwig hatte nicht übertrieben. Sie bringt dich um.

«Ich habe es gern, wenn er angelt», sagte sie. «Er ist dann er selbst. Sie angeln auch?»

«Nein.»

«Er sagt, Sie hätten Tage und Nächte mit den Fischen verbracht.»

«Ja, früher. Woran es heute fehlt, sind die Tage und Nächte.»

«Die Nächte auch?»

Ja, ja. Sie wird ihn stückweis verspeisen.

Der genaue Druck ihres Unterleibs gegen seinen war fachmännisch. Diesem Typ Frau war er schon begegnet. Mehr als den kleinen Finger lassen sie dir nicht. Lassen dir das Gefühl, etwas verweigern zu können, den kleinen Finger, das letzte, was dir noch gehört. Er wird Ludwig enttäuschen müssen.

Zum Glück interessierten sich auch andere für sie.

Die Tanzmusik brach ab. Etwas Barockes folgte und leitete zum ersten Auftritt über. Die große Flügeltür wurde an Schnüren wie von Geisterhand geöffnet, im Halbkreis trat man zurück, und begleitet von weißgeschürzten Engeln erschien Nikolaus und schleppte schwer den Sack. Der steckte voller Pakete.

Knochenkurt zog die Geschenke heraus, las die Namen vor, nein, verkündete sie und gab mitunter, wenn er das Päckchen überreichte, Ermahnungen mit oder eine Anzüglichkeit. Eingeweihte konnten ihren Spaß haben. Ludwig hatte dafür gesorgt, daß auch Stefan sein Angebinde bekam: eine Keramikschale mit Tiermotiven, Schmetterlinge oder Mücken. Etwas für Kekse.

Man tanzte wieder. An einer Hausbar standen so gut wie alle Sorten Alkohol. In der Küche kalte Platten, Salate. Beim Schinkenstück lag ein großes Messer. Ein Kleinunternehmer, Teppiche und Fußbodenware, stellte seinen Schulfreund aus Wuppertal vor und legte Ansichten dar über Urlaubsorte am Schwarzen Meer und über Steuerfragen. Und die Schraube greift. Das Interessiertsein des einzelnen, wissen Sie, wird beharrlich gedrosselt. Schön kurz gehalten immer, wie englischer Rasen. Auf ein Streitgespräch wollte Stefan verzichten. Auch Appetit hatte er keinen. Es kam ihm vor, als sei er nicht wirklich hier. Wünschte sich ins Hotelzimmer zurück. Liegen, lesen und ein Bier. Stracks auf die Streu gesunken wie damals Luther auf der Flucht. Im Koffer lag auch das «Dienst-Reglement für das Kaiserliche und Königliche Heer». Vom Jahre 1874. Er hatte den schmalen Band erst vor kurzem erworben, aber schon viel Vergnügen damit gehabt.

Bei großer Hitze ist das Trinken während des Marsches das

beste Mittel, um dem Hitzschlage vorzubeugen. Wenn eine Truppe ihren Garnisonsort für längere Zeit oder ganz verläßt, ist vor dem Abmarsche das Signal «Gebet» blasen oder schlagen zu lassen.

Oder die Abschnitte: «Übergang über Brücken, Furten und gefrorene Gewässer.» *Stürzt ein Pferd von der Brücke, ist es sogleich loszulassen.*

So sich geborgen zu fühlen im Schoße strikter Bestimmungen, frei von jeder Furcht, irgendwann vielleicht ratlos zu sein oder gar etwas falsch zu machen. An alles ist gedacht. Schlag nur nach. Wenn eine lange Rast angeordnet ist, ist auch deren Dauer bekanntzugeben. Hat die Truppe rohes Fleisch bei sich, so ist für dessen Konservierung erneut vorzusorgen. Den Pferden sind die Gurte nachzulassen. Das etwa nöthige Filtrieren des Wassers ist zu überwachen. Immer klar und deutlich. Kein Platz für Zweifel. Weder Fragen noch Besorgnis.

Stürzt ein Pferd von der Brücke, ist es sogleich loszulassen.

Der Whisky war ein Bourbon. Jack Daniels natürlich nicht. Dann wäre ihm nicht bange gewesen um den Abend. Nein. Ein Getränk, das scharf schmeckte und muffig. Wie viel zu nasses Holz. Wie Morcheln mit Kraut. Überhaupt fühlte er sich schlecht. Er paßte nicht hierher und erwog schon zu gehen. Einen kränkelnden Magen glaubt man jedem Leiter sofort.

Auch das sollte vorgeschrieben sein: Wird billiger Whisky gereicht und kann der Genuß nicht zugemutet werden, so ist das Glas unverzüglich an einem beliebigen Orte abzustellen und bis auf weiteres oder sogar endgültig dort stehenzulassen.

Das tat er jetzt. Nahm ein Bier und blickte, während er eingoß, wie ein Sünder in die Runde und zu der Stelle im Regal, wo er das Glas zurückgelassen hatte. Zur Strafe für den Gastgeber. Mag es ihn treffen. Er unterhielt sich, so gut er konnte.

«Dieser Herr», sagte eine Frauenstimme hinter ihm, «sieht aus, als wüßte er, was wir trinken wollen.» Es war Ludwigs Annette, und sie stellte ihre Begleiterin vor. «Meine Freundin Anna. Gerade gekommen und noch ganz nüchtern. Sie waren Stefan?»

«Ich bin, ja. Und was möchte Freundin Anna?»

«Lustig sein», erwiderte sie und sah ihn länger an, als für eine Bemerkung dieser Art nötig war. Sie hatte große dunkle Augen. Trauer und eine Art Müdigkeit waren darin. Auch Neugierde.

Und eben die Entschlossenheit, lustig zu sein. Die Hoffnung, es zu können. Sie schien darauf zu warten, daß er ihr Lächeln bemerkte und zu deuten begann. Ihre Augen standen eine Winzigkeit schräg. Nein, es war ein Grün. Die Brauen rötlich. Ebenso das Haar, das fein war und wohl sehr weich. Wieviel er bemerkte in diesen wenigen Augenblicken. Und wie unsicher es ihn machte.

«Sie sehen, das Angebot ist breit», hörte er sich sagen, «was die Getränke angeht.»

Sie nahm das Lächeln allmählich zurück. Bis auf einen Rest, der rätselhaft genug blieb. «Was empfehlen Sie?»

«Dazu müßte ich doch allerhand wissen. Wie schnell es zum Beispiel gehen soll mit dem Lustigwerden.»

«Nicht zu schnell, nicht zu langsam.»

«Eine schöne präzise Auskunft», sagte er. «Danke. Und wie wünscht die Dame sich morgen zu fühlen? Das Köpfchen dick, mit ein paar hübschen Sprüngen.»

«Heute interessiert sich das Köpfchen nicht für morgen.»

Auch Sommersprossen hatte sie. Wenige. Man konnte sie zählen. Und strich sich das Haar aus der Stirn. Nun erst bemerkte er, daß Annette gegangen war. Das gefiel ihm.

«Hier hätten wir ein besonders scheußliches Getränk. Heidelbeerlikör. Oder diesen Operettenwein mit Muskatnote.»

Anna nahm ihm sein Glas aus der Hand. «Darf ich?» Und trank. «Ich möchte einfach Bier. Mit wenig Sekt.»

Während er eine Mischung für sie zurechtmachte, hatte sie Vergnügen daran, ihm zuzusehen. Wie er den Schaum, der schnell aufstieg, berechnete. Überhaupt schien ihr seine Gegenwart angenehm. Sie stießen an.

«Schönen Abend», sagte sie leise, als teilte sie etwas Vertrauliches mit. Und fragte plötzlich: «Sie trinken keinen Kognak?»

«Nein.»

«Aber zu Eis nehmen Sie doch Kognak.»

«Woher wissen Sie das?»

Sie sah ihn nur an und strich das Haar aus der Stirn. Wie sie den Kopf dabei neigte. «Tanzen wir?»

Ob er wirklich darstellte, was man einen auffallend gut aussehenden Mann nennt, war ihm – wenn auch nicht gleichgültig – heute weniger wichtig als noch vor Jahren. Zu flirten verstand er natürlich und tat es dann und wann mit Vergnügen. Aber was er auch sagte, wie er sich verhielt, sein Vorsatz, einer Verstrickung auszuweichen, sollte hinter allem erkennbar sein. So auch jetzt. Doch entweder bemerkte sie es nicht oder fand es reizvoll und fühlte sich erst recht ermuntert.

Die Melodie kannte er und die rauchige Wehmut in dieser Stimme. Ihr Körper faßte sich warm und geschmeidig und fest an. Er mochte den Lavendelduft. Yesterday. Doch was ihn schließlich erregte, war der feine Abstand, den sie einzuhalten suchte. Eine hauchdünn entfernte Nähe, fast berührungslos dicht beieinander. Jetzt aber nicht mehr. Nun mußte sie ihn spüren. War kein Schulkind. Ende Zwanzig mochte sie sein.

Er versuchte nicht, sie an sich zu drücken. Sie wich nicht aus. Von seiner außerordentlichen Anwesenheit abgesehen, war er untätig. War einfach da, spürbar anwesend. Es geschah mit ihm, und doch war er nicht verantwortlich zu machen. Schuldlos schuldig. Naturereignis, das sich an ihm vollzog, von ihr jedoch verursacht. Gewollt oder nicht. Das Prinzip des Verursachers. Sinnloses Wortspiel, wenn kein Schadensfall vorliegt. Der lag nicht vor. Im Gegenteil. Umweltfreundliches Geschehen, wunderbar unaufhaltsam, ohne Ankündigung schnell geschehen, nur schwer rückgängig zu machen. So bald nicht.

Sie blieb da, nicht drängend. Blieb immer da, vermied seitdem aber, ihn anzusehen. Die Wärme ihrer Hand an seiner Schulter. Wenig hätte genügt, den alten Abstand wiederherzustellen. Sie berührten einander lange so. Er hob behutsam ihren Kopf. Sie sah ihn auch an, forschend jetzt, ohne Herausforderung, ohne Schalk und Übermut, so als horchte sie auf etwas, was er nicht sagte und was sie nicht bereit gewesen wäre zu glauben.

Sie senkte den Blick. Der herbe Duft, der von ihr ausging. Yesterday. Und es dauerte immer noch an. Den Lavendel ernten sie im August. Geschäftspartner hatten ihn eingeladen. Die ganze Insel roch so, die alten Städte, Steine und Gemäuer. Er hatte seiner Frau ein dickes Bündel mitgebracht. Es steht im Zimmer auf dem Schrank und duftet immer noch. Sie wird schlafen. Wenn sie ihn nicht erwartet, geht sie gern zeitig ins Bett. Eine trotzige Wehmut war in der Stimme. Love was an easy game to play.

«Mögen Sie ihn auch?» fragte sie plötzlich.

«Ja. Ich wußte sogar seinen Namen. Er ist blind.»

«Ja», sagte sie.

Einmal sah er Knochenkurt an seiner Tür stehen, irgendwem winken oder Zeichen geben. Und sah ihn auch nicht. Die Stimmen der Leute werden laut vom Alkohol.

Nun tanzten sie kaum noch, standen fast und wiegten sich weiter, wiegten sich noch, als die Melodie längst zu Ende war. Ein überlautes Schunkelstück. Für jeden etwas, gut. Warum aber jetzt. Es war vorbei. Er hielt ihre Hand, während sie zum Tisch gingen, wo die Gläser standen. Nichts fiel ihm ein, was er hätte sagen können. Ihre Hand blieb aber stumm.

Annette kam, flüsterte Anna etwas zu, sagte: «Ich muß sie jetzt entführen.» Anna hatte ein bißchen gewinkt, gelächelt auch. Aber wie, wollte ihm nicht einfallen. Eine Zeitlang stand er, stand wie auf Posten und bewachte die Gläser, nahm beide und setzte sich auf einen Hocker. Sie war verschwunden. Das Erregtsein ging zurück. Auch ihr Glas trank er leer.

Niemand außer ihnen ahnte oder wußte von dieser Vertraulichkeit, die, ohne ein Wort entstanden, voll von Mitteilung war. Wenn sie sich überhaupt wiedersahen. Aber als Freundin der Freundin von Ludwig. Eine Schwägerin der Freundschaft. Nein, das wäre Annette. Schwagerschaft geht über Kreuz.

Die Tanzmusik wurde unterbrochen. Die Eingeweihten wußten, daß etwas bevorstand, und dämpften ihre Stimmen. In der nächsten Abteilung sehen Sie. Wieder trat man im Halbkreis zurück, das Spiel einer Geige war zu hören, und der Mann, der sie handhabte, kam durch eine Tür. Es war der Teppichhändler.

Stefan konnte die Güte des Geigenspiels nicht beurteilen, sah jedoch, was der Auftritt dem Mann zu bedeuten schien. In wilden Schwüngen zog und strich er den Bogen, bäumte sich wie unter Schmerzen.

Süßer die Glocken nie kliiingen.

Es war andächtig still geworden. Und es trug ihn schon, er wollte auf und davon, immer neue Anläufe, sich emporzuschrauben. Eine wütende gelenkige Inbrunst, mit der er aufbegehrte. Gegen falsch gelebtes Leben vielleicht, gegen Kontoführung und Steuerbehörden und einen Vater, der nichts gewollt hatte als einen Krämer. Seht, was ich hätte tun müssen. Zu spät, um davonzufliegen. 's ist, als ob Engelein siiingen. Er mußte bleiben, wo er war.

Hirten versammelten sich nun, konstümiert und bärtig, jeder

mit einem Stab. Sie standen oder saßen in malerischen Gruppen. Einer war Ludwig. Stefan sah ihn unter dem roten Barte grinsen.

Beim letzten Geigenton hatte einer der Hirten staunend nach Nordost zu deuten, wo in der Zimmerecke, überm Bücherregal, tatsächlich der Stern von Bethlehem, mit Haushaltsfolie schön beklebt, aufging: An einer Schnur zog er seine mehr oder minder stille Bahn. Ab und zu, weil die Schnur vielleicht Knoten hatte, blieb er ein bißchen hängen.

Die große Flügeltür wurde geöffnet und ein Plattenwagen, wie er in Kaufhallen zum Transport von Ware oder Leergut dient, hereingeschoben. Auf einem alten hohen Stuhl und von Engeln umringt saß Maria mit dem Kind.

Wahrhaftig, es war Anna. Etwas Tüll um die Schultern gelegt, ihre Brüste nackt. Den Heiland hielt sie so, als nährte sie ihn. Das Kind schlief. Seine Mutter stellte einen Engel dar und stand daneben, steif verharrend wie alle auf dem Wagen. Jeder achtet streng auf seine Pose. Mehr tut er nicht. Das ist ein lebendes Bild. Kurt, der Hausherr, ebenfalls regungslos, deutete auf Marien.

Die allgemeine Mundoffenheit dauerte nur Augenblicke, dann reagierten die Zuschauer nach Empfinden und Geschmack: betreten, entzückt oder kopfschüttelnd. Jemand lachte. Beifall gaben wenige. Stefan wußte nicht, war das Klamauk, war es Andacht. Das Lächerliche der Vorführung kam aus ihrer Unentschiedenheit. Wirklich ernst schien sie nicht gemeint, noch sollte sie das reine Possenstück sein.

Der Teppichhändler geigte nun hinter den Kulissen. Was der Gruppe auf dem Wagen an Bewegung mangelte, machten die Hirten mehr als wett; sie redeten heftig, wenn auch stumm aufeinander ein. Und da kaum einer noch nüchtern war, suchte jeder jeden zu überbieten. Mäulerreißen, Hälserecken, Schulterfassen, Bärteraufen. Während der Geiger hinten spielte: Maria, liebste Maria mein.

Kurt, der Regie zu führen schien, hätte einschreiten müssen, durfte aber nicht heraus aus der Pose, in die er sich gesteckt hatte. *Nachdenken über Tücke und Gefahr beim Einnehmen starrer Haltungen.*

Und sie steigerten sich immer noch: Schenkelschlagen, Beinewerfen, Stöckekreuzen. Zwei, natürlich auch Ludwig, hatten ihren Bart verloren.

Von allem unberührt saß Anna und hielt das Kind. Sie wirkte heiter und würdevoll. Die junge Mutter spielte sie glaubhaft, und doch schien sie das Unbefleckte darzustellen, das man der biblischen Maria so hartnäckig nachsagt. Sie sah gleichermaßen mütterlich und mädchenhaft aus, ihre Brüste waren zart und weiß. Und waren rosa. Vielleicht hat sie kein Kind und hat es immer gewollt, und es war gar kein Mut nötig gewesen, um die Rolle zu spielen. Hilf wiegen mir mein Kindelein. Sie wiegte es.

Plötzlich wurde das Licht gelöscht. Man hörte, wie sie den Wagen hinausschoben. Der Spuk war vorbei. Das Licht ging an, es gab wieder Tanzmusik. Streit über das Gesehene kam auf. Am Rande des Erlaubten. Wahrhaftig. Sagten Sie am Rande? Jenseits davon. Und immer war die Szene mit dem Kind gemeint. Sehr nahe an der Pornographie. Na, ich fand die Dame reizend. Sie etwa nicht. Wer war sie überhaupt.

Stefan hatte keine Lust, sich zu beteiligen. Er wartete auf Anna und begann sie zu suchen. Er fühlte sich mißgestimmt, war vielleicht hungrig. Seit dem Eis am Mittag hatte er nichts gegessen. Am kalten Buffet lobte der Mann aus Wuppertal das Geigenspiel seines Freundes. Stefan nahm eine Schinkenrolle mit Meerrettich. Die Augen tränten. Fand noch ein Stück Hering, das ihm zusagte.

Wieso fiel ihm jetzt die Fahne ein. Beim Hering fällt ihm die Fahne ein, die sie in Michaels Schrank gefunden hatten. Beutestück. Zusammengerollt und versteckt im Schrank. Er mußte sie im Leipziger Stadion erbeutet haben. Nach dem Spiel war es zu Streit und Handgreiflichkeiten gekommen. Michael beherrscht Judo, trägt schon einen Gürtel und kugelt, wenn es sein muß, reihenweise Armgelenke aus. Kann sein, ihre eigene Fahne ging verloren und sie erbeuteten diese. Beute macht man nur im Kampf. Wie denn sonst. Aber er wollte, im Gegensatz zu Barbara, den Jungen nicht zur Rede stellen. Mit fünfzehn hat man Anspruch darauf zu erfahren, wann ein Kampf besser vermieden oder aufgeschoben wird. Und wann er geführt werden muß. Ein versäumter Kampf ist so schädlich wie ein zu früh geführter.

Stefan aß noch ein Stück Hering. Und wartete auf Anna, die er nicht kennt. So gut wie nicht. Wieso fürchtete er, sie könnte schon gegangen sein. Oder wünschte er es.

Während er umherging und sie nicht fand, überkam ihn, wenn

auch schwächer als damals und anders, jenes Gefühl der ungenauen hohen Erwartung, die ihn als Junge bedrängt hatte, wenn Spätsommer war und die Luft nach Kamille und warmer Feuchtigkeit roch und wenn er, statt zum Fischen zu gehen, heimlich ein Mädchen traf. Distelflocken sind unterwegs, feine riesige Flugapparate, um ein winziges Samenkorn zu transportieren. Der schwere Mais und Geruch von Pilzen, das Rot der Ebereschenfrüchte und die Schneebeeren. Todesboten allesamt. Noch einmal Fülle und die rätselhafte Ahnung von Reife kurz vor dem Sterben. Das Brombeerlaub ist gelb. Was, wenn sie nicht kommt. In die Neugierde mischte sich die Furcht vor Vergeblichkeit, was die Erwartung nur noch weiter spannte, was ihr erst Gewicht gab. Die Erinnerung daran streifte ihn, und er suchte die fremden Gesichter nach Anna ab.

Und vergiß den Stachel des Unerlaubten nicht. Heute kaum der Rede wert, ein stumpfer Gegenstand geradezu, wenn er an Roshan dachte. Mit ihr war der Stachel eine Lanze, nadelfein. Er hat ihn versucht, wenn auch mit Umsicht. Zwei Jahre ist das her. Am liebsten sprach sie persisch, ihre Mutter stammte aus Täbris. Roshan lehrte ihn wohlklingende Wörter. Er sagte sie nach wie ein gelehriger Vogel. Und sie lobte ihn.

Von den Hängen des Monte Quassium sahen sie die Sonne untergehen, und das Gemurmel der Stadt kam aus dem Tal. Hier konnte niemand zuhören. Er hatte keinen Tropfen Alkohol getrunken. Sie fragte nichts Verdächtiges. Er plapperte die exotischen Wörter, die sie am liebsten hörte. Sie belohnte ihn. Der Perser ist geneigt, die Klarheit des Gedankens dem schönen Klang des Wortes zu opfern. Unweit des Ortes, wo Kain den Bruder erschlug, gefielen sie einander. Er hielt alle notwendigen Regeln ein, so daß Schaden nicht entstehen konnte. Nein, es war schon drei Jahre her.

Übrigens hat das Ergebnis der Verhandlungen alle überrascht. Nur er konnte darüber spekulieren, ob sie ohne Roshan und seine Gelehrigkeit ebenso gut verlaufen wären. Der erotische Aspekt im auswärtigen Handel. Er nahm noch ein Käsebrot, hätte früher daran denken sollen, etwas zu essen.

Suchte Anna und spürte den kleinen Stachel.

Im Korridor stand Ludwig, hochrot im Gesicht von den Strapazen der Vorführung.

«Gehen wir? Oder willst du noch bleiben? Die Mädchen sind weg.» Ludwig schwitzte noch. «Wie gefällt sie dir?»

«Wer?»

«Na, Annette. Ich hab sie dir vorgestellt.»

«Wird wohl nichts werden.»

«Mir ist schon geholfen, wenn sie bißchen abgelenkt wird», sagte Ludwig. «Gib dir mal Mühe.»

«Wohin sind sie?»

«Zu Annette vielleicht. Oder in die Mühle. Soll ich ein Taxi rufen?»

«Hat sie überhaupt Schlüssel?»

«Weißt du doch», sagte Ludwig. «Die Schlüssel geb ich immer zu früh aus der Hand.»

3

Elf Uhr abends und allein zu Hause. Oder wen erwartest du noch? Anna hatte sich überreden lassen. Kein guter Abend zum Alleinsein, gerade heute und nach allem. Vergeblich der Versuch, in ein Buch zu entkommen, in ein nichtiges Kinostück, das sicher noch lief, in dem alle, bis auf einen, böse und schlecht sind und eines natürlichen amerikanischen Todes sterben, bis auf einen.

Und es war zu früh für einen Brief ins Wäschefach. In einigen Tagen würde sie ihm schreiben und über ein Wochenende nachdenken, das verlorenging. Wir haben vielleicht ein anderes. Versäumtes kann auch endgültig sein. Wie zum Beispiel sterben.

Einer der Gäste war Nelkenhöner. Er wohnte außerhalb, wollte den Umweg machen und sie zur Mühle bringen. Annette schien vertrauter mit ihm, als sie erkennen ließ. Und wenn. Sie erzählten einander nicht alles. Immer roch er zu gut, war immer durchdacht gekleidet, strebte still, ohne aufzufallen. Nie unbeherrscht. Er hatte noch viel vor. Der akademische Grad fehlte ihm, und Anna – im Gegensatz zu den meisten im Krankenhaus – nannte ihn beharrlich «Herr Nelkenhöner». Über den Abend und die Darbietungen vermied er zu sprechen. Er hätte urteilen müssen.

Überall Schnee, sehr viel und nicht mehr ganz weiß. Der gleichgültige Schnee. Herr Nelkenhöner rutschte auch in Nebenstraßen nicht. Was an ihm konnte begehrlich machen? Etwa die Harmonie jedesmal, die perfekte, zwischen Socken, Hemd und Anzug. Der Mann wirkte keimfrei. Gut, daß er sofort weiterfuhr.

In der Dunkelheit sah die Mühle wie ein dicker Zwerg aus, ohne Hals, aber mit großer Mütze. Das Behelfsdach stand an den Seiten über und trug eine Haube aus Schnee. Einmal, im letzten Mai, war sie auch mit Elch hier gewesen. Er hatte einige der Bilder und Zeichnungen gedeutet, und bei späteren Besuchen fiel ihr auf, wie sie sich mit seinem Blick in der Mühle umsah. Eine der bunten Figuren hatte ihn am meisten belustigt; sie stellte ein Fabelwesen dar, wohl ein Tier. Aber welches. Es sei weder Schaf noch Katze noch Huhn, meinte der Elch. Vielleicht alles zusammen. Ja. Es sei das Schakahu. Um nichts anderes könnte es sich handeln als um ein gewöhnliches Schakahu. Ludwig nahm es mißtrauisch auf. Er mag Leute nicht, die fragen, was seine Sachen darstellen.

An der geöffneten Tür stehend, hörte Anna, wie Annette in der Mühle umhertappte, etwas umwarf und alles zur Hölle wünschte: diese Bruchbude, diesen Kerl mitsamt seinen Einfällen. Ludwig trat in vielen Gewändern auf. Mochte er betrübt oder grob oder bissig sein, er tat alles wie im Spiel. Normales war ihm zuwider. Die elektrische Anlage in der Mühle war eine seiner Narrheiten.

Sie war so installiert, daß man von der Tür aus kein Licht einschalten konnte. Weil es normal ist, hereinzukommen und Licht zu machen. Aus tiefer Abneigung gegen das Übliche entwarf er ein System von Haupt-, Neben-, Schutz- und Wechselschaltern, alle in entlegenen Winkeln des Raumes untergebracht.

Annette suchte immer noch. Ist das hier die Staatsbank oder was. Sie äffte ihn nach: Sicherheit zuerst. Es genügte auch nicht, die versteckten Schalter zu finden, ausschlaggebend war die Reihenfolge, in der man sie betätigte; ein geheimes Codewort gleichsam, das er übrigens von Zeit zu Zeit änderte. An manchen Abenden, wenn er reichlich getrunken hatte, war es vorgekommen, daß selbst er die Aufgabe nicht lösen konnte, fluchend hierin und dorthin stolperte, bis er es aufgab und im Dunkeln hinaufkroch in die Kammer, wo er schlief. Befragt, wer das installiert habe, sagte er: Der Elektriker war ein Theologe. Das stimmte. Der junge Mann, an weltlichen Versuchen, darunter einigen Wissenschaften, gescheitert, studierte nun Theologie, doch er hatte nichts weiter getan, als Ludwigs Pläne sorgfältig auszuführen.

Endlich ging das Licht an. Annette schaffte notdürftig Ordnung. «Sage ich zuviel, wenn ich sage, er dreht durch? Und sieh dir an, wie das aussieht.»

«Aber es ist warm», sagte Anna.

«Ja, den Nachtspeicherofen kann er extra schalten.»

«Und schön allein», sagte Anna. «War es nicht dumm, überhaupt mitzuspielen. Und noch blödes Gerede hinterher.» Nun sah sie, daß das Schakahu nicht an seinem Platz stand. Vielleicht war es verkauft. Sie wird ihn danach fragen, und er wird sagen: Hat dir gefallen? Ich mach dir ein neues.

«Überhaupt eine blöde Gesellschaft», sagte Annette. Sie begann sich umzuziehen. «Machen wir uns bettfein. Such dir ein Hemd aus. Unten im Schrank.»

Auch einen Duschraum hatte Ludwig eingebaut. Er konnte Fliesen verlegen, Fische räuchern, Treppen und Betten bauen und riesige Tische. Hatte im Herbst schmackhafte Gurken eingelegt, hohe, dicke Gläser voll, man ahnte schon, wie sie schmecken würden, Dill und Lorbeer sah man, die Senfkörner und das Bohnenkraut.

Der Boiler war nur mittelgroß, und sie duschten zusammen.

«Kennst du den, der das gesagt hat mit der Schweinerei?»

Es ärgerte Anna. Ist denn ihr Busen eine Schweinerei? Annette gefiel er sogar sehr, und etwas Neid war dabei, und sie sah ihn gern. Faßte ihn auch an, wenn Anna es mochte und wenn Gelegenheit war, wie jetzt, eng beieinander unter dem Wasser in der Wärme, die alles entspannt.

Annettes Junge war jetzt sieben. Seit seiner Geburt war sie voller geworden, sie hatte manches an sich auszusetzen. Ich denke, die Männer mögen viel, meinte dann Anna. Oder gib mir ein bißchen ab. Etwas könnte ich noch brauchen.

Mitunter erwogen sie zu tauschen.

Sie seiften einander ab. Und Anna sagte: «Hör auf.»

Es stimmt nicht, daß Frauen besser wissen, was Frauen gefällt. Ihr Wissen ist weiblich.

Sie gingen nach oben. Wo früher Teile der Mechanik und des Räderwerks hingen und es keinen Fußboden gab, hatte Ludwig eine Sitzgrube gebaut. Einander gegenüber standen zwei Liegen, ein kleiner Tisch in der Mitte. Auf den frischen Dielenbrettern Kissen. Da und dort hingen seine Zeichnungen. Ein Porträt und ein Akt von Annette, die elfstöckige Mühle. Eines der Blätter zeigte einen Penis als Friedenstaube. Annette nahm Bettzeug aus der alten Truhe, zündete Kerzen an. Die Bauernuhr tickte. Schwere Tragebalken auch hier, auf denen andere über Kreuz ruhten. Welche Last stützt welche und wie lange schon. Das Holz war grob zugeschlagen, man sah die Spuren der Äxte und geheimnisvolle Zeichen, vielleicht Buchstaben. Schon bei ihrem ersten Besuch hatte Anna beeindruckt, wie lauter Schweres sich mühelos trägt.

Sie fragte nach Ludwigs Freund. Mittags habe er auf einer Bank im Schnee gesessen. Nein, gelegen fast. Und sah aus wie tot. Sie hatte daran gedacht, jemanden aufmerksam zu machen, daß man hinging und nachsah. Annette wußte, daß Ludwig ihn Ochsenfrosch nennt oder Wollschwein. Manchmal General. Nein, einer ohne Uniform. Ein Wirtschaftsboß. So etwas sei er wohl. Und daß sie sich lange kennen, seit der Lehrzeit im Schiffbau. Der engste Freund, den Ludwig hat. Vielleicht der einzige.

Anna lag ausgestreckt. Sie trug das dünne Hemd, aber fühlte sich wohl und warm. Sie hatten noch kalt geduscht. Im Gebälk gab es endlos viele Flächen und Winkel aus Licht und Schatten und Halbschatten. Die alte Uhr mit dem langen Pendel zeigte halb acht. Sie durfte gehen, wie sie wollte. Sie aß ihr Gnadenbrot.

«Er gefällt dir?» fragte Annette.

«Wir haben schön getanzt.»

«Ludwig erwähnt ihn oft. Ich war schon gespannt. Er scheint zu haben, was Ludwig nicht hat. Er kommt mir zu kontrolliert vor.»

Anna hätte das Gegenteil behaupten können, schwieg aber.

Von zuviel Kontrolle oder Nüchternheit keine Rede. Es war das erste Mal, daß sie mit einem Mann, der ihr fremd war, so getanzt hatte und es ihr gefiel. Die rüde, freche Vertraulichkeit, die darin lag, hatte sie immer gestört, oft sogar beleidigt, und diesen Kerl damals, auch einen Boß, hat sie geohrfeigt vor aller Augen im Saal. Nicht allein dafür, aber auch, und es gab den letzten Ausschlag für ihr Verhalten. Je mehr Zeit vergeht, desto weniger bereut sie den Skandal.

«Er wohnt in Berlin?»

«Ja. Sie sehen sich paarmal im Jahr und quatschen den ganzen Abend und die Nacht.» Annette war immer noch nackt und feilte an den Fingernägeln.

«Kann ja sein, sie kommen noch», sagte Anna.

«Ich glaube, Ludwig ist längst betrunken. Du möchtest, daß sie kommen?»

«Verglichen mit den anderen ist er eine Wohltat», sagte Anna.

«Vergiß den Konsul nicht.»

«Ja, dein Konsul. Hast du Bier da und Zucker?»

Annette wußte, was das werden sollte. Alles im Schrank neben dem Herd. Auch große Gläser. Denn Anna brauchte ein großes.

Durch simple Sprünge im Gedächtnis war sie darauf gekommen, jetzt ein Zuckerbier zu trinken. Der Konsul – wenn auch auf andere Art – war für Annette ein Elch gewesen. Der Konsul und seine Marotte, nach durchzechter Nacht eine Fleischbrühe zu verlangen, in die er Rum schüttete. Sonderbare Trinkgewohnheit. Und dann eben Elch, dem es nachts einfällt, sein geliebtes Zuckerbier herzustellen. Anna fand den langen Löffel und hatte alles beisammen. Auf der Treppe mußte sie das Hemd raffen, das viel zu lang war. Alles an Anna ist schön klein; die Ohren, die Füße. Alles. Barfuß gehen auf frischem Holz.

Zuerst kommen vier, fünf Löffel Zucker in das Glas, langsam und aus ziemlicher Höhe wird das Bier hinzugegossen und sehr viel Schaum erzeugt, der durch starkes Rühren zunimmt und steifer wird, fast wie Schlagsahne. Man kann löffeln und trinken, es schmeckt, und eine rasche, versöhnliche Trunkenheit kommt, die lange anhält. Und die milde stimmt.

Nach einem halben Glas kichert sie schon häufig, der Abend konnte beginnen. Und wie? Ohne Elch. Er ist auf und davon, unterwegs auf seiner Bahn. Die Bewegungen der Kometen sind nur scheinbar unregelmäßig. Darauf trinken wir. Sie durchstreifen alle Winkel des Himmels. Tu das. Manche sind nur kurze Zeit, kaum einige Tage lang sichtbar. Das trifft zu auf dich. Einige sind von starker Helligkeit, gut zu sehen mit dem unbewaffneten Auge. Ein Elch von sehr sonderbarer Helligkeit. Ihre Bahnen sind elliptisch. Parabeln kommen nur selten vor. Deine Rückkehr hat begonnen. Du bist ein Irrstern. Indem du dich entfernst, beginnt schon deine Rückkehr. Prost.

Über das eigentliche Wesen der Kometen ist man noch sehr im dunkeln. Prost.

Ludwig hatte ein Taxi bestellt – das nach vierzig Minuten kam – und bei Annette angerufen. Niemand meldete sich. Die Freundin, diese Anna, sei ihm erst heute wirklich aufgefallen. Er müsse sie bald malen. So nannte er das immer. Die Farbe der Augen wie Pistazien. Und gib dir mal Mühe mit Annette. Wahrscheinlich sind sie draußen. Mir wäre schon geholfen, wenn sie abgelenkt wird.

«Du weißt, du kannst viel verlangen», sagte Stefan. «Zu viel nicht.»

«Ohne den Wunsch, sich zu opfern, keine Freundschaft», erwiderte Ludwig. «Ohne das Bedürfnis nach einem Opfer.»

Von weitem sah er, daß in der Mühle Licht brannte. Er bat den Fahrer, ein Stück entfernt anzuhalten, und sie stapften durch den Schnee. Es war windstill und schneite leicht.

«Sie werden oben sein. Ich sehe nach.»

Eine Leiter muß zur Hand sein. Manche Katastrophe konnte gemildert, sogar abgewendet werden, weil eine Leiter schnell zur Hand war. Sie hing an der Südseite dicht über dem Erdboden. Ludwig stieg hinauf – unsicher noch – und sah Anna stehen und sich wiegen nach Rhythmen, die er zu hören glaubte. Die natürlich fließende Bewegung unterm langen Gewand. Etwas hielt sie in der Hand. Annette saß nackt und besserte Lack aus an den Nägeln. Sie hatte ihm sehr gefallen, die Anna, bei dem Zirkus mit dem Kind. Er war stark entschlossen, sie bald zu malen. Wie sie sich bewegte. Das Haar zwischen Rost und Tizian. Und wie sie sich zurückhält, obwohl sie so gut wie allein lebt, regt ihn auf.

«Komm schon runter», sagte Stefan.

«Bilder sind das», flüsterte Ludwig. Und kam dann. «Alles lautlose Schreie. Wenn Farben schreien. Sie hat einen Hals wie bei Modigliani. Die haben alle ein paar Halswirbel mehr. Also, was ist?»

«Wenn ich's richtig bedenke», sagte endlich Stefan, «gefällt mir die Anna.»

«Also gut. Spielen wir's aus», sagte Ludwig.

Im ehemaligen Wiegehäuschen hinter der Mühle bewahrte er Werkzeug auf, einige Vorräte, alte Grabsteine und geschnittenes Holz. Hier sollte es sich entscheiden.

«Pistole oder Stich?» fragte Stefan, er würde das Resultat ohnehin nicht akzeptieren.

Im allgemeinen bestimmt gewöhnlich der Fordernde die Waffe, hieß es da. Muß aber auch gefährlichere annehmen. Der Zweikampf auf den Stich erfolgt mit dreischneidigem Stoßdegen, der auf den Schuß geschieht mit Pistolen. Die Sekundanten sehen darauf, daß ordentlich geladen wird. Beim Schießen über den Mantel oder das Tuch wird die Mensur durch die gegenüberliegenden Zipfel eines Mantels oder Tuchs bestimmt. Beim «Schießen aus dem Sack» sind beide Pistolen in dem Sack, jedoch nur eine ist geladen.

Ludwig fand ein Fünfmarkstück. Münze aus dem Sack. Zahl sollte gewinnen; wer gewinnt, hat die Wahl.

Nach je zwei Würfen stand es unentschieden, Stefan verfehlte, und Ludwig konnte alles entscheiden. Er schleuderte das Geldstück verzweifelt hoch, weiträumig, als wären sie im Freien. Vermutlich fiel es in die Ecke, wo Holz und Geräte standen und ein Faß. Während sie suchten, behauptete Ludwig, dort läge sein Sieg irgendwo. Mit Hölzern spielten sie weiter, und Stefan gewann.

«Wieso Glück des Tüchtigen. Das Pech des Redlichen», meinte Ludwig. «Statt auf meine Unwiderstehlichkeit zu bauen, geb ich dir eine Chance. Ich Hornschaf.»

«Aber ich könnte Annette wählen», sagte Stefan unvermutet.

«Aus Mildtätigkeit, ja? Damit ich bei Laune bleibe. Das ist mir zu politisch.»

«Also ich wähle Annette, um sie dir gleich darauf zurückzugeben.»

«Ich nehme nichts geschenkt», erwiderte Ludwig streng. Immer macht Alkohol ihn eigensinnig. «Vielleicht später, wenn du kommst und sagst: Nimm sie mir ab. Sie bringt mich um. Dann nehm ich sie dir wieder ab. Weil ich Kumpel bin.»

«Gut, wenn du nicht willst. Ich verzichte auf eine Wahl.»

«Und alles ist wie vorher, ja?» fragte Ludwig. «Du bist frei und machst dich an Anna ran, wie du es vorhattest. Ein ganz übler Trick, du.» Er suchte nach etwas, was nun paßte. «Du Hirschkäfer. Australischer. Mildtätiger. Und du denkst, ich kann das nicht durchschauen? Verletzen willst du mich nicht, einen Gefallen magst du mir nicht tun. Zu feige zum Bösen, zum Guten zu schwach. Das Volk durchschaut alles, mein Lieber. Die Tricks besonders. Die neuen einfachen Menschen kann man nicht hinters Licht führen. Also komm. Wir spielen das freie Spiel der Kräfte.»

Durch die hintere Tür traten sie leise ein. Ludwig ging voran die Treppe hinauf. Anna kroch ins Bett, und Annette fragte: «Du kommst schon? Bist du allein?»

«Mit Stefan bin ich nie allein. Wo bleibst du?»

Stefan wünschte einen guten Abend. Auch Annette zog die Decke über, und von Anna sah man fast nur die Augen, ein wenig erschrocken, mehr belustigt. Erwartungsgroße Augen. Und sie fragte: «Wo treiben Sie sich rum?»

«Es war plötzlich sehr langweilig.»

«Ohne uns?»

«Ja.»

Ludwig nahm den alten Melkschemel, auf dem er am liebsten saß, ohne sich jedoch zu setzen, zündete eine weitere Kerze an und wollte wissen, ob nichts zu trinken da sei. Was wird getrunken? Ich bringe, was ich finde. Auf der Treppe sagte er noch: «Paß auf, daß sie so bleiben und nichts anziehen. Sie werden alle gemalt.»

Annette, in die Decke gehüllt, ging ebenfalls hinunter. Stefan hörte den schleppenden Gang der Uhr und die Stille dahinter, die lange zu dauern schien.

«Sie dürfen sich setzen.» Anna deutete auf den Rand der Liege.

«Ich dachte nicht, daß wir uns noch sehen», sagte Stefan. Etwas mußte ja gesagt werden.

Sie kam unter ihrer Decke hervor, richtete sich halb auf und strich mit beiden Händen das Haar vom Nacken her über den Kopf. Das Hemd war so dünn, daß er kaum wagte hinzusehen. Ein Blick zuviel kann alles verderben.

Bei jeder Form von Spannung oder Verlegenheit hatte das Rauchen einen Ausweg geboten, und er erinnerte sich der Packung, die seit Mittag ungeöffnet in der Tasche steckte. Die Gefahr, rückfällig zu werden, bestand für ihn nicht; so gut kannte er sich. Im ganzen kannte er sich gut, denn manchmal in jüngster Zeit schien es ihm bedenklich, das Urteil über sich selbst für gesichert zu halten. Anna bat ihn um die Schachtel, sah sie an und prüfte den Verschluß.

«Sie haben sie schon lange? Mal sehen, wie lange.» Sie schloß schnell die Augen, lehnte den Kopf zurück und befühlte die Packung. Zarte Finger, die Nägel ohne Lack. Immer wenn sie atmete, sah er die Spitzen ihrer Brüste deutlicher unter dem Stoff. Und sie weiß es, dachte er. Sie mußte es wissen.

«Sie haben sie… etwa seit Mittag?» Jetzt sah sie ihn an. «Stimmt das?»

«Ja, es stimmt. Genau seit Mittag.»

«Manchmal sehe ich so etwas.»

Wieder, wie am Abend schon, die Unsicherheit, wohin er auch dachte. Er gab sich Mühe, ihren Blick und das Lächeln zu entziffern, hätte etwas sagen müssen. Kein Geräusch kam von unten.

Wo blieben Ludwig und die Freundin. Sollte er sie doch berühren? Ihre Hände erst. Kann sein, daß sie darauf wartet. Und was geschah, wenn er es tat? Aber sie atmete ruhig.

Es gab nichts, was nicht wirklich geschah. Der schwerfällige, etwas hinkende Gang der Uhr, der allerdings stockender wurde, wenn man auf ihn achtete. Die einzige Täuschung, auf die er stieß. Anna öffnete die Packung Zigaretten, und genau das Geräusch, das dabei entstehen mußte, entstand. Viele winzige Punkte von Licht in ihren Augen. Natürlich von den Kerzen. Ein Balken knarrt. Ja, das Holz lebt. Aber hinter allem oder darüber lag das. Oder schwebte und hing. Und was, du Esel? Wenn's wahrhaftig ans Zählen geht, vergiß den Ökonomen. Zählen hilft hier nicht. Oder wirst du alt, wie er gelegentlich dachte. Die Summe aller Teile ist selten das Ganze.

«Aus einem Laden ist die Packung nicht», hörte er sie sagen. Und wieder fühlte sie ein bißchen. Sie nahm eine Zigarette und bot ihm eine an.

Immer schien es wie eine Frage, wenn sie die Augen aufschlug, um ihn anzusehen. Und es schien jedesmal auch eine Art von Berührung zu sein. Er glaubte diesen Blick im Körper zu spüren. Ein Impuls, der eindrang und sich weit verzweigte. Nun wieder, als er ihr Feuer gab mit der Kerze.

«Ich bin heut übermütig.» Ihr Aufblicken geschah immer kurz. Immer forschend. «Sie sind selten übermütig.»

«Sicher zu selten», sagte Stefan.

«Es geht also noch. Kann man es verlernen? Auch wenn man sich Mühe gibt.» Antwort erwartete sie nicht. «Schwimmen zum Beispiel verlernt kein Mensch.» Sie spielte mit dem Verschluß der Packung, kniffte und faltete und hatte aus der Folie etwas geformt, was sie auf der ausgestreckten Hand betrachtete.

«Eine Mücke», sagte er.

«Vielleicht für Sie. Für mich eine Motte. Sie trinken ja nichts», sagte sie und stand auf. Und Stefan ließ sie so an sich vorbeigehen.

So geht sie schnell an ihm vorbei. Für Augenblicke sieht er durch das dünne Gewebe, und gegen das Licht der Kerze sieht er, daß sie schön und schmal ist und nicht zu schmal. Wie damals Barbara. Das denkt er gegen seinen Willen, und weder besteht Anlaß noch hat er das Recht zu dem Vergleich. Zwanzig Jahre gelebt seitdem, die Kinder geboren und großgezogen. Mag sein, sie ist zu sehr Mutter, zu viele der selbstzerstörerischen Opfer auch für ihn, der sie nun vorschnell unterliegen läßt. Vergleicht Schenkel und Hüfte, wie es Burschen in der Tanzpause tun, wenn sie taxieren und mutig sind von zuviel Bier.

Nein, das hat er nicht getan. Hat einen flüchtigen Gedanken gehabt. Schließlich darf ihm gefallen, daß sie nur das Hemd trägt und er sie sehen kann. Sie darf ihm gefallen. Soll das Dunkle ihn nicht erregen, der feine rötliche Schimmer, den er darin wahrnimmt, während sie so nahe an ihm vorbeigeht. Er faßt sie nicht an.

An der Treppe stehend fragt sie, ob er ein Zuckerbier möchte. Nein. Er wird ein Eierbier versuchen. Ludwig machte damals das beste Eierbier. Sie tranken es oft zu dritt. Man trinkt es im Winter an der Küste. Aber um Barbara haben sie nie gewürfelt; es war beiden zu ernst, und sie gaben ihr Zeit und Gelegenheit reichlich und wollten respektieren, wie sie sich entschied.

Ludwigs Küche unten war zum Raum hin offen, eine Art Theke mit Hockern davor, Pfannen und Töpfe darüber an einem Balken. Den Rauchabzug über dem Herd hatte er selbst entworfen und gebaut. Die Schränke ebenso.

Stefan blieb immer in Annas Nähe, atmete hörbar den Duft aus ihrem Haar.

«Was machen Sie für Faxen», sagte sie.

Im Profil war ihre Nase eine Spur zu lang, und es störte nicht. Vielleicht hat sie wirklich ein paar Halswirbel mehr.

Nur das Gelbei kommt in die Gläser, und mit einer Gabel schlug er Zucker und Ei zu Schaum. Anna sollte einen Topf aufsetzen, um das Bier heiß zu machen, aber sie konnte sich nicht vorstellen, mit Genuß warmes Bier zu trinken.

«Immer wird Eierbier heiß getrunken», sagte er.

«Dann erfinden wir heute ein anderes», sagte Anna. Sie gingen hinauf und tranken es kalt. An Zuckerbier, fand sie, kam es nicht heran. Und tat doch seine Wirkung. In ihre Augen kam noch mehr Flimmer. Stefan lobte sie für die Erfindung.

Der Verdacht war ihm gekommen, die Frauen könnten besprochen haben, daß Anna und er eine Zeitlang allein blieben. Sie hatten es in Stralsund oft genug getan. Einer geht zum Fußball oder ins Kino. Nach dem Film ein Bier. Der «Anker» hat geschlossen, also weiter durch die Nacht und den steifen Nordost für den Kumpel, diesen Umweg noch, immer mal ein Stück im Dauerlauf. Ein knappes Stündchen mehr für den Kumpel. Und für sein schönes Fräulein auch.

Wie schlecht er nun die Zeit nutzte. Oder doch gut, indem er nahezu untätig blieb. Sie hatte sich kaum zugedeckt. Und bewegte die Zehen.

«Wie fanden Sie den Abend und das Theater?»

«Die Hirten haben mir gefallen. Und natürlich Sie», sagte er mit Nachdruck.

«Aber Sie sollten meine Brüste im Sommer sehen.»

«Gerne», sagte er sofort. «Warum so spät?»

«Sie sind jetzt zu klein.» Anna schien sich verwundert zuzuhören, erstaunt, daß sie das sagte. «Ab Mai oder April nehme ich die Pille. Davon werden sie etwas größer für den Sommer.» Und sie sagte: «Hier gibt es den Kolksee, wo man nackt badet. Machen Sie das auch?»

«Nein», sagte er.

«Weil Ihre Frau es nicht mag.» – «Ja. Auch.»

«Jemand muß sie überzeugen. Es ist viel schöner. Mich mußte auch erst einer überzeugen.»

«Aber was Sie mit der Pille machen, ist ein unnötiger Aufwand», sagte Stefan. «Sie haben mir gefallen, wie sie sind. Ich könnte es beweisen.» Sein Lächeln wirkte verlegen oder väterlich oder beides.

«Ja, ich weiß», sagte Anna. Sie blieb liegen und wehrte ihn nicht ab. In der festen Mulde der Nabel unter seinen Fingern, die er kaum bewegte, um die Wärme zu fühlen und die weiche Glätte überall unter der Hand. Als er sie dort küßte, hielt sie seinen Kopf mit den Händen.

Sagte aber: «Was so kullert im Bauch, ist das Eierbier.»

Das alte Schlagwerk der Uhr rastete ein, immer zur vollen Stunde und nur noch aus Gewohnheit; schlagen konnte sie nicht mehr. Es störte ihn, nicht zu wissen, wie es ohne ihre Abwehr weitergegangen wäre mit ihm selbst. Eine Art Prüfung, in die er da geraten war. Wann und wodurch galt sie als bestanden, wer vergab die Noten. Der Prüfling durfte sich sogar verweigern, konnte aufstehen, hinausgehen und die Kommission einfach sitzenlassen.

Sieht sie, daß ihm so und nicht anders zumute ist. Sieht man ihm das an? Ist ihr Blick belustigt, forschend, begehrlich. Wie einfach dagegen, ein halbes Dutzend Werkleiter zu durchschauen und das Geplänkel ihrer technischen und ökonomischen Direktoren, die die Vorhut bilden. Wie bettelarm er doch ist – verglichen etwa mit Ludwig – an Kenntnis und Fertigkeiten, die hier gefordert sind. Als ob es darauf ankäme. Nicht das Quantum von Erfahrung zählt, sondern wie man sie handhabt. *Mit keiner Art von Erfahrung soll man nachlässig umgehen.*

Fast alles sah sie ihm an oder glaubte es. «Sie waren schon das zweite Mal übermütig», sagte sie endlich. «Nein. Das dritte Mal.»

Er kam darauf, daß er die dritte Übung heute noch nicht hatte machen können. Am besten, man übt die Entspannung dreimal täglich. Vielleicht jetzt, denn es geht auch im Sitzen und ohne Lehne.

Nun läßt man sich senkrecht in sich selbst zusammensacken, wie das Übungsheft sagte. Der Rücken wird krumm, der Kopf hängt wenig nach vorn herunter. Die Arme lose schwingend bewegt, dann auf die Oberschenkel aufgelegt. Der Körper hängt ohne jede Muskelleistung in seinen Knochen. Das ist die Droschkenkutscherhaltung.

Die Augen aber schließen. Und das ging jetzt nicht.

Der Prüfling wird jetzt aufstehen, nicht um die Kommission endgültig zu verlassen, nein, um ein Bier zu holen. Also zwei. Auf einem Stuhl unten sah er die Sachen liegen, auch ihr langes Kleid mit dem blauen türkischen Muster. Er brauchte nicht zu befürchten, daß sie seine Abwesenheit nutzte und sich anzog.

Es hatte aufgehört zu schneien. An der Tür stehend, atmete er langsam und tief und benutzte das Zwerchfell. Verzögertes Ausatmen. Sieben, acht, neun. Die Flut von Sauerstoff drängt durch Kanäle und Gefäße. Alle Transportwege überflutet von Sauerstoff. Luft, die es nicht mehr gibt in Berlin. Zu Hause wird er nichts erzählen. Was sollte auch erzählt werden.

Luft, die nach Kräutern und Kälte riecht. Der Kräuter Wirkung und Tugend ist, daß sie Schleim und Galle, welche sich auch bei Gesunden täglich sammeln und die allerhand Schwachheiten zu verursachen pflegen, sanft aus dem Körper entführen. Sie stärken den Magen und das Haupt. Sie widerstehen aller Fäulnis im Leibe und töten die Würmer.

Noch einige Kniebeugen dazu. Dreizehn, vierzehn.

Nur durch stete zweckmäßige Benutzung bleiben die Einzelteile tüchtig. Das gilt für alle Einrichtungen des Körpers, für alle seine Glieder. Ohne Ausnahme. Jeder Nichtgebrauch ermüdet die Teile. Lag es nur an ihm oder auch an Barbara, daß das Bedürfnis zueinander so nachgelassen hatte. Und ständig überanstrengt und angespannt. Denn im Urlaub war es besser. Die Umstände sind schuld, nicht ein einzelner.

Sie lag unverändert da. Mit seiner eiskalten Hand faßte er ganz vorsichtig ihren Fuß an. Es gefiel ihr, und er hatte zwei kalte Hände. Die andere für den Nacken. Die Bemerkung, er könnte Wärme vertragen, dachte er nur.

«Vielleicht sind Sie doch ein komischer Vogel», sagte Anna. «Erst sitzen Sie wie tot auf einer Bank im Schnee, so daß man sich erschreckt. Essen dann gierig Ihr Eis mit dem Kognak und sind trotzdem nicht bei der Sache. Dauernd beschäftigt mit diesen großen Entscheidungen. Jetzt auch?»

«Sie waren in dem Café heute mittag?»

Sie nickte.

«Und ich hab Sie nicht gesehen?»

«Doch. Gesehen und auch nicht. Durch mich hindurchgesehen. Viermal mindestens. Und Sie sind ein wichtiger Mann? Haben Sie ein Soll für diese großen Entscheidungen? Wieviel machen Sie pro Tag?»

«Vorgeschrieben sind anderthalb», sagte er sofort. «Manchmal schaffe ich mehr. Wo haben Sie gesessen im Café?»

«Nirgends. Ich darf dort nicht sitzen.» Sie sagte es endlich. Nein, Kellnerin sei sie nicht, das wäre dann ihr vierter Beruf, sei im Krankenhaus beschäftigt, weil sie ganz zu Anfang, im ersten Beruf, Krankenschwester war. Es hätte keinen Sinn zu raten, darauf käme er nie. Sei Metallfacharbeiterin geworden, Ingenieurpädagogin später und habe Lehrlinge ausgebildet. Und mache das jetzt nicht mehr. So.

«Und wo war das?»

«Hier im Motorenwerk. Aber eines Tages durfte ich keine Lehrlinge mehr ausbilden. Ich war nicht mehr tragbar.»

«Weswegen?»

«Wegen Unmoral. Oder wie sagen Sie. Übermut. Aber das Politische folgte auf dem Fuße. Unmoral mit politischem Ausgang.

Die Geschichte erzähle ich aber nicht. Sie ist schon vier Jahre her. Sie ist sehr unmoralisch. Nicht nur, was mich betrifft.»

Das Werk, in dem er heute erst war, und es gehörte seit Jahren in seinen Bereich. Die Wendung gefiel ihm. Sein erotisches Interesse stand nicht mehr nackt und niedrig da wie eben noch, es konnte erhöht und schön gestützt werden, verziert und verkleidet mit sozialer Interessiertheit. Bald würde er wissen, was geschehen war. Sagte jedoch nichts. Er kannte dort fast jeden. Nein, sich selbst würde er ganz heraushalten. Ein Auftrag für Erwin bei passender Gelegenheit.

Als Ludwig mit der Freundin zurückkehrte und hochrief, es sei jetzt Schluß, er bitte sich Anstand aus unter seinem Dach, den Schein von Anstand mindestens, und als er polternd heraufkam, Gläser und Rotwein hinstellte, im Radio Musik suchte und nichts fand, und als Annette kam, in Nachthemd und Morgenrock, so daß man glauben konnte, sie sei so durch die Winternacht gegangen, und als die beiden zurückkehren mußten in die gemeinsame Unterhaltung, hörte die Spannung nicht auf, ein Feld feiner Linien, elektronisch oder anders, Magnetismus der Geschlechter, ein abfragender Blick manchmal, wie der andere wohl reagierte. Stefan nahm sein Glas, wenn Anna ihr Glas nahm. Aber wirklich eingehen darauf mochte sie nur einmal und trank ihm zu.

Ludwig steckte eine neue Kerze an, sagte: «Bring mal Kerzen mit aus Berlin. Muß doch welche geben dort. Kann ein Mann wie du keine Kerzen beschaffen?» Goß die Gläser voll, hantierte bereits ungenau, gleichsam verzögert und lachte ohne Grund. Was ihm durch den Kopf kam, sprach er sofort aus, wie es Kinder häufig tun.

«Wenn er dich belästigt hat, muß ich mich entschuldigen für meinen Umgang. Hast du sie belästigt? Er ist triebhaft und ein Wollschwein. Kommt aber selten.» Und zu Annette: «Vorhin hat er dich gewonnen. Wir haben gespielt um euch beide. Er hat gewonnen und konnte dich haben. Wie ein junger Holzwurm siehst du aus in dem Rosa und dem Braun. Und ehe ich mir die Nase abschneide oder irgendein Glied, schenkt er dich mir. Er ist Samariter. Alle muß er bei Laune halten und bei der Stange. Also nehm ich dich. Ein Pechvogel darf nicht auch noch stolz sein.»

«Alles die halbe Wahrheit», sagte Stefan.

Anna schien es zu gefallen, daß die Männer gewürfelt hatten, ein Spiel, das sie selbst mitunter spielten, wenn einer, wie damals der Konsul, aus dem Rahmen fiel. Und nicht nur weil er Erdogan hieß. Da mußte das Los entscheiden; ein langes Streichholz und ein kurzes.

«Er ist ein Riesenas. Oder», sagte Ludwig. «Und ein Stadtmensch wie er könnte hier gesunden. In der Nacht und am Morgen ist die Stille schmerzhaft. Wo ist denn Musik?» Er drehte wieder am Radio, fand nichts, was ihm gefiel, und schaltete ab. «Und weiß, daß er immer kommen kann. Jagt aber hohen Dingen nach, und immer ringt er um die Beträge. Euch fallen lassen lernt ihr auf diesen Parteischulen nicht. Die Gewichte abnehmen vom Kopf oder vom Arsch, bitte schön, und wegschmeißen und aufsteigen leichten Fußes. Wenn ihr wüßtet, wie er zu sich kommt, wenn er den Schwalben zusieht beim Baden. Oder wenn wir unten Fische braten.»

«Alles hat seine Zeit», sagte jetzt Stefan.

Über den Rand des Glases hinweg musterte ihn Anna. «Ich glaube, Sie wissen, daß er recht hat.»

«Siehst du», sagte Ludwig zu Stefan. «Annette trinkt auch Rotwein mit dem Strohhalm. Alles. Sie würde sogar Sülze mit dem Strohhalm trinken.»

Er muß ohne Schnörkel aussagen, bedenkenlos. Ein wütender Apostel seiner Wahrheit. Soll jeder sie ertragen, so gut er kann. In solchen Augenblicken sah Stefan, was er nicht war. Manches hatte er erfahren durch Ludwig, etwas von dieser Schwerelosigkeit erlangt, ein bescheidenes Quantum, sah auch schärfer hin als früher, spürte mehr auf und ließ Fragen häufiger offen. Allein die Absicht, alle Fragen zu beantworten, macht dich verdächtig. Er hatte Respekt erlernt gegenüber dieser Art zu leben und sah wehmütig den Sprüngen zu, die Ludwig konnte, ein Schweben hoch hinauf, denn er schleppte weniger mit, seine Taschen waren leicht, und doch fand er immer noch genug, um etwas abzuwerfen.

Ludwig wurde plötzlich sehr müde und kämpfte, auf dem Melkschemel sitzend, gegen den Schlaf an. Stand auf, sagte: «Bier auf Wein, das rat ich dir. Altes Wollschwein. Du Breitschwanztölpel. So gut wie kein Wort haben wir gewechselt. Aber morgen, wenn du Zeit übrig hast für deinen Kumpel. Die Weiber schicken wir weg. Und Barbara wartet gern. Hat sie immer gemacht.»

«Ich muß vormittags fahren», sagte Stefan.

«Ich weiß. Man hat dich angeworben und in Dienst gestellt. Du mußt deinen Dienst schwer ableisten. Ich kann viel besser hören als früher. Mehr, als du denkst. Und mehr, als man zugeben kann.»

Nun ließ er den Kopf sinken, als wollte er stehend schlafen gehen. Annette drehte ihn resolut um – er ließ alles geschehen – und führte ihn die schmale Treppe hinauf ins zweite Obergeschoß, wo noch nichts weiter ausgebaut war als seine Kammer.

Während sie hinaufstiegen, hörte man ihn murmeln und mit sich selbst kichern. Annette schloß die Tür.

Sie blieb bei ihm. Es war das letzte Mal, daß Stefan sie sah.

4

Anna lag also neben ihm. Etwas hatte sie noch fragen wollen. Ja, die Schwalben, und daß er ihnen manchmal beim Baden auf dem Schuppendach zusieht.

«Wie baden denn Schwalben auf einem Dach?» fragte sie.

Aber der Mann gab keine Antwort. Der wildfremde Mann neben ihr, von ihr aus dem Gleichgewicht gebracht, aus seiner Rolle geworfen, dem ihr Nachthemd sichtbar nicht gepaßt hatte, der es wieder ausgezogen hatte und nun neben ihr lag, nackt wie sie und endlich der Spielerei überdrüssig.

Denn er zog sie plötzlich zu sich heran, sagte nichts. Sein Griff war fest, wenn auch zärtlich, und war so entschlossen wie sein Schweigen.

Sekundenlang gab sie nach, und jede Regung blieb aus. Alles tat nur er, nahm ihren Schenkel, die Hand lag nun für Augenblicke dort, drängte sofort und kannte sie auch, obgleich sie fremd war, heftig nicht, nur entschlossen und genau dort, so daß es an alle Enden aller Nerven überall in ihren Körper lief. Alles schien bereit.

Schien so. Eine Art Schreck hielt sie in der Schwebe, lähmte den Willen der Muskulatur. Auch die unerwartet heftigen Erregungen schnell nacheinander – keiner Frauenhand wird das gelingen – und eben die Erschrockenheit über die Wende, die gewiß plötzlich kam. Unvermutet war sie ja nicht gekommen.

Wer so tanzt, sollte später nicht erschrecken. Mit Vorsatz und Vergnügen hatte sie ihn herausgefordert seit dem frühen Abend, seit sie spürte, wie es ihm gefiel. Und daß sie nur das Hemd anhatte und so blieb, als die Männer kamen. Das Feuerchen knisterte schön, sie legte immer noch etwas auf. Auch als Ludwig und Annette gegangen waren.

Er brauche ein breites Bett, hatte er dann gesagt. Schließlich sei er hier so gut wie zu Hause. Also nahmen sie das Tischchen aus der Mitte und schoben die Liegen zusammen. Ab und an hörte man Geräusche von oben, und Anna hatte kichernd das Radio angestellt. Nachts ist der Äther weit geöffnet. Radio Italiana mit Musik, die jetzt paßte. Soll ich das lassen?

«Was sonst?»

«Vielleicht Vivaldi. Mögen Sie Musik? Ich meine die alte.»

«Mag ich, ja», sagte Stefan. Hatte sich schnell ausgezogen und lag bereits.

Sie stand am Fußende, strich wieder das Haar aus dem Nacken über den Kopf. «Was mögen Sie noch?»

«Schach spielen. Alte Bücher lesen. Alte Zeitschriften.»

«Und im Oberhemd ins Bett gehen. Tut man das», sagte sie streng. «Wer im Oberhemd schlafen geht, macht sich verdächtig.»

«Ich bin zu faul, etwas zu suchen.»

«Ich schlafe sowieso ohne Hemd», sagte sie nun. «Nehmen Sie meins.» Es war oben gerade so weit, daß sie mit den Schultern herauskam und es fallen ließ. Noch hielt sie es, wie man einen Stoff anhält, um ihn zu probieren, und kam näher. Nur noch eine Kerze brannte, doch als sie ihm das Hemd zuwarf, sah er sie stehen und sah sie. Schwer zu ertragen, was er sah. Er rief sich auf und sagte: Stefan Edmundowitsch. Bruder Stefan. Das hältst du entweder aus oder nicht. Er sah sie ohne jede Eile ins Bett kommen. Sie zog die Decke über sich, lag bäuchlings, blickte ihn an und sagte: «Wir werden ziemlich brav sein, ja.» Eine Frage war das nicht.

«Wenn es geht», sagte Stefan.

«Es wird. Und jetzt ziehen Sie das Hemd an.»

Er gehorchte. «Sie werden sehen, es paßt nicht.» Im Sitzen zog er es über, kam mit Mühe hinein und konnte die Arme nicht herunternehmen oder nur wenig, weil es oben zu eng war, und saß wie mit hängenden Flügeln.

«Paßt doch», sagte Anna. Das erste Mal konnte sie wirklich über ihn lachen. Er ähnelte einem dieser Gespenster, die man gegen gefräßige Vögel in Obstbäume hängt. «Wenn Sie so bleiben, paßt es gut.»

Sie lagen, jeder für sich, besprachen noch die Lebenserwartung der Kerze. Stefan gab ihr weniger als eine Stunde, Anna zwei oder mehr. Worum die Wette ging, sollte der bestimmen, der verlor. In the rain, hieß es da. In september. Yesterday kam aber nicht. Sie stellte sich jetzt vor zu tanzen. Mit Elch. Bestimmt wird er leichter fertig mit diesem Verlust, wenn zwei, drei Tage nicht stattfinden und einfach leer bleiben. Obwohl man sie zubringt mit irgend etwas, bleiben sie leer. Die beste Lösung wäre, der Fremdling neben ihr schliefe ein. Eine Zeitlang sah es danach aus, denn er lag entspannt auf dem Rücken, die Augen geschlossen.

«Schlafen Sie?»

«Ich denke nach. Über Sie. Über den Abend.»

«Das lohnt nicht. Schlafen Sie lieber. Morgen müssen Sie wieder anderthalb von diesen großen Entscheidungen machen.»

«Morgen ist Sonnabend», sagte er.

Anna fielen die Schwalben ein und wie er ihnen manchmal zusieht, wenn sie baden. Fragte: «Wie baden denn Schwalben auf dem Dach?»

Und da bekam sie keine Antwort. Der Mann streckte die Hand nach ihr aus, kam und zog sie heran, nicht grob noch heftig, nur sehr entschieden, und sie versäumte für Sekunden, sich zu wehren, vergaß, was sie hatte sagen wollen oder gesagt hatte, wie fremd der Mann war, welcher der schweren Balken über ihnen welche Last trug. Und die Spuren der Äxte, die Zeichen im Holz, die endlos vielen Flächen und Winkel aus Licht im Gebälk. Sie sah hinauf, aber sah nichts, bis sie wieder Kraft hatte und zu sich kam. Die Beine gehorchten, seine Hand ließ sich abwehren.

Sie konnte sprechen und sagte: «Ich will aber nicht.»

Sie stand schnell auf und ging ans Fenster. Es war klein und war schräg, wie fast alles hier. Man erkannte die Straße und ein Gehöft und Bäume mit Schnee. Dicht vor der Scheibe fühlte sie die Kälte der Nacht.

«Ich geh jetzt nach Hause.»

«Weshalb?»

«Wollen Sie es hören?»

«Ja.»

«Weil ich Angst habe, es dauert länger.» Und dann: «Ich will nichts, was länger als eine Nacht dauert.» So stimmte es natürlich nicht, aber sie sagte es so.

«Gut.» Und nach einer Weile sagte er: «Also schieben wir die Nacht vor uns her. Na, komm.»

«Ich geh trotzdem nach Hause.»

«Ich begleite dich. Laß mich zwanzig Minuten schlafen. Oder dreißig. Ich schlafe sofort ein. Wie lange also?»

«Können Sie auch fünfunddreißig?» fragte sie.

«Auch. Aber laufen Sie nicht weg. Ich schlafe tief.»

«Gut. Beeilen Sie sich. Mir wird kalt.»

«Ich schlafe, noch ehe Sie hier sind», sagte er.

Und wirklich. Er mußte sofort tief hinabgefallen sein wie in einen Abgrund. Wer das kann. Sagen: Ich springe, und er springt und fällt weit und weich hinunter in den Schlaf.

Anna lag wieder neben ihm, und es kam ihr vor, als berührte er sie immer noch. Sie hörte ihn still und gleichmäßig atmen. Seine Lippen waren leicht geöffnet und wirkten noch voller. Er hat Haare in den Ohren. Die scharfen Falten quer auf der Stirn hatten sich nicht geglättet. Schwere dichte Brauen. Er ist männlich und gut anzusehen und scheint ganz zu schlafen.

Sachte zog sie unten die Decke über ihm glatt, bis sie sehen konnte, daß er still war. Der Zumt schlief auch. Seinen Zustand vorhin hatte sie gesehen und dann, als er sie heranzog, deutlich am Körper wahrgenommen. Auch mit dem Arm.

Sie kann ihn aufdecken, wenn sie will.

Es mußte gegen zwei Uhr sein, aber die alte Bauernuhr zeigte fünf nach zehn. Seine Selbstkontrolle schien außerordentlich entwickelt. Kann sein, er bringt es fertig, wie angekündigt aufzuwachen. Auch wenn es gegen seinen Willen ist: sie kann ihn aufdecken.

Ist er eigentlich fett? Sie wird es prüfen, wird ihn aufdecken und besichtigen.

Vorsichtig schlug sie die Decke über ihm zurück bis zum Nabel. Die Arme lagen friedfertig da. Er war auch am Körper gebräunt. Zu dichten Haarwuchs hatte sie nie schön gefunden. Er gefiel ihr so und war nicht fett. Er wirkte abgehärtet, er trainiert nicht nur seinen Willen. Sein Atem ging unverändert.

Ein Mann und sein Recht auf Haare überall. Die Kühle wird ihn nicht stören. Womöglich ihr Herzschlag, der nun schnell und heftig war. Und weiter. Sie deckte ihn ganz auf. Da lag der Fremde, hatte nichts bemerkt und wird nichts davon erfahren. Alles war entspannt.

Er lag dort in seinem Nest wie ein junger Vogel, liegt immer dort, kann nicht heraus und davon, auch wenn er sich anschickt, es zu wollen, und sich streckt. Sie nahm ihn behutsam in eine Hand. Nichts weiter. Fühlte auch sein Nest. Blue, blue windows, sang die Stimme, und er fühlte sich kalt an. Der Puls schlug. Sie hielt ihn nur und immer so, als müßte sie fürchten, ihm weh zu tun. Blaue, blaue Fenster. Auch er hat einen Puls. Oder fühlte sie nur ihren eigenen?

Es war schon zwei Monate her. Bernd, ihr geschiedener Mann, kam unerwartet, käme nur so vorbei und wirkte niedergeschlagen, ohne Zutrauen zu sich selbst. Wieder hatte er niemand. Besonders schön wurde es nicht, doch sie half ihm damit sicher. Keine Nächstenliebe, denn sie half auch sich selbst. Zwei Monate sind eine gar zu lange Zeit. Aber daran dachte sie jetzt nicht.

Sie hatte ihn ermuntert mit der Wärme ihrer Hand. Sie setzte sich zu ihm. Durch die Wärme und die Güte kam er schnell zu Kräften. Dem Gesicht des Mannes war nichts anzumerken, und sie saß, so leicht sie konnte, auf dem schlafenden Mann, auf den Schenkeln zuerst. Nur sie entschied, was geschehen sollte. Ihre Gründe sind zahlreich. Aus reiner Weiblichkeit oder aus Trotz gegen die Bosheiten des Zufalls von gestern. Kann sein, aus Gründen der Vergeltung für frühere Wunden. Weshalb soll sie ihn verschonen. Oder nur aus Verlangen. Die Entscheidung ist schon getroffen.

Sollte er doch aufwachen, würde sie davonlaufen und sich verkriechen wie ein Dieb. Schöner Dieb. Guter gerechter Diebstahl. Nur ein Zeuge, der nichts sieht und der nicht reden kann. Soll nur dasein und so bleiben. Und gegen seinen Willen. Ein Schläfer hat keinen Willen. Selbst in Gedanken hat sie es nie getan. Niemals erwogen und nie daran gedacht. Nun aber ja. Wie es geplant ist von Natur. Sie und er, auf ihm, in ihr. So ist es von Anbeginn vorgesehen.

Aus Wohlgefallen. Christ ist erstanden. Denn die Großmutter war fromm. O Heiland, reiß die Himmel auf. Auch der Vater, ganz anders gläubig, ebenso bigott. Durch seinen Fahrer ließ er sie suchen in der Umgebung, ließ ihr Fahrrad suchen. Denn der Junge war ihr verboten worden. Daß sie ihn zum Mann nahm, geschah aus Trotz.

Anna sah den Fremden streng an und sah an ihm hinunter, spürte ihn schon und schwebte noch. Oder stieg sie auf in eine große Höhe. Der Atem stockte. Immer das Wunder überallhin, überall unter der Haut. Nur wenig atmen, immer nur kurz. Und dich niederlassen. Immer noch. Und still verhalten, so gut wie still, so still es geht, aber die Augen darfst du nicht schließen.

Mein Wille geschehe.

Wie sah sein Gesicht aus. Er erinnert sie an keinen. Hat sie herausgefordert durch seine Sicherheit, wie er sich beherrscht, während er schon nachgibt. Einmal schien ihr, als lächelte er. Wer kann weniger atmen, als er muß, und sich stiller verhalten, als er ertragen kann. Nein, er lächelt nicht. Oder nur im Traum. Eine Art Minister, sagt Annette. Kann übermorgen Minister sein. Muß jetzt die einfachste aller Pflichten tun. Ungefragt. Wie heißt er? Es ist angenehm, wenn er lächelt. Was hat er für Augen. Sie sind ruhig. Nun wünschte sie ihm, daß er es träumt. In ihrem Blick war nichts mehr von Verachtung oder Strenge. Es wäre nur gerecht, wenn er wenigstens davon träumte. Er heißt Stefan. Welche Gewalt sie dennoch über sich hatte, wie still sie bleiben konnte. Seine Haut faßt sich kühl an und fremd. Fremde Haut gibt es und vertraute. Sie faßt sich gut an. Er schläft nicht, weil er sich langweilt, würde schnell aufwachen, wenn er wüßte, was geschieht. Mein Wille geschieht. Also auch auf Erden. Es sah eben nur so aus, er wird nicht wach davon. Oder ist es längst und beherrscht sich noch. Kann einer schlafen und so stark sein zugleich. O ja. Das ist er. Und tun, als schliefe er. Nach allem, was sie weiß, übt er ein besonderes Maß von Härte gegen sich. Wenn er plötzlich zugreift und sie festhält auf frischer Tat. Die Haltung, die sie einnimmt, ist auch bei den alten Persern oft dargestellt und wird die Königshaltung genannt. Seht die schöne Königin. Aufrecht und stolz und eine diebische Königin. Fürchtet, gesehen und gefaßt zu werden. Hat Gefallen an ihm, und was geplant ist, vollstreckt sie heimlich. Mein Wille geschehe heimlich. Wenn sie nur wollte, sie bekäme ihn gewiß wach. Müßte sich sehen und greifen lassen. Und es wäre für sie gut. Schöner auch. Vor allem: einer Königin würdig. Schade, das wagt sie nicht. Ahnt immerhin, wie kindisch und ohne Würde es wäre, wegzuwollen und sich zu wehren, wenn er sie ertappt. Beim Apfelstehlen mag es erlaubt sein, sich davonzumachen.

Bis dahin nahm sie keine Regung an ihm wahr, und obwohl sie sich kaum regte, kam es jetzt näher. So vorgesehen von Anbeginn. Es war nur nötig, so zu bleiben, nur noch bleiben, die letzten Augenblicke, die sie noch ertrug, ehe die Brandung heran war, der sie entgegenlief, untertauchte, schreiend oder nicht.

Dann war sie schnell in ihr Bett gekrochen, hatte ihre Stimme wohl nicht unterdrücken können, lag zusammengerollt und abgewandt. Zunächst vergaß sie, ihn zuzudecken, schämte sich nicht, tauchte allmählich erst auf, hörte die Musik, sah die Kerze brennen und sah die Gläser auf dem Tisch. Die Sachen des Fremden lagen säuberlich auf dem Schemel. Er achtet auf Ordnung in seinen Angelegenheiten.

Sie muß den Mann zudecken. Sie hatte sich viel zugetraut und lief doch davon und verkroch sich. Auf der Uhr war es kurz vor halb. Noch wäre Zeit, sich zu stellen. Acht Minuten wären Zeit. Auch Annette wird sie nichts sagen, niemandem, und wüßte doch gern, ob die Freundin je davon gehört oder es selbst schon getan hatte.

Ohne ihn noch einmal anzusehen, deckte sie den Mann zu. Bevor er wach wird, muß sie gehen und muß sich anziehen bis dahin. Zu den Regeln des großen Spiels, die sie und Annette festgelegt hatten, bestand kein Widerspruch: Gewohntes umkehren, benutzen, statt selber nur benutzt zu werden, Gebrauch machen. Nun erst dachte sie an Elch, der außerhalb aller Regeln existierte und bei dem sie hätte sein können. Auch jetzt noch. Vielleicht irgendwann so mit Elch, und diese Furcht gäbe es dann nicht. Beim Frühstück könnte sie ihn fragen. Was war denn? War etwas. Etwas muß gewesen sein, Liebster.

Sie nahm ihr Hemd und ging hinunter. Als sie angezogen zurückkehrte, lag der Mann unverändert. Sie trank den Rest Rotwein, denn Mund und Kehle waren unnatürlich trocken. Anna trinkt gern aus Flaschen. Nun begann der Fremde tief zu atmen, stieg aus dem Abgrund auf und reckte sich lange.

«Bist du da?» fragte er und streckte die Hand nach ihr aus. «Du warst schon weniger weit weg und hattest weniger an.»

«Und?» Sie wollte das nicht fragen, tat es aber doch.

«Du hast ein Eierbier getrunken. Ich weiß noch alles. Du hattest später nichts an. Sitzt du schon lange da?»

«Seit Sie schlafen», sagte sie schnell.

«Tatsächlich», sagte er. Es blieb aber offen, wie es gemeint war, ob erstaunt oder etwa ungläubig. Oder ob es hieß: Du kannst so gut lügen, wie du stiehlst. Er wollte wissen, wie lange er geschlafen habe.

«Genau, wie Sie gesagt haben.»

«Wunderbar. Wenn alles gut funktioniert, ist es wunderbar. Meinst du nicht?»

Sie wog jedes seiner Worte. Vielleicht steckte weniger dahinter, als sie zu hören glaubte. Oder nichts. Unsicherheit fängt klein an und nimmt alles, was sie bekommen kann.

«Haben Sie geträumt?»

«Viel zu kurz», sagte er. «Schöne Träume sind immer zu kurz. Und laufen schnell weg. Wenn man zugreifen will und sie festhalten, hat man nichts.»

Das war genau, was ihr durch den Kopf gegangen war. Wenn er zugreift und sie festhält. Konnte es sein, daß sie gesprochen hatte.

«Ich würde ziemlich gern liegenbleiben», sagte Stefan. «Wir könnten drei oder vier Stunden schlafen und dann gehen. Ich meine wirklich schlafen.»

«Nein.»

«Hast du Angst?»

«Wovor denn?»

«Vielleicht wegen deiner Standhaftigkeit.»

«Unsinn. Sie haben die Wette verloren. Eine Stunde ist um, und die Kerze brennt.»

«Und was hab ich verloren?»

«Nichts.»

«Einen Eimer Zuckerbier vielleicht», sagte er.

Anna stand auf. Er müßte sich anziehen, wenn er noch Lust habe mitzukommen. Und ging hinunter.

Knapp dreißig Minuten liefen sie, fast immer gegen den leichten schneidenden Wind. Stefan trug keine Mütze und mußte die Ohren abwechselnd warm halten. Den Weg prägte er sich ein, obwohl er nicht zurückwollte; er würde von dort aus direkt ins Hotel fahren. Der erste Bus ging kurz nach vier.

Vor Annas Haustür hatte der Wind Schnee aufgehäuft, und sie schaufelten. Auch innen auf dem Fußboden, durch die Ritzen eingedrungen, lag feiner Schnee. Das Thermometer zeigte fünfzehn Grad.

Die Zentralheizung war fast kalt, denn Mutter sparte, und der

Kohlehandel ließ wieder auf sich warten. Doch Anna besaß außerdem einen kleinen Ofen. Ein Allesbrenner. Sie legte Zeitungen hinein und Kohlen. Er macht es in zehn Minuten warm. Er heißt Fritz und nimmt alles und kann sich regulieren. Sie sprach von ihm wie von einem Freund, der Trost und Stütze ist. Er nimmt Kartons und Reste von Stoff, Zeitschriften, Reisig aus dem Wald und grünes Holz. Liebesbriefe auch. Er nimmt alles und ist dankbar. Eine Art Fensterchen hat er, man kann ihm zusehen. Wenn Sie alte Papiere bei sich haben. Fahrkarten. Aber Sie wissen sicher nicht, was Fahrkarten sind.

Stefan bat um einen Tee und ging ins Bad. Auch dort war es kalt, durch das Fenster strich der Wind. In Mänteln saßen sie vor Allesbrenner Fritz, streckten die Hände aus, und durch die Scheibe schauten sie ihm zu; wie er sich freut. Seine Freude ist das Feuer. Ihr Wiedersehen mußte nur noch besprochen werden, jeder für sich hatte es längst beschlossen, denn ein Bündnis war entstanden, wieder ohne Worte, aus der Ungewißheit und der Neugierde aufeinander, aus dem Zwang zu erfahren, was sie nicht wußten: sie nicht, ob er tatsächlich wach geworden war, er nicht, ob sie sein Wachsein dann doch bemerkt hatte.

«Die Türen und Fenster müßten abgedichtet werden», sagte er. «Wie hältst du das aus?»

«Es gibt auch milde Winter», sagte Anna.

Den Fahrer würde er losschicken, um Dichtungsstreifen zu besorgen, würde herkommen und alle Ritzen abdichten. Zu Hause hatte er das auch getan. Barbara schläft und weiß nichts. Was gibt es denn zu wissen. Anna braucht eine helfende Hand. Wen hat sie? Es störte ihn, daß er dachte: Man muß sich um sie kümmern. Hat sie denn niemand? Aber er fragte: «Was ist mit der Badewanne?»

«Sie ist durchgerostet.»

«Wem gehört das Haus?»

«Wir wohnen zu Miete.»

«Also muß der Eigentümer für eine Wanne sorgen.»

«Der wohnt in Köln», sagte Anna. «Soll er eine schicken? Die Stadt hat keine. Ich bin kein Notfall. Ich kann bei Mutter baden. Bei Annette oder im Krankenhaus. In der Schwimmhalle. Im Sommer im Teich. Überall kann ich baden. Warum gerade hier. Sehen Sie das ein, Herr Direktor? Was sind Sie eigentlich?»

«So was Ähnliches, ja. Wie kann ich dich erreichen?»

«Warum?»

«Wir wollten die Nacht vor uns herschieben. Hast du das vergessen?»

«Mir gefällt nicht, daß Sie immer du sagen.» Damit stellte sie wieder diese Frage, ohne jedoch die Antwort wissen zu wollen. Er hatte nichts anderes als du zu ihr gesagt, seit er aufgewacht war durch sie. Die Antwort gab er nicht, sagte nur: «Mir gefällt es.»

Er schrieb die Nummer vom Krankenhaus auf und die bei Annas Mutter. Auch die Adresse. Und wann sie welchen Dienst hat im Dezember. Und wie heißt die Anna? Sie heißt Annelore. Und heißt Guttmann. Hat in diesem Monat noch Geburtstag. Wer kommt, kommt. Jeder bringt ein Stück Holz mit für Fritz. Falls er Lust habe, könne er kommen. Lust? Zeit, mein Kind. Zeit. So lächerlich es klingt.

Es sei am Einundzwanzigsten. Und sie habe immer noch viel nachzuholen. Ihr Geburtstag sei damals nie gefeiert worden. An diesem Tag hatte nur Stalin Geburtstag. Auch zu Hause. Der Bruder hatte tagelang, mehr singend als sprechend, das Lobgedicht geübt. Am frühen Nachmittag kam Vater. Anna wußte, daß er nach Schnaps roch und daß er ihr den Kuß gab. Er war aber nur gekommen, um die Orden anzustecken, alle Spangen und das Metall. Der Fahrer wartete.

«Ich versuche dazusein», sagte Stefan. «Wenn nicht, feiern wir später.»

Anna zeigte ihm den Weg zum Bus. An der letzten Ecke vor der Hauptstraße hielt er sie im Arm. So groß wie Elch war er nicht. Es brannten hier keine Lampen. Sie sah ihn kaum, und was er für Augen hat, wußte sie wieder nicht.

«Auf welcher Seite ist es?» Er strich mit den Fingern über ihre Wangen. Sie hat rechts am Mundwinkel ein kleines dunkles Muttermal, das aussah wie geschminkt.

«Na, wo ist es?» fragte Anna.

«Es gefällt mir. Es ist rechts.» Er küßte sie dort. «Mir hat alles gefallen. Danke. Alles war schön.»

«Was denn alles?»

Er küßte sie auf den Mund. Sie wich nicht aus und küßte ihn, glitt aber schnell aus seinen Armen und lief zurück. Als er sie rief, blieb sie noch einmal stehen.

«Wiedersehen, Anna.»

«Du wirst sicher keine Zeit haben», sagte sie. «So lächerlich es klingt.»

«Doch», sagte Stefan.

5

Zwischen alle Fragen, die schwebenden und jetzt nicht zu lösenden, und zwischen alle anderen, die bevorstanden, drängte sich nun diese: Wer ist Anna?

Er hatte zu Beginn der Woche der Kaderabteilung mitgeteilt, einem Herrn aus Wuppertal begegnet zu sein, alles belanglos, Fabrikant von Möbeln, hundertfünfzig Leute, die es gut bei ihm hätten, Gewerkschaft brauchten sie keine, Möbel auf antik, den Trend der Zeit sofort geschnuppert, altenglische sind der große Renner, Herrenkommoden, Butlertische, Sie wissen schon. Das war alles. Den ungewollten Westkontakt mitgeteilt. Erledigt und vergessen. Und der andere. Auch das ein Kontakt, o ja, auch der ungewollt, so gut wie, aber weder zu vergessen noch meldepflichtig. Zum Vergessen schon zu spät, viel zu schön und außerordentlich, um ohne Folgen zu bleiben und nichts weiter zu sein als ein Posten Erinnerung, der seine Farben verliert und schrumpfen muß auf das handliche Maß.

Dachte an sie und sagte zu Erwin: «Versuch dich zu erinnern, wer uns eine Badewanne schuldet.» Er würde sie Anna zum Geburtstag schicken, etwas, was er sonst nicht tat. Kein «Gebe ich dir, gibst du mir» zu privaten Zwecken. Man kann eine Unsitte nicht bekämpfen, die man sich selbst erlaubt. Zum Nutzen der Betriebe und der Sache natürlich ja. Hilf jemand aus mit einem schönen Motor – ruhende Reserven hast du immer oder machst sie mobil –, und er wird es dir danken. Läßt eine Antriebswelle fertigen nach Maß; Reserven hat auch er. Feines verzweigtes Flechtwerk von Dankbarkeiten.

Bist du Leiter, hilf dir selbst. Ein Vorhaben, das viel verspricht, darf nicht scheitern, nur weil ein Teilchen bestimmter Beschaffenheit und Abmessung fehlt. Erwin, seine rechte Hand, kaum Mitte Dreißig, aber umsichtig und erfahren wie ein Alter, war geboren für Aufgaben dieser Art; zuverlässig, kontaktfroh, kaum zu ermüden, begabt mit dem Charme der Besessenen, mit einer übernatürlichen Ausdauer. Er konnte auch Wunder.

«Hast du notiert? Versuch es einzurichten, wenn du in der Nähe zu tun hast, und fahr vorbei. Sie wird eine Menge Gäste haben. Und geh vorher zu Franz. Sie hat dort früher Lehrlinge ausgebildet. Laß dir sagen, warum sie weg ist. Und laß dir irgendwo Holz geben, handliche Stücke, alte Kiste zersägen oder was. Sie hat einen Ofen.»

Der soziale Aspekt des Falles Anna. Daß der Ofen Fritz hieß, gehörte nicht hierher.

Immer wieder, wenn auch manchmal für Tage verdrängt, die Frage: Wer ist sie. Warum ist sie so? Er dachte die Frage öfter, als gut war. Die Verstrickung hatte begonnen. Im Kalender stand das Übliche: Beratungen hier und dort, zwei Tage Sofia, der Posten Edelstahl, Emil Schops hat fünfzigsten, Zuarbeit für die Vorlage beim Ministerrat, Schiffbau, das hieß die alten Verträge vielleicht ändern, möglichst ohne Gericht, Erwin nach Brandenburg, öfter nur das Wort Syrien, allein hinter dem steckt hunderterlei. Aber nun eben auch: Früh bis Zwölften. Oder: Spät bis Achtzehnten. Anna, und wie sie im Dezember arbeitet, stand im Kalender. Im Januar stand sie noch nicht. Wird denn etwas stehen über sie im Januar oder März?

Die Nacht fiel ihm ein und die Kerze auf dem Tisch oben in der Mühle. Im Vorbeigehen Anna. Und daß er verglichen hatte.

Vor dem Einschlafen sah er sie deutlich. Denn er hatte dann die Augen doch einen Strichbreit geöffnet. Sie merkte nichts, blieb so und blieb so sanft sie konnte und wollte unentdeckt bleiben. Aber er spürte und sah sie: sanft und stolz bei ihm, ganz und federleicht fest. Beherrschung übt er, wo sich Gelegenheit bietet; sie zählt längst zu seinen Stärken. Wie schwer, wenn du so geweckt wirst, an der Wurzel und von Grund auf, und dir sagen sollst: Beherrsch dich jetzt. Gut anzusehen, wie du dich im Zaum hältst. Eine vorher nicht gekannte Leistung, ja. Aber nur um dich schön zu bewundern, dafür hast du zuviel versäumt. Hätte sie greifen und festhalten müssen. Bleib da. Sie wäre wohl geblieben.

Wer ist sie?

Unterwegs in ein Werk in der Nähe erwog er vorbeizufahren. Nur ein kurzer Umweg. Und nicht für lange. Willy ist drei Jahre bei ihm, alle wichtigen Prüfungen der ersten Zeit hat er gut bestanden. Zwar liebt er Bequemlichkeit, kann nachlässig sein, mitunter sogar faul. Doch geputzte Chromteile gründen kein Vertrauen. Verschwiegenheit ja.

Stefan saß ungern hinten im Auto und nur, wenn er intensiv arbeiten mußte. Man fühlt sich zu sehr gefahren auf der hinteren Sitzbank, allein. Am liebsten, wenn es einzurichten war, fuhr Stefan selbst.

Er ging noch einmal die Unterlagen durch, was zu beraten war und wann. Ein Projekt, an dem ihm lag, lief nur schleppend: der Montageautomat, von einem Häuflein Besessener entwickelt. Er wird die winzigen Bauteile schnell und spielerisch zusammenfügen. Und schneller als die jungen Frauen am Band. Sie wären frei für anderes und befreit von der Last der Monotonie.

Die Eigentumsverhältnisse ändern war nur der Anfang. Nun der Befreiung zweiter Teil.

Aufs Monotone ist der Roboter süchtig, das gleichbleibend gleichartige Greifen, Rücken, Schwenken, Absetzen, alles immer wieder, tagaus, tagein das Greifen und Schwenken über drei Achsen oder fünf, millimetergenau, was man ihm aufgetragen hat. Seine einzige Leidenschaft ist die Exaktheit. Die Frauen und Mädchen sehen ihm zu. Beobachten muß man ihn. Erzählen einander vom letzten Sonnabend, streichen das Haar aus dem Nakken nach vorn.

Sie tat es mit beiden Händen. Und wie sie den Kopf dabei neigt. Kastanie ist es und vielleicht etwas Tizian. Oder Karmesin. Farbe der Liebe. Genau beschreiben soll es Ludwig. Da sind mehr Farben und Töne zwischen Himmel und Erde, als eure Weisheit sich träumen läßt.

Kontrollieren den Automaten, lachen und flüstern wegen gestern oder morgen. Trinken eine Milch. Die Pläne sind fertig und ausgereift. Viele Beteiligte. Acht Automaten wären besser als sechs. Man wird sehen, woran es mangelt. Das Häuflein darf nicht müde werden.

Auf dem Rückweg doch zu Anna. Sie einfach sehen. Er kann sie sich kaum anders vorstellen als heiter. Zuerst die Auslastung der Anlagen abermals beraten. Später die Beschwerde des Lehrmeisters: Bleche für den praktischen Unterricht fehlten, das Zuschneiden, Formen und Bearbeiten von Blechen durch die Lehrlinge. Der Meister sucht selbst nach einer Lösung, findet einen Betrieb, der eine Tonne Bleche abgeben kann, wenn er eine

Tonne Schrott bekommt. Die läßt sich auftreiben. Tonne gegen Tonne. Bleche gegen Schrott. Guter Tausch. Keinem entsteht Schaden, verschwunden ist nichts. Umdirigiert, ja. Aber statt dem Mann zu danken, rügt man ihn. Unerlaubt eigenmächtiges Tun. Die Grenzen der Befugnisse grob mißachtet. Sie erlauben sich, ihn zu rügen, und verletzen den Mann. Gut, daß er sich wehrt und geschrieben hat.

Es stand für vierzehn Uhr im Kalender. Stefan wird den Werkleiter verpflichten, die Betreffenden zu stellen. Blinde bürokratische Eiferer, die sich selbst genügen, taub und blind, ohne Ohren und Kopf. Ludwig hätte wieder Namen zur Hand. Schmalhirntölpel, australische, dogmatische, Paragraphenkäfer. Buchstabenläuse, flachschwänzige. Und sie sollen sich öffentlich bei dem Mann entschuldigen. Auf dem Rückweg saß er wieder hinten, auch um seine Übung zu machen. Die Selbstentspannung hat den Sinn, sich immer mehr innerlich zu lösen, zu versenken. Sagt der Verfasser. Gesundes zu stärken, Ungesundes zu mindern oder abzustellen. Wie der Mensch, der lesen gelernt hat, nun lebenslänglich lesen muß, wenn er Schriftzeichen sieht, wird dem autogen Trainierten eine entspannt-gelassene Haltung zur zweiten Natur.

Die Arme sind schwer. Ich bin ruhig. Die Arme werden warm.

Alles blieb zurück. Plan für die Maßnahmen zur Winterbereitschaft. Im Infrarotofen trocknen die lackierten Schaltkästen. Pro Stunde wieviel Kilowatt. Und wenn man eine Farbe verwendet, die schnell trocknet. Man spart wieviel Kilowatt. Es fiel ihm schon nicht mehr ein. Ich bin ruhig. Arme schwer. Atmung und Sonnengeflecht.

Das Gedächtnis stellt nun einen Topf dar; jeder Topf hat einen Boden. Da lag jetzt alles. Die Planverteidigung, Ludwigs geräucherte Fische, Investitionen, der Minister lag dort und sein Stellvertreter auch, die Schwalben auf dem Schuppendach, Syrien und Tampere, Sohn Michael mit den unverhofften Fragen, warum die einen sich kaputtstrampeln und andere fett und faul sind, auch die Badewanne, Barbara, Mutter und Frau und doch mehr Mutter, Neumond im August, im Boot treibend der Großvater, er war tot, ein Gebirgsmensch, der auf dem Wasser stirbt. Zu Boden gesunken alles übereinander.

Und Anna. Das wunderbare Wachwerden, das er anfangs für

geträumt hielt. So tief, wie er geglaubt hatte, ist sein Schlaf nicht. Und wie sie aufblickt. Ludwig sagt, pistaziengrün. Seltsam genug, von allen Sorten Eis, die er irgendwo angetroffen hat, mag er am liebsten Pistazieneis.

Er entschloß sich, den Umweg nicht zu machen. Wäre er selbst gefahren ohne Willy, hätte er sie nach dem Spätdienst vielleicht abgeholt. An einem Dorfgasthaus ließ er halten, um sie anzurufen.

Station drei. Schwester Annelore. Die Leitung machte ihre Stimme noch dünner. Nanu, Herr Direktor. Doch, sie freute sich. Am Geburtstag sei er nicht im Lande, komme nächsten Tag erst zurück. Ja, von weit. Daß er nach Tampere flog, sagte er nicht. Eine Woche später könnten sie nachfeiern. Am Neunundzwanzigsten. Auch ihre Freischichten standen im Kalender. Gegen sieben Uhr abends, abgemacht. Wie sie wohl aussieht mit einer Haube. Und sie hörte sich heiter an. Sind sie alle unter der Haube, die vielen schönen Haare. Alle nicht, nein. Die Feier am Geburtstag findet natürlich statt. Sie wissen: wer kommt, kommt. Ihr Stimmchen und der Gedanke an sie erregten ihn doch. Freust du dich? Ja, ich weiß es vor allem zu schätzen, Herr Direktor. Wiedersehen. Ihr Staunen, wenn die Wanne kommt, wird er nicht erleben. Noch ein Auftrag für Erwin: Bericht geben darüber, was sie für Augen macht.

An diesem Abend war er früher nach Hause gekommen als die Tage zuvor. Sie konnten zu dritt essen. Der Fernseher lief nicht. Am Sonnabend wollte Sohn Michael nach Frankfurt, weil sein Klub dort spielte. Stefan fragte die Mutter, ob es Einwände gebe. Nein. Fahrkosten werden erstattet? Keine Änderung. Als abgemacht galt: Sollte sich herausstellen, daß der Junge an Schlägerei und Ausschreitung beteiligt war, muß die Erstattung der Fahrkosten entfallen, Besuche auswärtiger Spiele könnten nicht mehr stattfinden. Die Fahne im Schrank blieb weiter unerwähnt.

Stefan fühlte sich weniger abgespannt als sonst. Barbara spürte sofort, wie es ihm ging. Sie liefen noch ein Stück durch den Park, der Teich war gefroren. Als sie kamen, schlief der Junge. Die Liebe. Immer war sein Koffer Tage vorher schon gepackt. Sie trägt ihr eigenes Bündel am Institut, belastet ihn, sowenig sie kann. Die Kinder und er. An sich denkt sie immer zuletzt.

Als sie lagen, kam sie zu ihm, und er nahm sich vor, in Gedanken bei ihr zu bleiben. Später dachte er daran, alles so zu tun, was auch geschehen sollte, daß ihr kein Schaden erwächst. Am besten, wenn sie nichts spürt und weiß. Benachteiligt darf sie nicht sein.

Wenn das ginge.

Er flog am Neunzehnten. Die Maschine war aus Budapest gekommen. Finnen haben Durst und singen gern. Im Handgepäck hatte Stefan das «Dienst-Reglement für das Kaiserliche und Königliche Heer». Unten sah man nur Wolken, und nach oben hin wurde das Blau des Himmels dunkler. Fast schwarz. Es konnte nicht mehr weit sein in den Kosmos. Dann las er den Abschnitt über Militärtransporte.

Die Leitung des Schiffes liegt ausschließlich dem Schiffsführer ob. Er allein ist für die Sicherheit und Regelmäßigkeit der Fahrt verantwortlich.

Der Einmarsch zur Verladestelle geschieht zu der vereinbarten Zeit, auf den angewiesenen Zugängen, in der angeordneten Reihenfolge. Beim Einsteigen sind die Gewehre «in die Balance» zu nehmen.

Die Wagen-Commandanten überwachen das Einsteigen ihrer Partien, steigen zuletzt ein und nehmen ihre Plätze bei der Wagenthür.

Dort stand oder saß aber niemand. Die Stewardessen kamen mit Tabletts und servierten, hinten beginnend, die Mahlzeit. Oder trugen Kannen und lächelten nicht.

Nach dem Einsteigen ordnen sie bei normal eingerichteten Wagen das Einziehen des Stiegenbrettes und Vorlegen desselben vor die Eingangsthür sowie das Herablassen des Thürvorlegers an.

Die Mannschaft ist über ihr Benehmen an Bord eingehend zu belehren.

Jede mit Rücksicht auf Gesundheit und Ordnung verträgliche Bequemlichkeit als: Aufknöpfen des Rockes, Abnehmen der Halsbinde und Kopfbedeckung, Ausziehen der Schuhe ist gestattet.

Die Coupé-Commandanten haben darauf zu sehen, daß die Mannschaft nicht ohne Erlaubnis aussteige.

Die Wolken draußen bildeten manchmal ein Gebirge. Die Finnen waren lustiger geworden. Aussteigen wollte niemand. Später war es wolkenlos, nur noch Schnee unten und darin Wälder oder Dörfer wie Inseln. Noch eine knappe Stunde Flug.

Das Einführen der Pferde soll immer mit Ruhe und Gelassenheit geschehen.

Bei Fahrten unter sechs Stunden können die Pferde gesattelt bleiben; die Gurte sind jedoch nachzulassen.

Um eine Verständigung der im Schiffszuge rückwärts angehängten Schleppschiffe mit dem Dampfer für jene Fälle zu ermöglichen, in denen weder Rufe noch Signale gehört werden können, sind vor der Abfahrt leicht auszuführende sichtbare Signale zu verabreden.

Einen Teil der Tragfläche konnte Stefan sehen, die Schleppschiffe hinten jedoch nicht.

Die Fahne kommt auf jenes Schiff, auf welchem sich der Truppen-Commandant befindet, desgleichen die Cassa.

Inseln und Buchten jetzt. Ladys und Gentlemen. Die Temperatur in Helsinki beträgt minus achtzehn Grad. Während des Landeanflugs sind die Ein- und Durchgänge freizuhalten. Die Gurte sind zu schließen, die Sitzlehnen senkrecht aufzurichten, das Rauchen einzustellen, die Kragenbinden anzulegen, die Röcke zuzuknöpfen. Fällt ein Pferd aus dem Wagen, ist es sogleich loszulassen. Danke.

Beim Aufsetzen der Maschine gab es Beifall. Nach einer guten Landung im Winter applaudieren Finnen immer.

Der Handelsrat empfing ihn. Dann Gespräche über die Beratungen, die bevorstanden. Spät am Abend ging er allein durch die Straßen bis zum Hauptbahnhof, kaufte eine Ansichtskarte und trank irgendwo ein dünnes Bier. Er schrieb Anna. Bestimmt kommt die Karte später als ich. Hier gibt es verschiedene Sorten Bier, die sich nur durch den Grad des Dünnseins unterscheiden. Morgen Tampere. Abends mit Gastgebern rustikales Essen. Blockhütten im Wald. Hier sind minus zweiundzwanzig. Gruß an Allesbrenner Fritz. Dein Stefan schrieb er nicht. Schrieb nur St.

Oft, wenn er auf den Reisen Besonderes erlebte, hatte er gewünscht, Barbara könnte dabeisein. Abends auf der Piazza Navona. Oder ein Stück mit ihr gehen auf der uralten Straße in Ostia antica. Bei den Wasserrädern in Hamâá, die der Orontes immer noch dreht wie zur römischen Zeit, und die hölzernen Lager ächzen wie damals. Du kannst die Vergangenheit hören. Unterwegs nach Tampere weite Schwermut, Wäldchen und Seen und Wälder. Aber liebliche Schwermut. Was, wenn er diesmal gekonnt hätte. Es wäre natürlich Barbara gewesen, die er hätte mitnehmen wollen.

Doch als sie ihm die Puppe schenkten, war er nicht sicher. Eine jener Aufmerksamkeiten, die man bei solchen Anlässen austauscht. Es war der letzte Abend, die Anlagen und alle Regler liefen gut, neue Abschlüsse waren vereinbart, auch die Einzelheiten der Montage. Und er bekam diese Puppe aus Lappland, lustig bunt gekleidet, grün-gelb-rotes Mützchen, ein Schultertuch, die Stiefelchen aus Filz. Wem sollte er sie geben. Heut ist Annas Geburtstag.

«Für Tochter oder Frau», sagten sie. «Haben Sie Tochter?»

«Ja. Und Großvater bin ich im Mai.»

Opa Stefan.

Er kaufte Kleinigkeiten für Barbara, den Jungen und die Tochter, denn er hatte für Weihnachten noch nichts besorgen können. Für Anna also doch die Puppe. Die Augen kann sie öffnen und schließen, natürlich blaue. Zu lange Wimpern hat sie auch. Aber aufblicken kann sie. In ihrem Karton war sie gut untergebracht, und er nahm sie auf dem Rückflug als Handgepäck mit an Bord. In Schönefeld würde Willy ihn erwarten. Die Puppe käme hinten ins Auto und bliebe dort bis Freitag nächster Woche.

Wie lange es zurücklag, daß er diese Art Geheimnisse gehabt hatte.

«Die Dichtungsstreifen hab ich besorgt», sagte Willy während der Fahrt in die Stadt.

«Ich brauche sie erst nächste Woche», sagte Stefan. «Leg sie zum Karton.»

«Geht seinen Gang, Chef.»

Inzwischen ließ Stefan die Anrede gelten, zumal Willy an das Wort gewöhnt war, vorher schon. Muß man jede alte Gewohnheit aus der Welt schaffen wollen. Wenn sie von Stefan in der dritten Person sprachen, hieß er «der Alte». Die Anrede Direktor mochte er überhaupt nicht. Sollte Willy vielleicht Alter zu ihm sagen? Dann schon lieber Chef.

Plötzlich hat der Alte ein Geheimnis. Das war, was ihm fehlte. Das wird ihn lockern. Vielleicht nachgiebiger machen für dies und das. Und die Strenge mildern, auch die gegen sich selbst. So etwas hatte ihm einfach gefehlt. Schwer zu erklären. Etwas unheimlich war es schon und eine Art Manko, daß man keine Schwäche bei ihm fand.

Also gab Erwin den Bericht. Zwei Anrufe, und die Badewanne war perfekt. Sie fühlten sich sogar geehrt, daß wir endlich mal was brauchen. Wollen uns bei guter Laune halten. Dann zu Frau Anna mit dem Barkas. Großes Hallo, wie er die Wanne aus dem Auto zieht. Vier junge Frauen waren da. Ja, auch die schwarze, die Annette. Und er wie der Hahn im Korbe. Sie wollten ihn nicht gehen lassen, er mußte natürlich trinken und anstoßen auf die Anna. Doch. Die kann dich zum Löffel machen, oder ich müßte mich täuschen.

«Wie hat sie reagiert? Was hat sie gesagt?»

«Wenig. Vielleicht kann sie Freude schlecht zeigen. Sie hat am wenigstens reagiert von allen. Da war noch einer. Blasser Junge. Ende Zwanzig. Hat geholfen das Holz abladen. Das halbe Auto lag voller Kloben, zwei alte Schwellen, schön geschnitten. Kennst du den? So ein Langer. Ist Elektronikingenieur.»

«Kenn ich nicht», sagte Stefan.

«Komischer Vogel. Will doch halbtags arbeiten in seinem Betrieb. Mußt du dir vorstellen. Es geht also nicht, und er kündigt. Jetzt macht er den Hilfsgärtner auf dem Friedhof, drei Tage in der Woche Kompost wenden. Gräber schaufeln. Braucht nur das Gefühl von Freisein. Geht ihm über alles und kommt mit dreihundert Mark aus. Bei Beerdigungen gibt's Trinkgeld. Wem liegst du auf der Tasche, frage ich. Keinem, sagt er. Er brauche nichts weiter. Und daß die anderen dich vielleicht brauchen könnten. Und das, was du gelernt hast. Aber nicht zu greifen. Ein Kerl, der nicht streiten kann.»

«Hast du die Rechnung von der Wanne?» fragte Stefan. «Laß sie an die Stadtverwaltung schicken. Betrifft Haus Nummer soundso. Westgrundstück. Geliefert dann und dann. So. Erzähl von Anna.»

«Sie hatte Kuchen gebacken. Salate gemacht. Sie haben mich vollgestopft. Und nicht weggelassen. Und sich gekugelt. Kennst ja meine Sprüche. Später kam noch dein Freund Ludwig. Er hat der Anna ein komisches Tier geschenkt, Flügel und auch keine, Hörner oder nicht. Und ganz bunt. Sie nannte es Schahabu oder wie. Hat sich jedenfalls gefreut. Dein Ludwig war bald betrunken.

Verträgt nicht viel und erzählt dauernd krummes Zeug. Wollte immer wissen, wie du bist zu deinen Leuten. Ein Leiter muß Mensch sein. Ob du das bist. Ob du's geblieben bist. So war's. Nicht jeder kann das, und sie erinnern sich dann nicht mehr, wer sie waren. Schlimme Sorte von Gedächtnisschwund. Dann will er deinen Kopf machen, aus Stein oder was. Und wenn du Minister bist und er ein verarmter Trinker, verkauft er deinen Kopf der Regierung. Lauter so Zeug.»

Erzählte und erzählte. Über Anna kaum etwas. Von ihren Augen wußte er nichts zu berichten und wie sie aufblickt. Und den Kopf neigt. Ach ja. Hatte sich bei Franz wegen ihrer Geschichte erkundigt und von einer Art Striptease erfahren. Eine Feier im Betrieb zum Ersten Mai und Tanz im großen Saal. Sie hatte mit dem Technischen getanzt, mit Birnbaum, ja, und soll plötzlich laut gerufen haben: Mittwoch kann ich aber nicht. Und ich will nicht vor allen Dingen. Warum nicht hier und jetzt gleich. Wo ist denn Ihre Frau, hat sie gerufen, da kann sie auch gleich was sehen. Und zieht auch noch die Bluse aus im Saal und schwenkt sie wie eine Fahne. Der Herr Direktor will mich sehen. Am Mittwoch. Habt ihr das gehört. Warum erst am Mittwoch.

Natürlich hat er später alles geleugnet. Sie sei betrunken gewesen, das konnte man doch sehen. Anträge hätte er keine gemacht, in keiner Form. Sie lügt. Beweisen konnte sie nichts. Und er verlangte sogar, daß sie sich entschuldigt.

«Könnte alles zu Birnbaum passen», sagte Stefan.

«Ja, paßt zu ihm», sagte Erwin. «Sichert immer nach allen Seiten. Aber ein wirklich guter Luchs macht solche Fehler nicht.»

Der Anna sei ein Aufhebungsvertrag angeboten worden. So ging sie weg und wollte wohl auch. Es ist vier Jahre her. Bildet keine Lehrlinge mehr aus, obwohl sie tüchtig und beliebt war und es nie eine Klage über sie gab. Franz hat sie ungern weggelassen und war überzeugt, daß Birnbaum die Unwahrheit sagt. Die Kommission konnte er nicht umstimmen.

Es beschäftigte Stefan, und er dachte darüber nach, was da kopfsteht. Ein Mann, der schlüpfrige Anträge macht, muß sie überlegt machen und leise. Wenn etwas schiefgeht, leugnet er alles. Ohne Aufsehen gehandelt ist moralisch gehandelt. Gerechtigkeit wird ihm zuteil werden. Unmoral ist, wenn die Frau sich verletzt fühlt und ihn laut und öffentlich abwehrt. Skandal ist sehr unmoralisch.

Seht, wie es immer noch kopfsteht.

Weihnachten mußte er nicht oder kaum an sie denken. Im Schoße der Familie zu ruhen nahm ihn ganz in Anspruch. Es stimmte ihn freundlich. Barbaras Mutter kam, und seinetwegen wurden schlesische Mohnklöße gemacht.

Michael hatte ihm ein Bild geschenkt; denn der Junge, von den wenigen Begegnungen mit Onkel Ludwig beeindruckt, malte immer noch, am liebsten nach Art der Naiven. Er hatte diesmal das «Bäuerliche Gespräch mit dem Hahn» nachempfunden, nur daß im Baum nicht der Hahn saß, sondern ein Fuchs.

Sie fuhren an den Stadtrand und gingen lange spazieren. Es war unnatürlich warm. Ein Osterspaziergang. Tochter Gisela hatte nur angerufen. Ihren künftigen Mann und Vater des Kindes kannten sie immer noch nicht.

Er konnte alles einrichten wie geplant und konnte zu ihr fahren. Ende Dezember, und es roch wie nach Frühling, und wieder kam jene ungenaue rätselhafte Erwartung auf, die hohe Ahnung und ein klein wenig Furcht. Es wird von Gerüchen und milder Luft ausgelöst. Alles lag hinten: die Flasche Sekt, Blumen, Dichtungsstreifen und die Puppe. Er wird sich gut fühlen, und die Stille der Feiertage mußte ihn gekräftigt haben. Einmal hatte er elf Stunden hintereinander geschlafen.

Am Rastplatz an der Autobahn fand er einen Waldweg, auf dem er ein Stück weiterfuhr bis zu einer Lichtung. Klappte den Sitz zurück und machte die Übung. Lief ein paar Minuten. Es war still hier. Der Himmel bleigrau, und die blasse Sonne, die tief stand, sah aus wie ein Groschen. Er lief und fühlte sich gut. War noch kein Opa.

Hörte Nachrichten und Wetterbericht und vom Einfließen polarer Luft. Sie wird schnell südwärts vordringen und zusammenstoßen mit der Warmluft. Im Norden schneite es schon. Anhaltender Schneefall, wie heftig, sagten sie nicht; daß Kälte und Verwehung das Land heimsuchen würden, ahnten zu dieser Stunde wohl nur wenige. Aber was sie sagten, hörte sich nicht gut an.

Stefan besaß Instinkt für Wetter und Wettergeschehen. In den langen Jahren auf Montage und dann als Bauleiter, immer tätig unter freiem Himmel, in noch offenen Hallen, hatte er gelernt, auf die Grobheiten der Natur zu reagieren. Am besten rechtzeitig. Man durfte sich nicht erlauben, das Wetter zu nehmen, wie es kam. Regen, Frost und Schlamm sind keine Posten im Projektplan. Aber sie werden kommen und zu Buche schlagen. Wo das Material lagert, werden die Laster bis zu den Achsen im Morast stecken. Laß die Plattenstraße vorher legen. Die schweren Aggregate ziehen und montieren und das Dach der Halle schließen, bevor der erste Schnee fällt. In Frostnächten hat einer nur diese eine Verantwortung: Keine Weiche friert fest.

Damals konnte er noch sagen: Du hältst alles in der Hand, schon die geringsten Impulse nimmst du wahr, jede Abweichung, jeden Zeitverlust. Die vielen Fäden enden alle bei dir, nein, sind an dir befestigt wie jene Kabel und Schnallen, wenn du auf dem Tisch liegst und man dir die Herzströme mißt. Nur sehr viele Drähte mehr. Und das Meßgerät bist du selber, das Steuerpult.

Wie oft sehnte er sich zurück in jene Zeit, zu einer überschaubaren Aufgabe; es gab nun zu vieles, was er nicht wirklich übersah, verantworten mußte er es dennoch. Die Zahl der Drähte ist unendlich. Direkte Signale empfängt er kaum noch, sie kommen abgeschwächt, verzögert, gefiltert, verstümmelt bei ihm an. Wie sah das Original aus, und was besagte es wirklich. Oft genug mußte er danach tasten wie der Blinde mit dem Stock. Immer hoffend, jeder an seinem Platz wird gut reagieren und das Nötige tun. Seit Wochen schon saß er auf zwei Stühlen: seinem eigenen und dem des Generaldirektors, der in der Klinik lag, und er sah nun noch deutlicher, wie lang die Strecke ist zwischen Anstoß und Ausführung, zwischen Idee und Produkt, verschlungene Wege, viel zu lang.

So träumte er gern von einer einfachen, überschaubaren Pflicht.

Einen Lastzug fahren von Rostock nach Suhl und zurück. Du hast die Ladung und hast dein Gerät. Dafür stehst du gerade.

Oder Chausseebäume anmalen, besonders die in den Kurven, das Rechteck an den Stämmen weiß und gut sichtbar und ordentlich streichen.

Vielleicht Akrobat. Steilwandfahrer auf dem Rummel. Risiko brauchte er schon. Die schwere Maschine ist fit, du bist es auch, gehst hoch hinauf in der Wand, waagerecht fast, allen stockt der Atem. Nur die wirkenden Kräfte beherrschen. Das ist alles.

Auch Jongleur. Mit Geschäftspartnern besuchte er ein Belgrader Nachtlokal. Auf der Bühne einer, der viele Teller sich drehen läßt auf der Spitze von Stöcken. Verteilt später gekochte Kartoffeln unter den Gästen, nimmt eine Gabel in den Mund, aus dem Saal wirft man ihm die Kartoffeln zu, die er alle aus dem Fluge fängt und aufspießt. Alle, wie sie kommen. Und einer der Jugoslawen am Tisch sagt: Stefahn. Die Betonung immer auf der zweiten Silbe. Stefahn, schau. Nur das im Kopf. Ach, bin ich eifersüchtig. Mußt du dir vorstellen, Stefahn. Nur das im Kopf.

Er fuhr vorher noch zu Ludwig, um in Berlin anzurufen. Bergmann hatte Bereitschaft. Aus Betrieben im Norden lagen erste Meldungen vor. Schneefälle und kein Ende, und der Wind türmt den Schnee meterhoch. Überall stecken Züge und Fahrzeuge fest. Die Kollegen der Spätschicht, jedenfalls die meisten, können nicht nach Hause, die der dritten Schicht werden den Betrieb nicht erreichen. Einige wollen die Nacht durcharbeiten. Für morgen sieht es nicht gut aus. Minus acht Grad sind oben. Es wird kälter. Ein Temperatursturz von achtzehn Grad seit gestern nachmittag. Wenn kein Wunder geschieht, sieht es schlecht aus. Nachdenken, was noch zu tun wäre. Es wird wenig genug sein.

Wo ist Erwin?

Hat sich vorhin gemeldet und kommt in einer Stunde.

Gut. Gute verläßliche Haut. Immer zur Stelle. Wie viele sind es, die er aufwiegt, für die er mitdenkt, die ihre Köpfe nur haben, damit sie das Stroh nicht in der Hand tragen müssen. Wann wird er müde werden. Manche werden sehr spät müde. Manche nie. Diese sind unentbehrlich. Steht geschrieben.

Sag Erwin, ich melde mich später.

Ludwig hatte Kohlen bekommen, die auf der Straße lagen. Er kramte alte Sachen heraus, die sie anzogen, und sie trugen und schaufelten eine gute Stunde. Der Keller war eng und schmal; der Staub stach in die Augen und brannte die Kehle aus. Täglich acht Stunden diese Arbeit, tagaus, tagein unter der Maske aus Dreck und Schweiß – da mag es schwer sein, daran zu glauben, die Revolution sei im Gange und habe fast schon gesiegt.

«Du siehst aus wie ein schlechter Othello», sagte Ludwig.

Stefan erzählte von der Nacht in der Mühle, wie sie ihn gereizt hat und sich zierte und wie er märchengleich wach wurde durch sie. Und sie sah und hätte greifen können. Nein, sollen und müssen. Glaubte zu träumen. Aber kein Traum.

«So geweckt werden, Alter. Da denkst du: Es ist soweit und vorbei. Du hast endgültig durchgedreht. Sie werden bald kommen. Hast du so was schon erlebt?»

«Du spinnst», sagte Ludwig nur.

«Eben nicht. Das wär ja einfach. Da wüßte man Bescheid. Und du könntest mich besuchen in dem stillen weißen Zimmer. Schön außerhalb. Und es gäbe keine Fragen mehr. Aber so. Ich laß sie gehen und stell mich schlafend. Statt sie festzuhalten.»

«Du bist ein Breitmaulochse. Wenn das stimmt.»

Ludwig bot ihm die Mühle an. Auch aus Gründen der Nostalgie. Gleiche Kissen, gleiche Stelle. Die Heizung brennt. Ihr seid allein. Alles kannst du wettmachen.

«Danke», sagte Stefan. «Sie hat zu Hause vorbereitet. Wollte kochen. Vielleicht das nächste Mal. Aber einen Eimer Kohlen gibst du mir noch mit.»

Tatsächlich. Er dachte schon an das nächste Mal.

6

Der verträumte Blonde hieß Christoph, und mitgebracht zur Feier hatte ihn Christel, die das Schuhgeschäft leitete und auch geschieden war. Ein Verhältnis mit ihm habe sie nicht. Er sei aufmerksam, hilfsbereit, ein wirklich guter Junge, von Beruf Ingenieur, arbeite aber als Gärtner auf dem Friedhof.

Anna bemerkte bald, wie er sie oft lange und eindringlich ansah. Einige Male ertappte sie ihn dabei, und er wandte betroffen den Blick ab. Große schwere Augen, die etwas feucht waren. In bestimmter Weise wirkten sie kränklich.

Ob sie einen Weihnachtsbaum habe, fragte er Anna. Sie werde keinen aufstellen, sagte sie, habe dreimal Dienst übernommen während der Feiertage. Am Vierundzwanzigsten auch, ja. Natürlich abends. Viele der Schwestern hätten Familie.

Sie mochte der Schwermut, die diesem Tag und dem Abend anhaftet, nicht ausgeliefert sein. In den Jahren mit ihrem Mann waren sie häufig gegen acht, halb neun zu Freunden gegangen oder luden Freunde zu sich ein, um einen Anti-Heiligabend mit Beatmusik und Tanz zu haben. Tagsüber und am Nachmittag gefielen ihr die alten Lieder aus dem Radio. Bernd stellte den Baum auf, sie war mit dem Karpfen beschäftigt und summte den Melodien nach, die ihr die Großmutter alle gesungen hatte.

Sie wiegt es mit ihrer schneewaheißen Hand. Sie wiegt es mit aheinem Wiehiegenband.

Dann auch die dünnen Bachtrompeten. Spinett und Orgel.

Nein, auch im Wiiinter, wenn es schnait.

Aber immer ist ein Maß: Naschwerk, Bratäpfel, Bier, Hitze und Agitation, Kummer und Rührseligkeit. Mehr als sein Quantum verträgt der Mensch nicht. Mit Annette war in diesem Jahr nicht zu rechnen; ihr Mann auf Zeit blieb diesmal einen Monat. Anders und mehr als Annette brauchte ihn wohl der Junge.

Also würde Anna ihren Dienst tun, gegen halb elf in einen fast leeren Bus steigen, die Unterhaltung mit dem Wagenführer ist streng untersagt, aber der mochte vielleicht jemand, der ihm sagt, daß auch er von der Arbeit kommt, und weiter mitfahren bis zur Endstation, seine Kinder dürfen wach bleiben und auf den Vati warten. Oder er lebt allein und arbeitet gerade deshalb, froh, daß einer ihm zuhört, weiter mitfahren im leeren Bus am Heiligabend durch die fast leere Stadt. Schnee war nicht zu erwarten.

Elch irgendwann doch fragen, was er Weihnachten gemacht hat und wo er gewesen ist, auch wenn er ungenau antwortet auf Fragen dieser Art.

Nun liegt es drei Jahre zurück, aber es herrschten Glatteis und Nebel damals, er war von der Fahrbahn abgekommen und eine hohe Böschung hinuntergestürzt. Das Zimmer acht ist schmal, kaum breiter, als ein Bett lang ist. Manchmal dient es als Sterbezimmer. Er war noch nicht Elch, war der schwere Unfall, die Fraktur am Schädel, wie andere die Niere sind oder das Halswirbelsyndrom. Weit weniger als Herr Maier oder Schwarz sind sie das Gebrechen, mit dem sie herkommen. Wieviel Zeit muß vergehen, bis sich das ändern wird. Warum geht es bei kranken Kindern; die sind immer zuerst Karsten oder Ralf.

Sie brachten ihn gegen ein Uhr auf Zimmer acht. Länger als zwei Stunden hatten sie an ihm geflickt und gearbeitet. Sein Herz ging kräftig und entschlossen. Zwei junge Männer, gut gekleidet und mit guten Manieren, kamen gegen fünf Uhr früh, um sich zu erkundigen und nach ihm zu sehen. Der schwere Unfall nahm nichts wahr.

Später lag er im Halbschlaf. Vom vierten Tag an erkannte er sie, wollte ihren Namen wissen und wollte, daß sie bei ihm saß und seine Hand nahm, die rechte, die gesund war. Besuch kam nicht mehr. Sie brachte ihm Zweige mit und eine Kerze. Lorchen sollte er, wenn es ginge, nicht sagen. So nennt man Papageien. Annchen wäre ihr schon lieber. Und Ännchen? Sie sollte von sich erzählen, was sie tut, wenn sie weggeht. Wann sie wiederkommt. Das Sprechen strengte ihn an, manche Wörter suchte er lange. Lächeln konnte er schon. Und sie ansehen vor allem.

Als sie den Kopfverband wechselte, tat sie es so, daß man seine Brauen schön sah. Auch wenn ihn alle Pitt nennen, er heiße Markus. Sie wollte Peter sagen. Er hat es gern, durch Wälder zu gehen, und so, daß er den Tieren zusehen kann und sie ihn nicht bemerken. Als sie Spätdienst hatte, bat er sie, abends nach

Schluß noch zu bleiben, zwanzig Minuten, eine halbe Stunde. Nein, es wartet niemand, sagte sie dann endlich.

In der Hütte nur die Kerze, hinterm Fenster der Schnee. Sie hatte «Krieg und Frieden» vor kurzem erst gesehen. Der verwundete schöne Offizier und sie Natascha, die ihn zufällig findet und ihn pflegt. Sterben wird er nicht.

Zweimal blieb sie da. Immer zu kurz. Zum Schlafen, sagte er, wäre Zeit, wenn sie nicht hier sei. Saß am Bettrand und nahm seine Hand in den Schoß; die war warm und ganz gesund und durfte fast alles tun, aber sie folgte ihr mit ihren Händen überallhin, um ertragen zu können, wie er sie berührte, und bei Besinnung zu bleiben.

Er werde kommen und sich melden. Melde dich und komm. Ihre Telefonnummer zu Hause sollte sie nicht aufschreiben. Etwas werde er finden, um sie sich einzuprägen, und erklärte es nächsten Tag. Nur die 25 müsse er sich merken. Aber sie sagte, es sei die 22675. Eben. Die erste Zahl und die letzte sind 25. Mit der zweiten 2 teile er die dritte Zahl, die 6. Und dreimal 25 sind 75. So einfach. Und nicht mehr zu vergessen. Als sie am dritten Feiertag kam, war das Zimmer leer. Ein Krankenwagen habe ihn früh am Morgen abgeholt. Nur die Transportfähigkeit hatte man abgewartet. Vergiß nicht zu kommen.

Und im Mai kam er dann.

Heute lag niemand auf Zimmer acht. Alles stand so wie damals, und später am Abend, wenn alles getan und alles still wäre, hätte sie hineingehen können, auf dem Bett sitzen, sich der Augen erinnern, der leisen festen Stimme. Ich werde Ännchen sagen, was meinst du? Ich stell mir schon vor, wie du aussiehst. Und mach dein Haar auf. Wie schnell er zu Kräften gekommen war. Sich all dessen erinnern, was unerklärbar blieb, damals wie heute.

Sie ging nicht in das Zimmer. Vor zwei Tagen war ein Mann dort gestorben, noch keine vierzig. Schwester Bärbel kam Viertel vor zehn. Am Kliniktor auf der Straße stand der schüchterne Christoph. Schon an der Haltung und wie er die Schultern trug, erkannte man seine Scheuheit und das Bereitsein zu dulden. Er war mit Pferd und Wagen da, gummibereifter Kastenwagen. Das Pferdchen geht abends gern noch mal. Er wird sie zum Bus fahren oder nach Hause. Hinten im Wagen stand eine junge

Blautanne im Topf, die er ihr schenken wollte. Damit sie doch ein Bäumchen habe. Und im Frühjahr könnte es in den Garten.

«Oder wenn Sie nichts anderes vorhaben, lade ich Sie ein in meinen Schuppen. In der Gärtnerei. Der Ofen brennt. Ich kann Punsch machen.» Sie zögerte, und er sagte: «Wir fahren zehn Minuten. Kalt ist es nicht. Da liegt auch eine Decke.»

Anna hatte schon am Morgen der Mutter das kleine Geschenk unter den Baum gelegt. Hatte ihr Päckchen entgegengenommen. Es war nur noch die Geste. Du kannst natürlich rumkommen heute abend, sagte die Mutter. Ein Satz ohne Folgen. Ebensogut hätte sie sagen können: Wieder grüne Weihnachten, wenn kein Schnee mehr fällt. Beide wußten: Anna würde nicht kommen. Dazu der Mann, den sie nicht mochte. Trainingsanzug oder am Hosenbein die Fahrradspange, sitzt er wie im Hinterhalt und lauert Wörtern und Wendungen auf, die für eine Anzüglichkeit taugen, lacht immer zuerst und zu laut, immer zu lange und ungeschickt.

Anna stieg auf den Wagen und fuhr mit. Das Hufeklappern schallte die Straße entlang voraus und von den Häuserwänden zurück. Die Stadt war ganz nach innen gekrochen und schwieg. Direkt am Friedhof, getrennt nur durch eine Hecke, lag die Gärtnerei. Das Pferd kam an seine Krippe und begann sofort zu fressen. Am Ende des Stallgebäudes befand sich der Raum, in den Christoph sie feierlich führte. Er hatte ihn sich herrichten dürfen, hatte gestrichen und den eisernen Ofen installiert, aus Kistenbrettern einen Fußboden verlegt.

Tote lassen Dinge zurück, die Verwandte oder Freunde nicht haben wollen. Tisch und Stuhl, ein praktischer Schrank, Sofa, Spiegel und Läufer – alles Gegenstände aus dem Hausrat Verstorbener, ihrem letzten Besitzer nun wieder nahe, bei dem, der ihre Gräber ausgehoben und wieder geschlossen hatte, der sie bepflanzte, der Gebinde steckte und Kränze flocht für andere Tote. Ein schweres Radio, das Gehäuse aus Eiche. Die Lampe mit gläsernen Fransen. Er konnte auch über Nacht bleiben, und gelegentlich blieb er. Das Fenster müßte er vergrößern. An trüben Tagen muß das Licht brennen.

«Es ist eine andere Stille hier», sagte er. «Keine, die man sonst kennt.»

Sie bekam den Sessel, und er goß Punsch in alte Gläser, das

Geschliffene fein wie Spinnweb. Was etwas kostet, welchen Wert es darstellt, ist ihm egal. Er hat nur, was er braucht, und braucht nicht mehr als gerade nötig. Was sich hier befand, schien er in Pflege zu haben. Seine Genügsamkeit wirkte wie ein Credo; dünn und blutarm, machte er den Eindruck, als versagte er sich sogar das Essen. Die Bücher auf dem Bord trugen alle die Zeichen einer öffentlichen Ausleihe. Was er noch suchte, sei ein Stück Möbel mit vielen Fächern. Machte Scherenschnitte und manchmal ein Gedicht. Den Leuchter am Fenster hatte er selbst gedrechselt. In der Genossenschaft für Bautischlerei kannte er einen und durfte abends kommen und drechseln, insgeheim in der Hoffnung, dort als Lehrling oder Hilfsarbeiter neu anzufangen. Nichts davon erwähnte er. Ebensowenig seine gescheiterte Partnerschaft. Die Frau hatte ihn verlassen, hinter sich gelassen, weil er sie zurückzog und hinderte. Wer gewinnen will, darf sich nicht umschauen, geschweige denn kümmern um den Zurückbleibenden. Er war zuwenig tatkräftig und folgte ihr nicht. Nun war sie Doktor der Naturwissenschaften, er schaufelte rohen und fertigen Kompost und pflegte das Pferd, warf ihr nichts vor, trauerte verschlossen und schien sie weiter zu lieben.

Die Beklemmung, die Anna spürte, kam wohl von dieser Lautlosigkeit und von seinem Schweigen. Er saß ihr etwas schräg gegenüber. Was wollte er mit dem Blick? Sie könnte nach dem Alter des Spiegels fragen. «Nathan der Weise» auf dem Bücherbrett, das Zeichen BC 243 auf dem Rücken. Auch das Ticken einer Uhr fehlte.

«Setzen Sie bitte den Topf wieder auf den Ofen», sagte sie. «Es war ein schönes Geräusch.»

«Ja, es ging mir ähnlich», sagte er. «Das macht der Ort. Eine Stille, die man erlernen muß.»

Er hätte sie, als er an ihr vorbeiging, berühren können und tat es nicht. Jeden Versuch, ihr nahe zu kommen, unterließ er ausdrücklich. Nur dieses Anschauen. Und auch das schuldbewußt und mit Demut. Wirklich krank wird er nicht sein. Schließlich kannte Christel ihn gut. Seit der Beerdigung ihres Vaters kennt sie ihn. Wie er die Urne aus der Kapelle trug, dem Zug der Hinterbliebenen voran, Würde in seinem Gang, in den Schultern die stille Teilnahme und den Schmerz der Stunde. Der feine schwarze Anzug, auch der hinterlassen von einem, der hier lag, saß zu knapp und verlieh ihm ungewollt den Anschein von schülerhafter Verkleidung. An der Grabstelle nahm er sich dezent der Witwe und der Tochter des Verstorbenen an. Christel lud ihn zum Beisammensein in den Kreis der Familie ein.

Anna fand keinen sichtbaren Grund, sich ängstlich zu fühlen, und allmählich ließ es nach.

«Haben Sie keine Verwandten?»

«Einen Vater, ja. Und einige Vettern. Alle verstreut. Ich kann gut allein sein. Wenn ich Grund habe zu Enttäuschung, ist es meine Schuld.»

Nun fragte sie doch, weshalb er sie abgeholt habe.

«Genau weiß ich es nicht», sagte er sofort. «Ich will vielleicht etwas fragen. Oder gerade heut nicht allein sitzen.»

«Fragen Sie.»

«Möchten Sie noch einen Punsch?»

«Nein danke. Ich muß auch bald gehen.»

«Was ist Ihr Zentrum?» fragte er nun. Ihn hätten sie vorbeigeführt, gezielt und gütig genau vorbei. «Ich meine, worum Ihr Leben sich dreht. Sie wissen, ich bin ein Ausbrecher. Oder ein Sucher. Warum tun Sie, was Sie tun? Haben Sie ein Zentrum?»

Gibt es denn nur eins? Und was, wenn man mehrere hat. Häufig gibt es nur das eine. Und kann verlorengehen. Über ihre Arbeit mit den Lehrlingen wollte sie nicht reden, und es war wohl das, was er meinte: eine Art Zentrum, das ihr seitdem fehlt. Es kann auch ein Wunsch sein, ihre Absicht, nach Afrika zu gehen, dorthin, wo Hilfe am dringendsten nottut. Den Traum erzeugt hat Carlos, einer von vier Kubanern, die damals ins Werk kamen, um Facharbeiter für Motoren und Getriebe zu werden. Carlos war Neger, nicht mehr ganz, denn seine Mutter ist Mulattin. Er sprach bald ein gutes Deutsch und erzählte die Geschichten vom Großvater, geboren um achtzehnhundertsechzig, verjagt aus der Hütte seiner Kindheit, die sie niederbrannten wie alles rundum, gekauft von Händlern und wieder verkauft, gekommen von Westafrika auf dem großen Boot, an eine lange Kette gelegt; keiner sollte sich ertränken, jeder bares Geld wert. Als er starb, muß er zwischen hundertsechs und hundertacht Jahre alt gewesen sein, kräftig und zäh geworden von harter Arbeit im Zuckerrohr, von den Aufständen gegen die Spanier und den Kämpfen später, durch die Kinder und Enkel jung geblieben, durch die alten Lieder und das Trommeln. Am liebsten auf Holz. Den Tag, an dem die Revolution siegte, erklärten wir später zu seinem Geburtstag. Als die ersten Lehrer ins Dorf kamen, saß er mit unter den Jungen und Alten, hundertjährig lernte er Zahlen und Buchstaben kennen. Unsere Hütten waren aus der Rinde und den Blättern der Palme gemacht, der Fußboden Lehm. Er schrieb die wenigen Wörter, die er kannte, in den Staub. Venceremos konnte er. Und natürlich Fidel. Seinen Namen hat er nicht lernen wollen. Es war ja nicht sein wirklicher Name. Jemand, der ihn damals kaufte, hatte ihn Fernando genannt. Aus Zeitschriften mußten wir Bilder von Afrika für ihn sammeln. Beim Bau der Schule hat er noch geholfen und ging zu den Übungen der Miliz. Aber ein Gewehr konnte er nicht bekommen. Wir hatten noch zu wenige. Den Umzug in die neuen festen Häuser und das feierliche Abbrennen der elenden Hütten hat er nicht mehr erlebt. Vielleicht hätte er nie verstanden, daß Menschen so etwas tun: an die Hütte, in der man geboren ist, die Schutz war, eigenhändig Feuer legen. Und man tanzt, während sie niederbrennt.

Einmal hatte Anna gefragt: Was tust du, wohin gehst du, wenn du zurück bist? Carlos sagte einfach: Wo die Revolution mich braucht, gehe ich hin. Auch Afrika. Ja, natürlich.

«Für meine Mutter bin ich es ganz und gar gewesen», sagte nun Christoph. «Drehpunkt aller ihrer Aktivitäten war ich.»

Auch den Elch mochte Anna nicht erwähnen.

Bist du mein Zentrum? Wie sich das anhört. Drehangelhakenpunkt. Haken du. Fünf Monate noch. Komm, du Haken.

Also blieb ihr das Ausweichen und das Gegenfragen. Auch eine Sache kann es sein, die Formel finden, das Korn züchten, ein Werk leiten. Oder, wie offenbar Stefan, mehrere. Was läßt jemanden kreisen und hält ihn in der Bahn. Wenn es ihn hält. Mußt das Kind zur Welt bringen, den Mann behalten, die Eitelkeit füttern, deinen Ehrgeiz, nicht in Ungnade fallen, Krüge machen oder ein Schakahu. Zu dir selbst kommen und wissen oder ahnen, wer du bist. Den Berg durchstoßen, die Brücke errechnen.

Etwas werde er finden. Vielleicht alte Sachen aus Holz restaurieren. Es muß sich drehen unter den Händen. Er sah sie an mit dem Ausdruck eines Heiligen, der leidende, friedfertige, haftende Blick. Anna kam es vor, als genügte ihm inzwischen das Suchen schlechthin.

Ob sie noch mitkäme in die Kapelle. Er könnte für sie spielen. Mit etwas Klavierunterricht versehen, fällt es leicht, das Harmonium zu spielen.

«Aber ich muß bald nach Hause», sagte sie.

«Paar Minuten», sagte er. «Das Harmonium macht Spaß.»

Die Wege zwischen Gräbern sind schmal. Sie ging hinter ihm. Einmal blieb er stehen und richtete den Schein der Lampe auf einen Stein, auf die Inschrift. Die war mit Gold ausgelegt.

Wer treu gewirkt
Bis ihm die Kraft gebricht
Und liebend stirbt
Ach, den vergißt man nicht.

Zeigte den Spruch vor und ging wortlos weiter. In der Kapelle war es kälter als draußen. Ein Geruch von Bohnerwachs und Wald. Zwei der dicken Kerzen steckte er an, ging hinauf und spielte das Largo.

Seit Großmutters Beerdigung vor sechs Jahren war Anna in keiner Kapelle mehr gewesen. Das Gestühl knarrte, und sie setzte sich auf eine der Stufen des Podestes, das ja leer stand, lief umher, und im Gang zwischen den Sitzreihen hüpfte sie ein bißchen, denn ihre Füße fingen an kalt zu werden. Wenn sie stehenblieb, bewegte sie die Zehen. Sie spürte auch kein Verlangen, Gefühle oder Andacht zu erzeugen. «Schmäcket und sehet, wie freundlich der Herr ist», stand über der Tür geschrieben.

An einer passenden Stelle, so daß er sie hören konnte, rief sie nach oben: «Ich friere. Wir müssen gehen.»

Er brach ab. «Ja, sofort», rief er. «Passen Sie auf. Nur das noch.» Denn er hatte nachts und allein in der Kapelle die Polowetzer Tänze eingeübt, Teile davon, ausdauernd eifrig und qualvoll, und es war eine wirkliche Untat. Des Ortes wegen weniger, denn gläubig war er nicht. Doch er beleidigte das alte Instrument, das Tempi dieser Art von Natur aus nicht gehen konnte, es konnte nicht und rang nach Luft. Der Widerwille des Harmoniums. Und wie er das Stück verschandelte. Die Raserei der Tänze, die man kennt, so unendlich verlangsamt ins schwerfällig mühsam Schleppende. Ins Klebrige. Die zornige Wildheit so lächerlich verkürzt. Borodin, sei gnädig.

Im Keuchen und Poltern des Instruments hörte sie ihn zum erstenmal lachen. «Hier wird alles zum Choral», rief er von oben und lachte wieder.

«Ich kann auch ‹Völker, höret die Signale›. Soll ich?»

«Vielleicht ein andermal», sagte Anna. Sie fror und dachte an ein heißes Fußbad vor dem Schlafengehen.

Unterwegs zum Bus bot er an, die neue Wanne bei ihr zu installieren. Ich kann auch das. Immer kann man mehr, als man glaubt. Sie würden zu zweit kommen. Ein Freund nicht. Freunde hatte er keine. Es ist einer, dem er dann und wann aushilft mit dem Wagen. Vielleicht geht es schon nächste Woche.

Sie kamen Mittwoch und bauten bis gegen Mitternacht die Wanne ein. Nur an der Verkleidung fehlten noch Kacheln, die waren entzweigegangen. Geld lehnten sie entschieden ab. Anna hatte sie aufmerksam bewirtet. Christoph band das Pferdchen vom Kirschbaum los. Er hatte gesagt: Schlimm, wenn man nichts mehr tun könnte, ohne etwas zu erwarten jedesmal. Dann gute Nacht. Er spannte das Pferd ein. Es schien sich zu freuen, daß es endlich soweit war. Hat es keinen Namen?

Noch am Tag vor Stefans Besuch wußte sie nicht, ob sie etwas kochen sollte und was. Sie fühlte, daß sie ihn auf zwiespältige Weise erwartete. Als Kind war es ihr mit dem Vater so ergangen. Gegen Abend hatte sie ihn doch vermißt, wenn aber das Auto endlich kam und die Tür draußen schlug, schmolz die Erwartung schnell zusammen. Er war ihr nie ganz fremd und nie wirklich vertraut. Häufig roch er nach Gasthaus. Die fremde Frau nahm sie noch nicht wahr. Mutter wußte es längst; bemüht, nur das Klügste zu tun, machte sie alles falsch. Das Fremdsein des Vaters nahm zu, und sie entfernten sich voneinander, bis er kaum mehr war als ein guter Bekannter.

Schon am Geburtstag hatte sie durch Stefan sich des Vaters erinnert. Diese Wanne ließ er schicken wie Blumen. Als wäre es normal, hinzugehen und eine zu kaufen. So die Lebensführung damals, geprägt durch die Vorrechte, die der Vater ganz selbstverständlich beanspruchte. Sie standen ihm zu. Er hatte Anspruch. Niemand wußte, auch er nicht, wo das geschrieben stand. Im Manifest jedenfalls nicht, das sie dann las und nicht loskam davon und entdeckte Satz für Satz. Und sie hat ihm daraus vorgelesen, dem Leiter einer Einrichtung, der er schon war.

Die halbwüchsige Tochter belehrte ihn vorlaut darüber, was Programm und Vorhaben ursprünglich und tatsächlich sind. Die Beleidigung ging tief. Sie, die Göre, hält ihm die Klassiker vor. Ihm. Ein paar Sätze mehr, und er hätte sie geohrfeigt wegen Ungehorsams.

Später, als er den Posten und alle Sonderrechte verlor, empfand sie eher Mitleid als Genugtuung. Er hatte sie ohne eigenes Verschulden eingebüßt. Trägt der Vater Schuld daran, wenn der Sohn ihm den Rücken kehrt. Nein, uns. Wie der Bruder Thomas die Grenze überquerte, ist ungeklärt geblieben. Doch der Vater hielt es für gerechtfertigt, daß man ihn aus der Stellung entließ. Vielleicht aus Klugheit. Mit jeder anderen Haltung hätte er den Beweis für jahrelange Untauglichkeit nachgeliefert.

Einen Vergleich zwischen Vater und Stefan wollte sie nicht anstellen, und sie kannte ihn zuwenig. Das wenige, was sie kannte. Aber sollte er etwas in dieser Art wiederholen, sieht es schlecht für ihn aus.

Sie wird italienisch kochen, es geht schnell, schmeckt gut und sieht nach etwas aus. Wie alle fremdländischen Gerichte, die sie inzwischen kann, stammt auch Spaghetti Napoleon von Elch. Aber sie will es nur mit ihm und für ihn zubereiten. Er hat bunte große Speisekarten italienischer und griechischer Restaurants mitgebracht. Oft kocht er selbst. Diese Art Spaghetti weiß er von einem kleinen sizilianischen Wirt, der irgendwo in Österreich ein Lokal betreibt. Der Mann spielte gern mit der seltenen Ähnlichkeit, kämmte auf kaiserliche Weise das Haar, gab sich eckig und stolzierte, wie man es vom Kinofilm kennt, eine Hand zwischen die Knöpfe der Weste gesteckt. Deshalb nennt Elch sie Spaghetti Napoleon.

Knoblauch, Salz und etwas Öl von Oliven ins Kochwasser geben. Vorbereitet wird: Schinken klein geschnitten, ebenso Zwiebeln, viel Schnittlauch, wieder Knoblauch, ein Stück Schnittkäse grob geraspelt und mit Muskat verfeinert. Die Zwiebeln glasig dünsten, Spaghetti und alles andere unterrühren, auch Rosmarin, Basilikum und Majoran. Obenauf Butterscheibchen und Würzkäse. Das Ganze für sechs Minuten in die Backröhre. Trocknen Rotwein dazu servieren.

Sie bat Mutter, ein Stück Hefe mitzubringen, und bereitete eine Pizza nach Phantasie vor. Kaufte noch Käse ein, Kapern. Aus der

Wäscherei wollte sie das Paket Wäsche abholen, aber die hatte geschlossen. Auf dem Schild die Mitteilung: Wegen Versammlung geschlossen.

Stefan kam sehr pünktlich, ein Direktor, ein Wort. Er roch gut. Bewahrte er im Handschuhfach ein Deodorant auf? Könnte zu ihm passen. Und Gruß von Ludwig.

«Er hat Kohlen vor der Haustür gehabt und uns die Mühle angeboten. Vielleicht das nächste Mal, hab ich gesagt.»

Sie ging aber nicht darauf ein und sagte: «Gib deinen Mantel.»

Er stellte das Mitgebrachte hin und wünschte ihr nachträglich Glück. Sie war nicht in der Stimmung, ihn richtig zu küssen. Er holte noch den Eimer Kohlen aus dem Auto.

«Wie hat dir Erwin gefallen?»

«Er hat uns viel Spaß gemacht. Wenn wir schon nicht mehr konnten vor Lachen, sagte er obendrauf noch trocken: Fünf Minuten Lachen ist besser als ein Ei.»

Aus der Küche drängte der Duft durch die Ritzen der Tür. Stefan sollte raten und tippte immer falsch. Zu dem, was er hören wollte, blieb sie jede Äußerung schuldig, und sie sah, wie er wartete, dankte auch für die Karte, die doch früher gekommen sei, gestern.

«Es war sicher schön dort.»

«Kalt und schön», sagte er, und endlich, da sie zu der großartig noblen Überraschung immer noch schwieg, fragte er.

«Gefreut schon», sagte sie. «Wer badet nicht gern in der eigenen Wanne.»

«Aber?»

«Du sollst solche Umstände nicht wieder machen.»

«Ich wollte, daß du dich freust», sagte Stefan. «Und es ging ziemlich einfach.»

«Ich weiß. Ich hatte jahrelang mit einem Vater zu tun, für den das ebenso einfach war. Dorschleber anrichten ist ganz einfach, weißt du. Zwiebel und gekochte Eier klein hacken und untermischen. Zitronensaft natürlich auch. Alle anderen aßen damals noch auf Marken. Sogar seine Damen bezahlte er mit Salami. Jedenfalls sagte das Mutter.»

«Den Vergleich findest du passend?»

«Ich habe nicht verglichen, nur versucht, meine Empfindlichkeit zu erklären. Oder bin ich überempfindlich. Kann sein.»

Schulfreundin Margarete erwähnte sie nicht, als Maskenbildnerin jetzt am Theater beschäftigt und immer darauf bedacht, aus einer Bekanntschaft greifbaren Vorteil zu ziehen. Zu fast jedem Stück, das sie trug und in der Wohnung hatte, gehörte ein Verhältnis. Nur die wirklich spendablen Herren suchte sie aus. Nein, das paßte nicht hierher und hätte ihn verletzt.

«Magst du Rotwein zum Essen?»

«Danke. Aber nur ein Glas. Ich muß wohl bald fahren.»

«Bist du beleidigt?»

«Nein.»

Aber an den Mundwinkeln sah sie die Kränkung, auch wenn sie sich kaum auskannte in seinem Gesicht. «Konnte ich wissen, daß du die Antwort nicht verträgst. Mach mal die Flasche auf.»

«Ich vertrag sie schon», sagte Stefan. «Du hast auch recht.»

Dieses «auch». Du für dich hast recht. Bei gewisser Nachsicht stimmt es, was du meinst. Mit plötzlich geänderter Stimme fügte er hinzu: «Wir werden zweierlei tun.»

Hier legte er die Pause ein, die jeder Leiter beherrschen sollte. Er legt sie ein, bevor er zusammenfaßt und seinen Ratschluß verkündet. Beim Bemessen dieser Pause kommen zwei simple Fehler immer wieder vor: Gerät sie zu lang, wird eine unentschlossen schwankende Haltung davon abgelesen werden, Unsicherheit wird die Anwesenden beschleichen – hält man sie zu kurz, geht sie unter, hat gleichsam nicht stattgefunden, und das Folgende, Anweisung und Beschluß, verlieren Gewicht und Größe, noch ehe sie mitgeteilt sind. Also: die genau dosierte zwingende Stille zwischen Ankündigung und Bekanntgabe deiner Entschlüsse weder dem Zufall noch der Laune überlassen, sondern üben.

Die Pause gelang ihm, und er sagte: «Ich bringe dir erstens die Zahlen, wieviel Wannen wir jährlich herstellen oder importieren. Das sind einige hunderttausend. Eine davon hast du, weil sie dir zusteht. Und zweitens: Ich lasse sie, wenn du willst, wieder abholen.»

«Sieh mal, wie beleidigt du bist. Und wie angestrengt.»

Ihr Lächeln war mild, ohne eine Spur von Triumph oder Hochmut, es war gut und einfach und zufrieden. «Erstens, mach kein Drama. Und zweitens, sie ist schon eingebaut.»

Im Begriff, in die Küche zu gehen, stand sie vor ihm. Alles Haar hochgesteckt, der schlanke Hals. Das lange Kleid mit Mustern in

Beige, Orange und Grün auf schwarzem Grund, gab ihr eine feierliche Würde. Da stand sie. Da war ihr Blick, auf den er gewartet und den er vergeblich sich vorzustellen versucht hatte. Er nahm ihre Hand und wollte sie heranziehen zu sich, aber sie sagte: «Es ist soweit. Kümmer dich um die Flasche.»

Nebenan hörte er sie hantieren und hörte den Küchenwecker klingeln. Er suchte den Satz, den er kürzlich gelesen hatte. Man muß die Tore der Einsicht sauberhalten. Oder die Türen. Nein, die Tore. Durch Erfahrung und Selbsterkenntnis sauberhalten. Eben das schien Anna getan zu haben. Denn es bedeutete ja auch: keine Lässigkeit zulassen beim Urteilen und Bewerten. Der Gedanke, daß sie gemachte Erfahrung handhabt wie einen Besen, stimmte ihn versöhnlich. Den Wunsch, im Bad die Besichtigung vorzunehmen, ließ er fallen.

Die Pizza war überraschend anzusehen, wie eine Kinderzeichnung. Und sie war auch innen gelungen.

Die Wohlgerüche des Südens in einem.

«Wo hast du das gelernt?»

«Man hat seine Lehrmeister», sagte sie.

«Ist es ein bestimmter?»

«Ein sehr bestimmter. Was guckst du dauernd zur Uhr?»

«Ich müßte den Wetterbericht sehen kurz vor halb acht. Machst du mal an?»

«Wollen wir nicht in Ruhe essen?»

Aber er bat sie einzuschalten. Der Bericht zeigte und sagte nur, was er schon wußte. Nach Süden vordringender Schneefall, anhaltend, begleitet und hervorgerufen von Luftmassen arktischer Herkunft. Unter den aktuellen Neuigkeiten, die dann folgten, befand sich kein Hinweis auf Folgen und Ausmaß dieser Vorgänge; bis in die Stuben der Nachrichtenredaktion war die Besorgnis noch nicht gedrungen.

Er aß mit geteilter Aufmerksamkeit. Eine der kleinen Peperoni zerkaute er so gründlich und hatte die Schärfe zu spät wahrgenommen, daß er nach Luft rang und die Tränen ihm herunterliefen.

«Es macht munter und frisch», sagte Anna ohne Mitleid, holte aber doch eine Schale mit Brot. Das hat sie auch von Elch: Kein Wasser trinken, trocken Brot kauen lindert am schnellsten. Was sie alles weiß durch ihn.

Die Tagesschau um zwanzig Uhr begann mit dramatischen Filmberichten aus Schleswig-Holstein. Ganze Dörfer und Landstriche bereits abgeschnitten und im Schneesturm untergehend, auf den Landwegen weder ein Vor noch ein Zurück. Aus dem Hubschrauber sah man endlose Fahrzeugkolonnen und Züge versunken, zugeweht. Gebrochene Masten. Die Enden zerrissener Kabel wie Krakenarme im Schnee. Heftiger Schneefall und Verwehungen auch auf Rügen und im Norden Mecklenburgs, sagte der Sprecher. Nach Süden übergreifend. Etwas über Persien folgte.

Er starrte auf das flimmernde Rechteck. In ungenauen Abständen verkniff er Brauen und Augenlider. Angesprochen und gefragt, ob er das weiter sehen wollte, schreckte er auf und schien nicht sofort zu wissen, wo er sich befand.

«Laß noch», sagte er. Bilder vom Kampf auf den Straßen. Soldaten gegen Menschen. Rauchsäulen über Teheran, und der Schah mit Ministern. Seine Zeit läuft ab und geht vielleicht zu Ende, bevor er kommt. Sein Besuch hier ist vereinbart und gemeldet.

«Muß dieser Mann denn kommen?» fragte plötzlich Anna. «Ist das etwa gut? Und kriegt womöglich den Stern der Völkerfreundschaft.»

Er sah sie erstaunt an und lange. Zeitgewinn für die Antwort. «Gut sicher nicht. Nützlich.»

«Feine Formel», sagte sie und schaltete aus. «Hieß er nicht Machiavelli. Eine zynische Formel.»

«Nein», sagte Stefan. «Nüchtern. Dieser Mann war auch Realist. Erst das Ende wertet den Anfang, sagt er. Absichten zählen wenig.»

«Ich frage nur und nicht das erste Mal, ob wir eine Moral haben und Anschauungen oder nur dann, wenn sie uns nicht stören.»

«Moral», sagte er bedächtig.

«Ja, die.»

«Was vor der Moral kommt, weißt du. Das Fressen. Eine Beobachtung, die so lange stimmen wird, wie es Menschen gibt. Wie geht das. Es macht ihn kein Geschwätz nicht satt. Das steht schon, wenn auch anders und genauer, bei Engels. Sie müssen sich zuerst ernähren und kleiden, ehe sie Religion treiben und so weiter.»

«In der Grabrede», sagte sie.

«Na, sieh mal. Was du alles weißt.»

«Ja, sieh mal», sagte Anna.

Sein Lächeln wirkte mühsam und maskenhaft und war keinerlei Antwort. Ebenso plötzlich, wie er es aufgesteckt hatte, nahm er es ab, ohne daß eine Spur blieb.

«Nehmen wir an, ich könnte mich teilen. Hier der mit den Werten und Idealen. Der sagt: Es ist unvereinbar mit allem, daß dieser Mann Reza soundso hierher zum Staatsbesuch kommt. Der Wirtschaftsmensch sagt: Die Verträge, die unterschrieben werden, sind gut. Sie nützen uns. Nein, wir brauchen sie.»

«Dann schreibt das doch so», sagte Anna. «Dieser Kaiser ist ein Ungeheuer. Wir empfangen ihn trotzdem. Weil wir müssen. Warum erklärt ihr das nicht?»

«Wer ist ihr?» fragte er und sah zur Uhr. «Bin ich Erklärer? Es herrscht Arbeitsteilung. Mit den Erklärern liegen wir wieder und wieder in Streit, ohnehin, erklären ihnen dieses und jenes. Aber sie wissen es besser. Oder hören nicht zu. Schreib einen Brief. Eine Eingabe an die Genossen Erklärer. Das tust du ja nicht.»

Er sah wieder zur Uhr und las wohl auch diesmal keine Zeit ab.

Als sie das Geschirr in die Küche trug, stand er auf, wie einem Zwange folgend, und half ihr – das tut er zu Hause wohl auch –, schien jedoch ganz in Anspruch genommen von jenen Aufgleitvorgängen, die in dieser extremen Art selten vorkommen.

«Welche gleiten auf?» fragte er.

«Was denn?»

«Die kalten Luftmassen oder die warmen. Er hat es gerade gesagt. Nach den Gesetzen der Thermik sind es die warmen. Machst du mir einen Kaffee?»

Egal wie. Es gleitet auf, fällt herab, weht, türmt sich auf und begräbt unter sich alles. Die kleine Blautanne auf dem Tischchen fiel ihm jetzt erst auf. An die breite Liege unterm Fenster erinnerte er sich nicht mehr. Viele verschieden große Kissen, einfarbig alle und jedes anders. Dort könnte die Puppe gut sitzen. Sie sollte nun endlich den Karton öffnen. Bist du nicht neugierig? Sehr. Immer sei sie überall sehr gerne neugierig. Es sei eine ihrer Stärken. Dazu nickte sie belustigt, nahm den Karton mit Vorsicht, schüttelte ihn leicht, horchte daran und begann, die Knoten zu lösen.

«Das mußten wir immer», sagte sie. «Alle Geschenke waren verschnürt. Wir bekamen immer zu viele, und es durfte nie geschnitten werden. Wir mußten alles aufknüpfen.»

Der Versuch, endlich anzukommen und ganz hierzusein, strengte ihn an und gelang nicht. Überallhin schleppte er zuviel mit, nirgendwo mehr ein Platz, wo er etwas absetzen konnte, zurücklassen und später abholen wie Gepäck.

Oder könnte dies der Ort werden, hier bei Anna, nebenan in der Küche oder draußen vor der Tür. *Die Gurte und Riemen öffnen, abnehmen alles und hinstellen.*

Überhaupt: Die Konflikt- und Problemaufbewahrung ist ungelöst. Für Beladene wie ihn landesweit ein Netz von Schließfächern einrichten, die zuverlässig funktionieren, zugänglich Tag und Nacht. Bei allen Banken und Sparkassen etwa. Und den Ämtern der Deutschen Post. Fächer verschiedener Größe stehen zur Verfügung, je nach Gewicht und Anzahl der Probleme, die du hinterlegen willst. Den Schlüssel sorgfältig aufbewahren. Bei Verlust kein Ersatz; alle Fragen, die du hattest, wären unauffindbar verloren und dahin. Auch keine angenehme Aussicht, ein Mann ohne Fragen zu sein. Am sichersten trägt man den Schlüssel an einer schönen Kette um den Hals. So bist du außerdem kenntlich als konfliktfrei und locker, die Kinder wollen mit dir spielen, die Tiere zu dir sprechen. Für Stunden bist du nur Stefan, länger wird der Zustand nicht zu ertragen sein, nur Stefan, Sohn des Edmund, einsdreiundsiebzig, Vater und Mann, zweiundvierzig gewesen im September und fühlst dich wie du selbst, Liebhaber alter Texte, Parzellenbesitzer für sechsundsechzig Jahre: Waldboden, Bäume und ein Schuppen, der Blutdruck jugendlich, aber eben zu niedrig, auf dem Postwege verwickelt in zwei Schachpartien gegen Maxim Leonowitsch Kapustin in Kiew und Mister McIntire, Sohn des Intire, in Montreal, Kanada, seit vier Tagen übrigens am Zuge gegen Maxim Leonowitsch, gehst luftigen Schrittes, leichtfüßig federnd, die Arme schwingend abgespreizt schon, zu Aufstieg und Flug bereit. Hüte dich vor Brücken. Stark ist die Versuchung, stehenzubleiben in der Mitte, ins Wasser zu sehen, den Schlüssel doch abzunehmen und langsam aus zwei Fingerspitzen ihn fallen zu lassen hinunter in den Fluß.

Ein Schließfach neben Annas Tür.

Jetzt nur ihr zusehen, wie gespannt sie ist und die Knoten geduldig löst. Zwischendurch blickte er doch zur Uhr. Ihre Freude war ganz erwachsen; ein Puppenkind ist sie nie gewesen. Sie wird ihr keinen Namen geben, doch einen Platz, der ihr gefällt; denn sie ist keine der üblichen Puppen.

«Sie kommt aus dem Norden», sagte er. «Dort trägt man noch, was sie anhat.»

Er wünschte sich, an ihrer Freude teilzunehmen, so daß es die eigene wäre. Und gut, daß sie nicht Mama sagt, meinte Anna. Sie kam zu ihm, saß bei ihm und gab ihm den ersten Kuß. Der Duft auf ihrer Haut war wie damals, er erkannte ihn wieder. Was war das? Er hatte erwogen, dazubleiben für einige Stunden, wenn auch sie es gewollt hätte. Vielleicht wäre es später doch gelungen, die Lasten aufzuschnüren und für ein Weilchen draußen vor die Tür zu werfen.

«Mach mal die Falte weg», sagte sie und strich mit dem Finger über seine Stirn.

Auch die Querfalten abnehmen und rauswerfen in den Garten. Der Versuch zu lächeln mißlang wieder, und es strengte ihn an, die Stirn für Sekunden zu glätten.

«Einer wie ich trinkt mit dir», sagte er. «Nehmen wir mal an. Er ist fahruntüchtig und kommt von weither. Was machst du mit ihm?»

«Einer wie du? Vielleicht bekommt er eine Schlafstelle.»

«Dort auf der Liege?»

«Nein. In der Küche hinterm Schrank steht ein Campingbett. Das kann man aufklappen. Aber einer wie du trinkt ja nichts.»

«Das nächste Mal», sagte Stefan. «Kann ich bei deiner Mutter telefonieren?»

«Besser nicht», sagte sie. «Vorn an der Hauptstraße ist ein Automat. Der funktioniert manchmal. Soll ich mitkommen?»

Er ging allein. Den Abwasch ließ sie stehen, nur das Gröbste abgespült von Tellern und Besteck. Er schien entschlossen, bald zu fahren, und sie spürte auch kein Bedürfnis, ihn umzustimmen. Seine Abwesenheit hatte sie befremdet. Kann einer so beunruhigt sein von Luftmassengrenzen und vom Wettergeschehen? Wie man sieht, doch. Wenn es ihn angeht und betrifft in besonderer Weise. Und das Zucken um seine Brauen und wie er ihr von fern her zuhörte und sie ansah, erschrocken, mit fiebrigem Glanz in den Augen.

Sie saß und trank. Einmal stieß sie mit seinem Glas an. Was sie fühlte, war wieder ungenau; die Empfindungen kommen selten rein und unverfälscht vor. Der Jähzorn und die grundlose Eifersucht ihres Mannes hatten ihren Abscheu ebenso geweckt wie ihr Mitleid, die Verachtung dem Vater gegenüber war stets gemildert worden durch Verständnis und Zuneigung, ihr Verhältnis zur Mutter war aufmerksam gleichgültig. Und was jetzt? Weder war sie besorgt über seinen Zustand noch enttäuscht darüber, daß er nicht blieb.

Als er zurückkam, trank er noch Kaffee.

«Soll ich versuchen, im Februar zu kommen?»

«Ja.»

«Schreibst du mir auf, wann du arbeitest?»

Er fuhr dann bald.

7

Die Wünsche in der Neujahrsnacht sind wie Beschwörung und Zauberei; anders als bei irgendwelchen Wünschen irgendwann verhandelt man direkt mit dem Schicksal. Aber jemand muß dasein, mit dem die Magie sich lohnt.

Das ist lange nicht geschehen. Vor drei Jahren war sie Elch eben erst begegnet, und er hatte den Platz noch nicht eingenommen. Mit Freundin Margarete feierte sie bei einem Schauspieler und stieß Mitternacht mit einem an, den sie schnell vergaß und vergessen mußte aus Selbstachtung; seine Formeln waren gefälscht, selbst die Minuten, die es brauchte, sie anzuhören, verschwendet. Für einige Wochen wohnte er gelegentlich bei ihr ein und war sexuell gesehen, wie der Dichter sagt, eine Großmacht. Quartiere dieser Art unterhielt er mehrere, und eines Abends, als er kam, stand sein Bündel an der Tür: Schlafanzug, Wäsche, der Rasierkram – alles in den Beutel gestopft. Nimm und geh, sagte Anna. Du mußt nicht denken, das Bett ist das Leben.

Im Jahr darauf bei ihrem geschiedenen Mann mit seiner neuen Freundin. Kollegen von früher aus dem Werk waren da. Auch Manfred, Lehrausbilder wie sie, aber jünger. Vielleicht fünfundzwanzig. Warum kommst du nicht zurück. Es heißt, Birnbaum geht weg. Und Gras ist gewachsen, sie nehmen dich sofort. Macht es dir so vielleicht Spaß? Darauf, daß du wiederkommst. Darauf nicht, nein. Auf den Spaß, den alles machen muß, ja. Auch auf das Rasenstück im Wald, in einer stillen Lichtung wirkliches Gras. Manfred war mit seiner Verlobten gekommen, die ihn deutlich kontrollierte. Sie tanzten nur zweimal, so verhalten es gehen mochte, entdeckten sich. Unerträglich schön durch den Zwang, ihr Verlangen verbergen zu müssen. Ich möchte dich heut mitnehmen, sagte Anna, und er nickte. Ich ruf dich an, wenn du magst. Oder ich, sagte er. Nein, ich, sagte Anna streng. Sie hat es aber nicht getan.

Im letzten Jahr nahm Annette sie mit zu einem Bildhauer, eine

Art Wochenendhaus und an die zwanzig Gäste. Annette begegnete dort Ludwig. Der See war nicht zugefroren. Die Ufer hallten wider von den Krachern und Heulern. Steigende Leuchtspuren fielen hinunter in die Tiefe, und die fallenden schienen aufzusteigen. Viertel nach zwölf brannte das Haus, vergessen die Vorsätze und die Zaubersprüche, nur weniges konnte geborgen werden; das Feuer beeilte sich mit dem Haus.

Dieses Jahr hat sie zwei Tage frei, und Silvester geht sie zu Karlchen und kellneriert bis acht, wenn das Café schließt. Sie nennt es kellnerieren. Danach könnte sie zu Annette und dem Mann. Oder lieber mit Herrn Hahn, den sie doch angerufen hatten, zu einer großen Feier gehen. Er wird sich gern mit ihr schmücken. Sie könnte schließlich auch im Café bleiben, Karlchen lädt ein, denn am ersten Januar hat er Geburtstag.

Oder sie geht nach Hause. Das neue Jahr allein anfangen. Wenn man es nie getan hat, steckt viel Verführung in diesem Gedanken. Anstoßen mit dir selbst, Musik hören, die dir Spaß macht, Formeln und Sprüche zurechtlegen für jenen Augenblick und sie dir wünschen vor dem Spiegel. Du darfst auch heulen, und niemand will wissen, warum. Du trägst schon das Nachthemd, das du von ihm hast. Auf der letzten Platte, die er mitbrachte, nur Stücke für Gitarre. Aranjuez. Die Klagen der Zigeuner aus Jahrhunderten. Liegen und das Glas abstellen auf dem Schränkchen, wo ihr sonst die Gläser abstellt. Erst recht aus der Ferne übt er Macht aus wie ein Zauberer. Und kein Bild. Das nächste Mal Mutters alten Apparat mitnehmen. Heimlich ein Foto von ihm machen. Als erstes wünsche ich mir, daß er gesund ist und bald irgendwann sagt: Das Umherziehen hab ich satt. Kann sein, auch er trinkt auf uns heimlich, fliegt auf seiner Bahn, und die Annäherung hat schon begonnen. Draußen jubeln sie und knallen. Du liegst allein. Und ich wünsche mir die paar Tage im Mai. Anfassen darfst du dich auch. Oder tanzen mit dem Glas vor dem Spiegel. Und dann die paar Tage im November.

Prost Neujahr, nein. Prost Mai und November.

Am späten Nachmittag herrschte wenig Betrieb, ein mittleres Geschäft. Sie schob die Entscheidung weiter vor sich her. Woher die Antriebsarmut und die Schwäche zum Entschluß. Im Küchenraum trank sie einen Wodka mit Wasser. Herr Hahn wartete noch. Sollte sie bis sechs nicht angerufen haben, ginge sie nicht mit. Sie schien neben sich zu stehen, um zu beobachten, wie sie den Zeitpunkt verstreichen ließ.

Kurz vor sieben stand Ludwig an der Tür. Er wartete, bis Anna ihn sah. Kam, halb gehend, halb fliegend, strahlte sie an und versuchte einen Handkuß. Ich übe noch. Kein Zufall, nein. Zeig mir einen deiner Tische.

«Du kannst ja rot werden. Was ist das für ein Rot», sagte er.

Sie stand am Tisch wie ertappt. Schob ihm gedankenlos die Karte zu. Ertappt wobei.

«Und du kannst einen erschrecken», sagte sie endlich.

«Jetzt mußt du mich fragen, was ich möchte.»

«Ja. Was möchten der Herr?»

«Das kann ich hier schwer sagen.» Es war nicht nur ein Schalk, eine Schalksversammlung um die Lippen, um die Augen. Seine Haare standen zu Berge wie immer, wie aufgeladen von seiner Leichtfüßigkeit.

«Deine Mutter hat mir gesagt, wo du bist. Kommst du zu mir? Wir sind beide allein. Oder?»

«Wer ist noch da?»

«Niemand.» Es wäre ein leichtes gewesen zu lügen.

«Ich habe verschiedene Einladungen», sagte Anna. «Also, was möchten der Herr?»

«Apfelsaft», sagte er strahlend.

An der Kasse tippte sie den Betrag ein und ging, um Zeit zu gewinnen, in die Küche. Als sie ihm den Saft hinstellte, sagte sie: «Ich will aber nicht mit dir schlafen. Weißt du das?»

«Ich weiß», sagte er und sah sie frech und ungläubig an. «Aber ich will.»

«Das weiß ich auch. Dazu gehören aber zwei.»

«Das ist ja das Schöne daran. Ich warte gern.»

Karlchen sagte zum Abschied, sie könnte um zwölf kommen. Und auch diesen Herrn mitbringen, wenn es sein muß. Der Schnee, den Stefan hatte kommen sehen, war gefallen und fiel noch. Sechzehn Grad minus sollten in der Nacht werden. Untergehakt rannten sie bis zum Auto, und Ludwig hielt sie fest; sie trug die weichen braunen Stiefel mit dem hohen Absatz.

In seiner Wohnung war sie zum erstenmal: zwei hohe große Räume und beide eingerichtet zum Wohnen, Arbeiten und Schlafen. Überall Blätter und Skizzen, Stifte, Schachteln; an den Dekken alter Stuck. Die Tür zwischen den Zimmern hatte er ausgehängt. Der Kachelofen war nach seinem Entwurf gebaut: schwer und breit und dunkelgrün hockte er in der Ecke wie ein unbekanntes Tier. Gutartig. Hatte eine Sitzbank und war sehr warm. Anna wärmte sich. Von der Frostluft war ihr Gesicht rosig und ganz ausgeruht. Nun gefiel es ihr, daß er gekommen war.

Fast überall, wo es eine Wand gab, hingen Plakate, Bilder und Zeichnungen. Gerahmt oder nicht. Unter Glas eine riesige Banknote.

«Was ist das?»

«Ein Geldschein. Aber niemand will ihn drucken. Dabei ist er sehr schön.»

Wieder eine seiner Narrheiten. Der Entwurf für einen Siebzehnmarkschein, blau und pinkfarben gehalten, die große Siebzehn vor Schnörkeln und Verschlingungen schwer zu erkennen. Siegel, Unterschriften. Das Kleingedruckte war in vielerlei Schrifttypen sorgfältig ausgeführt.

«Und wer ist der Mann?»

«Weiß nicht genau wer. Einer zwischen Sitte und Rembrandt.»

«Sitte?»

«Auch ein Maler», sagte Ludwig.

Ja, es fiel ihr ein. Sie stießen an.

«War die Idee gut?»

«Wenn die Verabredung eingehalten wird, war sie gut.»

«Mach's dir bequem», erwiderte er und strahlte sie an wie zuvor.

«Es war mein Ernst», sagte Anna. «Sollte ich eines Tages meine Meinung ändern, sage ich Bescheid.»

«Ist es wegen Annette?» fragte er plötzlich. «Oder wegen Stefan? Hast du dich verliebt?»

Wie unentschlossen hob sie die Schulter. «Es geht nicht mehr so leicht wie früher. Ich glaube nicht.» Und sie dachte: Er weiß alles. Und ist deshalb gekommen. Stefan, wenn er wirklich wach war, hat alles erzählt und ihn neugierig gemacht. Man sagt, Männer erzählen einander jede Einzelheit. Frauen doch auch. Häufig. «Er ist angenehm, und er gefällt mir mehr als die meisten, die ich kenne.»

«Er macht sich kaputt», sagte Ludwig. «Einer, der sich opfert für die gute Sache. Und denkt, er kann wettmachen, was Dutzende anderer verbocken und verschlafen. Man wird ihn heiligsprechen. Neulich war er grau wie ein Lappen. Ist dir das aufgefallen?»

«Etwas von seiner Disziplin möchte ich schon haben», sagte sie. Nach seiner Ehe zu fragen wäre ihr dumm und unwürdig vorgekommen. «Was macht er denn genau?»

«Leitet im Augenblick das Kombinat. Fahrzeuge, Werkzeugmaschinen. Alles große Dinger. Auch Kleinkram. Dynamos und Fahrradketten.»

Anna stand immer noch am Ofen. Er lümmelte in einem dicken abgewetzten Ledersessel, die Beine über eine Lehne gehängt. Er trank Rotwein.

«Setz dich. Willst du bequeme Schuhe oder Socken? Ich hab handgestrickte bunte. Aus Bulgarien.»

«Ich sag schon, wenn was fehlt.»

«Die schönste Zeit hatten wir in Warnemünde», sagte er nun. «Zwanzig Jahre her. Wir bewohnten eine halbverfallene Villa. Stefan und Barbara beide in der Werft, ich studierte schon. Und immer auf dem Moped nach Heiligendamm. Im Winter vermummt und verschnürt wie ein Unfallkranker. Stefans Tochter war gerade geboren. Und wir beschäftigten einen Diener. Der bekam Essen, Bett und ein Taschengeld. Das Beste an der Sache: Er war ein Adliger. Freimut Freiherr von Tettenborn. Landadel, schlesischer Zweig, aber verarmt durch die Ungunst der Geschichte. Und der Freiherr servierte das Frühstück, machte den Abwasch. Hat aber geklaut. Morgens mußte er Milch holen, und statt sie zu kaufen, ist er über die Dörfer, wo die Milchkannen vor den Höfen standen, und hat sich einfach was abgegossen. Eine Art Instinkt. Wenn er Dörfer sah, dachte er, sie gehören ihm. So haben wir den Freiherrn eingebüßt, denn sie erwischten ihn natürlich. Er hat uns gefehlt. Du hast ein leeres Glas.»

Er stand auf und goß ihr ein.

«Hab ich dir gesagt, welche Farbe das ist?»

«Was?»

«Deine Augen. Nein, zu Stefan hab ich's gesagt. Es ist pistaziengrün. Und noch was. Aber was.»

Sehr vorsichtig gab er ihr einen Kuß auf die Schläfe. Und sie regte sich nicht. Den geringsten Anteil hat Vernunft, wenn das Verlangen zustande kommt. Aus geheimnisvoll untergründigen Quellen entsteht es oder entsteht eben nicht. Wie jetzt. Sie sah ihn

«Ein Siebzehnmarkschein…

... in Blau und in Pink», das wäre doch mal ein Schein mit besonderer Note. Doch kommt es in Gelddingen weniger auf den schönen Schein als auf das Haben an....

weiter prüfend an, zufrieden und entspannt und neugierig auf den Abend.

Rückwärts ging er zurück zu dem Sessel, nahm den Block vom Tisch und einen Stift. Links beginnend, zeichnete er den Ofen. Es war ein Rötelstift. Und legte den Block zur Seite. Unerwartet ernst oder horchend blickte er sie an, am Körper hinunter, zurück in ihr Gesicht. Er legte auch den Stift auf den Tisch.

«Du meinst, ich hab zuviel an», sagte sie nüchtern.

Er nickte nur beiläufig, als habe sie etwas Belangloses festgestellt, das keine Erwiderung brauchte. Er sah sie bereits. Ihre Bluse war handgefärbt, das hatte er sofort bemerkt. Indigofarben. Und das zu ihrem Haar. Er sollte doch wieder malen. Das Bereitsein, die Wildheit der Farben. Ihr Eigensinn und ihr Widerstand.

«Was soll ich ausziehen?»

«Ja, alles.»

«Dann muß ich noch trinken.»

«Trink noch.» Er hob sein Glas. Kurz nach neun war es. «Ich zeichne dich in diesem Jahr und im nächsten. Was ich bei Stefan beneide, ist seine Konzentration auf etwas. Zielstrebig das, weder rechts noch links. Was er an Kraft hat nur dafür. Und ich beschimpfe ihn deswegen. Schmalfußtapir, grünhalsiger. Einwegtölpel. Dauernd auf einem Strich auf das eine Ziel. Und beneide ihn. Was mach ich? Spiele hier rum und da. Radiere manchmal, mach Plakate, einen Umschlag für ein Buch, den sie abmachen und wegschmeißen. Das Spielen ist notwendig, aber nur gut, wenn es wieder in eine Spur führt. Alles Ernsthafte braucht die Einseitigkeit. Seid tüchtig einseitig, sagte einer. Dauernd sicher nicht. Aber immer wieder.»

Nun saß sie auf der Ofenbank. Mit dem Finger strich sie über den Glasrand. Die feinen Töne hörte er laut wie Glocken, aber von seinem Ohr und den Vermutungen wollte er nicht sprechen.

«Hat er Kinder?» fragte Anna.

«Zwei. Die Tochter zwanzig, der Junge fünfzehn. Normale Ehe.» War aber damit nicht zufrieden und fragte: «Was ist normal? Wenn er nicht das Schäfchen von Frau hätte, die verzichten und alles einstecken kann. Denn nicht mal für die Ehe bleibt ihm Zeit. Zuerst hab ich sie gekannt. Ja, es war Silvester», sagte er überrascht. «Wir haben Liebesjubiläum. Prost, Barbara. Aber dann hat sie ihn gewollt. Ich war zuwenig dankbar und schlecht zu überschauen. Für seine Zielstrebigkeit lohnte es. Opfer brauchen einen Sinn. Und ich bin ihr bis heute unheimlich. Genug davon. Wer lobt in presentia und schilt in absentia, den hol pestilentia.»

«Sagst du dasselbe nicht auch ihr?»

«Vielleicht weniger deutlich.»

«Und Stefan sagst du alles?»

«Ja. Und grob. Das verlangt die Freundschaft.»

«Und er tut es auch?» Nun konnte sie ihre Frage bald stellen. Natürlich wird er lügen. Aus Freundschaft gelogen ist keine Lüge. Es ist nobel.

«Ja, er tut es auch», sagte Ludwig. «Das muß man schon verlangen. Ich hab einen anderen Kumpel. Restaurator. Der hat sich aus dem Fenster gestürzt und fährt jetzt halb gelähmt in einem Stuhl. Was muß ich tun? Offen und grob mit ihm umgehen. Ich sage: Mach das nicht noch mal. Willst du gelähmt sein bis zum Hals. Und die schöne Gardine, sag ich. Du reißt sie runter dabei, und sie hängt in Fetzen. Schlag's dir endgültig aus dem Kopf. Du lebst und fertig. Offen und grob. Es sei denn, er ist dir gleichgültig. Dann genügt gewöhnliches Mitleid.»

«Das hast du gut gemacht», sagte Anna nachdenklich. Er war heut ein veränderter Ludwig, derselbe, nur ließ er etwas sehen von der abgewandten Seite. Sie wird ihn später fragen. Im neuen Jahr.

«Hast du ein Bad?»

«Im Korridor die letzte Tür. Handtücher sind im Schrank am Spiegel. Ein Morgenrock hinter der Tür.»

Das volle Glas nahm sie mit. Es war ein hoher, klarer, alter Spiegel, vor dem sie sich auszog. Noch nie gezeichnet, langsam, kaum bemerkbar vergeht es und vergeht. Und nie festgehalten. Auf Fotos natürlich, ja. Ihre Füße waren immer noch kalt, und sie zog die Stiefel wieder an; das wirkte schön verworfen, und sie gefiel sich. Ihrem Bild, in dem viel zu weiten Morgenmantel, schnitt sie im Spiegel eine Fratze. Trank sich zu.

So kam sie zurück und stand wieder am Ofen. «Und jetzt?»

«Den Mantel wirfst du irgendwohin.»

Sie tat es. Das Glas in der Hand schien ihr Schutz zu verleihen. Er sah sie lange und selbstvergessen an, bevor er den Block nahm und den Stift. Weil sie fühlte, daß etwas gesagt werden müßte, fragte sie: «Das Haar kann so bleiben?»

«Ja. Bleib so.»

«Die Stiefel kommen mit drauf? Und das Glas?»

«Alles.»

War es nun der Blick des Mannes, den sie immerhin vermutet hatte, oder nur der des Beschäftigten, des Arbeiters der schönen Künste. Oder beide zugleich und keiner von beiden in unverfälscht reiner Gestalt. Die Scham der ersten Augenblicke hatte schnell nachgelassen. Er schien vergessen zu haben, wer da stand, daß sie Anna war, Freundin seiner Freundin. Anna, die er begehrte, die kichern konnte und Fragen stellen. Traurig sein, übermütig. Ihm genügte jetzt der Umriß, die lebendig schöne Hülle, das Stück Natur. Ein Baum ist auch schön. Und sie erregte ihn so sehr oder so wenig wie Baum oder Tempel.

Der Stift machte ein feines öliges Schaben auf dem Papier. Er war wütend bei der Sache, riß das Blatt ab, begann ein zweites.

«Dauert so was lange?»

«Das weiß man nicht», sagte er ungnädig.

«Es wird heiß. Ich verbrenn mir den Hintern.»

«Macht nichts. Wir schmieren ihn ein.»

«Machst du die Brüste ein bißchen größer? Geht das?»

«Wozu?»

«Nur etwas.»

«Nein. Sie sind schön so.»

Ihn anzusprechen war sicher falsch. Doch weniger schlimm als sich bewegen.

«Ich kann nicht mehr stehen», sagte sie dann.

«Doch», sagte er.

«Zu trinken hab ich auch nichts.»

«Wir machen gleich eine Pause.»

Endlich legte er den Block zur Seite und kam zu ihr. Nahm das Glas aus ihrer Hand. «Jetzt Arme und Beine schütteln. Ich hab's gewußt.»

«Was?»

«Daß du schön bist.»

«Gib mir den Mantel», sagte Anna.

Er half ihr hinein, doch zuvor drehte er sie um und prüfte den Hintern, der tatsächlich gerötet war, pustete schön. Ein guter

Vorwand, sie doch anzufassen. Sie sah die Zeichnung und erkannte sich nicht. Der Hals war zu lang. Auch fehlte das Glas in ihrer Hand.

«Ich male, was ich sehe», sagte er.

Im Raum nebenan stand eine Liege, und er beharrte darauf, daß sie sich hinlegte.

«Alles locker lassen. Nachher mach ich eine Radierung.» Er hockte neben ihr, auf dem Fußboden kniend, und versuchte zu erklären, wie man radiert, feine Striche mit der feinen Nadel in die Zinkplatte, und die ganze Zeit über hast du keine Ahnung, gelingt es oder nicht. Viel später, mit dem ersten Abzug, kommt der Augenblick. Ändern und Bessern ist möglich, aber mühsam. Rembrand hat es hunderte Male getan.

Du kannst es auch lassen und zurückschrecken vor der Mühsal des Änderns.

«Du verwendest Moschus?» fragte er und schnupperte an ihrem Arm. «Was ist es?»

«Das sag ich keinem. Stell dir vor, ich sag's. Der Herr besorgt es und schenkt es einer Dame.»

«Und er schnuppert an ihr rum auf deine Kosten. Verstehe.»

«Na siehst du.»

Er begann mit den Vorbereitungen: holte aus einem Schubfach die Zinkplatte, suchte die Nadel, rief Anna. Arbeiten, komm. Und setzte sie auf die Bank am Ofen. Über ihr das lange Relief mit den Zwergen, das er selbst gemacht und gebrannt hatte. Er fing an und strichelte Anna in die Asphaltschicht der Platte; alles, was man an ihr sieht, Härchen und Haare und Brauen, in den Ätzgrund eingetragen mit feinen Strichen. Anna in Asphalt. Und setzte ihr außerdem ein Krönchen aufs Haupt.

Die gestiefelte Prinzessin sitzend am Ofen im Winter.

Ob er nacharbeiten muß, wird sich herausstellen. Als er fertig war, ging sie ins Bad, und er rief ihr nach, sie solle so bleiben. Aber sie kehrte angezogen zurück. Es sei genug.

«Für heute», sagte er, und zugleich war es die Frage nach dem nächstenmal.

«Kann sein.»

Nun mußte man das Radio einschalten, um an dem Augenblick teilzunehmen, der schon eilig unterwegs ist um den Erdball, über Flüsse, Dörfer und Gebirge schnell hinweg, war in Tokio schon am Nachmittag, hat Kalkutta hinter sich und Taschkent. Wird bald hier sein. Geht aber zu schnell. Weil sie ihn fangen und feiern wollen, tun sie, als ginge er in Sprüngen, Stundensprünge, auch doppelte oder halbe, und sie bejubeln fast überall einen falschen. Der richtige Augenblick geht leise vorbei, sie wissen ihn nicht.

Also nehmen wir diesen. Und hat man nicht Jahrhunderte mit einem falschen Kalender gelebt. Wen oder was sollten sie sich wünschen?

Ich dir Annette? Sie ahnte, daß es Wünschenswerteres für ihn gäbe. Du mir Stefan? Gesundheit, ja. Da macht man nichts falsch.

«Du kannst mir den wünschen, auf den ich jetzt trinke.»

«Kenn ich ihn?»

«Er war einmal mit bei dir.»

«Der starke Schöne.»

«Ja», sagte sie.

Einige Anrufe kamen. Dann auch Stefan. Ludwigs Begrüßung war wie üblich. Ach, du Nasenaffe, graues Wollschwein, madagassisches. Ich dir auch. Und teil deine Kräfte besser ein. Ja, Strom ist noch da. Aber Anna wollte nicht mit ihm sprechen und blieb dabei. In seine Sphäre eindringen will sie nicht; er müßte lügen und käme in Verlegenheit. Und ein Haufen Weiber seien da, sagte Ludwig. Keine, die du kennst. Werden alle gemalt. Wann läßt du dich sehen? Grüß Barbara.

«Du denkst, er ist zu Hause», sagte dann Ludwig. «Er steckt natürlich in seinem Laden und leitet die Prozesse. Und wundert sich, daß wir noch Strom haben.»

Gut, daß Ludwig sofort Kaffee kochte und in eine dicke Thermoskanne goß; gegen halb zwei ging das Licht aus. Anna blieb nun doch da. Er machte die Liege zurecht. An der Wand hing ein farbenprächtiger Gockel. Mit vier Beinen. Die braucht er, hatte Ludwig gesagt. Damit ihm keine entkommt.

Einen alten Leuchter mit Henkel in der Hand kam er aus dem Bad, doch ohne Zipfelmütze, überhaupt ohne etwas, bekleidet nur vom Schimmer der Kerzen und von den Schatten.

«Hast du dich so schon gemalt?»

«Gefall ich dir?» Und er sah an sich hinab. Der Zumt war fröhlich, ganz erwachsen nicht, aber guter Dinge.

«Ja, ganz schön», sagte sie, lag halb aufgerichtet und betrachtete ihn geradewegs und mit Gefallen, sah ihn die Gläser holen, und wieder ging er halb schwebend, wie zum Fluge bereit. Und ebenso, wenn auch verzögert und gegen den Rhythmus, ging der Zumt. Aufgefallen war ihr, wie wenig er getrunken hatte, denn manchmal hatte Annette darüber geklagt, daß er zu oft und ohne jedes Maß trinke. Sonst hatte sie kaum etwas erzählt von sich und ihm.

Er lag neben ihr, darauf bedacht, einen Abstand einzuhalten, dünn genug, daß sie die Wärme seiner Haut wahrnahm, aber doch ein Abstand.

«Geht es gut mit euch beiden?» fragte Anna. «Oder magst du nicht davon sprechen.»

«Doch. Es geht schlecht. Sie hat aus ihrer Erfahrung zuwenig gewonnen. Zurückhaltung nicht. Und nicht das Indirekte, Zögernde. Kein Gefühl für Augenblicke. Vielleicht kann man das alles nicht erlernen.» Und plötzlich sagte er: «Nun beneide ich schon wieder Stefan.»

«Wieso?»

«Er darf dich anfassen.»

«Bis jetzt nicht», sagte Anna.

«Aber es täte ihm gut. Nein, er braucht es», sagte Ludwig ernst. «Du bist gut für ihn. Genau du. Die ganze Zeit sehe ich zu, wie er sich fremd wird. Selbstvergessen im wörtlichen Sinne. Er ist vertrauter mit Projekten und Technologien und wie das Zeug heißt als mit sich. Er verwaltet Milliarden. Einige zehntausend Leute, und von dem, was die machen und wie, hängen Hunderttausende andere ab. Er und seinesgleichen halten das Land zusammen. Nichts weniger. Und das bißchen Freizeit fressen die Empfänge. Der ist da und der. Und weitere Persönlichkeiten, wie es genannt wird. Eine davon ist er. Eine weitere Persönlichkeit. Er lebt wie im Rausch. Weiß mit Mühe seinen Namen noch. An seinen Geburtstag erinnert man ihn. Natürlich versuch ich, was ich kann. Aber es ist Stümperei gegen das, was du könntest.»

Was er sagte, rührte sie seltsam an. Er suchte Hilfe aus Besorgnis um den Kumpel. Das tat er doch. Bat um ihre weibliche Mitarbeit. Es war, als hielte sie den Atem zurück, um ihn nicht zu unterbrechen.

«Er muß aus dem Trott. Er lebt wie besessen von der Pflicht. Ein Missionar. Schockier ihn und verführ ihn, daß ihm Hören und

Sehen und alle Parameter vergehen. Mach, was du kannst. Eine merkwürdige Bitte vielleicht. Du solltest es versuchen. Versprichst du mir das?»

Kann man so was denn versprechen? Vieles kann man. Du bist ein sehr komischer Verrückter.

«Warst du denn nie befreundet?» fragte Ludwig.

«So noch nicht.»

Dann wollte sie endlich wissen, was Stefan erzählt habe vom Abend in der Mühle. Und er sollte ruhig lügen, wenn er müßte.

«Nein. Diesmal nicht. Er hat alles erzählt. Er ist wach geworden und hat dich gesehen und beschrieben. Du warst wie eine Königin. Es hat ihn sehr durcheinandergebracht. Aber das behalten wir für uns.»

Er sagte noch, ihr Körper sei schön und klug. Beides. Natürlich gibt es auch dumme Körper. Hast du das nie bemerkt? Einmal strengte er sein Ohr an, um zu erfahren, ob sie in Gedanken hier sei. Oder wo und bei wem. Er konnte es nicht hören. Die Vereinbarung hielt er ein.

Als sie am Vormittag aufwachten, brannte überall das Licht.

Die ersten Wochen des Jahres wirkten wie Strafe und harte Prüfung. Strafe wofür? Gleise und Heizhäuser brachen im Frost. Waggons und Straßen und Rohre vereist. Ein Bus mit Kindern war im Schnee steckengeblieben; sie konnten nur wenige retten. Überall in den Gängen waren Notbetten aufgestellt. In dienstfreien Stunden gingen sie – Ärzte, Schwestern und Helfer – zu Rentnern und Gebrechlichen. Viele hatten die letzten Kohlen verbraucht und saßen bei zehn, zwölf Grad in den Stuben. Man mußte ihnen helfen, in öffentliche Unterkünfte umzuziehen, die in Schulen und Wohnheimen eingerichtet waren. Es gab Essen, Wärme und medizinische Versorgung, dort wären sie in Sicherheit. Doch viele sträubten sich, die Wohnung zu verlassen, nicht imstande, daran zu glauben, daß es nur für kurze Zeit sei und sie nur dort überleben würden. Hoffnung wecken und Zuspruch versuchen. Die grundlos blinden Ängste sind die kräftigsten. Du kannst der Frau nur die Tränen trocknen. Das ist alles. Sie klammert sich fest an ihre Verzweiflung, das einzige, was ihr bleibt, gibt sie nicht her. Auch mit Herrn Nelkenhöner war Anna unterwegs, und sie erlebte einen stillen, gewissenhaften Praktiker.

Zu Hause räumte sie vor der Tür den Schnee weg, machte Feuer, saß im Mantel und weinte dann selbst vor Erschöpfung. Jetzt noch lesen? Oder Musik. Noch gab es Strom. Die Kraft, etwas zu essen, brachte sie nicht auf. Der Rücken schmerzte und die Schultern. Sie ließ doch ein Bad ein und lag reglos, wie betäubt von der Wärme. Ohne noch vor dem Spiegel zu stehen und sich anzusehen, ging sie ins Bett.

Manchmal spielte sie mit Zahlen. Ihre liebste ist die Dreiundzwanzig; denn Jens, der Däne, hatte am Dreiundzwanzigsten Geburtstag. Sie trafen sich im Jugendlager, und er war ihre erste Liebe. Lange schrieben sie sich, halb deutsch, halb englisch. Noch hat sie ein Tuch, das er ihr schickte. An schlechten Tagen und unterwegs ins Krankenhaus achtet sie auf die Nummernschilder der Autos, die sie sieht. Begegnet ihr eine Dreiundzwanzig, knüpft sie daran die Hoffnung, etwas Schönes, Ermunterndes werde sich ereignen – und weiß, wie töricht das ist.

Ein anderes Zahlenspiel. Falls doch irgendwann, der wievielte Ludwig wäre er denn? Des Namens wegen kam sie darauf, und angefangen hatte es nach dem Elch. Sie war damals die zehn Jahre ihres Frauseins zurückgegangen. Sechs hatte sie erlebt, alle Umstände und auch die Namen verblaßt. Er war der siebente. Markus VII. Elch. Es wird lange dauern oder nie geschehen, daß er ins Halbdunkel geht wie die anderen. Wer sollte das schaffen. Dann diese beiden anderen, und wenn sie Stefan hinzuzählte – genaugenommen muß sie das –, wäre er Ludwig XI. Es gab ihn bestimmt. Wer war der Vogel.

Aus Omas Hinterlassenschaft stammte Meyers Lexikon von achtzehnhundertneunundachtzig, das niemand hatte haben wollen. Im Band «Königshofen bis Luzon» konnte man auf zwanzig Seiten alles lesen über alle Ludwige, die es gab.

Er brachte eines Abends die Radierung, mit den üblichen Ziffern versehen und signiert. Von zwanzig hergestellten Abzügen bekam sie den zweiten. Prinzessin am Ofen im Winter. Und wo sind die Stiefel? Durch Rost und Sieb gefallen. Er malt, was bleibt. Die Welt ist nicht, wie sie aussieht. Auch einen Abzug vom Hahn, der ihr so gefallen hatte, brachte er mit. Kann auf keinen grünen Zweig kommen, wenn er alles verschenkt.

Später sagte sie, es habe Ludwige gegeben wie Sand am Meer. Er trank den Tee, und sie las ihm von den Ränken und Gebrechen seiner Vettern. Wann und wie oft der IX. sich einschiffte zu den Kreuzzügen, bei Akka landete, Tyros und Cäsarea einnahm. Dann Tunis. Die Seuche raffte jedoch einen großen Teil des Heers weg, und L. selbst ward ein Opfer derselben am 25. August 1270.

«Oder möchtest du der X. sein? Ludwig der Zänker?»

«Bin ich ein Zänker?»

Oder doch der Elfte? Hör mal zu. Sohn Karls VII. Zeigte von Jugend auf einen herrschsüchtigen, dabei tückischen Charakter. Als ihm die Krone zufiel, traf die alten Räte schwere Verfolgung und die Großen rücksichtslose Demütigung. Er war einer der unterrichtetsten Männer seines Jahrhunderts. Na, sieh mal. Klug und fest, unermüdlich thätig und gerecht, wo nicht die Interessen seiner Macht im Spiele waren, dann aber grausam, wie er denn einen des Verrats beschuldigten Minister elf Jahre in einen Käfig sperrte; dabei war er jedoch im höchsten Grad abergläubisch, mißtrauisch und heuchlerisch. *Wer nicht heucheln kann, kann nicht herrschen*, pflegte er zu sagen. Umgab sich mit Vorliebe, um von den Großen unabhängig zu sein, mit Dienern niederen Standes, wie Olivier le Dain, seinem Barbier.

«Also. Auch der Elfte nicht?»

«Nein», sagte Ludwig. «Hast du keinen Besseren?»

Gerade seine Ahnungslosigkoit machte ihr Vergnügen. Im Auto lag seine Gitarre – besonders dann, wenn er nicht trinken durfte, spielte er gern Gitarre. Und er holte sie. Sang vom Heuschreck. Was ein gerechter Heuschreck is, sitzt im Sommer auf der Wies. Allerhand verrückte Lieder, die er kannte. Und die edle Heuschreckin pfleget sein mit treuem Sinn, und an ihrem grünen Busam schläft der Heuschreck nächtlich ruhsam. Schläft, ins grüne Gras versteckt, bis der Tag zum Springen weckt.

Heuschreck her, Heuschreck hin, es lebe auch die Heuschreckkin.

Nein, dableiben durfte er nicht. Er trank eine zweite Kanne Tee leer. Und dieser merkwürdige Auftrag für sie schien ernst gemeint. Samariterdienst. Die guten Taten für Stefan, den Geplagten, Hilfeleistung im Hemd. Oder ohne. Am Ende wohl noch abrechnen das Geleistete. Kein Auftrag ohne Rechenschaft. Nur einer wie du kann solche Verrücktheiten ausbrüten.

«Gib ihm den Schub», sagte Ludwig. «Dauernd geschieht alles mögliche nur durch Zugeständnis.»

«Aber da sind verschiedene Sorten von Zugeständnis», sagte sie. «Die notwendigen, klugen. Und die unzumutbaren.» Die dich ein Stück deiner selbst kosten, hätte sie hinzufügen können. Von der Substanz.

«Und noch was Schlimmes», sagte er. «Du kannst mich hauen, wenn du willst. Ich würde dich auch mit ihm teilen.»

Sie haute ihn wirklich. Was bin ich denn noch. Erst soll ich Rakete sein. Jetzt ein Kuchen, den ihr von beiden Seiten anbeißt und euch danach die Mäuler wischt. Hör auf damit. Ich bin von Natur aus eine Ein-Mann-Frau. Das hatte sie gelesen, es traf genau auf sie zu.

«Du wirst erleben, daß ich es bin.»

An einem Abend Ende Februar erwartete sie Stefan. Es waren die ersten freien Tage seit Wochen. Nachmittags ging sie zu Karlchen. Glücklicherweise geschah das selten: Jemand, den sie kannte und dem sie ungern hier begegnete, kam herein, setzte sich an einen ihrer Tische. Ausgerechnet. Frau Zischang, Nachbarin aus der Straße, Mutter einer Schulfreundin, Mutter von Hansi, genannt Krümel, inzwischen ein stattlicher Mann, drei Jahre jünger als Anna und Schiffsoffizier. Man sah ihn selten. Annelore. Was machst du denn hier. Den Tadel hörte man deutlich.

Wie Sie sehen, Frau Zischang.

In solchen Augenblicken, kaum der Rede wert, spürte sie ihr mangelndes Selbstgefühl, wieviel ihr an Sicherheit fehlt. Oder verlorengegangen war.

Nur durch Zufall und Glück konnte Stefan die Vereinbarung einhalten. In den Tagen zuvor geriet alles durcheinander, das feine Gespinst der Absprachen und Termine zerstört: einer seiner besten Werkdirektoren, Kalle Probst, alter Kumpel aus früher Zeit, war verhaftet. Und noch andere dazu. Ein Betrieb steht plötzlich ohne Kopf da. Ausgerechnet jetzt. Erwin mußte hin, und wer ersetzt ihn in der Leitung.

Auf der Kundenliste, sozusagen, standen sie schon ein Weilchen, meinte der Staatsanwalt. Und darauf Stefan: Warum habt ihr dann nicht noch länger gewartet. Zwei, drei Monate.

Fabelhaft, Genosse. Ganz neuer Aspekt für die Arbeit der Justiz, ermittelt wird erst wieder ab Mai.

Also haltet ihr euch raus aus der Schlacht gegen die Natur? Es ist eine. Ja, entschuldige. Bin zu sehr mit Schnee und Eis beschäftigt. Ich ziehe die Frage zurück, Euer Ehren.

Zur Sache selbst blieb der Mann wortkarg. Zielprämien und andere Gelder leichtfertig verwendet. Pflichten der Kontrolle grob verletzt. Unterlagen sind gefälscht worden. Du verstehst, Genosse. Ein schwebendes Verfahren. Es schwebt. Ich verstehe.

Und am besten von allen, fast spielerisch war Kalle mit den Widrigkeiten dieser Wochen fertig geworden. Der Einfallsreiche, der sich nie geschont hat. Schaffte sogar das: Ein Hubschrauber, der Kranke und Nahrungsmittel transportierte, flog Spezialisten, die niemand im Betrieb ersetzen konnte, aus eingeschlossenen Dörfern aus.

Kalle, was hast du gemacht.

Stefan hatte auch die Frau besucht. Das resolute Lieschen saß wie im Halbschlaf. Und die Kinder? Lassen sie ihn fallen? Sohn Walter ist Offizier. Grete studiert. Wird nun Stipendium beantragen. Verdienst des Vaters: zweiachtzig pro Tag. Oder was. Weißt du noch, Liesbeth, wenn wir ihn manchmal nach Hause brachten und er zuviel hatte, haben wir ihn dir unten hingestellt. Wir trauten uns nicht hoch. Wir hatten Angst. Du warst immer stark in deinem Zorn. Wir haben Kalle mit den Schlaufen der Schweißerschürze an den Gartenpfahl gebunden, so konnte er nicht umfallen, dann geklingelt und gerufen: Wir haben ihn hier, du kannst ihn dir holen. Liesbeth saß und weinte.

Stefan hielt kurz vor der Stadt an einem Gasthaus. Die Pause diesmal nicht für Kniebeugen, sondern wegen starker innerer Bewegtheit. Da hilft auch kein Versuch zur Selbstversenkung. Trank Kaffee und malte auf Bierdeckel.

Als wir den Orden bekommen haben, Kalle. Damals zählte der noch viel. Überreicht hat ihn Walter persönlich. Bestimmt denkst du jetzt oft an unsere Schoten. Wie wir los sind im Barkas und mit dem vielen Geld, alle in den blauen Arbeitsklamotten, nur du mit Jacke und Hemd. Vielleicht muß man doch unerwartet Eindruck machen. Und in einer Kneipe – wir blieben dann auch dort über Nacht – fängt Kalle an, den Justizobermeister zu spielen, der diese drei Strolche zu überführen hat von da nach da. Überstellen, Herr Obermeister. Ja, ja. Gutartige Burschen alles, aber eben abgekommen von der Bahn. Oh, das kann schnell gehen, Frau Wirtin. Aber das Schöne, sie sind gutartig und zeigen Reue. Wir mußten immer «Herr Obermeister» sagen. Oder Meister. Doch dann mit «Jawohl». Wie heißt das? Jawohl, Meister. Mit uns sprach Frau Wirtin natürlich nicht, nur von uns, in der dritten Person und nur über Kalle, die Amtsperson.

Aber dürfen sie denn trinken?

Heute ja. Auch als Beamter ist man Mensch. Vielleicht wird es vergolten. Aber Sie wissen es, Frau Wirtin: das wenigste von all der Güte wird vergolten.

Müssen sie noch viel, ich meine, wie lange müssen sie denn noch?

Bald vorbei. Sie haben sich sauber geführt. Den Rest erlassen wir. Das Gesuch hab ich schon unterschrieben. Gewalttätig, nein. Nur kleine Ganoven. Ich stehe gerade für jeden einzelnen.

Sie begann uns zu beneiden um diesen gerechten, gutherzigen Obermeister.

Und was war es, Kalle? Hast du deine Ansprüche schlecht kontrolliert und dich doch bereichert? Wenn die Bedürfnisse zu hoch steigen, fällt die Moral. Wer hatte ausdauernd auf Moral hinausgewollt. Ja, die Anna. Die wartet. Und besuchen darf ich dich erst nach dem Urteil. Die Zelle ist geheizt. So viel Kohle muß schon sein.

Er fuhr dann und zwang sich, an anderes zu denken.

Gegen neun kam er, Pakete im Arm. Er trug den Pelz und eine dicke Mütze aus dem Fell des Opossums, baumbewohnende Beutelratte Nordamerikas. Das Gesicht von der Kälte gerötet, wirkte er frisch und ausgeruht. Wimpern und Brauen bereift. Er war eben noch zehn Minuten gelaufen, immer im Intervall: dreißig Sekunden Dauerlauf, eine Minute langsam gehen. Und das fünf- bis sechsmal. Hatte dann erst die Tasche aus dem Auto geholt, Sekt und Bier und die Tüte mit der hausgemachten Wurst. So stand er wie einer aus dem Norden, der von der fernen Bahnstation kommt.

«Ich freu mich schon tagelang. Immer wenn ich Zeit hatte, daran zu denken. Und du?»

«Ich freu mich auch.»

Ja, nun, da er hier war, freute sie sich. Mehr als das letzte Mal und ohne den Grund dafür zu kennen. Er versuchte, gelöst und heiter zu sein, küßte sie am Arm, an den Schläfen und fühlte ihr Haar. Alle Sinne wandte er ihr aufmerksam zu, als könnte es so gelingen, sich ihrer Anwesenheit doch zu versichern. Wieder ein langes Kleid, blau und orange, mit Löwen oder Drachen. Unter dem feinen Gewebe am Rücken nur die Haut und ihre Wärme.

Der erste Schluck Bier mit etwas Sekt. Laß uns trinken; es weitet hilfreich und gütig die Gefäße. Er berührte sie nur tastend, und es gefiel ihr, daß er zögerte, sie wirklich zu berühren. Umwege, die die Lust des Ankommens vermehren. Er wirkte heut wie verwandelt. Und sie sagte es. Und hätte es nicht gewußt.

«Was?»

«Daß du so bist.»

«Ja. Ein Flüchtling», sagte er. «Es ist gelungen. Ich bin auf der Insel. Und bin entkommen. Ich meine, nicht als Mann mit Familie. Ich meine, weg von allem, was geschieht und wartet.»

Keine Klage ließ er hören. Nichts von Kalle und von den Lasten, die zu bewegen waren, immer bergan, von der schier vergeblichen Anstrengung, die verlorene Zeit einzuholen, die Verluste wettzumachen. Viele Stunden stehen ganze Betriebsteile still, zuwenig Strom. Material kommt nicht heran. Anderswo das gleiche. Die Reserven aufgebraucht. Schweine und Rinder verrekken. An vieles gedacht und mit Wissenschaft – nur daran nicht, was Winter sein kann in Europa. Es wird Herbst werden, ehe die letzten Verluste ausgeglichen sind, auch wenn es in den Zeitungen anders steht.

«Untergetaucht und an Land gegangen», sagte er. «Für zehn Stunden unauffindbar. Das wird es sein. Da ist ein Geräusch.»

«Ja, das Wasser im Bad. Es friert ein, wenn es nicht läuft. Magst du was essen?»

«Nein. Bleib da.»

Einen Ärger doch noch wegspülen. Prost. Er könnte es erzählen, warum nicht. Wie er bequem und feige war, vor einer halben Stunde erst. Ein Objekt der Armee, an dem er vorbeifuhr und wo sie Festbeleuchtung hatten. Alles was nur brennen konnte, brannte. Er war schon abgebogen, um den Verantwortlichen zu suchen und ihn zu erinnern, was Watt und Kilowatt sind. Kehrte jedoch um. Es hätte Zeit und Aufregung gekostet. Aber daß er bequem war, ärgerte ihn erst recht. Und er erzählte es.

«Fährst du morgen früh da vorbei?» fragte Anna.

«Ja.»

«Dann tu's morgen früh.»

«Das werde ich. Du hast recht. Danke.» Er nahm sie dichter zu sich heran, und sie lag in seinem Arm, stellte keine schweren Fragen und sah erstaunt, wie schlicht er die Gefühle, die ihn anrührten, äußerte. Verstand und Strenge des Stefan saßen jetzt neben ihm oder gegenüber und betrachteten verwundert das Lächeln des Stefan, sein Gesicht, das friedfertig war. Die Hände glücklich an ihrem Leib, aber immer so, daß sie es gerade noch ertrug.

Mit der Geschicklichkeit der Hand fing überhaupt alles an, und wir konnten uns davonmachen aus dem Tierreich.

«Das bist du, ja?»

Sie nickte heftig. Er gab ihr in seinem Arm zu trinken, und er trank das zweite Glas leer. Mit ihr konnte man gut entkommen, tief unten oder innen sich begegnen, auf die Fasern treffen und den Kern. Auf die Lagerstätte. Selten gelingt der Zugang. Wer hat in Schlittschuhen geschlafen, um zu wissen, wer er ist? Hat aber nichts Neues über sich erfahren. Morgens nur die Druckstellen an der Wade und am Knie.

«Ich möchte mich ausstrecken», sagte er.

Während sie die Liege zurechtmachte, ging er ins Bad, beeilte sich, denn es war kalt. Bevor man das Fenster abdichtete, müßte es gestrichen werden. Seife, Rasierzeug, Schlafanzug steckten im hinteren Fach der Tasche, vorn sein Kalender und die Papiere. Es gelang ihm, nicht an Termine zu denken. Er dachte: Eine Art Heizung für das Bad muß sie haben. Fünf Grad mehr ginge schon. Einen Handteller voll von dem Wasser, und er atmete tief den scharfen Duft.

Als er schon lag, erzählte sie, daß Ludwig sie gemalt habe.

«Etwa nackt?»

«Natürlich.»

«Dieses Erdferkel, afrikanisches.»

«Er erzählt es ohnehin, und du kannst sagen: Ich weiß, ich weiß.»

Auf der Bettwäsche waren rosa und kapernfarbene Muster. Er wünschte sich einen Kaffee.

«Und noch?»

«Daß du kommst. Wie lange brauchst du?»

«Viertelstunde.»

«Gut. Ich schlafe fünfzehn Minuten. Bis gleich.»

Sie kam zu ihm, bevor sie hinausging, küßte ihn auf die Stirn.

«Ich laß dich heute schlafen, bis du aufwachst», sagte sie flüsternd.

«Aber es war sehr schön», sagte er nun. War so munter geworden wie ein Rudel Fische. Ohne es zu zeigen. Meister der Verstellung. Was kannst du noch. Könntest auf den Rummel und dich sehen lassen mit deiner Kunst.

«Ich hätte dich nicht weglassen dürfen.»

«Und warum hast du?»

«Ich nehme an, es hätte dich verletzt.»

Sie nickte wieder heftig, empfand nun keine Scham und fühlte sich ihm ebenbürtig und nahegerückt. Sein geduldiger Respekt tat ihr gut. Der ist selten genug anzutreffen. Hat er ihn, weil er nur wenige Frauen kannte, noch nicht aufgebraucht. Oder entdeckt er ihn neu. Oder übt ihn als Ausgleich gegen die Pflichten und die unduldsame Härte, die sein täglich Brot sind, ohne die das Notwendige nicht durchzusetzen wäre. Toleranz als schöner Luxus für die Freizeit. Und übt er sie zu Hause? Ist dort Freizeit, oder herrscht auch dort die Strenge, nur eine von anderer Beschaffenheit.

Sie konnte ihn erlösen und entführen. Gleich müssen die Leuchter verlöschen und der Vorhang aufgehen, was geschehen wird, ist erstaunlich und wunderbar fremd, weit genug entfernt vom Gewohnten, um das Gewohnte in neues Licht zu setzen. Bald geht der Vorhang auf.

Er lag ausgestreckt und dehnte sich in allen Muskeln. Auch ihn überraschte die unvermutete Verwandlung, die mit ihm geschah. Er mißtraute ihr noch. Er hörte Geräusche aus der Küche, die Tür zum Bad, fühlte Wärme sich ausbreiten, die letzten Schritte noch bis zum Rand, wo er hinuntersah in die Tiefe.

Ein Lustspiel wird gegeben, dachte er als letztes.

Die Viertelstunde war längst vorüber, und sie saß neben ihm. Den Kaffee hatte sie nur aufgebrüht. Einmal hielt sie ihm die Tasse hin. Der Geruch erinnert ihn vielleicht. Wenn das Unterbewußte die Fähigkeit des Riechens und Erinnerns haben sollte. Er schlief lautlos. Schnarcht er denn niemals und beherrscht sogar das? Fünfzehn Minuten sind womöglich ungewohnt für ihn oder einfach zu kurz, und er hat sie nie geübt. Fünfunddreißig Minuten beherrscht er, wie er bewiesen hat, auf die Sekunde.

Auch die sind verstrichen. Sie saß wie bei einem Kranken. Die Operation hat er, nach allem, was man weiß, gut vertragen. Nur aufwachen muß er noch. Oder die Erschöpfung verlangt endlich ihren Tribut, und sein Körper verweigert den Gehorsam. Oder war das Kommando vielleicht ungenau und zu nachlässig erteilt?

Anna begann den Kaffee zu trinken. Großmutter hatte diesen alten, fleißigen Nußbaum, gab ihr eine große Tüte Nüsse mit, die sie im Arm trug und bald vergaß. Daß sie entzwei gegangen war, merkte man erst zu Hause. Nur das Papier hielt sie fest und sicher unterm Arm, die leere Tüte. Nüsse waren damals kostbar. Selbst Vater konnte keine beschaffen. Da war sie vier oder fünf.

Aber nun weinte sie nicht. Auch wenn sie befürchtet, daß er auf alles schnell eine Antwort weiß, wird sie Fragen an ihn richten. Wenn Zeit sein sollte. Muß der beste, beliebteste Arzt, den sie haben, Direktor der neuen Klinik werden, Verwaltungsmensch, der er nicht ist und nicht sein will, mit Papieren beschäftigt statt mit Kranken. Während sie noch dabei sind, den dritten und vierten Stock der Klinik einzurichten, fehlt im Erdgeschoß bereits die Hälfte der Ausstattung. Möbel, Becken, Wasserhähne.

Der erste Liebhaber, der vor der Zeit bei ihr einschlief. Ist er denn das oder wird es je sein? Die Fragen wird sie nur stellen, um zu hören, ob er geschäftsmäßig schnell antwortet oder nicht.

Womit und von wann ab beginnt die Rolle der Nebenfrau, die sie um keinen Preis spielen würde. Sie hat Annette vor Augen, die mehr leidet, als sie zugibt, und die gleichsam weniger wird, wenn er da ist; es geschieht für den Jungen, sagt sie. Außerdem weiß es seine Frau, und die Ehe war längst zerbrochen. Schön ist es auch, natürlich. Die Hölle ist es nicht, die reine Hölle nicht.

Anna erinnert sich genau an das Foto, das Mutter fand, als sie die Sachen des Vaters ordnete. Die krausköpfige Blondine, in einer Badeanstalt auf einem Handtuch sitzend, jung, gestreiftes Trikot, aus dem der Busen quillt, vor sich Kartoffelsalat in einer Schüssel. Mutter nannte es ordinär, wie sie den Betrachter ansah, die Zweitfrau, die eingriff und bedenkenlos zerstörte. Für Mutter hieß sie nur «das Flittchen», und sie konnte nie anders von ihr sprechen als im Zorn und unter Tränen. Weil sie einen Verbündeten brauchte, weihte sie Anna ein, sicher zu früh. Sie war erst elf und sollte schon Haß erzeugen und Abscheu haben.

Stefan schlief. Sie wird ihn nicht wecken. Was sein Körper tut, ist Befehlsverweigerung. Sie wird noch etwas trinken, müde werden und sich hinlegen.

Am Morgen fand sie seinen Zettel, geschrieben um sechs Uhr fünfzehn. Er bedauerte sein Versagen, müsse die innere Mechanik überprüfen. Also schieben wir weiter vor uns her und schieben. Sehe im Kalender, daß ich dreißigsten März könnte. Und du?

Ja, das wäre die letzte Gelegenheit.

Das Geträumte der Nacht fiel ihr nach und nach ein. Lückenhaft. Sie hatten das Gebäude des Staatsrats besichtigt, in der langen Schlange gestanden. Mit wem nur? Immer nach Dienstschluß kann der Staatsrat besichtigt werden. Und Wochenende, wenn Familie Honecker auf dem Lande ist. Der Eintritt ist frei. Montag ist immer Ruhetag.

Nächsten Abend kam Annette und war enttäuscht, daß sie so wenig berichtet bekam. Sie hatte wieder Tatendrang, ihr Mann auf Zeit war abgereist und für viele Wochen unterwegs.

«Da sind doch noch Briefeschreiber», sagte sie. «Der Psychologe muß bei dir liegen. Erinnerst du dich? Und züchtet Orchideen, glaub ich.»

Anna fand den Brief. Annette gefiel der Mann immer noch; den Wendungen und der Schrift nach einer mit Ausdauer und starker Willenskraft.

«Brauchst du den?» fragte sie.

«Nein.»

«Aber du siehst ihn dir mit an?»

«Warum nicht.»

«Und dieser Stefan?» fragte Annette. «Kriegt er das gelbe Trikot?»

«Wie denkst du dir das. Du weißt, daß ich verheiratete Männer nicht mag», sagte Anna. «Überhaupt wäre er der erste. Weißt du das nicht?»

8

Der Elch ist wie Zeitenwende.

Die allerletzte Gelegenheit, sich noch auf Stefan einzustellen, waren die Tage Ende März. Dann beginnt schon die Zeit, die dem Elch vorausgeht, nur er existiert noch, Zeit des Einstimmens und der Vorfreude. Die sechste Woche vor dem Elch. Die fünfte. Immer war er um die Mitte des Mai gekommen, nie später als am zwanzigsten. Sechs Wochen braucht die Erwartung, um schön heranzureifen.

Stefan holte sie nachmittags ab. Sie fuhren zur Mühle, wo Ludwig mit Schal und Mütze in der Sonne saß und Fisch zubereitete.

«Wollt ihr heute Seezunge?»

Die Wege, auf denen er zu etwas kommt, sind verschlungen.

«Oder wollt ihr Lachs?»

Er war an der Küste gewesen – um Plakat und Programmheftentwurf für ein Theaterstück abzuliefern – und hatte allerhand Fisch mitgebracht. Die Hinweisschilder, die er für die Vögel gemalt hatte, hingen immer noch an den Kästen: Futter erst wieder Donnerstag! Vögel soll man nicht zu lange füttern, das wußte er schon, sie werden unselbständig. Doch es hatte Anfang der Woche noch Schnee gegeben.

«Kannst du nicht mal was Praktisches tun?» fragte er Stefan. «Hol einen Stuhl für die Dame.» Stand bei Anna. «Und du?»

«Na, und du?» fragte Anna. Er küßte sie verstohlen. Wieder werde ihm heute nichts bleiben, als die Seele zu ertränken. Nur das. Sie erwiderte darauf nichts.

«Oder wollt ihr allein sein. Ich kann dann fahren.»

«Nein, bleib hier. Wie weit deine Tulpen schon sind.»

«Ich sag ihnen immer morgens, wie schön sie sind. Und deck sie auch manchmal mit Folie ab. Magst du Tulpen?»

«Ich mag sie am liebsten.»

In der Räuchertonne hingen die Lachse, aber erst den zweiten Tag. Immer wird Lachs am Schwanz aufgehängt. Er hatte vorgehabt, sie kalt zu räuchern, wenig Hitze und viel Rauch von Sägespänen. Übermorgen wären sie fertig. Also doch lieber Thunfisch, dünne Scheiben in der Pfanne gebraten, gut gewürzt, schmeckt er wie Kalbfleisch. Vor zwei Wochen ahnte er noch nichts und schwamm bei Portugal im lieblichen Gewässer vor der Küste. Guter Dinge und hinter den Thunfischdamen her.

Der Abend wurde kühl. Sie saßen in der Ecke im unteren Raum, den Ludwig die Halle nannte. The hall. Anna zwischen beiden. Angeregt vom Lachs in der Tonne, erzählte Stefan aus Finnland. Ein wenig gelöster als sonst wirkte er. Kaum ein Tag verging dort ohne Lachs. Aber einmal – der dünne Magen eines Leiters – vertrug er ihn nicht und fühlte das Ende nahe. Doch sie flößten ihm sofort Fernet Branca ein, größtes aller Kräuterdestillate, und konnten ihn retten. Von allen Mahlzeiten die eindrucksvollste sei jenes Essen in dem Holzhaus unweit Tampere gewesen. Es gab Elch.

«Was gab es?» fragte Anna erschrocken.

«Elchbraten», sagte er schlicht. «Die laufen dort rum wie bei uns Rehe. Nur viel größer und mit Würde. Sie liefern auch Leder für Wanderschuhe und Oberbekleidung. Und überall die Verkehrsschilder: Vorsicht Elch.»

«Du hast einen Elch gegessen?» Es hörte sich an wie: Schämst du dich nicht. Hast du keinerlei Respekt. Ich hätte dich für weniger geschmacklos gehalten.

«Natürlich nur ein Stück», sagte Stefan. «Man legt ihn vorher ein, und er schmeckt köstlicher, als jeder Braten schmecken kann. Dazu natürlich Preiselbeeren. Man müsse jedem Nahrungsstoffe die arthafte, ihm eigenthümliche Güthe erhalten, steht in einem meiner alten Bücher. Durch Geist und Kunst diese Arthaftigkeit heben. Genau das war ihnen gelungen. Viele Familien dort im Norden kommen mit einem Elch aus pro Winter.»

Anna unterbrach eine Zeitlang sogar das Essen und legte das Besteck aus der Hand. Ihr Erschrecken blieb unbemerkt. Nie hatte sie daran gedacht, daß Elch auch ein Nahrungsstoff sein könnte. Vorher natürlich schlachten. Ja. Gewiß würde sie niemals auch nur einen Bissen davon verzehren. Das hier war Thunfisch, und er hatte geschmeckt. Später kam es ihr lächerlich vor, daß sie so erschrocken war.

«Nach einem guten Stündchen geht man in die Sauna», sagte

Stefan. «Ißt wieder etwas und trinkt im Raum nebenan, wo ein Kaminfeuer brennt. Und geht wieder in die Sauna. Du solltest endlich eine bauen. Dein Schuppen ist ideal.»

«Gib mir den Auftrag, deine Büros vollzumalen», sagte Ludwig. «Wandbilder rundherum, wo ihr alle drauf seid. Richtige Werktätige natürlich auch. Bei jeder Sitzung könnt ihr euch immerzu ansehen. Ich bin wohlhabend für ein Weilchen und leiste mir eine Sauna.» Und fügte hinzu: «Für uns.»

Er trank wieder eilig an diesem Abend. Daß er sensibel ist, macht ihm zu schaffen, und es sah aus, als wollte er alles schnell hinter sich bringen und als sei der rote Wein Schutz und Zuflucht.

Zum Nachtisch brachte er eine überraschende Köstlichkeit: geräucherten Dorschrogen. Man glaubte, eine sonderbar würzige Art Nüsse zu essen. Er hatte erwogen, draußen am Schuppen einen Räucherofen zu bauen. Einziger Nachteil, man kann die Hitze schlecht prüfen. An der Tonne fühlt er sie. Alles gedacht im Hinblick auf jenen Tag der Erkenntnis, mit dem jeder rechnen sollte: die endgültige Einsicht, über das Mittelmaß nicht hinauszukommen, also aufzuhören; denn Potenz und Spannung für diese Arbeit sind zu Ende mit diesem Augenblick. Du eröffnest eine Fischbratküche.

Oder der Plan, Trüffeln zu suchen und zu ernten. Wer sagt denn, daß sie nicht auch hierzulande vorkommen, jene begehrten kostbaren Pilze, die unter der Erde wachsen, immer an den Wurzeln der Eiche und nur, wenn Boden und Sonnenlicht günstig sind. Aufgespürt werden sie in Frankreich von Schweinen, weil die selber Trüffelfresser sind. Oder von Hunden, die man darauf abgerichtet hat. Das Kilo Trüffeln auf dem Weltmarkt kostet tausend Mark. Eines von Nachbars Schweinen wird er an die Leine nehmen und losgehen zu den Eichen der Umgebung. Die besten sind die Wintertrüffeln, die schon etwas Frost hatten. Sommertrüffeln findet man noch seltener, sie sind doppelt so teuer. Mit Schwein Rosi wird er es zuerst versuchen. Es macht einen klugen Eindruck. Feinschmecker sind meistens kluge Leute.

«Ich stifte den Trüffelfonds», sagte er, «und könnte begabte verarmte Künstler unterstützen. Überhaupt Leute, die sich gern den Luxus der eigenen Meinung leisten würden. Wenn sie genügend unabhängig wären.»

Es war wieder die Stunde des Apostels. Lange würde er nicht

mehr durchhalten, und vieles mußte noch gesagt werden bis dahin.

«Schlaft gut aus. Und wir halten ein großes Frühstück ab. Im Kühlfach sind Bäckerbrötchen. Richtige. Morgen ist der Tag des Langschläfers. Ich wecke euch nicht. Die allermeisten haben überhaupt keinen Tag. Die Eisenbahner haben ihren Tag. Kinder und Bergmänner. Und was haben die Brötchenbäcker? Nichts. Die Zähneputzer. Die Kuchenesser. Alle gehen leer aus. Niemand gedenkt ihrer. Auch ein Tag des Beischläfers fehlt. Wo das Bettzeug ist, weißt du.»

Er stand auf.

«Also», sagte er. Es schien das Schlußwort zu werden. «Seid euch gut. Diese hier, frisch und rosabraun wie ein junger Holzwurm, die der Zufall uns geschickt hat, kann dich zum Menschen und zum Manne machen und dich an deine Quelle führen. Schon ganz gut, wie du lachst. Schon fast dein eigenes und wie es früher war. Auch das wird sie dir zurückgeben und wird ihre Mission schön und gewissenhaft erfüllen.»

«Also was du quatschst, finde ich zuckersüß», sagte Anna. «Hör auf.» Er schien wieder entschlossen, alles und ohne Bedenken auszusagen.

«Keine Angst. Bin gleich fertig. Aber was nötig ist, Stefan Edmundowitsch: Du mußt guten Willens sein. Und du wirst dich gut fühlen wie der Thunfisch im blauen Ozean bei Portugal. Paß mal auf. Und ihr ein Ehrenbanner verleihen.»

Er trank feierlich sein Glas leer.

«Was mir fehlt, ist eine von diesen Fußkitzlerinnen. Die Zarin hatte fünf oder sechs am Hofe beschäftigt. Sie mußten nichts weiter tun als der Dame die Fußsohlen kitzeln. Also, seid guten Willens.» Er nahm die Taschenlampe, ging hinaus und kehrte zurück mit einem Strauß ganz junger Tulpen für Anna, Knospen noch, aber manche schon dabei, sich zu färben. Winzige Geste, und daß er jetzt noch daran gedacht hatte. Sie umarmte ihn dafür. Wie unschlüssig stand er sekundenlang und stieg dann wortlos hinauf in seine Kammer.

Irgendwann später, als sie noch unten saßen, wußte Anna nicht, ob sie dableiben sollte hier mit Stefan. Es schien ihr nicht zu gelingen, sich auf ihn einzustellen. Die Zeit, die dem Elch vorausgeht, hatte wohl schon begonnen. Kommt nur zweimal im

Jahr – höchstens acht oder zehn Tage alles zusammen – und nimmt dennoch ihr Leben in Anspruch. Beherrscht es auch aus der Ferne. Er ist schon zu nahe heran auf seiner Bahn.

«Ich muß dann bald nach Hause», sagte sie nun doch.

«Wieso das?»

«Muß eben sein. Frag nicht weiter.»

Es wird auch Ludwig nicht gefallen, wenn sie geht. Sie blieb dabei. Je mehr Stefan versuchte, sie umzustimmen, desto sicherer wurde der Entschluß. Und es tat ihr leid, ihn so zu enttäuschen. So unvermutet. Sogar Enttäuschung und Traurigkeit kann er gut beherrschen.

«Besprechen wir, wann wir uns sehen? Ich hole den Kalender.» Er sah den April durch.

«Es geht nicht im April», sagte Anna. «Jemand besucht mich.»

«Und Mai?»

«Nein. Im Juni hab ich Urlaub. Vielleicht danach.»

«So spät?»

Sie sah ihn nur an.

«Ist es der, von dem du erzählt hast? Der Lehrmeister?»

«Ja, der.»

«Du siehst fremd aus plötzlich», sagte Stefan. «Die Augen besonders.» Alles kann man an ihrem Blick ablesen, wenn man kann.

«Darf ich dich küssen?»

«Ja», sagte sie. Und dann: «Du machst einen Fehler, wenn du dich verliebst.»

«Ich hab ihn schon gemacht, scheint mir. Aber ich komme ganz gut damit zurecht.»

Noch, dachte er.

Sie wollte nicht, daß er sie wie damals begleitete, rannte das erste Stück und sah sich später um. Er kam nicht.

Auch das fällt in die Wochen vor dem Elch: etwas Neues kaufen, elegante Schuhe, eine Bluse oder etwas für darunter. Sein Gedächtnis hat verblüffende Dimension. Nach Monaten weiß er noch genau, was von ihren Sachen er kennt und was nicht.

Keiner, der mich ansieht wie er.

Mit Herrn Hahn, dem Hausmeister, fuhren sie nach Berlin.

Geld für die Fahrkosten anzunehmen, lehnte er ab. Kommt gut zurecht. Mitunter eine kleine Erbschaft: Entgelt für lange aufmerksame Pflege. Nur darf kein Mietshaus dabeisein, es richtet dich zugrunde. Hierzulande Hausbesitzer bedeutet den Ruin. Kein Land für Hausbesitzer. Dann lieber verzichten, teilbar ist eine Erbschaft nicht, entweder alles annehmen oder eben nichts. Dankbar wird der Mensch erst im Alter. Schon das Geringste an Fürsorge weckt seine Dankbarkeit.

In einem langen Waldstück auf der Autobahn ließ er die Fünfklangfanfare hören.

Es war windstill und warm. Anna und Annette waren luftig gekleidet; es erleichtert das Anprobieren sehr.

Anna kaufte eine blaue handgestickte Bluse aus Mexiko. Teuer, aber schön und wie für sie gemacht.

Annettes Psychologe, der geantwortet hatte, wohnte in Berlin, und sie wollten sehen, ob er Telefon habe. Ein Herr Laufkötter, Julius, stand aber nicht im Verzeichnis.

Auf der Rückfahrt aßen sie in einem Landgasthaus unweit der Autobahn. Der Besitzer kam. Es gab Forelle. Herr Hahn war bekannt hier, kannte die Gegend und einen See in der Nähe. Abseits, verschwiegen. Und die Damen hatten gegen ein Bad nichts einzuwenden. Alle guten Badestellen zwischen dem Schilf und die schmalen, verwinkelten Wege durch den Wald kannte er. Finden wir hier wieder heraus? Einsamkeit herrschte, wie man sie nur in großen, wenig besiedelten Ländern vermutet. Am gegenüberliegenden Ufer gab es Anglerstege. Vielleicht lag in der Nähe ein Dorf.

Sie liefen am Ufer entlang, und Anna rief laut über den See, es sei alles zuckersüß. Und wieder. Sie konnte sich übermütig gut fühlen und freuen und es zeigen. Auch wenn sie sich jetzt wünschte, er wäre hier. Wie wenige überhaupt haben einen Elch. Einmal wird sie vielleicht hier mit ihm schwimmen, naß durch den Wald laufen bis zur Erschöpfung. Wer kann von sich sagen, einen Elch zu haben. Und den langen Traum von ihm.

Anna versuchte sich einzuprägen, wie sie zurückfuhren, und suchte im Autoatlas den See, um ihn wiederzufinden. Vielleicht schon in vier Wochen, wenn Zeit wäre, an einem frühen milden Abend hierher mit ihm. Aber oft hat er einen Plan und kommt mit Vorschlägen für die Tage, die sie haben.

Aus dem leichten batistähnlichen Stoff wollten sie ein neues Nachthemd schneidern für Anna. Zur Freude für ihn.

Annette brachte Sohn Philipp mit, der seit dem Herbst zur Schule geht. Er wohnt bei der Oma. Nur wenn Annette normale Schicht hat – seit sie in der Gütekontrolle ist, arbeitet sie nur noch in zwei Schichten – oder an freien Tagen, holt sie ihn zu sich. Aber heute durfte er bei Anna schlafen. Sie hatte Frühdienst, und er durfte drei Tage bleiben. Es war seit langem versprochen. Er mochte Anna. Tante sagte er nie. In der Küche schlugen sie sein Lager auf. Aber ich komme später zu dir ins Bett. Ja, komm nur. Er tat das auch zu Hause. Immer zwischen ein und drei Uhr morgens kam er und lag dann bei Annette. In letzter Zeit hatte er zu dichten begonnen, auch weil Omas alte Schreibmaschine ihm Spaß machte und er längst alle Buchstaben kannte.

Er holte ein Blatt aus seiner Tasche, um Anna vorzulesen. Die Geschichte nannte er Kapittel. Es wird mit zwei t gesprochen. Na also. Und alle trugen eine Nummer. Er las das dritte Kapittel.

Es war einmal ein Bärchen und das Bärchen war sehr jung es war etwa 4 bis 5 Jahre. Und das Bärchen ist von der Schule gekommen nach Hause. Zu Hause sagte er seinem Vater das es schön war und sagte: Ich habe eine 1 gekrigt. Ich weiß ich war am Fenster. Du warst also am Fenster.

Noch eins? Aber nur eins.

7. Kapittel

Es war einmal ein Hund. Und der Hund war sehr böse. Eines Tages ging er und ging da kam er an ein Haus da sagte er: Wenn das nicht mein Haus ist so laß ich mich verwöhnen. Und dann dachte er es wäre nicht sein zu Hause. Er ging hinein. Und die Eltern sitzen am Tisch. Und jeder schreibt am Tisch im Zimmer.

Er steckte schnell das Blatt weg. Mehr nicht. Morgen wieder. Als er in die Wanne mußte, sollte Anna mit ihm baden. Sie tat es und brachte ihn zu Bett. Eine Geschichte wußte sie nicht, sie hat ja keine Übung und hätte fast gefragt: Hast du kein Märchenbuch mit? Aber ein Lied konnte sie singen, und es gefiel ihm.

Hähnchen ist aufs Dach geflogen,
zum Bodenloch hinein.
Da schlug der Wind die Türe zu,
es muß gefangen sein.

Doch nach einer Stunde schon
ging wieder auf die Tür:
Putt putt putt, ihr Hühnerchen,
nun bin ich wieder hier.

Er freute sich, daß der Hahn wieder da war. Annette ging zu ihm und blieb lange, kicherte mit ihm und flüsterte und kam erst, als er eingeschlafen war.

Eine Vorstellung hatte Anna bereits: das Oberteil locker, der Rücken so gut wie frei. Die Anregung für das Unterteil suchte sie in Annettes Modeheften; fast alle ihre Kleidung schneidert sie sich selbst. Das Unterteil eine Art Stufenrock, was meinst du?

Annette legte sich Karten und war beschäftigt mit den Rätseln, denen sie nachging. «Hauptsache, du weißt, was du willst», sagte sie. «Du kennst mein graues Hauskleid, das sollte eine Tischdecke werden mit Servietten. Erst wissen, was man will.» Und sie wandte keinen Blick von den Karten, die alles Gute kennen und alles Schlechte, aber nur weniges wollen sie sagen. Ihr erster Versuch endete ungut. Sie begann ein zweites Mal.

In alle Stufen kleine ein Zentimeter tiefe Falten im Abstand von vier Zentimetern einlegen. Einunddreißig für die zweite Stufe, zweiundvierzig für die dritte. Hunderte von Falten.

«Geht es nicht mit weniger?» fragte Anna.

«Es geht ganz ohne Stufen», sagte Annette abwesend.

Ja. Nur Vorderteil und Rückenteil, aber hinten tief ausgeschnitten.

Wenn Annette zwei schlechte Versuche hintereinander hat, hört sie auf. Die Stimmung verdarb es ihr nicht. «Mit dem Psychologen sieht es aber gut aus. Magst du ein Bier?»

Sie schnitten zu und hefteten. Nichts näht Annette, ohne sorgfältig gesteckt und geheftet zu haben. Bei der Anprobe wirkte es fast fertig. Gib acht auf die Nadeln. Man konnte nicht nur hindurchsehen, sondern an den Seiten auch hineinsehen unter das Gewebe. Es war ein Hemd für den Abend und die frühe Nacht vor dem Schlafen, leicht und wie ohne Absicht rasch von den Schultern gleitend, gehalten jedoch in der Taille. Ein Nachthemd war es nicht.

Anna hatte vor zwei Wochen damit begonnen, die Pille zu nehmen, und sie fragte, vor dem Spiegel stehend: «Sieht man schon was? Ich hab diesmal eine andere Sorte.» Sie betrachtete sich streng. «Etwas sieht man schon. Oder?»

Seit zwei Jahren sucht sie einen Frauenarzt, der ihr zusagt. Erich Steck – ein bißchen war sie mit ihm und seiner Frau befreundet – verschwand bei Nacht und Nebel. Mit Familie. Alles ließ er zurück: Haus und Auto, das Grundstück am Wasser. Und seine Studien; denn er forschte seit langem über Faktoren der Blutgerinnung. Ließ die Unterlagen hier, alles Bisherige. Sein Gewissen dazu. Dutzende Patientinnen – schwere Fälle darunter, die er kurz zuvor erst operiert hatte –, ließ alles zurück für eine Verlockung, die seinem Ehrgeiz zusagte. Anfangs meldete er sich bei Bekannten, rief an, schrieb bunte Karten. Anna hat eine aus Florenz. Ihm ginge es gut. Wirklich? Und ist bereits Professor. Verschönt Busen und Bäuche operativ. Zum Forschen leider keine Zeit mehr. Wird ein Flugzeug kaufen. Kein sehr großes.

Nun hatte Anna einen Arzt aufgesucht, zu dem auch Annette ging. Es ist privat, man wartet kaum. Die Konsultation kostet zwanzig Mark. Als Arzt mag er gut sein. Aber dann das Bezahlen. Öffnet seine Schublade, in der das Geld sich stapelt. Kann natürlich wechseln. Immer kassiert er selbst, nimmt den Schein, legt ihn obenauf zu den übrigen und schiebt achtlos die Lade zu. Und rufen Sie an. Wiedersehen. Er hat schmale, geschickte Finger, und sie stellt sich vor, wie er ganz zum Schluß die Scheine zählt, wie er sie bündelt und die Hände ein letztes Mal sorgfältig wäscht.

Überraschend rief an einem Vormittag Stefan an. Er sei in der Nähe, in der Stadt sogar. Schön, dich zu hören. Der Besuch ist schon da? Noch nicht. Soll ich versuchen zu kommen? Wirklich nur für kurz. Aber sie habe einen jungen Mann bei sich. Gegen sieben esse ich mit ihm. Wenn du kommst, mußt du ein Stück mit uns wegfahren. Der junge Mann hat Autofahren gern.

Anna holte Philipp vom Hort ab, und sie gingen durch den Stadtpark. Auf dem Teich waren nur die Enten, keine Schwäne. Ich weiß nicht, wo sie sind. Und er sagte: Vielleicht sind sie zur Oma geschwommen und besuchen sie. An Brot für die Enten hatte Anna nicht gedacht. Man muß an vieles mehr denken, wenn man einen Krümel hat.

Als Stefan kam, verhielt der Kleine sich abwartend, mußte erst sehen, wer das war. Sein Gesicht gab wenig zu erkennen.

«Ist das dein Freund?» fragte er endlich.

«Ja», sagte Anna. «Ich habe viele Freunde. Du doch auch.»

«Und wie heißt du?»

«Ich heiße Stefan. Und du?»

«Philipp. Aber die Mutti sagt Emmes. Wie sagt deine Mutti?»

«Sie sagt Stefan.»

«Hast du nicht zwei Namen?»

«Ich hab nur den einen.»

Dann fuhren sie, und Philipp saß hinten.

«Ich zeig dir, wo ich im Sommer bade», sagte Anna. «Es ist mit dem Fahrrad eine halbe Stunde.»

Die drei Seen lagen in einem Kiefernwald dicht beieinander. Man hatte hier vor langer Zeit Kies gebaggert. An einer Uferböschung saßen sie auf einer Decke. Philipp suchte Wurzeln oder Äste, die etwas darstellten; sie sollten es erraten und sagten immer das Falsche. Bis auf die Stimmen der Vögel, die sie nicht erkannten, war es still. Jetzt sind alle verliebt und mit dem Bau der Nester beschäftigt. Anna wollte nicht, daß Stefan sie anfaßt. Philipp hatte Zutrauen gewonnen, kam und zeigte Stefan einen Stein, der eine Katze war. Oder doch ein Hase.

Familienausflug. Jeder hätte das denken müssen. Seht die drei. Die Frau eine Spur zu jung für ihn. Oder? Und der Junge, den sie haben, ein stilles Kind, immer mit sich beschäftigt. Seht die Familie. Aber keiner, der das denken konnte. Niemand hier.

«Ich möchte mal mit dir weg», sagte er. «Zwei, drei Tage. Oder länger. Was meinst du?»

«Ich hab nicht darüber nachgedacht.»

«Manchmal stell ich mir das vor. Es ist ungewohnt, und ich9. Es ist ungewohnt, und ich denke daran wie an etwas Unerlaubtes. Heimlich zwei Zimmer bestellen. Im Ausland vielleicht. Bei einem unserer Partnerbetriebe in einem Ferienheim. Außerhalb der Saison. Kaum einer da. Wir sind ganz verschwunden. Niemand kennt uns. Was wir tun, sind lauter Verrücktheiten. Was uns Dummes einfällt, tun wir.»

«Dummheiten machst du immer nur heimlich», sagte sie.

«Schlimmer. Ich hab schon fast vergessen, wie man welche macht.»

«Bist aber sonst ein mutiger Mann?»

Ja, was ist das? Etwas zwischen Vorsicht und Übermut. Oder ist es das jeweils Nötige und Vernünftige in Bewegung setzen. Dauernd probieren wir Neues. Müssen wir. Ändern ein Produkt, bessern eine Technologie oder krempeln sie ganz um. Das Denken an übermorgen. Und die Mittel und Kräfte, die das braucht, fehlen dir natürlich heute und in der laufenden Produktion. Aber wo sind sie vernünftiger eingesetzt auf lange Sicht. Hier oder dort. Niemand, der dir die Frage beantwortet. Man kann heute nicht sagen, was man morgen erst weiß. Und muß dennoch entscheiden. So und nicht anders. Und sofort habe ich Gegner und Verbündete. Die einen bekämpfe ich, mit den anderen paktiere ich. Ist das nun mutig. Oder normal. Nur darfst du dich nicht geirrt haben. Wenn sich das herausstellt, war alles nichts weiter als falsch.

Als sie zurückfuhren, fragte sie, ob er damals bei dem Kommandanten war. Bei wem? Im Februar, wo überall das Licht brannte. Ja. Aber sie mußten es dann schriftlich machen. Der Diensthabende hatte erklärt, er sei nicht befugt. Für ein paar Kilowatt sich wütend geärgert. Später die feinen Stiche in der Herzgegend, die er lange nicht gehabt hatte.

Sie aßen zu dritt, und Stefan fühlte sich außerhalb und sah die verwandelte Anna. Nur Philipp existierte. Er wollte von dem Quark essen. Gut. Sie schnitt ihm die Brote zurecht. Und den grünen Salat. Du kannst viel besser klettern und laufen als die anderen, wenn du Salat ißt. Er mochte aber nicht. Hat sie es aufgegeben, ein Kind zu wollen?

«Möchtest du keinen wie den?»

«Den schon», sagte sie nur.

Oder konnte sie kein Kind bekommen, und sie nahm die Pille wirklich nur für den Busen. Er wird danach fragen.

«Später geh ich zu Anna ins Bett», sagte der Junge unvermittelt. «Und wo schläfst du?»

«Ich fahre nach Hause, und dort schlafe ich.»

«Bei deiner Mutti?»

«Ja.»

Anna überhörte auch das und zeigte keine Reaktion.

«Wie lange hast du ihn?»

«Drei Tage. Seine Mutti hat Spätdienst.» Daß Annette endlich den Psychologen traf, ging Stefan nichts an. «Liest du uns später noch was vor? Emmes schreibt nämlich Geschichten.»

«Nur eins. Aber ihr müßt brav sein», sagte er übermütig.

Er holte wieder aus der Schultasche das Blatt und las Kapittel Nummer vier.

Es waren einmal zwei Tiere. Ein Panter und ein Tiger. Und die haben sich immer gezangt. Wollt ihr wissen wie das war? Sie wußten nicht wer springen sollte. Und mal sprangen die zwei und einmal springt der Panter und mal springt der Tiger. Aber einmal hatten sie es gelernt. Und jetzt konnten sie sich nicht verwekzeln.

Als er schlief und sie wiederkam, setzte sie sich nicht neben Stefan. Dadurch, daß sie abweisend war, schien sie ihm vertrauter. Was sich dir entzieht, begehrst du um so mehr. Sie hatte ihm Kaffee gemacht. Ob sie die Berge mag, fragte er.

«Die See mag ich am liebsten. Und möchte dort wohnen.»

Er war im Vorgebirge aufgewachsen. Hügel nur und die Täler. Immer am Horizont die Berge, man konnte hinaufsteigen und weit sehen. Ich brauch das heute noch. In mancher Hinsicht bleibt man, wer man als Kind war, sein Leben lang.

Zwar hörte sie zu, aber eingehen auf seine Gedanken wollte sie nicht. Ihr Haar schien länger als das letzte Mal, und er kam darauf, daß sie es wachsen ließe für ihn.

«Wie oft seht ihr euch?»

«Zu selten. Er kommt, wenn er kann.»

«Was macht er? Von Beruf.»

«Ich weiß nicht», sagte sie. Und hätte etwas erfinden können.

«Hast du nie gefragt?»

«Weniger fragen ist besser als zuviel. Er kommt, und es ist gut.» Wie zur Bekräftigung nickte sie schwer. Fast hätte sie gesagt: Ich könnte ihn nicht einmal erreichen. «Was geht dich das überhaupt an?»

Es war deutlich, daß sie nicht weiter davon reden wollte. Die lustige Puppe aus Lappland lehnte in der Ecke am Fenster und hob ein wenig die eine Hand, ein schwaches Winken.

«Spielst du Schach?»

«Mit Annette spielen wir Karten. Oder würfeln manchmal. Schach kann ich nicht.»

«Ich zeig es dir. Die Regeln sind schnell erlernt. Und doch ist es unergründlich. Keiner wird das Spiel je beherrschen. Kann sein, es macht dir Spaß.»

«Kann sein», sagte sie zögernd, wie nebenher.

9

Er kam nicht, und es war schon der Neunzehnte.

Warten und warten ist nie dasselbe. Sie hatte Frühdienst und hatte im ersten Teil der Woche zuversichtlich und froh gewartet, dann beunruhigt und mit Zweifel. Immer fuhr sie sofort nach Hause, blieb da, kramte, bügelte, las. Das Wochenende wollte nicht vergehen.

Wenn du wissen willst, wie man die Zeit anhält: nur stark und inbrünstig warten, die Ebene, von der sie hinabläuft, liegt fast schon waagerecht; bis zum Stillstand fehlt um so weniger, je verzweifelter du wartest.

Wenn auf Station das Telefon klingelt, lief sie, wenn sie konnte, zum Apparat, war zerstreut, schlief schwer ein und verließ morgens todmüde das Haus. Es gefiel ihr nicht, daß sie unbeherrscht war; was sie sonst mit Verständnis oder um des Friedens willen hinnahm, reizte sie zu Widerspruch: weinerliches Verhalten von Patienten oder die launische Nörgelei der Oberschwester.

Die Tulpen waren verblüht. Er brachte immer welche mit, vielleicht aus dem Norden, wo alles später wächst. Oder hat er eine Gärtnerin. Egal, wen er hat. Nein. Was ihm zu schaffen macht, sind die vermeidbaren Ärgernisse. Erzählte einmal von einem Trockenmilchwerk. Sie produzierten zuwenig, weil sie nicht genug Milch bekamen. Aber man schickte einen hin, der sie aufrütteln sollte mit moralisch-politischer Ermunterung. Aber Belehrungen brauchten sie keine, nur genügend Milch. Wieder die Moral. Von Sinn und Unsinn der Moral. Oder bist du von der Viehwirtschaft, verkaufst Tiere und kaufst welche ein irgendwo. Du Viehverkäufer du.

Was ihn aufhält, muß wichtig genug sein. Es hält ihn sogar ab, ein Zeichen zu geben. Und muß doch wissen, wie sie wartet. Warten bis in die Fingerspitzen.

Am leichtesten ging es mit Büchern. Sie konnte ganz eintauchen in das wundersame Leben der Leute von Macondo, erstaunt, erheitert, gefesselt von Gerüchen, List und Leidenschaft, immer auf Unglaubliches gefaßt, immer gezwungen, das Unerhörteste für möglich und geschehen zu halten. Und nachschlagen im alten Meyer über Kolumbien. Ein Macondo gibt es natürlich nicht. Die Weltlage Kolumbiens zwischen zwei Weltmeeren ist äußerst günstig und auch die Küstenbildung des Landes eine sehr vorteilhafte. Wenn sie las, verging die Zeit unbemerkt wie immer.

Einmal traf sie Krümel, der ein schöner Mann und Seeoffizier geworden war, zurückgekehrt eben aus Japan und Ostasien. Sie lud ihn zum Kaffee ein, nicht für lange, sie erwarte Besuch. Er holte eine Flasche aus seinem Vorrat. Guter Rum, und sie tranken also Tee. Seine Art zu erzählen war angenehm; er tat es, ohne sich selbst darzustellen. Vor Kalkutta fischten sie einen Mann aus dem Meer, schon so erschöpft, daß er kurz danach starb. Tagelanger Kleinkrieg mit den Behörden der Stadt. Wer nimmt schon einen Toten, den keiner kennt. Krümels Sommersprossen waren lustig wie früher und paßten zu ihm. Mit dem Heiraten hatte er geschickt abgewartet bis heute.

Am Montagmittag – sie brachte den Kranken, die nicht aufstehen konnten, das Essen – rief man sie ans Telefon. Nun doch. Sie hielt den Hörer am Ohr, sagte nichts, lauschte sekundenlang. War da sein Atem. Knacken und Knarren war.

«Ja», sagte sie vorsichtig.

Es war Annette. Der Psychologe werde abends dasein. Ziemlich toller Mann. Wenn sie Zeit hätte. Nein, sagte Anna. Wenn ihr wollt, kommt zu mir. Du weißt, ich erwarte ihn.

Sie blieben einige Stunden. Etwas an dem Mann wirkte beklemmend, eine Art magisches Feld breitete er um sich aus. Was wie milde Aufmerksamkeit wirkte, war strenges Beobachten. Er lag auf der Lauer. Hinter Sanftmut versteckt. Annettes Gesicht glühte. Was sie tat und sagte, geschah mit nervösem Eifer, als sei sie unter Drogen oder im Fieber. Alles nur im Hinblick auf ihn. So stark schien sie ihm schon verfallen. Vergaß aber nicht, nach dem Elch zu fragen.

«Er weiß noch nicht genau, wann er kommen kann», sagte Anna.

Sie hatte so viel vorgearbeitet, daß es für sechs oder sieben freie Tage reichte, und konnte es einrichten, eine weitere Woche

Frühdienst zu haben. Am Dreiundzwanzigsten, dem Tag mit der guten Zahl, nahm sie alle Hoffnung, die geblieben war, zusammen und war fast sicher, daß er käme. Sie lackierte nachmittags die Fingernägel sorgfältig – der Lack darf nicht unter die Nagelhaut kriechen –, und sie konnte es nur, wenn die Arme fest auflagen. Besonders heute. Annette tut es immer spielerisch und während sie umhergeht.

Am Abend dieses Tages, als sie im Bett lag und es dunkel war, weinte sie lange. Zorn gegen ihn hatte sie noch nie gehabt. Nun dachte sie, es könnte helfen, und dachte: Dann scher dich zum Teufel. Begann es laut zu sagen. Bleib, wo du bist und bei den Weibern irgendwo. Laß mich zufrieden endlich. Und weinte wieder.

Einmal hatte er nachts gesprochen, sie lag hellwach und hörte deutlich, was er redete. Wahrscheinlich war es Spanisch. Si. Como no. Und etwas mit cosas. Sie schrieb es auf, sagte jedoch morgens kein Wort. Von Carlos hatte sie damals einige Wendungen gelernt. Von wann ab am Tag man buenas tardes sagt. Gute Nacht muß hasta mañana heißen. Und ein paar Flüche, von den harmlosen. Es konnte nur Spanisch gewesen sein. Etwas treibt er vielleicht dort. Geschäfte. Mulatinnen, sagt man, sind die schönsten unter den Frauen. Soll er treiben, was er mag, und nicht wiederkommen endlich. Er ist doch eher eine Last als ein Glück. Einer, der belästigt.

Also doch lieber etwas mit irgendwem. Bungalow verhanden. Freifahrscheine, Peking nicht ausgeschlossen. Zurechtkommen und sich einrichten und gewöhnen, wie viele tun das, neue Gardinen, mal ins Kino, die Kinder brauchen Schuhe. Wie der Tag anfängt, weiß man, und wie er endet. Erst mal ans Geschirr gewöhnt, wirst du ein gutes Wagenpferd sein.

Wie schmeckt die kleine Zufriedenheit. Klein wird sie schmekken. Noch keiner ist gestorben an etwas Bitterstoff. Bernd war in jeden Zirkus gegangen. Tiernummern sind ganz schön. Auch der weiße Clown. Immer dasselbe. Außerordentliches geschieht nie oder fast nie. Immer wieder schön. Nur dürfen die Ansprüche kein Hindernis sein. Vielleicht ist es töricht, mehr zu verlangen, als geboten wird. Keine Torheit ohne Kosten.

Warum bist du nicht weitergefahren damals, warum bist du abgekommen und diese Böschung hinunter. Mußtest du kommen und meinen Anspruch verderben. Keiner scheint mehr zu taugen. Fast alles ohne dich ist Ersatz, Leben und auch nicht.

Wenn es sein sollte und sie ihn nie wieder sieht: ihr Anspruch ist verdorben, unwiderruflich. Das Maß. Fachleute sagen: Anspruchsniveau. Es muß angemessen hoch sein. Zu hoch darf es nicht sein, man wird erfolglos bleiben und enttäuscht, das Selbstwertgefühl schrumpft und der Leistungsantrieb. Zu niedrig darf es nicht sein, weil. Alles mal gelernt.

Sie wäre lieber ohne Zorn eingeschlafen. Hat er übelgenommen, daß sie im November nicht gekommen ist? Nie hat sie falsche Versprechung oder schlechte Absicht an ihm wahrgenommen. Er hat Freude, wenn sie sich freut. Immer sind seine Standpunkte deutlich und fest, ohne Umschweife kann er sie erklären. Was keinen Spaß macht am Sozialismus, stimmt nicht und ist unfertig. Er muß Spaß machen. Er wurde eigens dafür, nur dafür erfunden. Sie wünschte sich, Fehler an ihm entdeckt zu haben, wenigstens ein paar. Selbst wenn er zynisch wird, bleibt er redlich. Ja, dieser Eindruck von Redlichkeit wärmt und macht ihr Zweifel zugleich.

Der Gedanke, ihm könnte etwas zugestoßen sein, erschreckte sie. Hat wohl nur geringfügig die Umlaufbahn geändert. Himmelskörper sind einer Vielzahl von Kräften ausgesetzt, instabil. Ankommen wird er schon. Sie ging in die Küche und machte ein Zuckerbier zurecht, es entspannt, wollte noch wach bleiben, es war erst kurz vor elf. Und nicht zu tief schlafen. Oder die Tür doch offen lassen. Er wird einfach dastehn. Sie sollte aufschließen gehen. Daß sie das Spiel mit den Zahlen treibt, weiß er. Und gerade heut ihn erwartet. Im Halbschlaf ihn empfangen und empfangen. War da ein Klingeln? Umarmt wie ein Knäuel, hört man von außerhalb nichts. Auch keinen Wecker.

Dann kommen sie, und es ist noch dunkel. Die mit der schwarzen Binde um die Hand ist dabei, nicht die Frau aus Macondo. Nein, es ist die Oberschwester, die den Lack sieht an den Fingernägeln. Und schreit wütend. Hierein können sie nicht, belagern aber den Garten. Auch der Schütze, den Vater gedungen hat. Die schwarze Binde muß sie tragen, weil sie die Hand auf den glühenden Ofen legte, um sich zu reinigen von Bosheit. Längst weiß der Vater, daß Elch Nacht für Nacht kommt, und sie wollen ihn stellen und niederschießen als einen Hühnerdieb. Er selbst hat keine

Waffe. Kann aber zaubern, verlangt Reißzwecken und Servietten aus Papier. Er hat einen guten Plan. Da lief der Räuber zurück zu seinem Hauptmann, und er sprach.

Gleich mit dem Wachwerden beginnt das Licht über dem Schauplatz zu verlöschen, die Figuren tauchen unter. Der Abbau geht lautlos. Wer stand da mit ihrem Fahrrad am Zaun. Eilig werden die Teile eingesammelt. Bruchstücke bleiben. Der Vater und sein Schütze. Die Hand der Oberschwester mit der Binde. Vor allem die häßliche Angst um ihn.

Einige Tage hielt das Warten noch an, war still und kraftlos geworden. Zwar schrieb sie immer noch Zettel, wenn sie wegging, und steckte sie innen an die kleine Scheibe der Tür. Bin im Café, das du kennst, wo ich manchmal bin.

Auch hier die sich schleppenden Stunden. Sie blickte zur Tür, sobald jemand hereinkam. Die Verliebtheit von Pärchen sah sie mit Vorwurf, begegnete ihnen abweisend kühl, so als hätten sie sich schuldig gemacht, indem sie hier saßen und einander überhaupt begegnet waren. Besonders erschreckten sie Bärtige an der Tür, wenn sie etwa Statur und Größe hatten.

Stell dir vor, ich erkenne dich nicht, erst beim zweiten Hinsehen, weil du noch den Bart hast, und im ersten Augenblick warst du ein Fremder. Du kannst es nicht glauben. Es war so. Ich sehe einen Fremden, und der bist du. Und das Tablett laß ich fallen.

O weh. Erst kürzlich hat Karlchen das Geschirr besorgt. Weint um jede Tasse. Bezahlen, bezahlen! Steckt euer Geld in die Haare oder sonstwohin. Was soll ich damit. Denkst du, ich kann hingehen und Geschirr kaufen. Noch dazu solches. Alles Export, nur Export. Sie würden unsere ganze Kneipe exportieren, wenn einer genug dafür bietet. Was muß ich also machen, damit man gepflegt hier sitzen und trinken kann. In lauter krumme Sachen muß ich mich verwickeln. Verkaufe Ananas an einen, der was von Reifen weiß und einen kennt, der Aal hat, und der weiß, daß ich Geschirr will. Nein, brauche. Ananas in Dosen, wunderbar umgewandelt in schöne Tassen. Müßte längst schon zum Kadi gehen und sagen: Hier bin ich, und kann nicht anders. Ich klage mich an. Ich horche herum, treffe auf zwielichtige Figuren und höre, was sie so denken und wie etwas ginge. Denn der Laden muß laufen. Wer ist verantwortlich, daß er gut läuft? Ich. Also Wert gegen Wert.

Das Wertgesetz.

Es bewirkt, daß die Waren sich zu Werten tauschen, und regelt elementar durch das ständige Schwanken der Preise um den Wert der Ware – und seht, wie sie schwanken, die Preise um den Wert – bewirkt also Produktion sowie Austausch und Zirkulation der Waren. Auch unter sozialistischen Eigentumsverhältnissen wird es bewußt angewandt und ausgenutzt. Okaih. Nichts, Genosse Kadi, ist verschwunden. In meiner Tasche nicht. Könnt alles nachprüfen. Ich klage mich an. Und ihr Hühner laßt das Zeug einfach fallen und schmeißt es hin. Woher nehm ich so viel Ananas. Ich darf das gar nicht, denn das Zeug ist für die Kunden da. Das wißt ihr genau.

Es griff ans Herz, wenn Karlchen seine Nöte und das Wertgesetz beschrieb. Ich tue es dir nicht an, Karlchen. Das Tablett, wenn ich ihn sehe, stell ich ab, irgendwohin, sofort.

Die Zettel, die sie für ihn schrieb, und daß sie mitunter wegging oder später als gewohnt kam – das besaß auch magische Bedeutung. Es könnte geheimnisvoll ihn erreichen und einwirken auf ihn, so daß er dadurch und ausgerechnet dann doch käme. Schon nicht mehr und am wenigsten damit gerechnet und gerade dann. Jeder kennt das.

Bin zu einem Vortrag, schrieb sie. In der Klinik im Speiseraum. Bitte sie, mich zu rufen. Gegen achtzehn Uhr zurück. Wenn du willst, der Schlüssel ist bei Mutter.

Der reisende Schriftsteller sprach über Indien, und die Bibliothekarin aus ihrem früheren Werk hatte geholfen, ihn zu verpflichten. Ein Werk ist reicher als ein Krankenhaus, sie zahlten einen Teil, denn billig war der Mann nicht. Aus Gründen des Zuspruchs gab es Kekse und Wein. Manche, die sonst verhindert wären, sind es dann nicht gar so sehr.

Seine Eitelkeit hielt sich in Grenzen. Er sah öfter zu ihr hin als nötig. Die Blumen, die sie am Ende überreichte, gab er sogleich artig und mit Dank an alle zurück. Er hatte eindrucksvoll erzählt, und Fotos sind Beweise. Leute liegen auf der Straße, auf Lappen unter eine Pappe. Das ist ihr Zuhause. Kinderarbeit. Der Prachtbau in Agra wie aus dem Märchen, einer ließ ihn errichten für seine Lieblingsfrau. Oft gesehen, so nahe und genau noch nicht.

Ob sie mitkäme eine Kleinigkeit essen.

An der Art, wie er sie einlädt, ist keine Peinlichkeit. Sie konnte wahrnehmen, daß er schlank und gebildet war und rotblond, was ihr gefiel. Zur Erregung objektiver Empfindungen sind äußere, zur Erregung subjektiver Empfindungen innere, im Körper selbst liegende Reize erforderlich, welch letztere die sogenannten Zentralorgane der Sinne betreffen. Unterwegs verliefen sich die Reize, die von außen kamen, ohne jedes innere Ergebnis.

Das war so gewollt. Sie ging nicht mit. Und immer dann zu Hause das Wegnehmen der Nachricht hinter der Scheibe an der Tür. Umsonst beschriebene Blätter.

Der Band vierzehn reicht von Rüböl, gemeinschaftlicher Name für die fetten Öle, bis Sodawasser. Unter «Seligkeit» stand: Dem Sprachgebrauch nach ein Zustand der höchsten individuellen Befriedigung und Erhebung. «Sibi», ein britischer Distrikt an der Grenze zwischen Afghanistan und Belutschistan. Unter britischer Verwaltung hat sich der Wohlstand sehr gehoben.

«Sinnlichkeit». Also einerseits die Auffassung der uns umgebenden Erscheinungswelt nach Stoff und Form und so weiter, andrerseits die Gesamtheit derjenigen Triebe, Begehrungen und Leidenschaften, welche entweder direkt in den Bedürfnissen des leiblichen Organismus, wie der Nahrungs- und Geschlechtstrieb, oder in dem Gefühl der Lust und Unlust begründet sind. Sinnlichkeit im letzteren Sinne steht dem Wollen, der Sittlichkeit, gegenüber.

Ihr Verhalten war also sittlich.

Die Stadt hieß Agra. Band eins erschien übrigens schon achtzehnfünfundachtzig. A, der klangreichste der Vokale, bei dessen Hervorbringung der Stimmton frei aus den weit geöffneten Lippen hervorkommt, während die Zunge in eine flache Stellung niedergedrückt wird, A, E, I, O, U = Austria est imperare orbi universo, alles Erdreich ist Oesterreich unterthan.

Agra, nordwestlich Kalkutta, am Ufer der Dschamna, eine der berühmtesten Städte Indiens, entwickelte sich zur Blüte unter den Mogulkaisern. Die Prachtbauten sämtlich im feinsten maurische Stil ausgeführt. Der Tadsch, das Kleinod von A., Mausoleum, von Schah Jehan (1628–1658) für seine Lieblingsfrau errichtet. 20000 Arbeiter haben achtzehn Jahre lang daran gebaut. Das Hauptgebäude erhebt sich in strahlendem Glanz weißen polierten Marmors und trägt den weithin sichtbaren Dom; die Kuppel endet in zwei vergoldeten Kugeln mit Halbmond.

Sie suchte später die Karte aus Innsbruck, die sie von ihm hat, die einzige. In den Briefen, ihm ins Wäschefach geschrieben, wollte sie nicht lesen.

Ludwig ist Zwilling und hat am einunddreißigsten Mai Geburtstag; so werden es jedesmal zwei Tage, denn man feiert in den Kindertag hinein und stößt Mitternacht darauf an. So sind auch die Feiern: Mischung von Party und Kinderfest. Spiel, was du willst. Es liegt alles Erdenkliche bereit. Mützen, Nasen, Federn, Kränzchen. Willst du Räuber sein. Schneewittchen, Zwerg. Oder spiel dich selbst. Aber spiel was.

Annette in der Rolle der Hausherrin nur noch halbherzig. Es ist fast zu Ende zwischen ihnen, wie sie glaubt. Sie weiß immer nie genau, was gut ist und was sie sich wünschen soll. Die wird er auch eingeladen haben, in die er sich vergafft hat. Sie könnte mit etwas gutem Willen seine Tochter sein. Und malt sie dauernd.

Wie hat dir mein Psychologe gefallen? Der Eindruck war zu kurz. Dir scheint er zu gefallen. Doch. Und krempelt mich durch und durch um. Wie denn und wozu? Er tut es. Und ich weiß nicht, ob er nicht bemerkt, daß ich es merke, oder nur so tut.

Ein gutes Dutzend Gäste waren da. Neuankömmlinge mußten an der Tür Weizenkorn aus einem schweren Zinnlöffel trinken. Zur Desinfektion. Der Abend war trocken und mild. Überall rund um die Mühle hingen Lampions und Schnüre mit buntem Papier. Ludwig hatte tagelang vorbereitet; Gläser mit Gurken, Soleier und hausgemachte Wurst, viele Sorten Fisch, Landschinken, Bier vom Faß. Ein Stapel Säcke für später lag bereit.

Hinweisschilder standen da mit der fetten Aufschrift: Zum Aggressionsplatz. Er hatte abseits, am Rand der Wiese, ein Geviert hergerichtet, umspannt nach Art eines Boxringes und vollgestellt mit Krempel: alte Stühle, Schränke, Kisten, Sessel. Ein dreibeiniger Tisch. Dazu Hammer, Beil und Axt. Wem danach war, konnte hergehen und kurz und klein schlagen.

Die soziale Dimension der Sache liegt auf der Hand. Plätze dieser Art gehörten in alle Einrichtungen, in Betriebe, Verwaltungen und Schulen, höhere Bildungsstätten eingeschlossen, in Zeitungsredaktionen, Verlags- und Fernsehhäuser, Hotels und Kinderkrippen. Wut muß raus und sich Luft verschaffen. Wenn sie drin bleibt, frißt sie und frißt um sich. Die APW (Aggressionsplatzwarte), in kurzen Lehrgängen geschult, informieren die Benutzer über Grundregeln. Der zu zerschlagende Gegenstand sowie das benötigte Werkzeug sollten der Verärgerung gemäß sein. Art und Gewicht eines Ärgernisses stehen in direktem Verhältnis zu Funktion und Stellung des Verursachers (Vorgesetzter, Nachbar, Ehefrau) sowie der Beschaffenheit des Fehlverhaltens. Die kann reichen von Intrige und Amtsmißbrauch über schwere Kränkung und mittelschwere bis zu Starrsinn, Eigensucht und gewöhnlicher Dummheit. Auch individuelle Besonderheiten, Temperament, Geschlecht, Herkunft, Alter, Erfahrung oder gar Einsicht, sind zu beachten. Gegen schwere Wut Kommode oder Küchenschrank. Bei der einfachen Empörung genügt eine alte Kiste.

Für die Anlage von Aggressionsräumen oder -plätzen. Gegen Hemmung und Frustration, Verbissen- und Verkrampftheit, gegen Gefühlsstau aller Art. Das Kleinholz bekommen Ludwigs Nachbarn, die früheren Müllersleut. Gut zum Anmachen. Schönes trockenes Holz.

Auf den Zettel hatte Anna geschrieben: Bin bei dem Maler zum Geburtstag. Einmal waren wir dort. Straße nach Kerkwitz, das Umspannwerk rechts, dann auf der linken Seite die Mühle. Das findest Du. Hol mich dort weg.

Nun wird sie keinen mehr schreiben und keine Nachricht mehr hinterlassen. Sie wird zu warten aufhören. Sich heute betrinken. Sollte er doch kommen, hätte er sie lustig, ohne jeden Zug von Kummer oder Schwermut. Als wäre nichts gewesen.

Einer von Ludwigs Kollegen schenkte eine Federzeichnung: der Zwilling im Universum und seine bestimmenden Eigenschaften. Günstige sind: selbstbewußt, gütig, vital, ordnungsliebend, standhaft. Ungünstige: eigensinnig, nachtragend, unmäßig. Auch Weissagungen fürs neue Lebensjahr standen auf dem Batt. Im Juli: Wenn Sie am Ball bleiben, können Sie Ihre wirtschaftliche Position absichern. Am fünften August kommt es auf Ihre Geschicklichkeit in einer heiklen Angelegenheit an. September: Setzen Sie sich nicht für jemanden ein, der schlecht angeschrieben ist. Dritter Dezember: Blicken Sie mit mehr Zufriedenheit zurück.

Von Stefan war ein Telegramm aus Baku gekommen, das Ludwig ihr zeigte. Bleib, der Du bist, aber ändere Dich. Altes Nabelschein. Das W war nicht mit angekommen.

Anna hörte das betagte Klavier, das neben der Küchennische stand, zum erstenmal. Dünne Töne wie Spinett, wie in alten Filmen. Und sehr verstimmt. Der Keramiker spielte am besten, und man rief ihn immer wieder. The man I love. Anna tanzte viel, einmal auch allein. Wie rasch man sich gewöhnen kann an falsche Töne. Oder hatte er sich eingespielt und vermied sie nun häufiger. Eine Zeitlang saß sie mit ihm. Er trank nur Limonade, sprach leise und gab knappe Antworten. Krüge, Schalen, Töpfe für Salz und Mehl. Einer wie der andere oder fast. Und danach die wirkliche Arbeit. Mehr Vergnügen. Wichtiger das Suchen als das Finden. Er deutete zum Fenster, wo eine seiner Arbeiten stand. Drei dünne Röhren, senkrecht, verschieden hoch, offen oben und dicht beieinander, seitlich ein Flügel oder ein Griff. Ein weibliches Profil zeigend. Ein Leuchter, meinte Anna. Er sagte: Man kann aber daraus trinken.

Er spielte auch Yesterday, und sie tanzte es mit Ludwig. Nun doch der Gedanke an Stefan und die erste Begegnung und wie sie ihn spürte. Die Quellen des Verlangens und Bereitseins liegen im verborgenen. Wie viele und wo. Vielleicht schön, wenn Stefan da wäre.

Sie bemerkte es, während sie tanzten; Ludwig verfärbte sich rasch, wurde rot im Gesicht, etwas bläulich.

«Wie du aussiehst. Ist dir nicht gut?»

«Sieht es schon aus?» fragte er und kicherte trocken. «Es wird noch besser. Beschreib's mal.»

«Na, ganz rot.»

«Noch kein Blau? Es wird schön violett», sagte er strahlend. «Alle werden neidisch sein.»

War es ein Anfall? Ist denn hier kein Arzt? «Hast du das öfter?»

Aus der Hemdtasche zog er ein gläsernes Röhrchen, verkorkt, und zeigte es sekundenlang vor. «Der beliebte Tintling», sagte Ludwig. «Aus der Familie der Blätterpilze. Zuviel darf man nicht nehmen. Wie sieht die Nasenspitze aus?»

«Ganz weiß.»

«Na siehst du», sagte er.

Tatsächlich war es der graue Faltentintling, Coprinus atramentarius, und er hatte ihn sorgfältig getrocknet. In Verbindung mit Alkohol bewirkt er Rötung der Gesichtshaut und des Nakkens, später Übergang in Violett, während Ohrläppchen und Nasenspitze weiß bleiben. Je nach verzehrter Menge treten Symptome ernsterer Natur auf, wie Hitzegefühl, Pulsbeschleunigung, Sehschwäche, großer Durst und Schwierigkeiten beim Sprechen. Lassen jedoch bald wieder nach.

Sie umringten Ludwig, die einen erschrocken und besorgt, andere erheitert, denn sie hielten ihn für geschminkt. Aber es ließ sich nicht abwischen. Alles echt und aus innen. So gewollt und bewirkt durch Gedankenkraft, wie er nun erklärte. Durch den Einfluß und die Arbeit des Willens. Nur müsse man eine starke, beständige Natur sein, um es zu schaffen. Und er könnte es auch bei anderen. Könnte es versuchen.

Also, wer traut sich und ist bereit? Es geht nur draußen und unter dem Nußbaum stehend, dicht am Stamm. Das Besprechen dauert wenige Minuten. Unterm Volk muß man leben und zu Hause sein dort, dann lernt man das alles. Und noch mehr. Der Nußbaum am Schuppen hat das richtige Alter und eignet sich gut. Also wer? Stärker als die Neugierde ist die Feigheit.

Siegfried, und du? Betreibt in Berlin auf einem Bahnhof eine günstig gelegene Pachttoilette und liebt auch sonst kein Risiko, seine Frau macht Gebrauchsgraphik, sind aber nicht verheiratet. Na, frag sie. Luzi, wo bist du? Dein Mann will wissen, ob er das darf. Der Keramiker schied aus; er trank ja nichts.

Inzwischen sah Ludwig schön dunkelviolett aus – wie hergerichtet zum Auftritt einer Laiengruppe für ein Gruselstück. Und prüfte streng seine Freunde. Euer Geist ist wild, ich weiß, aber eingeschnürt, umringt von Furcht und kleinen Bedenken. Wen müßt ihr noch fragen, die Würdenträger und Vorbeter, Gesuch einreichen beim Sekretär der Partei. Wie lange es anhält, hängt davon ab, wie gut ich in Form bin, und natürlich vom Betreffenden. Vom Grad seiner Furchtlosigkeit.

Es fanden sich nur zwei. Die Tapfersten der Gesellschaft. Anna kannte sie nicht. Der eine Montageleiter, Riesenkerl und Spezialist für den Großkesselbau, Kraftwerke, mit dem Risiko auf du und du, also ohne Furcht, der andere dick und gemütlich, Mitarbeiter der Bezirksleitung und zuständig für die Arbeit mit den Künstlerverbänden. Ludwig im Stich lassen, nein. Seit Jahren übt er das Amt aus, kennt sie alle. Ohne Gründe läßt er keinen im Stich. Beide hatten gut getrunken. Es müßte gelingen. und sie gingen zu dritt hinaus unter den Nußbaum.

Wie Stefan sich verhalten hätte? Anna dachte: Er hätte sein schnelles ungenaues Lächeln gehabt, das er anlegte wie eine Verkleidung; die schützt und läßt ihm Zeit für Antwort und Entschlüsse. Ob er mitgegangen wäre, wollte sie wissen, und Ludwig meinte, sie hätten den Spaß oft da und dort gemacht, beide. Das ist lange her. Niemand bleibt, der er war. Selbst er wußte nicht zu sagen, wie Stefan heute reagiert hätte. In jüngster Zeit hat er es weit gebracht mit der scharfen Selbstkontrolle, übt inneren Ausgleich, muß er wohl bei diesem Amt, und wenn er aus dem Tritt kommt oder stolpert, falls überhaupt, geschieht es nur, um das Gleichgewicht desto rascher wiederherzustellen. In das Geviert allerdings wäre er nie gegangen und hätte nichts von diesen Sachen zertrümmert. Das glaubte Ludwig sicher zu wissen. Um Wut und Ärgernis aufzulösen, braucht er keine Axt, das tut er lautlos, innerlich, mit selbsterzeugten Substanzen, gleichsam chemisch. Ob es ihm bekommt?

Anna saß eine Weile allein oben in der Mühle. Alle Gäste waren draußen, sie hörte gedämpfte Stimmen und Gelächter. Ein bißchen geweint hätte sie ganz gern. Damals mit Elch waren sie nur unten, fiel ihr ein. Hier oben wurde noch gebaut. Auch die Treppe kam später. Reste des Mahlwerks und der Mechanik hingen noch.

Auf einer der Liegen streckte sie sich aus. Eine Lampe brannte in einer Ecke, keine Kerze auf dem Tisch. Sie hatten ihn dann herausgenommen, um das breite Bett zu bauen. Er sei hier so gut wie zu Hause, hatte Stefan gesagt. Schmale Betten sind ihm zuwider. Das Muster aus Schatten und Halbschatten oben in den Balken war flach und schwach und flatterte nicht. Ludwig hat irgendwann von einer Freundin erzählt, die wollte unbedingt, daß er ihren Mann trifft und kennenlernt. Gründe muß es haben, wenn auch geheimnisvolle, daß man zu bestimmter Zeit auf Bestimmtes kommt. Stefans Frau wird sie nie treffen wollen, selbst dann nicht, wenn er es wünschen sollte. Er wird es nicht wünschen. Ein Bild von ihr sehen? Vielleicht nein. Sie sehnte sich schon ans Meer. Der Geruch von Algen und Salz und das feine Sprühen bei hoher Brandung. Zehn Tage noch. Paulchen wartet längst. Bis zuletzt fürchtet er, daß sie absagt. Nur einen Bernstein hat sie gefunden, sooft sie auch dort war. Fast wie ein Korken kam er geschwommen, tauchte immer wieder auf, und sie fischte ihn mit einem Stock.

Sie hätte gern gewußt, was sie täte und wie sie sich verhielte, wenn Stefan da wäre. Stellte es sich vor. Fand es aber nicht heraus.

Unten im Geviert hatten sie begonnen, die Gegenstände zu zertrümmern. Vom Fenster aus, das schräg war, an dem sie damals gestanden hatte, fröstelnd, weil sie weg wollte und nackt war und draußen der Schnee, sah sie nun zwei Männer, die den Küchenschrank zerschlugen. Eine Menge Zuschauer, die sie anfeuerten, ihr Glas in der Hand oder Bratwurst. Einer mit Lederschürze wie ein Gastwirt oder Metzger versorgte die Glut und die Würste, fächelte Luft mit einer großen Pappe.

Dann sah sie Annette, die ein Beil hatte. Und sie zerhackte einen der alten Stühle. Und einen zweiten. Sie zerschlug viel. Warum immer Stühle.

Hier oben stand Anna wie bestraft und ausgesondert. Das war oft geschehen. Für kleine Verfehlungen in die Ecke geschickt von der Mutter, die wohl die Demütigungen ihrer Kindheit weitergab; denn Großvater war von tugendhafter Strenge, Kantor und Gottesdiener, er starb, als Anna klein war, lebte jedoch weiter. Ihr Bild von ihm ist grob, ein unnachsichtiger streitbarer Pflichtenmensch, Preuße im Osten, die Augengläser dick und schimmernd wie Zwiebelscheiben, in den letzten Jahren war er blind. Oma Liesbeths Gläubigkeit dagegen nachlässiger, durchlöchert von Selbstschutz und Widerspruch, schließlich hatte sie Gott nie gesehen, wer war der Mann, sie blieb wach und gütig bis zum letzten Tag, wollte alles wissen, las die Zeitungen genau, Oma, was gibt es in der Welt, fragte Anna, wenn sie zum Parteilehrjahr ging.

Nichts war ihr heute befohlen worden, für nichts bestraft. Sie durfte hinunter zu den anderen und ging.

Auf einem Brett schnitten sie das schwere Landbrot, in das ein Schinken eingebacken war; die Kruste frisch und dunkel und so scharf; sie schnitten es mit einer Säge in Scheiben wie einen Stamm. Der gemütliche Dicke war schon kräftig rot geworden, Nasenspitze weiß. Er vertrat ja hier nicht nur sich selbst, sondern zugleich den Bezirk, den führenden Teil der Gesellschaft des Bezirks. Der Mut, mitgespielt zu haben, seine Unerschrockenheit angesichts der Verfärbung hatten durchaus auch politisches Gewicht. Er fühlte sich gut.

Als das Sackhüpfen begann, war Mitternacht vorbei und schon Kindertag. Allein das Aufstellen dauerte lange. Entweder fielen sie schon vor dem Start um oder hüpften zu früh los und fielen dann, lagen und lachten, lagen mehr, als sich vorwärts zu bewegen. Das Vergnügen, sich zu kugeln. Mit einem Sieger rechnete niemand.

Es war eine gute Gelegenheit für Anna, unbemerkt wegzugehen. Stimmen und Gelächter blieben zurück. Bald würde sie zu packen beginnen für die Reise. Sie packte gern Koffer, fing möglichst zeitig damit an und traf die Auswahl immer wieder neu. Ganz anders.

Bei Krümel brannte noch Licht. Er hat wohl Besuch. Bewohnt nun das Zimmer seiner Schwester, das Anna genau kennt, wo sie Verkleiden gespielt und den Kummer und die Späße der Heranwachsenden geteilt hatten. Die halbe Jugend verbringt man miteinander und ist sich heut so fremd wie flüchtige Bekannte.

Soll sie bei ihm klingeln in der Nacht. Oder in den nächsten Tagen, er hat noch Urlaub, mit einer Flasche Wein unterm Arm, da bin ich, hättest du nicht auch Spaß und wenn dir danach ist. Nur ohne Blumen und Konfekt natürlich, aber sonst genau, wie die Männer es tun. Fast so.

Sie ahnt schon, davor schreckt sie zurück und wird die Schwelle nicht überwinden. Gleiches Recht für beiderlei Geschlecht, gleiche Arbeit, gleicher Lohn, also auch auf Erden, wählen und gewählt werden, vor Gesetz und Recht ohne Ansehen alle gleich. Bis auf die Ausnahmen. In jedem Falle nicht.

10

Paulchen ging auf die Dreiundsiebzig; von Prostata, Gehör und Leber abgesehen, war er kerngesund. Großer starker Schädel, wie er Ostpreußen zugeschrieben wird, ohne ein einziges Haar inzwischen, die lebenslange Schläue und Selbstbehauptung in den grauen schmalen Augen. Sein Gedächtnis zuverlässig. Die Deltaflüsse der Memel sagt er heute noch her. Geboren in einem Dorf an einem Arm der Gilge, wo sie fischten, badeten und saßen.

Dabei auch immer wieder Liesbeth, die viel später Annas Großmutter wurde. Denn der junge Kantor kam ins Dorf. Er hatte das Wort, die Botschaft weiterzugeben, und sein Blick kam aus dikken Gläsern; der stach. In der Ecke hinter ihm stand der Stock, scharfe, schneidende Rute aus stabilem Rohr. Sie faserte trotzdem aus, und der Lieblingsschüler durfte zum Dorfkrämer gehen eine neue kaufen. Je nach Vergehen – im Unterricht gestört, die Andacht versäumt, den Psalm nicht gewußt – gab es fünf Streiche oder zehn auf Gesäß oder Fingerspitzen. In die Hirnrinde muß die Verkündigung – und sei es durch den Arsch. Die Mädchen schlug er nie.

Liesbeth hat ihn später genommen; denn Paul war Knecht und Kutscher wie sein Vater. Hätte ein Leben lang die Stube im Gesindehaus bewohnt mit Frau und Kindern, bekam aber Gewehr und Uniform und was ein Krieger braucht, marschierte, wurde verladen und transportiert hin und her durch Europa, zuletzt nach Osten. Das Siegen hörte auf. Als Gefangener noch weiter ostwärts, während sie zu Hause schon westwärts zogen.

Heimgekehrt, fand er sie hier. Auch dies ein Dorf zwischen Bodden und See. Nur fehlte die Nehrung, das weiße Gebirge, das der Wind aufweht zu Senken und Klippen. Da waren sie kopfüber hinuntergesprungen, dreißig Meter oder tiefer hinab in den Pulversand. Gern führen sich Kinder ihren Mut vor oder was sie dafür halten. Auch die Elche fehlten, die schwebend gehen, stolze Einzelgänger oft, sie gehen federnd, immer nur einer von den vier Füßen berührt den Boden. Es wird ihnen hier nicht gefallen. Sonst gäbe es wohl welche. Der Mensch ist da anders. Er gewöhnt sich, weil er muß.

Mitunter kam Kunde von diesem und jenem aus dem früheren Dorf, man besuchte einander. Die Liesbeth war schon Witwe. Sie war Liesbeth und auch nicht. Hatte Enkel. Besonders Anna, und was der Oma nun fehlte, hatte sie. Sag nicht Onkel. Bin ich das denn. Sag Paulchen. Und besuch mich da oben, wo es schön ist. Und das Wasser.

Der Katen, den Pauls Familie bezogen hatte, steht geduckt am Bodden, fast schon zweihundert Jahre, die große Tenne in der Mitte, umgeben von vielen Stuben. Plötzlich hatten sie alle und die Kinder so viel Platz. Der Besitzer war flüchtig, auch westwärts gegangen. Er ließ sich nie wieder sehen. Paulchen bekam Acker, Pferd und Kuh, bauerte, pflügte auch bei anderen, besorgte Fuhren, räucherte Fisch, den er im Morgengrauen heimbrachte im Boot vom Bodden. Nun ist er Witwer seit acht Jahren, die Kinder selbständig – nur einer seiner Enkel wohnt im Haus mit Tochter und Frau. Schafe hat er noch, Hühner und ein paar Flugenten. Im Sommer die vielen Gäste. Die sucht er sich aus. Um zweierlei kreisen die Gedanken: der Alltag und das Weibliche. Er hätte längst wieder heiraten können, doch es gefiel ihm besser, seine männliche Aufmerksamkeit gerecht zu verteilen. Auch junge Frauen mit Familie nimmt er auf und tritt sogleich an zum galanten Wettkampf mit dem Ehemann. Seine Erwartung ist längst bescheiden: die weibliche Anwesenheit muß nur stattfinden, und er flattert, Kopf und Gesicht rosarotgesund, in den schmalen Augen das listige Feuerchen entzündet.

Zu seinen liebsten Gästen gehört eben Anna. Immer ist für sie Platz. Komm auch mal im Winter, und die Brandung schlägt hoch bis ans steile Ufer. Die magst du doch. Einsam sind besonders die Winter. Vieles hat sie von Liesbeth, oder er glaubt es zu sehen; den schönen Hals. Auch etwas von den Augen. Die selbstbewußte Hüfte vor allem. An Sonnentagen liegt sie unterm Steilufer am Strand, und zur Kaffeezeit holt er sie dort ab. Nackt kommt sie aus den Wellen, springt, läuft sich trocken. Das Bild kann er nicht vergleichen. Die Liesbeth hat er so nie gesehen damals.

Anna bekam wieder die Stube mit der Morgensonne und dem Blick auf den Bodden, der von Stunde zu Stunde sich ändern kann je nach Himmel und Wind. Bei Regen sitzt sie hier und liest und sieht hinaus. Oder zieht sich fest an und läuft durch den Regen.

Der Juni ist schon Hochsaison; sie rennen ihm das Haus ein auf der Suche nach Quartier. Aber diese Stube ist für Anna. Sie darf auch mit der Freundin kommen. Paulchen will sie alle verwöhnen, legt von Herbst bis Frühjahr seine Vorräte an (hat ja auch dieses andere Geld von Freunden und Verwandten, die manchmal kommen): Ananas, Leberpastete, dreimal schwarzer Kater, Sekt und Rum, Schokolade mit Füllung oder ohne. Den Eierlikör macht er selbst und zieht ihn auf Literflaschen. Er will sie alle verwöhnen, wenn ihm danach ist.

Bald bemerkte er, daß Anna nicht war wie sonst. Heiterkeit strengte sie an. Von Spaziergängen – immer allein – kehrte sie später zurück als gewöhnlich. Verändert auch ihr Verhalten in Gesellschaft. An den Abenden sitzt man in Paulchens Wohnstube – der Musikprofessor war diesmal mit einer Tänzerin da, oh, das Feuer, eine Feuersbrunst; die ledige Frau Doktor aus Dippoldiswalde, Haut und Geschlecht, Bände kann sie schreiben über die Verwilderung von Sitte und Anstand, aus gutem Hause stammend, mit Bach und Goethe so überfüttert, sie verträgt nur noch Beat und Krimis, die Männer, die sie traf, wollten immer von ihr ein Kind; der lustige Stämmige aus Magdeburg mit Sohn und Frau, macht Federstahl von bestimmter Beschaffenheit, weiß alles über Stahl. Oder man geht in eine der Gaststätten im Dorf zum Tanz. Anna beteiligt sich wie sonst, wirklich anwesend ist sie nicht, wirkte kleiner, etwas betäubt.

Paulchen fragte dann doch. Na, ich seh das. Ich seh aalles. Ist es mit dem Jingelchen?

Mag es zwei Jahre her sein oder schon drei, als sie mit ihm ankam. Und immer nur er und er die ganzen Tage, drei oder vier nichts anderes im Kopf. Er ist zu jung für dich. Ist auch zu schön. Man kriegt mit solchen nur Kummer. Und den hast du. Einem alten Esel wie mir machst du nichts vor.

«Auch ein Esel kann sich täuschen», sagte sie. «Und du weißt ja nicht, wie ich ihn nenne. Ich nenne ihn Elch.»

«Ja, das Jingelchen. Ich kenn sie. Aalles kenn ich.»

Paulchen war es, der wieder und wieder erzählt hatte von den stolzen Tieren, die friedfertig sind, aber eigensinnig. Wie Liesbeth und Kantor Siegel, wie Haff und Nehrung gehörten die Elche zu dem Schatz von Bildern und Geschichten, den er verwahrte. Er öffnet ihn gern und kramt darin. Manche Stücke zeigt er oft.

Einmal wollten sie im tiefen Winter mit dem Fuhrwerk über Land. Plötzlich auf dem Weg ein Elch. Er stand. Nichts weiter. Wenden konnte man nicht. Sie klatschten in die Hände und riefen, absteigen wollte keiner. Der Elch stand da, und manchmal, wenn sie riefen, wandte er ein wenig den Kopf. Etwas schien ihm eingefallen, und langsam vergaß er es wieder. Eine Stunde oder länger mußten sie warten, sagt Paulchen. Angreifen würde er nie, das weiß man. Sich verteidigen ja. Seine Waffen sind die Vorderhufe, nicht die Schaufeln im Geweih. Richtet sich auf zur Verteidigung und ist drei Meter hoch oder mehr. Hat er überhaupt einen Feind? Vielleicht der Bär, ein Rudel Bären. Und eben der Mensch, der auf ihn schießt.

Elche sind starke Schwimmer. Wie oft Paulchen diese Szene heraufbeschworen hat: Sie kamen von der Nehrung bei Rossitten übers Haff, waren viele, viele und schwammen schon dreißig Kilometer, ein Wald von Geweihen überm Wasser, wer weiß wie viele, ein halbes Hundert, vielleicht dreißig oder mehr, und wollten wohl nach Inse, erst ein Streifen, ein Wäldchen in der Ferne auf dem Haff, das näher kam und näher. Sie haben sich wohl gefühlt in unserer Gegend, vielleicht leben sie dort noch heut.

Karten schrieb sie. An Mutter und Annette, an Karlchen und die anderen im Café. Auch an Ludwig. Solltest du ihn sehen, grüß das Wollschwein, das neufundländische. Etwas von Stefans Selbstsicherheit wünschte sie sich. Nein, nicht alles. Zuviel darf man davon nicht haben.

Hier wird es zeitiger hell. Wenn die Hähne sie weckten, schlief sie nicht wieder ein und ging im Morgengrauen aus dem Haus, auf einem der Wege zwischen den Feldern zum steilen Ufer. Auch Möwen sind Frühaufsteher. Das Gras war noch feucht. Die Buhnen und der Gegenstrom brechen eine Brandung, zwischen den starken Wellen schlagen die leisen an, und es scheint, als antworteten sie einander. Bei guter Sicht sah sie draußen Fährschiffe und Tanker. Dann reicht das Meer weiter und bis hinter den Horizont.

Von den Brutplätzen am Bodden hatten Möweneltern ihre Jungen mitgebracht. Sie hockten auf der Buhne, unsicher wie im Halbschlaf oder betrunken, warteten auf das Fressen, sahen zu, wie getaucht und gefangen wird, woher der Fisch kommt, der so schmeckt. Und stritten sich. Wer bescheiden ist, geht leer aus. Bescheidenheit kann sogar der Tod sein. Und einmal kommt der letzte Fisch, der allerletzte, den die Eltern bringen. Das Kindsein ist jäh zu Ende, keine andere Wahl: sie müssen fliegen und eintauchen, es ist mehr ein Stolpern, sie flattern um ihr Leben und bleiben lange ohne Beute.

Sie waren damals hier gegangen, das späte Licht des Abends färbte den Himmel und die scharfen hohen Wolken, die größte stand im Norden, es ging fast kein Wind, aber doch so viel, daß sie langsam wanderte und dabei zu immer neuen Gestalten verschwamm. War Wildschwein, das ein häßliches Gewächs hatte auf der Nase. Stellte dann nichts dar. Sie wandten sich ab, um ihr Zeit zu lassen. Oder gingen ein Stück zurück, standen lange und küßten sich. Alles still, auch unten das Meer, und so allein waren sie zu zweit, daß sie flüsterten. Es war der Mai, in dem es anfing, denn er war das erste Mal gekommen nach dem Unfall. Sie schliefen fast nicht während dieser vier Tage. Oder immer nur für Stunden. Seine Narben waren gut verheilt. Der schöne Offizier hat alles überstanden und war dann so plötzlich verschwunden. Ich komme ins Zimmer, und es ist leer. Nun bin ich besser dran als Natascha, weil du da bist. Und bist ein guter Heiler.

Was noch?

Du machst mich betrunken wie ein Zuckerbier. Nein, ich weiß: du bist eine von diesen Drogen, ein Zeug, das die Sinne verdoppelt und gesteigerte Lust macht auf Leben. Überhaupt wieder die Absicht zu leben. Ein das Bewußtsein erweiterndes neumodisches Zeug. Stimulus Markustinus Vitalikus. Oder wie. Es beflügelt ungeheuerlich. Und macht eine Freude, die aus der Zukunft stammt, aus dem Jenseits, wer weiß woher, aus der Hölle. Irdisch ist sie jedenfalls nicht.

Ich werde wenig Zeit haben, sagte er. An diesem Abend sagte er das. Und selten kommen. Du darfst dich nur mäßig verlieben. Das ist meine Sache, mein Herr. Inzwischen hatte die Wolke sich geteilt, war links Mephisto, aber mit großem Hut, ein spanischer Grande, also Herzog Alba. Und drüben war sie Großbritannien. Aber ohne Nordirland.

Wieviel er sie schon gelehrt hat; nun bringt er ihr die Verlassenheit bei. Sehr leicht wäre es, sich einem an den Hals zu werfen. Genug, die nur darauf warten. Dieser Rolli, ein Lotse, zu fett schon für sein Alter, man lacht viel über seine Sprüche. Laßt mich an Land, ich kann an Bord nicht pinkeln. Sein eigenes Gelächter laut und oft unbegründet. Immer will er sie einladen zu geräuchertem Zander und Wein.

Es genügte ein schwaches Zeichen. Der kleine Finger genügte, sie konnte aussuchen, wollte aber nicht, wollte Ruhe und Alleinsein und verlangte dennoch nach Gesellschaft, in der sie abweisend blieb und gleichgültig. Eine Taubheit, der nicht zu trauen war, unter der Oberfläche hielt sich die Lust nach etwas auf, nach irgend etwas. Wenn jetzt Stefan käme. Ihm die Zügel öffnen.

Der Fernsehmensch ist Segler und kommt seit Jahren mit seiner Jacht, die am Bodden im Hafen liegt. Das graue Haar trägt er kurz und sportlich, er ist gebräunt, gepflegt und schlank und kann seiner Wirkung vertrauen, die Jeansanzüge sitzen wie nach Maß geschneidert. An einem Vormittag fuhr sie doch mit. Draußen auf dem flachen windstillen Wasser ließ er das Boot treiben. Er bereite einen Fallada vor. Aber erst der Tschechow. An guten Schauspielern mangelt es. Zeit sei immer knapp, das ginge noch. Aber Schauspieler. Oder mag sie trockenen Martini mit Gin. Cointreau. Alles da. Er blieb gewollt sachlich. Guter alter Whisky auch. Einer wie er kann auf jede Anstrengung verzichten; ohnehin fällt ihm genug zu. Und sie könnten nach Neuenhagen, ganz im Norden. Dort essen gehen und liegenbleiben. Ein kleiner malerischer Hafen. Im Morgengrauen zurück. Dann ist das Wasser wie Metall. Die Legierung immer anders.

Ich weiß, ich weiß.

Und die Vögel fischen. Daß sie sein Angebot ablehnte, verletzte ihn nicht. Weshalb nur war sie mitgefahren. Er trug zwei große Ringe, sicherlich kostbare. Es müßte doch gleichgültig sein, wie und wobei man sich langweilt: beim Würfeln oder abends in irgendeiner Runde bei Witzen und schwerem Wein. Ein notwendiger Bestandteil des Wohlbehagens im Urlaub ist Langeweile.

Von Annette war ein Brief gekommen. Auf der Wetterkarte sehe ich, daß Du es schön hast. Fühl Dich mal gut und tausendmächtigfach und leiste Dir paar tüchtige Zicken. Der Psychologe züchtet wahrhaftig Orchideen. Noch weiß ich nicht, worauf er hinauswill. Aber ich sehe, er hat ein festes Programm und vollstreckt es. Wenn er Stunden zu spät kommt und mich warten läßt oder nicht kommt, gehört es wohl zum Plan. Promoviert hat er über das Selbstwertgefühl des Pädagogen in bezug auf seine Fähigkeit des Beurteilens. Vieles sehe ich schon ein und werde es wohl ändern. Was ich mich frage: wie du mit ihm zurechtkommen würdest oder er mit Dir. Die Eingriffe betreibt er auf seine stille Art, aber unwiderstehlich. Tut, als interessierte er sich nur nebenher, aber ich weiß, er will alles wissen und schafft es auch und blättert nach Belieben in mir rum. Was das andere betrifft, ist er ein Großwesir. Ich fühle mich in starken Händen und doch unsicher wie lange nicht. Philipp verhält sich zu ihm abwartend. Er schickt Dir viele Küßchen und ein Kapittel auch. Mit Ludwig ist es nun doch zu Ende. Nicht im bösen. Und Philipp fragt nach dem Vati. Meist nennt er ihn ja Erich, aber manchmal eben Vati. Was werden soll, wenn er kommt, weiß ich nicht. Wie es aber war, bleibt es nicht. Wir können ja bald über alles plappern bei Brahms und rotem Wein.

Kein guter Brief.

Philipps Kapittel ging so:

Es war einmal ein Schaf. Und dieses Schaf war ganz allein es gingundesging da freute es sich. Der Schäfer weinte und weinte. Darauf klopfte es. Der Schäfer machte die Tür auf. Er freute sich und war froh. «Er ist glücklich und froh.» Sagte die Frau des Schäfers.

Nun, nach einer Woche, ließ die Verlassenheit allmählich nach, wie wenn eine Wunde verheilt. Die Frau Doktor fuhr ab. Paulchen sah es am liebsten, wenn Anna abends dablieb und in seiner Nähe. Der neue Gast gab den Einstand und war spendabel. Er sammelt seit Jahren alles, was gut und alt ist. Muß nur abwarten. Kostbarer wird es von selbst. Tropfenkopeken, siebzehntes Jahrhundert, nicht größer als Schrotkugeln, dünn gestempelt. Schüsselmünzen aus dem alten Byzanz. Auch Silber. Die türkischen sind aus Kupfer. Teure Stücke erwirbt man besser nicht auf Auktionen; das Finanzamt kommt bestimmt. Kennt eine Frau, die erbte unter anderem ein Bild, alter niederländischer Meister. Es hing bei ihr. Gut. Ein Museum aus Prag meldete sich eines Tages, sie hätten Kenntnis erlangt aus alten Unterlagen, bereiteten eine Ausstellung vor und möchten das Gemälde aufnehmen als Leihgabe. Die Frau sagt zu. Das Bild wird hoch versichert. Denn es kostet inzwischen an die hunderttausend. Und kurze Zeit später das Finanzamt. Nun zahlt sie jährlich an die sechstausend Steuern, würde den Schinken lieber heut als morgen abstoßen, findet keinen Käufer. Der müßte ja die Steuern mitkaufen. Das gibt es auch.

Na und. Was es so gibt. Endlos viele flache Tatsachen überall. Unter dem Vorwand, müde zu sein, wünschte sie gute Nacht, ging noch zu den Schafen. Die Muttertiere schliefen nicht. Wann schlafen sie. Unter den Lämmern war ein ganz schwarzes mit weißer Stirn. Der Wind hatte aufgefrischt. Vielleicht hat sie morgen einen Tag mit Sturm, und der Gischt am Ufer weht hoch auf wie Staub oder Rauch.

Das Telegramm kam früh am Morgen. Ja, für dich. Sie wollte es nicht sofort öffnen, nicht im Haus. Womöglich kommt er her und ist schon unterwegs und bald da. Am Schuppen auf der Wiese, die sacht zum Bodden hin abfällt, saß sie. Genau um einen Monat verspätet.

Ach, du Kerl.

Die Anschrift stimmte genau. Sie hatte sie überall hinterlassen. Von Mutter kann er sie haben, von Karlchen. Egal, von wem. Es war aber von Ludwig. Unglück mit Annette. Liegt im Krankenhaus ohne Bewußtsein. Wenn du kommen kannst.

Sie traf sie noch lebend an. Annette hatte Ludwig zwei Zeilen geschrieben: Komm am Dienstag vorbei. Jemand muß ja alles regeln. Oder Mittwoch. Und den Brief mit der Post geschickt.

Man fand sie im Keller in dem alten Sessel. Sie hatte vorgehabt, ihn aufarbeiten und neu beziehen zu lassen. Biedermeierstoff. Über das Mittel und die Dosis war man sich noch nicht klar. Keinen Zweifel gab es daran, daß sie in ernster Absicht und durchdacht gehandelt hatte. Die Mutter und der Junge wußten noch nichts, weil etwas Hoffnung ja bestand.

Vor allem: Warum, Annette?

Antwort gab sie nicht. Sie lag blaß und reglos, das Herz schlug, aber schwach, ohne rechte Lust. Hier, wo du nun bist, herrschen strenge Sitten. Man liegt an Schläuchen, die Apparate zeigen an, wie lange es noch dauern kann. Oder wie kurz. Der Arzt hatte Anna widerstrebend erlaubt herzukommen. Ja, nur neben ihr sitzen. Hier wird kaum ein Wort gewechselt. Die allerletzten Versuche geschehen energisch, aber lautlos. Frischoperierte, Altersschwache, Unfallopfer. Was willst du hier plötzlich. Du hast es dir fest vorgenommen, ich weiß. Und es scheint gelungen.

Wie haben wir uns lustig gemacht über Leute, die nichts weiter konnten als mit der Weisheit umzugehen und die immerzu Wahrheiten verkündeten. Wie gut wäre es, diese eine jetzt zu wissen, nur die eine. War es der lächerliche Ärger mit dem Gewicht? Was bedeuten vier, fünf Kilo. Dafür hattest du die Kuren. Eine knappe Woche lang nichts als Eier. Etwas bläulich wird man davon. Oder an freien Tagen die Wodkakur. Nur Bockwurst und Knäckebrot und schön über den Tag verteilt die fünf doppelten Wodka. Du hattest gut ein Kilo weniger nach drei Tagen. Und immer im Schwips. Von allen deinen Kuren brachte sie am wenigsten ein, war aber die lustigste.

Lach doch mal.

Weißt du die schönen Tage von Leningrad. Im Treppenhaus der Eremitage standen wir und standen und hörten, wer es gebaut hat und wie lange und wann und warum. Alle aus der Gruppe staunten artig wie die Schafe. Dir fiel ein, du müßtest mal dringend; wir wollten weg zu den Bildern. Wir müssen mal und fertig. Hatten also Zeit und Muße für alle, die wir mochten. Der Tanz um die Kapuzinerkresse. Die Gaukler und besonders die Augen der Frau. Der schöne Herakles und die sehr dicke Omphale. Sieh mal, hast du gesagt, wie unterernährt ich bin, vergleiche mit ihr. Und ich dann noch mal zurück zum Heiligen Sebastian.

Unsere Gruppe vielleicht immer noch im Treppenhaus. Der Bus hat dann nicht gewartet, obwohl es fünf vor halb war. Eine kleine Strafe der Frau Reiseleiter für unser schlechtes Gruppengefühl. Und wir in den Bus zu den Schweden und waren früher im Speisesaal als die anderen. Hieß er nicht Olaf. Die Blonden haben dir immer gefallen, wenn sie groß waren. Wie mir die Rothaarigen, die etwas Rötlichen, mit dem irischen Rot. Wieso: haben dir. Das liegt am Ort. Hier neigt man dazu, in Vergangenheit zu denken.

Auch ihre Hände blaß und schon ohne jeden Mut. Anna traute sich nicht, sie zu berühren. Zuspruch hat keinerlei Sinn. Herz und Kreislauf, Gehirn oder Leber schaffen es oder nicht.

Den Emmes würde ich zu mir nehmen. Aber deine Mutter gibt ihn nicht her. Warum sollte sie. Jetzt hat sie nur ihn. Ihm wirst du am meisten fehlen. Der Mutter auch, ja. Er wird nun traurige Kapittel schreiben. Oder keine mehr. Denn wirklich schrieb er sie für dich. Wie war das mit dem Viereck. Nein, sie sollten geometrische Figuren im Unterricht bestimmen. Auch das Oval hat der Philipp gewußt. Na, ein Oval, hat er gesagt. Ein langer Kreis.

Der Arzt kam und sah nach dem Rechten. Zählte auch den Puls. Er sagte kein Wort, und fragen wollte Anna nicht.

Draußen wird es dunkel. Ein Weilchen blieb ich noch. Wieso sterben die meisten in der Nacht und am frühen Morgen? Geht es dann leichter? Hast du dich nicht getraut zu springen? Es ist so gut wie sicher vom dritten Stock, wenn man es so fest vorhat wie du. Bist du dir überflüssig vorgekommen? Mit deinem Jungen. Und bei dem Spaß, den wir hatten. Und deinen Geräten. Gütekontrolle ist durchaus nicht entbehrlich. Vielleicht war alles zuviel. Und der mit den Orchideen und den Fragen aus dem Hinterhalt.

Schau dir nur die verzögerten Schwünge an. Überhaupt das Bild. Und was er mit den großen Buchstaben macht.

Ich hätt ihn dir nicht geben sollen. Kann man so was vorher wissen? Er lag dort gut im Schubfach bei den anderen. Vielleicht hab ich's dir nie gesagt: eifersüchtig war ich schon manchmal auf dein Selbstgefühl und wie spielerisch einfach deine Kräfte waren, ohne Anstrengung. Mit seinen Fragen und Absichten hat er dich irregemacht. Nur das kann es sein. Ohne ihn zu beschuldigen. Da siehst du, welcher Blödsinn das ist mit den Zügen und Schwüngen so oder so und dem Schriftbild. Dein Kartenlegen ja auch.

Ich hätt ihn dir nicht geben dürfen. Lach nicht, es strengt zu sehr an. Du brauchst das bißchen Kraft, das dir geblieben ist, dringender.

Laß mich doch heulen.

Annettes Kraft hat aber nicht ausgereicht. Sie war am Tag darauf tot, sie starb im Morgengrauen. Sie habe, sagte ihre Mutter, wie eingeschlafen ausgesehen, kein Zeichen von Schmerz. Anna wollte sie nicht ansehen, Emmes durfte nicht. Während alles Erforderliche geregelt wurde – das meiste erledigte Ludwig –, blieb der Junge bei Anna. Er schien damit zu rechnen, daß die Mutti wiederkäme, denn er sagte: Bis dahin bleib ich bei dir.

Sie hatte ihm geschrieben: Mutti geht weg. Wahrscheinlich für lange. Lern schön und sei lieb und fleißig. Heb die Kapittel alle auf. Irgendwann während dieser Tage sagte Emmes: Weißt du was. Zeichnen ist doof.

Ludwig holte ihn am Tage der Beisetzung ab, fuhr mit ihm durch die Stadt und zeigte ihm die Mühle und alle Vogelhäuschen. Ludwigs Mutter schien kleiner geworden seit dem letztenmal. Sie war aus Regensburg zu Besuch da. Dort lebt sie mit ihrem zweiten Mann in der Altstadt, bescheiden. Ludwigs Vater ist er nicht, aber er ist angenommen worden als Vater. Diesmal konnte er die Reise nicht unternehmen, das Herz macht ihm zu schaffen. Emmes sah die vielen Bilder und Zeichnungen, sagte jedoch nichts. Er blieb bei der fremden Frau, fragte, ob später Anna kommt und die Oma. Die hatte es für notwendig gehalten, daß Philipp die Beerdigung nicht miterlebt.

Auf dem schwarzen Podest, das damals in der Nacht leer war, stand verloren und viel zu klein die Urne. «Schmäcket und sehet, wie freundlich der Herr ist» golden über der Tür. Der Abschiedsbrief war erst nach oben an die Küste gegangen, und Paulchen hatte ihn sofort nachgeschickt. Wie oft Anna ihn schon gelesen hat. Unsere Verrücktheiten haben wir gegenseitig immer respektiert. Bis auf das eine Mal. Ich hab vergessen, wie er hieß. Genau das Rotblond, das man den Iren nachsagt. Und ich war stark beeindruckt von seiner Fassadenkletterei. Bin übrigens blond seit vier Tagen. Kein sehr helles, mehr ein Aschblond. Ja, wozu. Auch das ohne Bedeutung. Dir wäre alles nie passiert. Streite nicht. Du bist stärker. Soviel Kraft es auch verlangt, der wirkliche Grund ist Schwäche.

Alle Plätze in der Kapelle waren besetzt. «Bei ihm ist Erlösung in Fülle!» Einige standen im Gang. Sag den Veranstaltern, schrieb sie, daß nichts gesprochen werden soll. Du weißt, so gut war ich nicht. An Särgen lügen sie immer. Musik ja. Rachmaninow oder Armstrong, wenn das erlaubt ist. Such was auf meinem Band. Das Begräbnisding, das lustige. Wenn die Heiligen einmarschieren. Oder etwas mit Cello, dem unterbewußten.

In der Stille hört man das leiseste Weinen. Jemand zog seine Taschenuhr auf. Wohl ein Fremder von der Sorte, die zu Beerdigungen müssen, egal zu welcher. Der Mann, der den musikalischen Teil bestreiten sollte – für fünfunddreißig Mark –, hatte eine Liste der Stücke gehabt, die in Frage kämen. Also baten sie Christoph, der am Harmonium einen Brahms spielte und dann

Variationen nach Satchmo. When the Saints Go Marching in. Er trug wieder den schwarzen Anzug, der ihn so entstellte. Weil er sie kannte, hatte er gebeten, das Grab nicht ausheben zu müssen; so wie er nie Gräber schaufelt, die für Kinder bestimmt sind. Viele mochten glauben, an der Urne sei geschwiegen worden, weil eine Selbstmörderin Abschiedsworte nicht verdient hat. Ihren Platz bekam sie dennoch. Anna und Ludwig begleiteten die Mutter.

Man wirft nur wenig Sand in ein Urnengrab.

Sind nun alle schuldig oder niemand. Mag jeder beteiligt sein, dem du begegnet bist. Wenn wir noch hätten reden können. Dir war danach. Schon als Kind hat Anna sich geweigert zu verstehen, wenn Großmutter behauptete: Alle Menschen sind schuld an Jesus' Tod. Also auch der Mann von der Friedhofsverwaltung, in eine Art Uniform gekleidet, der die Urne andächtig bis zu der Stelle trug. Also auch Emmes. Tot ist, sagt er, wenn man nicht aufwacht.

Die Oma zog mit ihm in Annettes Wohnung, und Anna half in freien Stunden beim Packen und Ordnen. Das verlängert den Abschied. Das Gestorbensein kann man sehen. Alle Gegenstände sind dieselben, nur liegen sie ohne Sinn da. Auch sie verwaist. Die Kartenspiele, Schleifen und Bänder für dein Haar. Du hast es nie geschafft, Gitarre zu lernen. Und wie oft damit begonnen. Am meisten nutzlos und verlassen wirken Schuhe. Deine kleinen Füße haben dir immer gefallen. Wenn alles so schön wäre wie die Füßchen. In anderen Kulturkreisen bedeuten sie sehr viel. Hierzulande ist es Wurscht.

Natürlich wollte Anna nichts von den Sachen haben. Bis auf eines von Ludwigs Bildern, ein kleines, in Öl. Annette im Garten füttert Vögel und Fische, die fliegen. Am Zaun stehen Leute. Der Mutter gefiel es ohnehin nicht.

«Eine Nackte, die sich nicht geniert.»

Und was soll ich mit diesem Ding. Es war ein Tonbandgerät, Geschenk von Erdogan, dem Konsul. Aber Philipp wird bald lernen, damit umzugehen, und Freude haben. Und die Nähmaschine. Brauch ich denn zwei. Die Frau versuchte, dem Schmerz mit Sachlichkeit beizukommen. Dann die vielen Kleider und Blusen. Sie könnten sich umhorchen bei den jungen Frauen ihrer Bekanntschaft. Oder eine Anzeige. Ist es etwa herzlos, Sachen zu verkaufen nach und nach.

Nein, nein. Man tut es fast immer.

Die letzten Tage im Juni waren wie Hochsommertage, und Emmes durfte für ein Wochenende zu Anna. Die Oma stimmte nur zu, um ihm die Freude zu lassen. Wenn sie es nicht gern sah, war etwas von Eifersucht dabei, denn er ging dorthin wie früher zu seiner Mutti. Vor dem Einschlafen sagte er: «Später komm ich wieder zu dir.» Und: «Zu Oma geh ich nie.»

«Warum denn nicht?»

«Nein. Ist tot auch wenn man weggeht?»

«Nein», sagte Anna. «Und morgen fangen wir an mit Radfahren.» Das hatte sie versprochen und hatte von Nachbarn in der Straße ein altes Kinderfahrrad besorgt, auf dem er üben konnte. Zu seinem Geburtstag im September würde sie ihm eins schenken, und sie könnten dann in den Wald fahren zu den Teichen, wo es ihm gefallen hat.

«Muß man das lange lernen?»

«Das ist verschieden. Und morgen nachmittag besuchen wir Ludwig. Magst du das?»

«Malt der jeden Tag Bilder?»

«Das ist sein Beruf. Wie andere Tischler sind oder Eisenbahner.»

«Ich weiß auch, wo Mutti ist», sagte er plötzlich. «Und daß sie nicht mehr kommt. Das hat mir Ludwig gesagt. Er wird es mir zeigen. Kommst du mit?»

«Ja, wir gehen zusammen.»

Es war vor halb drei, als er in ihr Bett kam, kam wie im Traum, krümmte sich zurecht und schlief sofort weiter. Er atmete beinahe lautlos. Anna lag hellwach und wußte, es könnte Stunden dauern. Sie sollte einen dieser Kurse besuchen, die Herr Nelkenhöner gibt; denn die Schwierigkeit einzuschlafen und durchzuschlafen hatte zugenommen. Was sie auch gegen ihn einwenden mag, seinen Beruf nimmt er ernst. Schlafmittel sind keine Lösung. Im Gegenteil. Kommen Sie, wir machen uns ein genaues Bild. Einige Übungen zur Selbstkontrolle sind rasch erlernt. Harmonisch gesunde Lebensführung, viel Bewegung an frischer Luft. Haben Sie keinen Hund? Dabei wohnen Sie gut und im Grünen, wie ich mich erinnere. Gartenarbeit.

Aber das sollten Sie mir doch verschreiben, Herr Nelkenhöner. Diese harmonisch ausgeglichene sinnvolle Lebensführung. Dreimal täglich eine. Oder auch als Tropfen.

Sie stand leise auf. Das Licht wird Emmes nicht stören. Trank ein Zuckerbier. Der letzte Brief an Elch ist von wann? Er lag im Fach obenauf. Ende Mai. Es erleichtert, wenn sie ihm schreibt. Obwohl er nie eine Zeile davon gelesen hat, scheint er Antwort zu geben.

Der Kleine ist zwei Tage bei mir. Ein bißchen braucht er mich jetzt, das tut mir gut. Du hast auch sie nie gesehen. Es ist übertrieben, wenn ich sage: Ich bin schuld. Wir sind es beide. Reife hat uns gefehlt. Diese leichtschultrige Art zu leben ist halt anfällig, die Torheit, von Zwängen frei zu sein. Oder haben wir nichts weiter als Pech und könnten mit etwas mehr Zufall überschaubar und solide gelebt haben, wie andere auch?

Und wir hatten regelrecht ein Programm, ich habe Dir davon nie erzählt, die Herrschaft der Weiber wieder erwägen und erste Schritte dazu. Das Eingeschliffene prüfen und umkehren. Die Geringschätzung zurückgeben. Wir hatten zuwenig Kraft, oder es war einfach falsch. Wir maskierten uns und spielten, ohne je eine Maske zu verwenden. Wie heißt die alte venezianische, die einfache weiße, von der Du erzählt hast. Heißt sie bauta?

So sind wir gescheitert. Annette ganz und gar. Sie spielte auch gründlicher und zu oft. Einen Mißstand nur umkehren ergibt eben wieder einen Mißstand. Ich hätte längst davon reden sollen. Was wir so in uns verborgen halten. Ich weiß, Du hättest genau und stark zugehört. Das Zuckerbier tut mir bereits gut. Ach, Du Erfinder. Ich höre ihn überhaupt nicht. Wie leise ein Kind schlafen kann. Draußen wird es hell. Ich bin ohne alles Nestgefühl. Ich würde die bauta jeden Tag tragen, wie die Leute im alten Venedig es getan haben. Nun kann ich sie gut verstehen. Man fühlt sich geschützter unter einer Maske und kann besser mit sich zurechtkommen. Bringst Du mir irgendwann eine mit, eine leichte seidene. Oder soll ich wegfahren. Ins Petertal und die Wege noch einmal gehen. Den an der weißen Labe aufwärts. Oder zur Schneekoppe. Die Mutter Deines Freundes hat uns gemocht. Wir könnten immer kommen. Oder ich allein. Den Resturlaub hab ich noch und dazu die Tage, die für Dich waren. Sie hätte immer Platz. Schreiben müßte ich ihr schon. Emmes hat bald Ferien, und ich könnte ihn mitnehmen. Weißt Du überhaupt, daß ich nie daran gedacht habe, Dich zu suchen. Bißchen eifersüchtig solltest Du schon sein. Kannst Du das überhaupt? Auch das weiß ich nicht.

Ebenso nicht, wie lange ich Dir noch schreiben werde, solltest Du wirklich abgekommen sein und Deine Bahn ganz geändert haben. Sicher noch sehr lange. Oder immer. Ich bin ein Schaf. Ich könnte längst einen Emmes haben. Mindestens zweimal schon. So ein Schaf bin ich, siehst Du. Küßchen.

Dann schrieb sie weiter.

Mit der Bahn müßte ich bis Vrchlabí, dort in den Bus, wo die Elbe schon ein starker Fluß ist und den riesigen Umweg beginnt nach Süden. Es gibt natürlich Leute, die mich gern hinfahren würden. Der Maler Ludwig, den Du kennst. Dann ein Hausmeister, der vernarrt ist in sein Auto. Aber dort würden mich alle nur stören. Und wo sollten sie bleiben. Bei der guten Frau unterm Dach, wo wir waren, nicht. Du kannst es für altmodisch oder rührselig halten. Dort jedenfalls nicht.

Und einer, den ich noch nie erwähnt habe, mit zuviel Verantwortung, die ihn erdrückt. Eine von diesen «weiteren Persönlichkeiten», wie Ludwig sagt. Er wird mich gern fahren, wenn er kann, und gern ausbrechen und wieder schmecken, wie das ganz gewöhnliche Durchschnittsleben so schmeckt. In manchem seid Ihr verwandt. Das sichere Verhältnis zu sich selber, die feste Schale, der empfindliche Kern. Was noch. Pünktlichkeit. Und wie Ihr Euch nicht schont. Energie und Beherrschung. Er ist älter. So zuhören wie Du kann er nicht. Nun ist es heller Tag und gleich vier. Ich versuche doch noch zu schlafen mit einer Pille.

Sie setzte das Datum ein und legte den Brief ins Wäschefach zu den übrigen. Der Kleine wird bald wach werden. Immer gegen halb sechs steht er leise auf, sitzt still und liest. Holt sich eine Milch. Die Konflikte der Mütter lassen Spuren zurück bei den Kindern. Immer unerwartet andere.

Vor dem Einschlafen fügte sie in Gedanken Sätze über Stefan hinzu. Er heißt übrigens Stefan. Ich könnte mich an ihm prüfen und bestätigen. Oder was. Und aufrichten, wie es heißt. Oder eben nicht und versagen. Das müßte ich dir genauer erklären. So kannst du überhaupt nichts damit anfangen.

Am Nachmittag trafen sie Ludwig beim Streichen; er hatte ein neues Fenster bekommen und eingebaut. Mit dem Stoffhut und dem viel zu weiten Overall, der voller Kleckse war, verschiedenfarbige, sah er aus wie vom Zirkus. Und lustig, denn er war schon bei Rotwein.

Emmes wartete eine gute Gelegenheit ab und erzählte, was Anna schon wußte. Heute sei er bei der Frau Zahndoktor gewesen. Die ist freundlich und hat gesagt, ich soll die Hand heben, wenn es weh tut. Aber die ganze Zeit mußte ich nicht die Hand heben. Es hat nicht weh getan.

«Die ist schön und ganz blond.»

Ludwig kochte eine große Kanne Tee, gewöhnlicher schwarzer Tee, den er verfeinert mit Zimt oder Kardamom oder mit beidem. Erst heute entdeckte Anna zwischen den vielen Bildern und Zeichnungen und Plakaten an Wänden und Balken einen Druck von Rousseau, den auch sie hat. Die Muse inspiriert den Dichter.

«Ich hab ihn in Schwarzweiß», sagte sie.

«Wenn du ihn haben willst.»

«Wirklich?» Und küßte ihn.

Noch einen anderen Ton sah er in Annas Augen. Wer hatte das gesagt: taugrün. Was immer das sein mag. Auf seinem Arbeitstisch lag Begonnenes und Halbfertiges. Zwei kleine Tafeln, postkartengroß, gut zwei Zentimeter dick und schneeweiß wie Gips, fast ebenso leicht. Aber es ist Holz, das nach einer alten, fast vergessenen Technik behandelt wird. Knochenleim zuerst, dann acht- oder zehnmal mit einem Kreidegemisch einstreichen, schleifen, übersprühen mit Schellack, und auf diesen Grund wird mit Wasserfarben gemalt. Dann mit einem Achatstein die Farbschicht einpolieren und mit Terpentin und Bienenwachs überziehn. Es ist die mittelalterliche Technik der Faßmalerei, was von einfassen kommt, Figuren oder Schnitzwerk farbig einfassen.

«Das und vieles andere weiß ich von Alfried. Einer meiner Lehrer und dann mein Freund. Rauf-, Sauf- und Pinselfreddi. Der maßlose Freddi. Seine Leidenschaften, seine Kräfte. Alles war ohne Maß. Er mußte Linkshänder werden, denn in der Haft hatten ihm die Nazis die rechte Schulter und den Oberarm zertreten. Alles ein zweites Mal erlernt. Und siehe da, sagte er, was die Lumpen ja nicht wissen konnten, glücklicherweise, meine Linke war die Bessere von beiden, wie sich herausstellte.»

Er kam ins Erzählen über Freddi.

Immer unbestechlich. Alles immer bis zur Neige. In Leipzig stieg er in den Zug, traf liebe Leute wie jedesmal und überall, vertrank alles Geld bis Neustrelitz, stieg dort mit ihnen aus, traf noch mehr liebe Leute, verkaufte seinen Anzug, das heißt tauschte ihn gegen Wertausgleich, und schließlich, als auch das verzehrt war, hinterlegte er seinen Ausweis bei einer Wirtin, ließ ihn sozusagen beleihen mit dreihundert Mark. So kam er drei Tage verspätet in Rostock an wie ein Penner, leere Taschen, Schulden dazu. Doch voll von Erlebnis.

Und was hat man ihm nicht alles vorgeworfen zu sein im Lauf der Jahre. Abweichler dieser Art und jener. Subjektivist. Formalist natürlich auch irgendwann. Er blieb davon unbeirrt und blieb der, der er war. Zuletzt dann immer häufiger seine Ermahnung: Festhalten, was wir haben, ist zuwenig. Halten und erneuern. Macht anständig weiter. Damit nichts umsonst war.

So ähnlich, fiel Anna jetzt ein, sagt der Elch: Wir sind zuwenig beunruhigt, zuwenig wachsam. Schlafmützig. Als wäre nichts mehr in Gefahr. So ähnlich.

«An Gräbern heißt es: Er wird uns fehlen», sagte Ludwig. «Mir fehlt er.»

Und er habe Stefan zu erreichen versucht. Aber der treibt sich wieder rum. Der alte Löffelstör. Atlantische.

Der Junge fragte, was das sei, ein Löffelstör.

«Ein großer Fisch», meinte Ludwig. «Der hat ein stark verlängertes Maul entwickelt. Deshalb sieht er immer ganz mißmutig aus.»

Endlich stellte Emmes seine Frage: «Malst du heut keine Bilder?»

«Man hat nicht jeden Tag Lust auf Bilder», sagte Ludwig. «Hast du immerzu Lust auf Eis?»

«Ja», sagte der Junge strahlend.

«Na siehst du», sagte Ludwig.

Wieso denn: na siehst du? Aber der Junge schwieg.

Anna fragte doch nicht, ob Ludwig Zeit und Vergnügen hätte, sie ins Petertal zu fahren. Oder sie dann abzuholen. Der Entschluß, dorthin zu wollen, fehlte ihr noch.

11

Besonders auf Reisen geschah es, daß ihn die Vorstellung von Unglück beschäftigte. Oder er träumte die Angst. Wer, wenn dem anderen etwas zustößt, kommt schwerer zurecht und leidet mehr. Er sträubte sich, an ein Leben ohne Barbara zu denken, und wie unter Zwang tat er es dann doch. Zu Einkäufen und Besorgungen benutzt sie das Auto. Fährt zu ihren Eltern. Sekundenlange Unvorsicht genügt. Oder die eines anderen. Und der Junge braucht dringend beide.

Die Wüstenstraße nach Palmyra fiel ihm dann ein, wo plötzlich die Brücke über ein Flußbett fehlte und leider auch ein rechtzeitiger Hinweis. Das Fahrzeug polterte über den Wall aus Geröll und Schotter, drehte sich und blieb zwei Meter vor dem Abgrund stehen.

Amen.

Wie viele Dutzend Male ist er im Flugzeug gestartet und gelandet, konnte unter einen stinkenden Laster geraten, in einen Hinterhalt irgendwo, in ein Erdbeben. Versehentlich im Unterholz erschossen bei dieser landesweiten Elchjagd in Schweden, was vorkommt, obwohl er das rote Mützenband vorschriftsmäßig trug, aber jeder zehnte Schwede sitzt im Dickicht in diesen Wochen. Gefahren überall.

Es muß erlaubt sein, persönliches Leid oder Unheil zu befürchten, und deutet nicht auf Schwäche oder Kleinmut oder Lebensangst hin.

Wie jedesmal, wenn er zurückkehrte, fand er stoßweise dringende Angelegenheiten vor, die zu entscheiden oder auf den Weg zu bringen waren, und nur ein kleiner Teil hatte sich auf natürliche Weise erledigt: durch das Verstreichen von Zeit. Und wenn er eines Tages doch nicht an seinen Tisch zurückkäme. Wer entscheidet, ob dieser Stahl aus Spanien gekauft wird oder nicht. Ein Posten Steinkohle fehlt für das dritte Quartal. Wichtig das Projekt für die Rippenrohre, höhere Stückzahl und Qualität, Ersparnis von Material. Man könnte sogar exportieren.

Aber auch er wußte nicht – kaum jemand, der das weiß –, wer nach ihm hier säße. Der Kreis derer, die er sich vorstellen konnte, ist ohnehin klein. Ausgeschieden: Kalle. Ja, ja. Ich besuch dich. Warte nur, balde. Fraglich auch, ob sie einen einzigen von diesen in die engere Wahl zögen. Etwas von Zauberei hat es schon. Der schwarze Hut, in den sie lange und geheimnisvoll greifen, wer, und den Neuen endlich hervorziehen, aber sehr selten, im Unterschied zur Bühne, das erwartete Kaninchen, viel öfter Ente oder Pferd. Oder Ameise, fleißig. Und warum gerade diesen, mit dem keiner gerechnet hat. Man sollte den Letzten Willen dieser Art aufschreiben, ein Testament, die Gesellschaft und die Pflichten betreffend. Und verfüge ich hiermit, als meinen Nachfolger zu berufen…

Überhaupt existierte kein Testament; Stefan hatte nie ernstlich daran gedacht, und welche Verfügungen hätte er treffen sollen. Das geltende Recht, das dann alles regelt, ist gut genug.

Barbara, die ihn sehr erwartet hatte – es scheint ihm dann immer, er könnte in ihren Blick tiefer hineinsehen als sonst –, führte neue Schuhe vor, gedacht für die Wanderungen. Natürlich sind sie bequem und waren dringend nötig. Nie kaufen Frauen Schuhe, die unbequem sind oder etwa überflüssig. Es wird wohl der letzte gemeinsame Urlaub mit dem Jungen sein. Im Herbst geht er in die Werft und später zur Fischfangflotte: eine frühe Sehnsucht nach dem hohen kalten Norden, die er fest verfolgt hat.

Mit Barbara war er im letzten Jahr bis an die Küste Rumäniens gefahren, Tausende von Kilometern vor sich, dann endlich hinter sich. In diesem Jahr sollte es stiller und erholsamer zugehen. Das Ferienheim liegt in einer Hügellandschaft hinter Dresden, und Stefan kannte es von einer Tagung. Sie werden laufen und laufen. Es gibt Bäche. Von Berlin aus hält Erwin die schützenden Hände und schirmt ihn ab gegen alles und jeden. Die Sehnsucht nach Stille und Privatsein und Wegsein, das Bedürfnis danach wächst stürmisch an, geradezu schmerzhaft, je näher der Tag kommt.

Zwei Stunden erübrigte er, und sie versuchten für ihn einzukaufen (Stefan ist schwierig als Käufer und Konsument); denn was ihm nach Barbaras Meinung fehlte, war Freizeitkleidung. Kragen und Schlipse nicht. Aber da du ein Mann bist ohne Freizeit oder fast. Also. Mit Hemden und bunten Hosen überm Arm betrat er widerwillig die Kabine, wo es heiß und eng war, kam sich vor wie ein Opfer, schuldlos. Einiges gefiel ihm dann doch, und er gab es nicht zu, sprach über Playboykaros und Fernsehgeschwätz: Das der große Duft von Freiheit und von Abenteuer. Die Hose für den undressierten Mann. Aprilfrisch. Natürlich von Arcade.

Seinen Anteil für die Rede des Ministers schrieb er stückweis an drei Tagen. Der wird sie halten wie seine eigene Rede, eine Begabung, die nur wenige haben.

Ihm fiel auf, daß er dabei war, den Besuch bei Kalle hinauszuzögern. Schon für den Dienstag hätte es gut gepaßt, er wäre dort in der Nähe. Sagte der Sekretärin jedoch nichts; denn bei der Einrichtung anfragen und sich anmelden müßte man wohl schon. Das Städtchen lag nur zwanzig Kilometer abseits der Autobahn. Auf der Rückfahrt bat er den Fahrer plötzlich abzubiegen. Ja, die Landstraße weiter. Am Stadtrand ließ er anhalten, um sich bei Passanten zu erkundigen.

«Welches Gefängnis? Wir haben zwei.»

«Zwei verschiedene?»

«Das eine ist wohl nur Nebenstelle.»

Das Hauptgebäude lag am anderen Ende der Stadt. Zwei Ecken weiter durfte man parken. Stefan ging zurück, dann die Seitenstraße ein Stück hinunter, ging wie die übrigen Fußgänger auch, drüben ein normaler Zaun, doch der Klinkerbau hinter den Bäumen wirkte dick und stabil. Vergitterte Fenster erkannte man wenige, die meisten gehen wohl nach innen. Wird er ihm sagen, daß er schon hier war. Vielleicht essen sie jetzt. Ein bißchen Besuch, ein halber, wenn es das gibt. Kaum jemand, der hier geht, schaut hinüber. Absicht oder Zufall. Sah man ihm an, daß er inspizierte und womöglich erste Vorbereitungen traf für den Ausbruch eines Kumpans. Er sollte nicht eiliger gehen als jeder andere. Auch nicht langsamer.

Zwei Jahre bei erleichterten Bedingungen. Die Untersuchungshaft, Kalle, zählt mit. Daraus machst du im ganzen anderthalb, das schaffst du glatt mit deiner Kraft, die wirst du doch noch haben. Und der Einsicht, die dann und wann Reue heißt. Die Verfehlung war weniger schwer, als es ausgesehen hatte. Persönliche Bereicherung keine. Es gibt zu viele, hast du immer gesagt, die sich festhalten hinten an der Karre, denken nicht daran, zu schieben, und lassen sich ziehen. Alter Ziehochse, der du bist. Und es könnte gut sein: mit etwas mehr Umsicht und Geschick wärst du jetzt, statt hier zu sitzen, hoch dekoriert.

Aber wie blaß Stefan war oder hochrot, mußten die Leute auf der Straße doch bemerken. Als sie längst wieder fuhren, dauerten die Hitzewellen lange noch an. Wir finden später einen Platz für dich, dachte Stefan. Du mußt nur wollen. Er saß hinten, ohne jedoch eines der Schriftstücke aus der Mappe zu nehmen. Seine Gewalt über den Kreislauf und die inneren nervösen Abläufe ist nicht zufriedenstellend. Häufig war es mühelos gelungen, starke Spannung und Erregtheit durch die gezielten Eingriffe aufzulösen. Und er dachte: Woandershin laß ich dich nicht, Kalle. Die Landschaft vor Leipzig beruhigt stellenweise sehr durch die sanften Linien der Höhen und Täler. Die Farben der Feldfrüchte. Nun fand er auch den Grund für sein Zögern: Er fürchtete, einen Kalle anzutreffen, der in schlechtem Zustand und entmutigt ist. Nur aus der Entschlossenheit weiterzumachen gewinnt man Stabilität. Das steht bei jedem Philosophen, der etwas auf sich hält.

Am nächsten Tag gab er der Sekretärin den Auftrag, alles Notwendige einzuleiten. Amtierender Kombinatsdirektor wünscht Häftling zu besuchen. Es heißt Strafgefangener. Sie kennen sich, nein, sind gute Freunde oder mehr. Außerdem heißt es nicht Gefängnis, sondern muß Strafvollzug heißen. Und könnten die Termine des Genossen Direktor, sein Aufenthaltsort an einem bestimmten Tag aus Gründen der Ersparnis von Zeit und zum Beispiel auch Kraftstoff eventuell berücksichtigt werden. Telefonisch wird da ohnehin nichts entschieden. Schreiben Sie das alles auf, und alles wird geprüft und entschieden werden.

Ein paar Zeilen schrieb er an Kalle, sei dagewesen, rumgeschlichen, hast schon besser gewohnt, na, die paar Monate, vom Staatsanwalt weiß ich, wo du arbeitest, kein schöner Zug von dir, gehst woandershin, statt fürs eigene Kombinat zu arbeiten. Ich komme nach dem Urlaub.

Alles wird sich bald herumsprechen, und es wird wägende, wiegende, bedenkliche Gesichter geben. Hat er so viel Zeit und nichts Dringenderes vor, als Verurteilte zu besuchen. Genügt es nicht, wenn Vertreter des früheren Kollektivs das erledigen ab und zu, wie es vorgesehen ist. Als amtierender General. Sollen sie reden, wenn der Tag lang ist. Es war das Geringste, was Stefan dabei beschäftigte.

Auf dem Block am Telefon hatte Barbara notiert: Anruf Ludwig. Sollst Dich melden. «Und sonst. Was hat er gesagt?»

«Er fühlt sich angemessen, der Wein schmeckt. Wenn die Faulheit es erlaubt, arbeitet er gut. Also nichts Neues.»

Und dann doch, als Stefan ihn endlich anrief. Sein Eindruck von Annette war dünn und schon verblaßt; wie sie getanzt hatte, wußte er noch deutlich. Und sie hat den Jungen. Die der Tod härter trifft, sind immer die Lebenden. Er rief Anna noch am selben Tage an und erreichte sie im Krankenhaus. Ja, sie freut sich, wenn er kommt. Ihre Stimme, glaubte er, klang dünner und erschöpft. Am nächsten Dienstag arbeitet sie bei Karlchen. Dann hol mich gegen sechzehn Uhr ab. Gut, auf den Bänken gegenüber. Oder komm ein Eis essen.

Er kam verspätet.

Die Bank, auf der sie ihn damals zum erstenmal gesehen hatte, stand nicht mehr da. Der Brunnen war umgebaut, und man hatte auch die Bänke versetzt. Statt des einen Bassins und der Fontäne gab es viele verschiedenartige Wasserspiele und Tierplastiken aus Metall, die lustig waren und stabil. Und man konnte zwischen allem hindurchgehen. Auf dem Bären saßen und klotterten die Kinder, oder sie streichelten die Vögel, die verteilt in einem Vogelbaum saßen.

Und wahrhaftig war es ein Brunnen zum Anfassen geworden. Irgendwann bei Ludwig hatte er Gespräche über das Projekt mit angehört, und damals schien kaum einer überzeugt, daß es gelingen könnte. So bald nicht. Die Stimmen und das Lachen kamen gedämpft, eingehüllt in das Plätschern der Wasserspiele. Auf den Bänken fand er sie nicht und sah sie dann unten zwischen den Figuren und den Kindern, gegen das Sonnenlicht, seitlich, die Arme hielt sie auf dem Rücken im Riemen der Tasche verschränkt. Das Haar wieder hochgesteckt, ein schmales Kleid.

Oder sind es die Schuhe mit dem hohen Absatz, die dem weiblichen Körper und der Haltung den Ausdruck von Trotz und Entschlossenheit geben. Und zugleich wirkte sie, inmitten der Ausgelassenheit, wie ein Kind, das nicht mitspielt.

So betrachtete er sie lange. Ludwigs Bild oder Zeichnung von ihr kennt er immer noch nicht. Schön, sich vorzustellen, daß sie ihn brauchen könnte. Der kühle Geruch des Wassers, und feine Tropfen wehten zu ihm herauf, und er ging, bis er ihr Gesicht sehen konnte, ging näher und winkte auch. Als sie ihn erkannte, lief sie auf ihn zu, ungehemmt und anders als die Male zuvor ihre Freude, daß er da war, umarmte ihn fest, sagte nichts, der herbe Duft wieder an ihrer Haut, konnte wohl nichts sagen, es war auch überflüssig, er fühlte ihr Haar, viele Töne von Rot jetzt in der Sonne, egal ob Kastanie oder nicht und wie der Hauptbuchhalter gelaunt ist, den er hatte mitnehmen müssen, und ob er hier zufällig irgendwo steht. Und beobachtet alles. Seht nur, der Alte. Seine Tochter kann es nicht gewesen sein. Natürlich die Geliebte. Wie man sich täuschen kann in einem Manne.

Nun sah sie ihn an, genau und als müßte sie ein Bild bestätigen, das ihr vorgeschwebt hatte. «Ich dachte schon, du kannst nicht kommen.»

«Bin ja da», sagte er.

«Ich hätte nicht weitergewußt. Dann sicher doch. Aber es kam mir so vor. Fahren wir weg. Wie lange kannst du bleiben?»

«Ein Kollege ist mitgekommen. Er wartet ab halb acht, und wir müssen zurück.»

Sie nickte traurig. Das ist wieder zuwenig Zeit, besonders heute. Aber sie hatte kein Recht zu einem Vorwurf.

«Fahren wir schnell», sagte sie. «Ich möchte, daß wir allein sind. Magst du?»

An den Teichen badeten wenige; es war kein sehr heißer Tag und mitten in der Woche. Sie waren weit durch den Wald gegangen, und er hatte herausgehört, daß sie sich in Verbindung brachte mit diesem Tod. Durch Versäumtes schuldig. Oder wodurch. Und daß sie nicht wußte, ob und wodurch.

«Immerzu will ich weg», sagte sie und blieb stehen. «Und weiß nicht, wohin.» Sie umarmte ihn heftig und ratlos. «Halt mich ein bißchen, wenn du kannst.»

«Ja», sagte Stefan.

Aber sie ging schnell aus seinem Arm, rannte ein Stück, blieb stehen und rannte weiter. Auch wenn sie sich nach Kräften beherrschte, sah er, wie schlecht es um sie stand. An einer Lichtung saßen sie, und die Sonne war noch hoch über den Bäumen.

«Weißt du, was ich mache?» Sie war schnell aufgestanden.

«Ich streck mich aus in der Sonne. Zuckersüß. Und leg mich auf mein Kleid.»

Es hörte sich unbeschwert an, und nichts als reine Freude schien sie zu bewegen. Wie rasch ein Kleid abgestreift ist. Die Schuhe auch, das Höschen. Sie war schon gebräunt ohne einen Streifen. Und sie breitete sorgfältig das Kleid aus auf dem Boden.

«Ob das pikt?»

Sie lag, und er sah sie und wie sie die Hand nach ihm ausstreckte. Ein Lager für uns aus einem dünnen Kleidchen. Darf der Mensch nicht zu erkennen geben, was er möchte? Verdammt, er muß es dürfen und zeigen dürfen, wieviel ihm fehlt, wie sehr ihm Beisammensein fehlt. Legte seine Hand an ihren Körper. Wie zart er sein konnte, der streng besonnene, vernünftige, sich zügelnde Mann, ließ die Zügel nach und ging tastend auf ihrer Haut, die er so wenig kannte. Wie empfänglich und empfindlich sie überall war. Und sie gab auch das zu erkennen.

O ja. Ein halbes Jahr ist schon vergangen. Sogar mehr.

«Zieh dich schnell aus», sagte Anna. «Nein, nicht schnell. Ich helf dir.»

Sie saß nahe bei ihm, eine Königin und wie damals, nur daß nicht Nacht war und nicht Winter, keine Kerzen, und daß er sein Wachsein nicht verbarg und sie ohne Furcht sein konnte, ihn doch zu wecken und ertappt zu sein. Die liebe Sonne im Rücken. Er war hellwach und schon bei ihr, die Augen weit geöffnet, um das Wunder anzusehen. Wie damals hielt sie atemlos inne, versuchte sich wenig zu regen, damit es lange so dauerte.

Endlich konnte sie es sagen und sagte: Wir warten noch, ja.

Alle Sinne haben ein Recht darauf, daß sie zu ihrem Recht kommen. Für den Verstand gilt dasselbe. Wo hält er sich jetzt auf, er muß ein Versteck haben irgendwo, einen Platz, wo er hinkriecht und wartet, verschwinden kann er ja nicht. War es ein privater Tod, hatte er gefragt. Es gibt Tode, die uns so vorkommen, und doch sind sie gesellschaftliche Tode, gesagt, um ihr das Gefühl von Schuldsein zu nehmen oder es zu mindern. Das gehört auch zu seinem Tageskram: Sachen durchschauen, Leute, Sachverhalte, sich zuverlässig rasch ein Bild machen. Auch er in einer Enge, freilich anders als sie, umstellt von Aufgaben und Stetigkeit und vom Ehrgeiz oder der sich selbst gesetzten Pflicht. Sie könnten sich anfassen und herausführen. Und versuchen es schon.

Die liebe Sonne überall auf der Haut.

Tatsächlich überließ er sich den Sinnen wie sie auch. Pilzsammler gibt es zu dieser Jahreszeit keine. Und wenn. Sie hätten ein Paar gesehen und den verzweifelt großen dauernden Kampf, der Sekunde für Sekunde gefochten wird, jeder von anderer Natur, ähnlich zum Verwechseln, millionenfach verschieden, kein einziger vergleichbar einem zweiten, bindet, erlöst, schändet, vereinsamt, beflügelt, reine Lust oder keine oder viel mehr, Gebet, Betrug, Gewohnheit, Schwur, Geschäft, verschieden die Moral und Ausbildung der Kämpfenden wie ihre Waffen und die Rüstung, sind nie gleich stark, nie gleich stark beteiligt, die Regeln ungeschrieben, niemals ein Kampfgericht. Die guten Kämpfe haben zwei Sieger. Am besten gefochten, wenn beide unterliegen und keiner verliert.

Erst allmählich kehrt jeder zurück zu sich selbst. Anna küßte ihn flüchtig, bevor sie aufstand, und rannte ein Stück über die Lichtung in den Schatten. Die Teiche sind viel zu weit entfernt. Sie saß in der Kühle und sah zu ihm hin. Blaue kleine Blumen, die sie nicht kannte, zu ihren Füßen. War er jetzt weniger fremd. Er war ebenbürtig. Es ist nun anders, keine Wende, auch Allheilmittel nicht, nur anders als zuvor. Leichter nein. Jetzt hinausschwimmen im See, weit, und die neuen Kräfte probieren.

Er lag entspannt ausgestreckt und gefiel ihr. Bis die Schatten heran waren, blieben sie. Sahen sich an. Von allen Arten des Schweigens ist diese die beste. Wie sie die Nacht immer vertagt und vor sich her geschoben hatten, diese eine, über die es nicht hinausgehen sollte, wenn Annas Formel stimmte. Nichts will sie mehr, was länger als einen Nachmittag dauert, müßte es jetzt heißen. Stimmt aber nicht.

Einmal dachte er an seine Partie gegen Mister McIntire, die nun fast zwei Jahre dauerte. Noch eine Woche blieb ihm für seinen Zug, geringfügig ist er im Vorteil und könnte ihn ausbauen, wenn er den Springer zieht. Verliert dabei den Turm. War es Morphy, von dem man sagt, er habe Gott zu einem Spiel herausgefordert? Nein. Es war Steinitz. Obendrein bereit, ihm einen Bauern vorzugeben. Viele der ganz Großen des Schachspiels waren dem Irrsinn bedenklich nahe.

«Du wolltest, daß wir wegfahren», sagte plötzlich Anna. «Jetzt möchte ich. Und weiß auch, wohin.»

Aber wann, mein Kind, wann.

Sie schwärmte von dem Tal, das Stefan vom Hörensagen kannte, denn es lag nur fünfzig Kilometer entfernt vom Dorf seiner Kindheit. Gleich Ende nächster Woche, vielleicht für zehn Tage. Oder hol mich dort ab. Und bleib bißchen da. Der Entschluß zu fahren, lange erwogen und verzögert, war nun rasch und einfach gefaßt, kindereinfach, und gleichgültig auch, ob Stefan mitkäme oder nicht. In der Tasche im Auto steckte sein Kalender, das wirkliche Ich, oberste Instanz, unbestechlich, was geschieht und geschehen könnte, ist längst verzeichnet.

Der Vierzehnte, Freitag, ist Urlaubsbeginn. Da fährt Stefan mit Barbara und dem Jungen nach Berggießhübel. Sie beziehen das Quartier. Von dort zur Grenze sind zehn Minuten, und er fährt weiter. Weshalb und wohin, wird noch erfunden. So was geht ohne Lüge nicht ab, und es wäre die erste dieser Art seit Jahren. Erwin hilft dabei. Den geheiligten gemeinsamen Urlaub beschädigen, zwei, drei Tage entwenden für einen besonderen Aufenthalt. Darüber nachdenken mußte er schon noch.

«Ich weiß es, bevor du fährst», sagte er und schrieb ihr die Nummer des Direktapparates auf, die nur wenige kannten. «Ruf mich Donnerstag an.» Der Kalender wußte auch die Uhrzeit. «Wenn ich es einrichten kann, wird es der Vierzehnte sein.»

«Aber nur dann, wenn du wirklich kommen willst. Im Ort ist ein schönes Hotel. Dort warte ich. Es heißt Montana. Kannst du dir das merken?»

Er schrieb den Namen auf und schrieb ihn zwischen die Eintragungen des heutigen Tages, wo unter sechzehn Uhr stand: Schwester Annelore.

Sie hatte alles kurzerhand angepackt und mit einfacher Entschlossenheit, die ihr nun plötzlich zur Verfügung stand, angepackt: das Telegramm an die liebe Frau Heliová im Petertal, mit der Oberschwester und den Kolleginnen die Urlaubstage ausgehandelt, Zugverbindung und Fahrkarte hin und zurück. Bei der Kosmetikerin war kein Termin mehr zu bekommen.

Als sie Stefans Nummer wählte, nahm sie ein feines Zittern der Hände wahr. Sein Zuname fiel ihr nicht ein. Ihre Stimme klang belegt. Er hatte sich knapp und leise gemeldet, sprach wie abwesend und sagte nur das Nötigste.

«Das Datum hast du notiert. Ich komme nach sechzehn Uhr. Alles wie besprochen.»

«Wieviel Zeit wirst du haben?» fragte sie noch.

«Ja», sagte er. «Ich denke, Montag.»

«Ich freue mich.»

«Ja», sagte er.

Keineswegs war es ihr gleichgültig, ob er käme oder nicht, aber es gab an einer Stelle ihrer Freude auf Stefan diese Trübung. Annette hatte oft über eine ihrer Thermoscheiben gewitzelt, industriell gefertigtes Doppelfenster, nicht zu öffnen, und innen auf einer der Scheiben sah man deutlich den Abdruck einer Hand, große Hand. Und sie sagte: Kumpel Baumann läßt grüßen. Immer wenn ich Fenster putze, begrüßen wir uns. Der Fleck auf Annas Erwartung war innen und ließ sich nicht abwischen.

Eine Scheibe zerbrechen, nur um sie zu putzen.

Mit dem Fahrrad fuhr sie zur Bank und wechselte Geld. Kaufte Blumen. Wenn man Annettes Wunsch, den die Mutter nicht verstand, respektierte, würde es keinen Grabstein geben. Auch jetzt will sie unerkannt bleiben. Stell dir vor, sie hätten uns ausgezeichnet für jede Verletzung, hast du gesagt. Wieviel Abzeichen wir hätten. Wie kenntlich wir wären. Genau gegenüber in der Reihe lag das Mädchen Silke. Sie war neun geworden.

Es gelang Anna doch, mit dem kleinen Koffer auszukommen. Man kann dort wunderbar waschen im Freien auf dem Rasen an der Pumpe. Für unterwegs, um unauffällig zu sein, wählte sie gedeckte Farben. Sie hatte ihren blaugrauen Tag und suchte einen Reisewagen ohne Abteile und Abteiltüren; man wird weniger leicht ins Gespräch gezogen. Sie versuchte in dem Bändchen zu lesen und gab es bald wieder auf. Beim Lesen von Gedichten ist man lieber allein. Jemand, der wohl vom Speisewagen zurückkehrte, rief, es gebe vor neun Uhr kein Bier.

In Elsterwerda und noch lange danach war sie mit Elch beschäftigt. Das Taxi auf dem Vorplatz im Schnee. Teilnehmer gibt keine Antwort. Alle Freude eingestürzt auf diesem Bahnsteig. Eine Trauer bis zur körperlichen Lähmung. Ohne ihn schien alles ohne Sinn. Wie gut, daß es nicht gelingt, erlebte Zustände in ganzer Schärfe nachzuerleben. Die Erinnerung ist gnädig, nur verkleinerte, abgeschwächte Bilder gibt sie her, das Original nie. Wer geschickt und geduldig ist, kann Erinnerung handhaben wie einen Schrank, Fächer öffnen, wieder schließen. Seeoffizier Krümel wird ihr gewiß keinen Antrag machen. Aber sie würde ihn wohl zurückweisen wie andere auch. Um nach Afrika zu gehen, muß man jünger sein. Hat man ihr gesagt.

Ein anderes öffnen.

Sie hätten damals in Bratislava aussteigen müssen, schliefen jedoch weiter bis Komárno, also zurück im Morgengrauen, bezirzen den Schaffner, drei erlebnislustige Weiberchen, Christel auch dabei. Und weiter nach Norden in die Tatra, wo Annette nach drei Tagen ihr Täschchen verbummelt, Wimpernkram und Lippenstift, alles zu verschmerzen. Nur die Pille nicht. Annette will sofort abreisen; obwohl niemand in Sicht ist, der in Betracht käme, fühlt sie sich gefährdet ohne die Pille. Warte doch ab und sei vernünftig. Sollte einer auftauchen und es wird spruchreif, kannst du immer noch losfahren. Eben nicht, sagt sie. Genau dann wird es zu spät sein, und ich werde bleiben. Aber wir lassen dich keine Minute aus den Augen, spannen ihn dir aus, schließen dich ein, setzen ihn matt, beschützen dich, teilen ihn auf unter uns, so daß er Vater und Mutter vergißt und jede soziale Herkunft. Annette blieb schließlich da, und sie alberten und lachten viel auf ihre Kosten. Die gewohnte Sicherheit fehlte ihr aber doch.

Zwei Männerstimmen hinter Anna besprachen den Fall eines jugendlichen Täters. Hat zweiundzwanzig Einbrüche zugegeben. Fahrräder, Radios. Ein Dorfkonsum. Drei Jahre Werkhof. Er ist fünfzehn. Eine der Stimmen beschuldigt die Eltern wegen Anstiftung. Aber die blieben unbehelligt. Die andere Stimme klagt das Gericht an wegen lascher bürokratischer Verhandlungsführung. In Dresden stiegen sie aus: ganz andere Gesichter als zu den Stimmen gehören sollten.

Nun immer elbaufwärts. Das Tal hat der Fluß gemacht. Die zur Quelle wollten, mußten immer stromauf.

Am frühen Abend kam sie an. Auf dem Rücken der Berge, oben auf ihren Schultern lag noch Sonne. Die letzten zwanzig Minuten zu Fuß, öffentlicher Fahrzeugverkehr ist nicht erlaubt. Wenn man die letzte Steigung bewältigt hat, breitet sich schmal und lang das Tal aus und fällt nach hinten zu den Häusern hin sanft ab. Mit feinsten Farben sorgfältig ausgelegt. Zäune gibt es keine.

Die Frau hatte Anna längst auf dem Weg gesehen und stand an der Tür. Freude kommt ohne Sprache aus, genau wie Trauer. Einige Wörter sprach und verstand die Frau; denn viele Deutsche hatten hier gelebt.

«Nu, allein», sagte sie und hob lange die Schultern.

«Das nächste Mal nicht allein», sagte Anna.

Ja, vielleicht.

«Peter guter Mann», sagte die Frau. Sie kennt ihn nur als Peter. «Gut beide.» Das und die Zeichen sollten heißen, wie sehr sie zusammenpaßten, und nur die Ringe fehlten. Frau Heliová konnte «Zimmer» sagen, «waschen» und «spazieren». Auch «süße Pivo». Zwei Jahre sind vergangen, aber sie hat es nicht vergessen. In der Küche stand alles bereit: Bier, Zucker und das hohe Glas. Anna packte ihr Geschenk aus: einen handgemachten Krug aus der Lausitz.

«Gut für Milch.»

«Gut Vino», sagte die Frau.

Geboren ist sie bei Brünn, wo ihre Geschwister leben. Von dort sind Slibowitz und der Wein. Einen Selbstgebrannten morgens und einen am Abend, dazwischen Arbeit. Das hält sie so frisch. Sie ist hager und von einer trotzigen Beweglichkeit. Alles tut sie schnell. In einem Ferienheim ist sie als Köchin beschäftigt, hat Obstbäume, Bienen, Federvieh, Gemüse und ein Schwein, sammelt Beeren und Pilze, bereitet Säfte und Gelees. Und alles geschieht für den Sohn, der nun als Arzt in Prag lebt. Kommt aber zu selten.

«Arbeit, Arbeit», kann sie sagen.

Rund um ihr Hochzeitsbild in der Stube hängen die vielen Fotos. Sie zeigt die beiden Enkel, sucht ein Album und findet die alte Aufnahme von dem Handballturnier in Liberec.

«František da. Und wo?» Blick und Gestik einer Zauberin.

Wahrhaftig. Der junge Elch. Es gibt also doch ein Foto von ihm. Acht Jahre sei es alt, sagt die Frau. Da spielte er noch Handball und erinnert sich daran gern, mußte aufhören, als Beschwerden an der Wirbelsäule anfingen. Als Genosse Scheuermann kam, sagt er dazu heute. Zu bemerken ist davon aber nichts. Auch tätowiert bist du nicht. Zwei Jahre soll es dauern, bis alle Haut, die ein Mensch hat, mit Heldenbildern ausgestochen ist und mit den Wächtern der Hölle. Keines deiner Fingerglieder fehlt. Wirst also auch nicht Seeräuber sein. Diese Mandeltorte, die halbgefrorene, müßten wir noch versuchen. Und wir machen sie zusammen. Dazu Pflaumenlikör.

Anna traute sich nicht, um das Foto zu bitten, machte nur deutlich, daß sie es gern mitnähme aufs Zimmer. Aufstellen dort und ansehen. Die Frau schenkte es ihr sofort.

Noch einen zweiten Hausgebrannten mußte Anna trinken, und die feine Wärme steigt auf in die Wangen. Sie spürte noch die Furcht vor der ersten Nacht in dem Zimmer allein. Alles stand so wie damals. Oft legte er sich gegen Morgen auf das Sofa, damit sie besser einschliefe. Man kann das Schlafen zu zweit auch verlernen. Aus dem Fenster sieht man nach Südosten. Oben auf dem Bergrücken und vor dem Himmel die Kolonnen der Bäume, ein wenig geneigt, so als marschierten sie gegen den Wind. Eine Gruppe ging voraus. Unterwegs nach Süden.

Die Pumpe hat ihm gefallen und das Erlebnis, mit eigener Kraft Wasser zu schöpfen, er trug und trug, bis alle Gefäße und Eimer im Hause randvoll waren. Und lief im Wasser der weißen Labe, die hier ein Bach ist, über Steine und durch die Mulden, sah den Strudeln zu und den Fischen. Und nahm Anna und trug sie ein Stück elbaufwärts.

Auch dorthin ging sie und machte den weiten Weg von damals, bis sie bemerkte, daß es nachließ und sie durch den Ort gehen konnte wie durch jeden anderen, den sie flüchtig von früher kennt. Am vierten Tag begann sie das Quartier für Stefan zu suchen, fragte hier und dort, und schließlich wählte sie ein kleines Zimmer unweit des Busbahnhofs, aber still. Man hörte nur den Fluß. Die Miete für einen Tag sollte sie anzahlen. Ja, zwei Personen. Die Ehebetten füllten den Raum fast aus. Die Dielen knarrten. Sicher auch das schwere Bett, dachte sie wider Willen. Das Fenster sah auf den Hang, und die alten Fichten standen zum Greifen nahe. Wahrscheinlich rochen auch die Kopfkissen nach dunklem Grün.

Also hier mit ihm, dem Fremdling, der er nicht mehr ganz war. Und was sagt er zu Hause? Die Lüge bringt er mit, sie wird sich hier im Zimmer aufhalten und überallhin mitkommen. Er läßt sie ihr da, wenn er abfährt, obwohl er sie bei sich behält. Eine Lüge gibt man weiter wie eine Nachricht.

Das angezahlte Geld hatte die Frau eilig in die Schürzentasche gesteckt. Vielleicht war sie die Mutter des Kellners aus dem Bierlokal, wo Anna zuletzt gefragt hatte. Sie sah der Oma ähnlich; das weiße Haar streng geknotet, der verwunderte wäßrige Blick und die müden Hände, die sie halbhoch verschränkt hielt. Augenblicklich konnte sie zu singen anfangen, wie immer, wenn sie Weihnachten bei ihr zu Besuch waren, verklärt sich zur Tür wenden, nur halb, zwei Englein sind hereingetreeten, das schwebende Gehen der Erscheinung und ein verblüfftes Entzücken spielt sie unbeholfen mit, und keiner haat sie kommen sehn. Sie fragte noch, für wieviel Tage. Drei, sagte Anna und zeigte es mit den Fingern.

Am Donnerstagabend wollte sie gut und anspruchsvoll ausgehen und lud Frau Heliová dazu ein. Aber nichts konnte die Frau bewegen mitzugehen. «Uh», sagte sie. «Elegant.» Betonung auf dem E. Und schüttelte entschieden den Kopf.

«Aber schön», sagte Anna. «Und gutes Essen.»

Nein, alte Frau. Nichts, was sie anziehen könnte. Und sie habe für den Abend ihre Suppe. Karfiol. Zeitig ins Bett, wie jeden Tag. Zeitig heraus. Fünf Uhr schon Arbeit. Anna soll gehen, sich ganz fein machen. Alle werden sie bewundern. Montana nix.

Anna machte sich ausgesucht schön, und es dauerte den halben Nachmittag. Sie teilte das Haar sorgfältig in viele feine Strähnen und flocht daraus dünne Zöpfe. Die hinteren sind schwierig. Jedesmal unten ein farbiges Schleifchen aus Wolle, weil nichts anderes zur Hand war. Diese Frisur kann sie seit ihrer Jungmädchenzeit. Es ist gut fünf Jahre her, als sie sie das letzte Mal gemacht hat. Sie war noch im Betrieb und erschien so zur Arbeit.

Und es hieß: Wo kommen Sie denn her? Finden Sie das passend in diesem Aufzug? Geht man hier so?

«Oder kommen Sie aus dem Busch?» sagte sogar einer, und es brannte sich ihr ein. Sie hat ihm allerhand erzählt auf der Stelle. Machen Sie mal Ordnung da oben in Ihrem Kopf. Ist es unanständig, aus dem Busch zu kommen, ja? Und wer aus dem Busch kommt, soll gefälligst bleiben, wo er ist. Oder? Hier wollen wir keinen haben, der aus dem Busch kommt. Ganz schnell sollten Sie Ihren Meisterbrief abgeben. Und neu anfangen, von vorn.

Den Lehrlingen hat sie gefallen mit ihren Zöpfchen und der schlichten Courage. Vier Tage kam sie so zur Arbeit. Man kann das Flechtwerk, wenn man mag, eine knappe Woche tragen.

Dreiundzwanzig feine Zöpfe stellte sie her, weil es die gute Zahl ist, wählte das braunblau getönte halblange Kleid, zu dem die Stiefel gut passen. Die leichte schwarze Stola für den Rückweg, wenn es kühler wird. Vor dem großen Spiegel im Hotel fand sie sich zuckerschick. Man blickte ihr nach, aber ohne Entrüstung. Im Hotelrestaurant amtierte immer noch Jan, der kleine begnadete Oberkellner. Dem Elch war er damals sofort aufgefallen als ein Künstler unter seinesgleichen, und sie hatten ihn und seine Fertigkeiten mit Vergnügen beobachtet.

Er führte Anna zu einem der Zweiertische. Oder lieber diesen? Ob er sich wirklich an sie erinnerte, gab er nicht zu erkennen. Seine Höflichkeit hat Würde und den fein bemessenen Abstand, der so schwer einzuhalten ist. Streng und lautlos befehligt er seine Mannschaft, alles junge, freundliche, fleißige Kellnerinnen. Nichts im Saal entgeht ihm, und er leitet das Geschehen nur mit den Augen. Ein Fingerzeig wäre schon zuviel. Geübt fangen die Mädchen seine Blicke und folgen ihnen. Dort sind Gäste fertig mit der Suppe. Na, die Teller. Da schickt sich jemand an zu rauchen. Die Dame bekommt Feuer, der Herr, wenn er es annimmt, auch. Selbst während er kassiert und Bestellungen aufschreibt, sind seine Blicke unterwegs, und er steuert magisch eines der Mädchen zu dem Tisch, wo man mit leeren Sektgläsern sitzt. Eine vollendete gastronomische Leidenschaft, die hier waltet. Komm her, und du bist vollkommen Gast.

Sie hatte sich seit Tagen auf diesen Abend gefreut. Das Wiener Schnitzel original, vom Kalb. Der fein gebutterte Schinkenreis. Kräftiger Rotwein aus Böhmen. Sie fühlte sich übermütig wohl und bestellte sogar Zigaretten. Eine Hochstimmung, die, wie sie wußte, wenig Vertrauen verdient. Kann stürzen über Nacht. Ist sie denn schon bereit und erwartet ihn? Die Zöpfe hat sie für Stefan gemacht und nur zum kleinsten Teil für sich selbst. Morgen sitzen sie vielleicht hier. Oder übermorgen. Immer noch scheute sie sorgfältig davor zurück, ein Bild der kommenden Tage anzufertigen. Auch keinen Entwurf. Er könnte nicht standhalten.

Bei Oberkellner Jan bestellte sie zwei Plätze für den Sonnabend. Wenn wir bis neunzehn Uhr nicht kommen, sind wir verhindert. Ob das geht.

«Es wird so gemacht, wie Sie es wünschen», sagte der Mann. «Auf welchen Namen bitte?»

Stefans Nachname fiel ihr wahrhaftig nicht ein. Sie nannte ihren eigenen. In der Hotelhalle trank sie einen Becherovka, und bald kamen zwei Männer an den Tisch. Warum geben sie keinen Frieden. Ist man zu Gesellschaft gezwungen, wenn man keine haben will. Plaketten zum Anstecken sollte es geben. Verschiedene Farben für die jeweilige Verfassung.

Ein Gespräch mit Urlaubern aus Plauen oder sonstwoher wünsche ich jetzt nicht.

Bin zu nichts bereit. Zu gar nichts.

Unterhaltung über die Physik der Erde und des Himmels angenehm. Jährlich entfernt sich der Mond um vier Zentimeter. Für naturwissenschaftliche Themen vielleicht Grün. Oder die seltene Erscheinung der Katzophobie, die Annette gehabt hat. Ein panisches Erschrecken, wenn eine Katze sich ihr näherte. Wir sollten sogar zufrieden sein, meinte der Arzt. Ihre Ängste könnten sich auch anders und schwerwiegender manifestieren. Über die Farbtüchtigkeit von Katzen herrscht noch viel Ungewißheit.

Oder die Literatur Südamerikas. Der magische Realismus von Asturias. Und der von Márquez. Geschichten will er keine mehr schreiben, solange der Mörder Pinochet Chile regiert. Für alles, was die Künste betrifft, die Farbe Blau mit gelben Tupfen.

Ich will nichts als meine Ruhe haben: Schwarzgrau.

Sie bestellte einen zweiten Becherovka und bezahlte.

«Warum so eilig, schöne Frau», sagte der eine.

«Gescheitere Fragen gibt es keine», sagte Anna doch. «Die Montagues betreffend und die Capulets. Recht gegen Recht.»

Die aus Plauen nickten und sahen sich mannhaft an. Auf dem Rückweg ging sie an dem Haus vorbei, wo das Zimmer noch leer war. Zwischen dem Hang und dem Haus gab es nur Platz für einen Bach und den Weg. Die alte Frau liegt in ihren Kissen. Manchmal hat Anna die Oma so gesehen. Die Hände blutlos und aufgebraucht, der leere Mund halb geöffnet. Lange vorher stellt der Tod seine Übungen an.

Etwas Bestimmtes wird auf sonderbare Weise behandelt, soviel wußte sie noch, und endlich unterwegs fiel Stefans Name ihr ein. Was wird gehämmert. Schall. Stefan Schallhammer. Die Vorfahren aus Österreich. Daß sein Großvater Schmied war, ist Zufall. Sie blieb weiter auf dem Weg neben dem Bach, der ihr plappernd entgegenkam. Es war mild und roch nach hunderterlei. Sie wollte das Zubettgehen noch hinauszögern und lief einen weiten Umweg. Das Haus lag dunkel.

Vor der Tür saß die Katze und ließ sich streicheln. Anna sprach mit ihr leise. Eine große, schöne Nacht, und keiner besucht dich. Weißt du nicht, wo er wohnt. Geh hin, sag, hier bin ich. In so einer Nacht. Und dann seht ihr euch die Sterne an. Kannst du überhaupt zählen?

Der Mond ist schon hinter den Bergen.

Sie ging zu den Hühnern, blieb in der Tür stehen und erkannte sie allmählich, dick das Fell geplustert, lauter schimmernde Kugeln in der Dunkelheit. Sagte zu ihnen: Die dauerhafte Eierschale ist uralt und vor hundert Millionen Jahren schon erfunden. Wie klug doch manche Männer sind, und was sie so wissen. Die Ginkgobäume sind nicht sehr viel jünger, männliche Bäume wachsen und weibliche. Wer wußte denn das alles und noch mehr. Bei den Eiben gibt es auch Mann und Frau. Aber sie hatte keine Lust, sich an den Typ zu erinnern, schloß sorgfältig die Tür wieder zu. Auch im friedlichsten Tal wird es Marder geben und den Fuchs.

Paulchen an der Küste verwöhnt jetzt wie immer seine Frauen. Und sagt, während er die neue Flasche öffnet, listiges Blinkern im Auge: Schparen hilft nuscht, de Armut is zu grroß.

Ach, du hast das Huhn gestohlen, sang sie leise.

12

Lange saß sie auf der Bank vor dem Haus, in die Stola gehüllt, und sah den Wolken nach; die ganz oben bekamen noch Licht vom Mond. Sie sollte die Stimmung lassen, wie sie ist, und kein Bier mehr trinken. Er wird bestimmt schlafen, denn er hat sein Training und die Übungen und Befehle.

Es sind nicht nur Männer dazu veranlagt, solche Dinge leichtzunehmen, die Rührung flach und geringfügig, wegwischen so einfach, wie man Hals und Hände wäscht. Das alles hat sie auch an Frauen erlebt. Mitunter an sich selbst. Gegen Ende ihrer Ehe hatte sie gelernt, weniger zu leiden als er, seine Tränen glitten außen an ihr ab, aufgebraucht das Gefühl der ersten Jahre, da lief sie ihm noch nach in die Kneipen zu den Freunden, es rührte sie noch an, daß er zu schwach und unsicher war für ein Leben zu zweit, seine hilflose wütende Eifersucht schmerzte, bis alles abgenagt war, in der leergefressenen Schüssel nur die Knochen, sein Betteln erweichte sie nicht mehr, etwas Trauer spürte sie noch und fand es bereits lächerlich.

Diesmal war ihr Verlangen nach Hilfe tief, und es kann dennoch falsch gewesen sein, daß sie Stefan bat herzukommen. Sie hat gewollt, daß er kommt. Nach der Lüge, die er mitbringt, wird sie fragen. Und könnte es ebensogut lassen. Sie muß auch nicht mitgehen in das Zimmer am Abend. Das vom Mond herrührende Licht verlosch mehr und mehr, langsamer als im Theater. Die liebe Frau Heli darf nichts bemerken. Nun spürte sie die Müdigkeit, und die Kühle kam von den Hängen.

Oben sah sie noch das Foto an. Möglich, daß er es selbst nie gesehen hat. Von Zeit zu Zeit hat sie ein Brennen in den Augen. Elch vergaß das nicht und brachte das letzte Mal ein Fläschchen Augentropfen mit. Nun gehen sie zur Neige. Überhaupt war er der erste Mann, den ihre kleinen Zipperlein interessierten. Rieb ihr den Fuß ein, zart, mit einem Zeug, das widerlich roch. Kölnischwasser darüber, dann der Strumpf. Na also.

Auch alle deine Bettstrümpfe, Annettchen, hast du zurückgelassen, hellblaue und weiße. Du bist nie ohne Nachtstrümpfe ins Bett. Auch als wir den Mann bei uns hatten, beide, dieses eine Mal. Du hattest lange an, fast bis zum Knie. Daß ich soviel gelacht habe, war auch Abwehr und Verlegenheit. Versuch mal, nicht zu lachen, wenn du mußt und es dich ablenkt. Und wie wir im Bett gelogen haben, jedenfalls ich. Es war ja das erste Mal und das einzige.

In den Träumen ging es viel um Mißgeschick; morgens wußte sie nur noch von einem Lastwagen voller Steine, die hintere Klappe löste sich immer wieder, und man mußte die Steine neu laden.

In der Hotelhalle saß sie an einem Fensterplatz und wünschte sehr, daß er käme, und gestand sich ein, ihn zu begehren. Die bloße Begehrlichkeit, die ein Versuch ist, sich zu bestätigen. Sie sah ihn unten aussteigen, die Tür abschließen und zur Uhr sehen. Kurz nach vier. Gut gemacht. Er prüfte, ob auch die hinteren Türen verschlossen waren, öffnete noch einmal, nahm die Jacke und zog sie an, fühlte an den Taschen, nach den Papieren wohl.

Ein Mann der genauen, peinlichen Ordnung und Übersicht, nun jedoch hier und im Begriff, das Gleichmaß seiner Dinge anzutasten. Er war vorgestern noch aufs Grundstück gefahren, um den Rasen zu mähen. Zum See hin, den man sehen kann, fällt der Boden sanft ab. Der Handrasenmäher «Figaro» ist eine Neukonstruktion.

Angenehm strengt er Kreislauf und Muskeln an.

Die mit fünf Obermessern ausgestattete Messerwelle läuft in Kugellagern. Das Untermesser aus hochwertigem Stahl ist selbstfedernd und die Einstellung dann richtig, wenn die Schnittmesser leicht am Untermesser schleifen. Hierdurch wird ein selbsttätiges Schärfen.

In den Pausen saß er und sah zum See hinunter; wäre die Bodenneigung stärker, ginge es nur noch mit der Sense. Oder durch Schafhaltung. Er hatte das Aufstellen einer Laube immer wieder verschoben. Aber nun doch. Vielleicht schon im Herbst. Das Fundament lag. Es ist der halbe Weg zu Anna, fast. Aus dem Auto hatte er die Karte genommen, auf Landstraßen gut fünfzig Kilometer, über die Autobahn mehr, dafür schneller. Das Wort Verhältnis störte ihn ebenso wie der Ausdruck Kebse oder Kebsweib, den Ludwig gern verwendete. Das Beste für eine Liebschaft ist neutraler Boden; Eingriff und Einstich ins gewohnt Alltägliche sind dann gemildert. In die Mühle könnten sie jederzeit. Und doch stellte er sich vor, hier mit ihr zu sein. Nur ganz zu Anfang wäre der Ort neutral. Das Fenster wird er verändern und tiefer einsetzen als vorgesehen und den Innenausbau allein und nach und nach erledigen. Freie Sonnabende kommen immerhin vor. Tief und schön ermüdet nach körperlicher Arbeit und das gute drängende Gefühl, das ein Vorhaben begleitet. Die kleinen Fichten sind höchstens zwanzig Zentimeter gewachsen in fünf Jahren, angegangen sind sie jedenfalls. Ein Baum läßt sich Zeit.

Erwin, wie verabredet, rief zu Hause an, als Stefan noch unterwegs war. Wichtige Zusammenkunft Sonnabend und Sonntag. Auch Wissenschaftler. Einige Werkdirektoren. Besser zu Anfang des Urlaubs als mittendrin, sagte er, meinst du nicht. Ohne Barbaras Beifall zu erwarten. Als sie dann Stefan davon erzählte, mußte er böse tun und die starke, aber ohnmächtige Empörung angemessen darstellen. Ein klebriger Geschmack, eine Art Speichellosigkeit befällt die Zunge. Von innen kommend. Aber wie er sich vorgenommen hat: Barbara soll nichts erfahren und nicht leiden. Keiner darf davon leiden. Und handeln sollst du so, daß jeder nur Gewinn hat, Zuwachs. Etwas davon meinte er schon zu spüren. Von welcher Beschaffenheit und Dauer mag der Zugewinn sein.

In Berggießhübel bezogen sie die Zimmer, das kleine mit der romantischen Schräge unterm Dach für Michael. Sie aßen noch gemeinsam zu Mittag. Der Umschlag mit den Kronen, die Erwin hatte eintauschen lassen, steckte in Stefans Jacke, und wenn der Umschlag ihm einfiel, schien er zu glühen in der Tasche im Futter. Ohne Erwin hätte er nicht an Geld gedacht; der denkt alles rundherum bis zu Ende, man fühlt sich mit ihm geborgen, geschützt vor Unbesonnenheit.

Stefan konnte sich Zeit lassen und wie ein Spaziergänger fahren, Landschaft betrachten. Zwei Stunden im Kurschritt bis Liberec, die Geburtsstadt seines Vaters, damals Reichenberg. Im Dorf hatte er die Poststelle übernommen, die Tochter des Schmieds getroffen, geheiratet und den Sohn gezeugt, den sie Stefan Theodor nannten. Er wird mit Anna in sein Dorf fahren.

Über ein Quartier hatten sie nicht gesprochen. Im Abschnitt «Unterkunftsarten» sagt das Dienst-Reglement darüber alles.

Entfernt vom Gegner soll jede Unterkunft der Schonung von

Mann und Material thunlichst Rechnung tragen, und es ist in dieser Hinsicht ein noch so gedrängtes Unterkommen selbst in den dürftigsten Ortschaften dem Aufenthalte im Freien vorzuziehen.

Gebäude, in welchen Kranke mit ansteckenden Übeln sich befinden, sind vom Belage auszuschließen.

Es ging nun stetig bergan, immer nahe dem Flußbett. Wo das Tal sich weitete, hielt er an, stieg den Hang hinauf.

Wo nöthig sind auch Wegweiser anzubringen.

Die Luft war kräftig und rein, man roch und schmeckte sie zugleich. Auf dem Waldboden ausgestreckt versuchte er die Übung, dachte jedoch an Anna. Kannte er eine Frau, an der ihn Duft und Farben, Blick und Haar so beschäftigt hatten? Sein Körper ist störrisch und verweigert die Kommandos mehr oder weniger lange. Zum Abschied hat Barbara ihm Spaß gewünscht bei dieser Tagung. Tut sie das auch sonst. Oder hegt sie Verdacht. Die Arme sind schwer. Nachgeben darf man nicht. Ludwig ist ungeeignet, diese Übungen zu erlernen. Was empfinden Sie, fragt der Arzt, wenn Sie sich vorstellen, in eine Zitrone zu beißen. Ich empfinde die Frage, Herr Doktor, warum ist es keine Mandarine. In Zitronen beiße ich ungern. Und was, wenn ein Arm schwer bleibt. Ich brauch ihn. Oder sonst ein Glied. Ludwig hinterfragt dauernd alles. Das macht ihn so ungeeignet.

Allmählich gehorchten die Organe dem Kopf. Ich bin ganz ruhig. Vorher noch irgendwo tanken. In Feindesnähe müssen die Kanzleien der Truppenkörper jeden Abend gepackt und verladen werden. Die Quartiermacher erwarten ihre Commandanten an geeigneten Punkten. Für Minuten schwebte er fallend leichtschwer. *Es atmet mich.* Und er kehrte erfrischt zurück. Wie ruft sie manchmal. Zuckersüß, ruft sie. Erfrischt ja, doch die Unruhe innen ganz unverändert.

Er sah sie in der Halle des Hotels und sah sie übermütig winken. Ein paar Schritte kam sie ihm entgegen, flog aber nicht auf ihn zu wie am Brunnen, reichte ihre Hand, wie aus dem Morgenlande, mit den Zöpfchen. Dutzende wohl. Schon wieder ihr Haar.

In dicken Sesseln nebeneinander, sie konnten sich ansehen und berühren, niemand wird hiersein, der sie kennt, und für das liebe Mädchen, das den Kaffee bringt, ist es längst gewohntes Verhalten, wir haben auch Eis, Pistazio, nein, sie lächelt ungenau, sucht das Wort, das sie nicht kennt, sieht Verliebte aber gern und mit einer feinen dörflichen Verschämtheit, bringt die Sachertorte und das Eis.

Anna sah aus, als fühlte sie sich gut. Genau wie er.

«Dann fühlen wir uns beide gut.»

Sie nickte aber nur.

«Besser als Alois. Ein Kumpel», sagte Stefan. «Plötzlich stellen sie Zucker bei ihm fest. Und Kuchen war sein Leben, am liebsten gleich zum Frühstück. Wir nennen ihn den Faltigen. Nun muß er essen wie ein Vogel. Wir sind besser dran.»

«Besser als sehr viele. Das ist wahr.»

Nun müßt ihr erklären, wie ihr euch gefreut habt, das Unbehagen bleibt unerwähnt, zunächst auch das Zimmer, neutraler Ort, der einer Liebschaft so zugute kommt, angenehm weit entfernt außerdem. Wenn das ginge: je weiter du fährst, desto mehr läßt du zurück, Meile für Meile bleibt es hinter dir, und befreit kommst du strahlend an, ungebunden und dir selber erschreckend fremd, weil so unbeschwert neu.

Dann habt ihr euch nicht weit genug entfernt, seid nicht hoch genug; auch Höhe bedeutet Abstand. Vielleicht fehlt nur wenig. Also fahrt noch ein Stück. Es sind neun Kilometer die steile gewundene Straße hinauf bis zur Baude auf dem Kamm. Vierzehnhundert Meter über normal. Unterwegs, wo die beiden Quellbäche zusammenfließen, anhalten und ein Stück Weg an der weißen Labe aufwärts. Was Anna hätte wissen können: Die Lust, im Bach gegen den Strom zu waten, wie Elch, und zu springen von Stein zu Stein, überkam ihn nicht. Der reife, gesetzte Mann, ganz damit beschäftigt anzukommen, für wirklich zu halten und zu glauben, was er atmete und sah. Die unwirkliche Luft, die vollkommene Stille, die von den Hängen kam. Aromatisch.

Neben ihm die Frau, die wieder Stiefel trug, seine Hand an ihrer Hüfte. Selbst die Art zu gehen und wie sie ihre Schritte setzt wildfremd. Kein Weg für solche Stiefelchen, und er konnte sie halten und ihr Sicherheit geben. Ein sehr schöner Knochen, den du hast, sagte er und bestand darauf, daß es ein lebhafter sinnlicher Hüftknochen sei.

«Davon hab ich zwei», sagte Anna. «Aber einer ist schöner.»

Er fand keinen Unterschied. Wenn er sie umarmte, tat er es verhalten und mit dem Ernst der Freude und des Zweifels. Aber sie sagten dabei nichts. Ihr Körper wehrte sich kaum, und sie sah ihm verwundert zu, sah ihn sich anschmiegen und Halt suchen, so daß sie und ihr Körper über sich staunten.

Ein Mann kam ihnen eilig entgegen, Uniform und über der Schulter die Tasche, ein Postbote, Mann in mittleren Jahren, grüßte freundlich, das Gesicht von kräftiger Farbe, der Schritt gesund, mit Gefälle und Steigung jahrzehntelang vertraut. Natürlich, auch die Leute hier oben brauchen Briefe und Neuigkeiten.

Sie fuhren die letzten Kilometer hinauf bis zur Baude. Der Kammweg war belebt. Unten in Polen lag ein Dorf, und als sie hoch genug waren, sahen sie die Schneekoppe, nahe und doch fünf Stunden Fußweg entfernt. Stefan spannte weit die Arme aus.

«Na, sag's mal», sagte er. «Zuckerwas?»

«Zuckersüß», rief sie ihm zuliebe.

Morgen, wenn sie will, nimmt er sie und zeigt ihr das Dorf seiner Kindheit. Dort hinter den sieben Bergen. Die Namen markanter Steine, Bauden und Bergkuppen hatte Anna längst vergessen. Er ließ ihr keine Zeit, an die Wege und Stationen mit dem Elch zu denken. Während in den Tälern schon erster Nebel lag und früher Abend, schien hier oben noch Sonne. Wer schrieb vom Wald als der grünen Menschenfreude. Es war Zeit, daß er sein Zimmer bezog. Du hast selbstverständlich dein eigenes, wo ich wohne, kannst du nicht wohnen, die Wirtsfrau darf ich nicht enttäuschen, denn ich war dort mit ihm. Und wir werden wieder dort sein.

Sie brachten nur seine Tasche in das Zimmer, ohne sich aufzuhalten. Die alte Frau trug wieder die Hände halbhoch verschränkt, die müden Augen bereit, den Engel zu sehen, wie er schwebend hereinkommt. Auf eine Eintragung wollte sie verzichten, vielleicht wegen der Steuer. Und Schlüssel – wozu. Es ist ein Landstrich, wo Haustüren offenbleiben. In einer Gaststube trank Stefan endlich das erste Bier, das gute. Sie wählten ein Gericht aus, zu dem Knödel gehörten, und zu dritt mit dem Kellner tranken sie Slibowitz. Der Alkohol zerstört Menschen, Familien, ja ganze Stämme, stiftet Frieden, beschleunigt Verträge, lange Verschwiegenes bringt er zur Sprache, große doppelgesichtige Droge, löst Bedenken und Abstand geheimnisvoll auf.

Nun gefiel er ihr ganz. Schwäche war es keine, nur der Verzicht auf die erzwungene untaugliche Stärke, die um so anfälliger ist, je mehr Gründe sie zusammensucht. Unterwegs fiel ihr die spanische Fassung des Sprichworts nicht ein. Sie hatte es von Carlos und der vom Großvater. Bist du ins Wasser gesprungen, benimm dich wie ein Fisch.

Aber als sie in dem Zimmer waren – sie hatten beide den Aufbruch hinausgezögert und sich dabei zugesehen –, blieb Anna reglos an der Tür stehen. Handtücher lagen auf dem Bett. Alles war reinlich, sogar übertrieben. Nach nebenan, von einem Vorhang verdeckt, führte eine Tür. Dahinter schnarchte jemand schwach. Außer nach Feuchtigkeit roch es ähnlich wie in den Zimmern und Gängen der Klinik. Ein schmaler Tisch, zwei Stühle. So klamm riecht ein Zimmer, in das die Sonne nie scheint; sie kann nicht, das Haus steht zu dicht an dem steilen Hang.

«Wer geht zuerst ins Bad?»

«Geh du.» Und als er zurückkam, sagte sie: «Ich mag hier nicht bleiben.»

Sie sah sich wie ratsuchend um. Nichts, wo der Blick hinkönnte. Im ganzen Raum nichts als Bett, schwer, noch stabil, eine Ehe darin gealtert oder zwei. Du willst hier weg. Sieh mal an. Dieses eine Mal mit Elch bei den Leuten hinter Dresden, wo er seine Kunststückchen machte für das Holz für den Ofen, war alles fast ebenso beschaffen. Nur sehr viel kälter außerdem. Und es hatte keinerlei Bedeutung fürs Gemüt und die Gedanken. So sehr ist heute nicht damals. Dazu der starke Reiz, es entgegen aller Absicht doch zu tun.

«Wollen wir gehen», sagte Anna.

«Aber wohin?»

«Komm.»

Wieder war die Nacht warm, und auf dem Bergrücken marschierten die Fichten südwärts, immer noch angeführt von derselben Vorhut. Der Mond konnte noch ins Tal sehen. Lange bevor sie das Haus erreicht hatten, begann Anna zu flüstern, erzählte von der lieben Frau, die einen schnellen, gesunden Schlaf hat, wie sie versichert.

«Aber wir müssen sehr mausestill sein», sagte sie. Blieb dann stehen, um im Mondlicht sein Gesicht zu sehen. «Ich war ganz sicher, daß ich dich nicht dorthin mitnehme. Vollkommen. Da siehst du mal. Und kannst stolz darauf sein. Sei mal stolz.»

Er zog sie zu sich und küßte ihre Schulter.

«Überhaupt werden wir uns nur Freude machen», sagte er. «Nichts anderes. Ja?»

Sie nickte und schien bereit zu einer Frage, die sie verschob.

Sie wollte allein vorausgehen, sitz auf der Bank neben der Haustür, aber leise, ich hol dich in zehn Minuten, sieh dir die Nacht an, wie die Wolken geräuschlos fahren, mach schon die Schuhbänder auf, nur auf Strümpfen mußt du ins Haus kommen und die Treppe hoch, nimm die Falten von der Stirn, die Pflichten hängen an dir wie Ketten, nach deiner Lüge frage ich später oder morgen. Fang an, dich zu freuen auf der Bank in der Nacht am Haus in dem Tal in der Stille. Wir werden es versuchen.

Oben zog Anna sich schnell aus, wusch sich an der weißen Kommode in der großen weißen Schüssel, trug von dem Duftwasser auf, das Christel ihr besorgte und das sie so geheimhielt. Die Grille mit den Socken, die sie Annette manchmal nachmacht, wenn ihr so ist. Im Koffer sind die rosafarbenen, selbstgestrickt, und es muß reine Wolle sein.

Was sie vermißte, war ein hoher Spiegel. Sie nahm den kleinen von der Wand und stellte ihn hochkant auf den Fußboden gegen den Schrank, ging, komisch die Füße abgespreizt, auf den Fersen rückwärts, freute sich an sich selbst, kleine nackte Hampelfrau, lustig, in Stiefelchen aus Wolle. Und hielt einige der Zöpfe steil nach oben. Warm genug ist es, sie könnte so hinuntergehen und ihn einlassen. Frau im blassen Mondlicht an der offenen Tür des alten Hauses.

Komm.

Ihn ganz und augenblicklich aus der Fassung bringen. So oder ähnlich hat Ludwig, der Kumpel, es wohl gemeint mit seinem Vorschlag. Soll er den Verstand verlieren und alle Zahlen, Geheimnisträger und auf sich stoßen, innen. Mit Wohlgefühl wieder alles erfahren über sich selbst.

Sie streifte das Nachthemd über, steckte die Kerze an. Fast immer, wenn sie wegfährt, nimmt sie ein bestimmtes Stück Häuslichkeit mit, diesmal den Leuchter aus Schwarzkeramik. Ordnete noch den Strauß mit Gräsern und Blüten aus dem Tal, ging hinunter und gab ihm das Zeichen. Er, den festen Schritt gewohnt und sicher auf den Beinen, trägt nun die Schuhe in der Hand, unfähig, sich zu erinnern, wann er zuletzt in ein Haus schlich, treppauf in der Dunkelheit, sie führt ihn und duftet. Wenn das Holz knarrt, bleiben sie stehen und horchen. Am Rücken seiner Hand ist ihr Herzschlag, sie hält ihn fest. Sein Kichern steckt sie an.

Weite blanke Augen und gerötete Gesichter haben sie, vom Spaß, als wäre ein Bubenstück gelungen und Albernheit nötig. Kichert nur, wenn es euch hilft gegen Überreiztheit oder Ungeduld. Das weiße Tuch auf der Liege in der Ecke. Alchimie wird auch diesmal nicht gelingen, nur kurze Erlösung von Frage und Antwort. Knöpf seine Knöpfe auf. Ihr Hemd läßt sich von der Schulter streifen. Das Ausfiltern bestimmter Stoffe auf Zeit muß gelingen: die schon erloschenen Blicke der Sterbenden, Schmerz in den Füßen vom Gehen und Stehen bei Karlchen im Café, Plan und Gegenplan, wo hinter geschönten Zahlen stecken die verläßlichen, das Warten und Warten an den Abenden, Müdsein um vier Uhr fünfundvierzig.

Seht euch nur richtig an, einprägen das Geschehene. Sie stand noch einmal auf, holte die Flasche mit dem Slibowitz vom Fensterbrett, hatte Lust zu hüpfen, das ging ja nicht. Nur ein Glas war da, und am Bett stehend, goß sie ein, Familienschnaps der lieben Frau, die hoffentlich schläft.

«Trink aus.»

Sie ließ sich gern ansehen und berühren. Und er strich prüfend über ihre Hüfte.

«Einer, sagst du, ist schöner.»

«Siehst du das nicht?» Sie trank ein Glas. «Magst du noch? Der eine Knochen hat Selbstvertrauen.»

«Welcher?»

«Na der. Siehst du nicht? Und ich beneide ihn.»

In dem kleinen Radio suchte sie Musik, hielt den Kasten am Ohr, drehte sich. «Weißt du noch, was wir in der Mühle hatten? Wir hatten Radio Italiana. Komisch, daß man das Ding immer drehen muß. Wenn man wüßte, wohin.»

«Natürlich immer zum Sender.»

«Das finde ich sehr komisch.»

«Wissenschaft ist nicht komisch», sagte er. «Dreh dich nur.» Sie war von allen Seiten gleich schön anzusehen. «Weiter nach rechts, ja. Und ganz zu mir.»

«Ich weiß schon», sagte sie. «Du hast nur dein Vergnügen im Kopf an einer weiblichen Person.»

Das stimmt. Also geh. Nun geht an die die große schwarze Tafel und löscht alle Zeichen aus. Auf die Kreide ist Verlaß. Im ersten Licht des Tages wird alles wieder hervortreten, jede Eintragung unverändert. Oder fast.

So mausestill sein zu müssen ist auf schöne Weise unerträglich schwer und ganz anders schön.

Später fiel Stefan der Postbote wieder ein, der stabile freundliche Mann und sein Schritt. Wie bin ich eifersüchtig. Oder als Harzer im Gebirge.

Was ist ein Harzer?

Die im Wald die spitzen Winkelschnitte machen in die Rinde der Bäume, und das Harz tropft unten in den Topf. Geht dir das auch so? Dir vorstellen, etwas durch und durch anderes zu tun.

«Ich hab über dich nachgedacht», sagte Stefan.

«Hat es dich angestrengt. Das darfst du aber nicht wieder tun», sagte sie mit gespielter Strenge. Sie kraulte ihn bißchen auf der Brust. «Man nennt das: sozialer Kontakt durch Fellpflege. Dem Ranghöchsten wird immer das Fell gepflegt, während unter Gleichrangigen die gegenseitige Pflege vorherrscht. Stößt du eigentlich Drohlaute aus, um dir Respekt zu verschaffen? Oder gibt es Schnabelhiebe? So eine Art Hackordnung?»

Sie war ziemlich albern. Es war ja noch Nacht.

«Manchmal, wenn auch selten, kommt es vor», sagte sie, «daß der Ranghöchste, das Alpha-Tier, sich herabläßt und eine Pflege durchführt.»

Sie lag locker ausgestreckt auf dem Rücken, gern ließ er sich herab und pflegte das schöne fremde Fell. Es gefiel ihr, wie sie sagte, tausendmächtigfach. Nun wollte sie doch wissen, was er herausgefunden hatte, als er nachdachte.

«Daß dein Leben nicht stimmt», sagte er einfach.

«Na, sieh mal. Ein Entdecker bist du außerdem.» Es klang noch schnippisch und heiter. «Und was folgt daraus. Bist du nicht auch ein Schlüssezieher?»

«Daraus folgt, daß es mich beschäftigt. Und es gefällt mir nicht.»

Denkst du, mir, hätte sie sagen sollen. Und jeder Versuch, sich mit dem Hinweis auf andere zu rechtfertigen, war töricht. Dennoch tat sie es. «Welches Leben stimmt denn», fragte sie. «Deins vielleicht?»

«Es kommt auf den Grad der Unstimmigkeit an. Ein zehntel

Millimeter ist zehnmal zuviel, wo nur ein Hundertstel erlaubt ist. Wem sage ich das. Ein Metallfacharbeiter weiß: Die Abweichung muß verringert werden.»

Jetzt, da er überlegt sachlich sprach, rührte sie die Zärtlichkeit tief an, mit der er über ihre Wange tastete und die Stirn. Sie hielt den Kopf abgewandt und sagte nichts.

«Weinst du?»

Sie nickte, und er legte sie in seinen Arm.

«Kannst du zuhören, wenn du weinst?»

Und sie nickte heftig.

«Ich glaube, ich weiß, wo man zuerst ändern kann. Du solltest wieder unterrichten und Lehrlinge haben.»

Sie schüttelte den Kopf, und er hielt die Hand auf ihrem Haar.

«Ja. Es hat dir gefallen, und sie haben dich gemocht. Du warst mit Haut und Haaren dabei, das sagen alle. Jedenfalls die, auf die es ankommt.»

«Das kannst du überhaupt nicht wissen.»

«Doch. Schließlich gehört der Betrieb in unser Kombinat.»

Nun begann sie heftiger zu weinen. «Jetzt weiß ich», sagte sie, «du schnüffelst mir nach.» Sie wollte aus seinem Arm. Er hielt sie aber. «Ein Schnüffler bist du.»

«Schön ruhig», sagte er. «Das ist ein sehr falsches Wort.»

«Such dir ein besseres», sagte sie.

«Zweitens. Nicht ich. Sondern ich lasse.» Er gab ihr keine Zeit, etwas zu erwidern. «Drittens bist du mir nicht gleichgültig genug. Viertens.»

«Ich will aber, daß ich dir gleichgültig bin. Ich bin dir vollkommen Wurscht, hörst du. Gib mir mal ein Taschentuch. Im Nachttisch oben im Fach.» Sie trocknete die Augen und das Gesicht. «Jetzt weißt du, was ich dir bin, und weißt Bescheid. So viel Unsinn auf einmal. Trotzdem ist es wahr.»

«Weiß ich doch», sagte er. «Also viertens. Mein Mann hat dort nicht nach dir gefragt, selbstverständlich, sondern nach dem Herrn. Da war doch damals die Sache mit Birnbaum. War es nicht Erster Mai?»

«Deck mich mal zu», sagte sie.

«Dein alter Betrieb muß es ja nicht sein. Möglichkeiten sind genug. Wir finden eine.»

«Lassen finden.»

«Na und. Eine der größten Entdeckungen der Menschheit ist die Arbeitsteilung.»

Sie hatte sich aufgesetzt und fühlte sich sogar erleichtert. Für wirklichen Unmut gab es keinen Grund. Bald würde es hell werden hinter dem Fenster, und es war Zeit, Abstand und Nüchternheit zurückzugewinnen. Nach seinen Kindern zu fragen war jetzt nicht mehr nötig.

«Wirst du darüber nachdenken?»

«Wenn ich kann, denk ich nach», sagte sie. «Wie spät ist es?»

Kurz vor zwei. Wir suchen deine Sachen zusammen. Du mußt aus dem Haus, bevor die Dämmerung beginnt. Den Weg findest du und dein Zimmer. Sie brachte ihn hinunter. Das Foto vom Elch zeigt sie ihm morgen. Unten umarmte er sie. Bedankte sich.

«Wofür denn?»

«Weil es schön war.»

«Ja. Schlimm genug. Schenkst du mir was? Von deiner Scheißsicherheit. Du hast reichlich davon.»

«Vielleicht sieht es so aus», sagte Stefan. «Aber es ist nur ein gewisser Mangel an Unsicherheit. Nimm dir, was du brauchst.»

Oft blieb er stehen auf dem Weg, sie sah ihn winken, es war noch dämmrig, einmal stand er, und es schien ihr, als käme er langsam zurück.

Oben saß sie lange am Fenster. Zunächst schrieb sie in Gedanken, aber das meiste gehörte nicht hierher. Es sollte kein langer Brief werden, auch ein Abschiedsbrief nicht, nur wenige Zeilen, die das Wichtigste enthielten. Um zehn Uhr wollten sie im Hotel frühstücken, und sie könnte es ihm sagen. Oder im Lauf des Tages, wenn sie den Mut dazu findet. Denn er wird versuchen, es ihr auszureden. Sie nahm das Schreibzeug aus dem Koffer. Das Wichtigste ist was? Ich kann doch die Rolle nicht spielen.

Es geht also nicht, schrieb sie. Der Tag und das Stückchen Nacht waren schön und gut. Länger darf es nicht dauern. Ich kann nicht Mann und Frau mit Dir spielen. Es ist wie Mausen. So ein dummes Weib bin ich. Egal ob von Natur aus oder Erfahrung. Fahr bitte zurück. Such mich nicht. Versprich mir, daß Du nicht zu der guten Frau kommst und nach mir fragst.

Sie steckte das Blatt in einen Umschlag, auf den sie «Stefan» schrieb. Weder wußte sie, ob es ein Entwurf war, noch wann sie ihm die Mitteilung geben sollte. Und ob überhaupt.

Es war schon hell. Auf dem Tisch, an die Vase gelehnt, der junge Elch, lacht in die Kamera, hat alles gesehen. Ja, wenn du nicht da bist. Da siehst du mal.

13

Als er gewaschen und angekleidet war, blieb noch über eine Stunde Zeit bis zur Verabredung im Hotel, und er ging durch den Ort und die steilen Straßen hinauf bis zur Kirche, wo unter dichten dicken Bäumen der alte Friedhof lag. Kaum jemand schien hier noch herzukommen. Wege und Grabstellen zugewachsen, die Toten ungestört, wirklich unter sich. Es roch nach Jasmin und nassem Stein. In den verwitterten Inschriften erschien oft der Name Spindler. Trutzige Grabmale wie Tempel oder Burgen, errichtet in der eitlen Absicht, Verfall und Vergänglichkeit aufzuhalten. Es war natürlich sinnlos, das Lebensalter dieser Gestorbenen auszurechnen. Was nutzte ihm die Tatsache, daß Auguste Amalie Spindler, geborene Breithaupt, mit zweiunddreißig Jahren starb. Nein, mit einunddreißig, zwei Monate vor ihrem Geburtstag. Aus den Rissen und Wunden der Steine wuchsen Zweige und Moos. Ganz oben auf der Tafel aus Metall stand zu lesen: Weint all eure Tränen.

Konnte Barbara bemerkt haben, daß er keinerlei Papiere und Unterlagen mitgenommen hatte? Nie fährt er so zu einer Tagung. Und wie mag Erwin sein Verhalten beurteilen; aus Bemerkungen, die er gelegentlich machte, war eine Wertung nie abzulesen. Das würde sich ändern, wenn Stefan anfinge nachzulassen und Pflichten zu versäumen. Nun seit vierundzwanzig Stunden kein Gedanke an ein Projekt, eine Aufgabe, eine Zahl. Nur Anna. Als eine seiner Stärken gilt der Blick auf morgen und übermorgen, um den Forderungen des Tages, des Augenblicks dauerhaft standzuhalten – auch wenn manche ihm dann und wann vorwerfen, mit der Vorausschau Kräfte und Zeit für das Heutige zu verlieren. Aber nun spürt er eine tiefe Unlust zu Bilanz und Prognose. Nichts bleibt, wie es ist, das weiß er und schiebt hinaus, was er weiß. Das Nichtüberlegen ist ein angenehmer Luxus. Die steinerne Bank, auf der er sitzt, bröckelt ab und ist seit Jahrzehnten, unendlich langsam, dabei, sich zu senken und zu neigen. Genau der Ort, die Illusion von Stillstand zu beschwören, sein unerwartet heftiges Aufleben, die neue Frische, die ihn mobil macht, für dauerhaft zu halten. Still, aber kräftig atmen, auf dem Totenacker sitzend, und sich saulebendig fühlen.

Bald wird er sie sehen, ihre Finger berühren, die ihm antworten werden oder nicht. Ihr Blick dringt für Sekunden in geheimnisvoll unberührte Schichten vor im innersten Bezirk, der selbst ihm unerreichbar bleibt, so viel Zugriff und Einfluß auf seinen Körper er auch erlernt haben mag. Daß er begonnen hatte, sich für alt und verbraucht zu halten, grauer gezeichneter Esel, weiß er durch sie und hat durch sie erfahren, welche Täuschung das war.

Sondern mindestens einmal täglich auch eine Übung im Sitzen durchzuführen. Warum nicht hier bei den Toten. Kaum ein Geräusch aus dem Ort dringt herauf. Man sitzt gerade auf einem Schemel oder einer Bank und läßt sich senkrecht in sich selbst zusammensacken, der Rücken krumm, der Kopf hängt nach vorn herunter. Läßt man jede Muskelleistung fort, wird man von der Wirbelsäule, ihren Gelenken und Bändern aufgefangen. Jung ist Auguste Amalie Spindler gestorben. Läßt man jede Gedankenleistung fort, fällt und fällt man und wird nicht aufgefangen. Er dachte dann: Ich könnte noch bleiben. Nun werden die Arme lose schwingend bewegt. Und er dachte, als er aufstand und ging: Einen Tag länger kann ich bleiben.

Ist es drei oder vier Jahre her, als er eine Woche seines Urlaubs allein verwendet hatte. Er war mit Stock und Rucksack gewandert, von Halberstadt über den Harz und durch den Thüringer Wald bis nach Kochberg, wo die Familie ihn erwartete. Übernachtet in Jugendherbergen oder dörflichen Gasthöfen nach dreißig oder mehr Kilometern täglich, abends in den Schankstuben heimisch nach dem zweiten Bier. Etwas Ähnliches mit Anna unternehmen im nächsten Jahr, so lange Strecken freilich nicht, aber eine Woche mit ihr. Der alte Esel denkt wahrhaftig ans nächste Jahr und wehrt den Gedanken nicht einmal ab.

Im Hotel fragte er nach einem Zimmer, zur Not auch ohne Dusche oder Bad. Sie hatten nichts frei. Er bestellte Kaffee und las in einer Zeitung von vor drei Tagen: es war kein Lesen, nur das Verfolgen von Zeichen und Wörtern, die vorüberglitten, ohne einen Sinn zu ergeben. Er blickte immer wieder auf und zur Tür. Aber weshalb sollte sie nicht kommen. Sie könnte abgereist sein mit dem ersten Bus. Oder zeitig am Morgen aufgebrochen zu einem langen Weg durch die Berge, um allein zu sein. Es bedeutet auch für sie Einschnitt und Eingriff, denn sie war dort mit ihm, wie sie sagt, und wird es wieder sein. Der, gegen den du angetreten bist, Stefan Edmundowitsch, und hast keine Ahnung, gegen wen. Das bringt dir Nachteil. Und schließlich, was dich erregt und dir gefällt: Ihr inneres Gewebe ist luftig fein gesponnen. Und eben anfällig. Könnte sein, sie kommt nicht. So töricht die Befürchtung sicher war, er konnte nichts gegen sie tun.

Erschrocken und erlöst sah er sie, was sie anhatte, nahm er später erst wahr. Ihr Blick sanft oder feierlich oder anders. Alle Zöpfe hatte sie aufgelöst. In der Farbe des Haars war auch Haselnuß. Essen wollte sie nichts. Er wird ihr abgeben von seinem Schinkenbrot, kleine Happen, so füttert man Genesende oder ein Kind.

Unterwegs in sein Dorf, fragte sie doch nach der Familie und den Kindern. Er gab knappe Antworten. Die Tochter eigenwillig entfernt von den Eltern, mit einem Hang zum Asozialen, nein, zum Missionarischen. Sie heiratet einen Untüchtigen, keine Ausbildung hat er beendet, wechselt die Arbeitsstellen wie das Hemd, reißt jetzt Eintrittskarten ab in einem Kino. Im Mai kam das Kind. Sie hausen bei seinen Eltern zu dritt in einem Zimmer. Den Enkel und den Mann kennt Stefan nur von Fotos. Sein Junge Michael geht zum Fischfang. Schule gut beendet, fragt und fragt zu den Widersprüchen, die er sieht, und ich sage, schreib das in den Aufsatz, schreib: Vorsichtige, Nachbeter, Jasager, Leisetreter haben wir schon. Und leider auch die Gleichgültigen. Wir brauchen Fragende, Denkende, die bereit sind zu Verantwortung und zum Risiko. Wenn ich das schreibe, sagt er, wird dir die Note nicht gefallen, die ich kriege. Was willst du lieber, sage ich. Schlechte Noten oder ein schlechtes Gewissen. Schön mit ihm, sagt Stefan. Sieh mal ins Handschuhfach.

Da lag ein dicker Band, die Blätter vergilbt, und zwischen den Seiten steckten Zettel mit Notizen. «Der Bote aus dem Riesen-Gebirge. Wochenschrift für alle Stände.» Der gesamte Jahrgang achtzehnhundertdreiundvierzig. Es war ein Erbstück, das seine Mutter mitnahm, als sie nach Mecklenburg gingen, wenige Habseligkeiten nur, doch diesen Band packte sie ein. Er enthielt die Geburtsanzeige ihrer Großmutter. Stefan las oft in dem Band, als er noch Kind war, und entdeckte früh den Reiz alter Texte und Nachrichten.

Anna sollte das Wochenheft Nr. 33 aufschlagen, da steckt ein blaues Papier. Kirchliche Mitteilungen und die Rubrik «Geboren». Unter Schönau am 6. August steht: «Die Frau des herrschaftlichen Schäferknechts Thiese eine Tochter Johanna Augustine Mathilde.» Stefans Urgroßmutter.

Jedes Wochenheft begann mit den Hauptmomenten der politischen Begebenheiten, gefolgt von Gedichten, Rätseln und Gruselgeschichten. Anzeigen und Angebote aller Art. Stockfisch, Damenhüte und englisches Bandeisen, die grüne oder auch Schmierseife, Hyacinthen in allen Farben. Sargbeschläge sowie gemusterte Schuhzeuge. Gesunder sittlicher Knabe gesucht, der Lust hat, die Schlosser-Profession zu erlernen. Zeige ich ergebenst an, daß auf den 4. Februar auf dem Schießhaus-Saale ein Maskenball veranstaltet wird. Beginn 7 Uhr. Unanständige Masken sowie Dienstboten werden durchaus nicht zugelassen. Das Romanwerk «Herr Ulf Trugelson Spragelerg und die Seinen» lief in Fortsetzungen. Harmonisch gestimmte Harzer Schlitten-Schellen empfehle ich zu dem möglichst niedrigsten Preise.

«Seine Majestät der König von Baiern», las Anna, «sind aus Griechenland wieder zurückgekommen und am 14. April in München höchst feierlich empfangen worden. Die Liebe der treuen Baiern entfaltete sich dabei aufs glänzendste.»

«Herrlich», sagte Stefan. «Steckt da ein Zettel? Dann leg einen rein. Wir entfalten noch heute die Liebe der treuen Bürger auf das glänzendste. Dann und wann auf der Strecke zum Flugplatz Schönefeld. Die so versäumte Arbeitszeit machen wir glänzend wieder wett. Such mal den Zettel, auf dem ‹Orden› steht.»

Ihr gefiel das Vergnügen, das er an den vergilbten Mitteilungen fand, so als hätte er Anteil an den Texten, wenn nicht die Urheberschaft.

«Hier steht ‹Badeordnung› », sagte Anna.

«Auch gut. Lies mal.»

Sie versäumte viel von der eigensinnigen Landschaft, auch wenn er sie mitunter aufmerksam machte. Schmale Wege zweigten ab und verliefen sich in schluchtenartigen Tälern. Überraschend ein Ausblick über Dunst und Hügelketten. Auch Anna hatte Vergnügen, in dem Band zu blättern.

Beim Obermühl-Wehre, wo Buden zum Auskleiden aufgesetzt sind, darf Niemand ohne Bade-Beinkleider baden. Auch ist verboten, auf dem Mühlgrabendamm nackend oder nur mit dem Hemde bekleidet herumzulaufen, ebenso alles Umherjagen. Wer gegen diese Verbote handelt, wird mit Geldbuße, oder Gefängnis, oder körperlicher Züchtigung bestraft. Der Magistrat.

Fand in Berlin am 24. Januar die Feier des Krönungsfestes statt und verliehen Se. Majestät der König an die damit Begnadeten: einen schwarzen Adler-Orden; einen rothen Adler-Orden 1ster Klasse mit Eichenlaub; einen ohne Eichenlaub; 6 Sterne zum rothen Adler-Orden 2ter Klasse mit Eichenlaub; 19 rothe Adler-Orden 2ter Klasse mit Eichenlaub; einen dergleichen ohne Eichenlaub; 36 Schleifen zum rothen Adler-Orden 3ter Klasse; 52 rothe Adler-Orden 3ter Klasse mit Schleifen; 14 dergleichen ohne Schleife; 149 rothe Adler-Orden 4ter Klasse, 30 St. Johanniter-Orden und 88 Allgemeine Ehrenzeichen.

«Du siehst, wir haben es nicht erfunden», sagte Stefan. Und lachte bissig.

Er ließ Züge und Haltungen erkennen, die sie nicht an ihm vermutet hatte, die eher zu Ludwig paßten. Und der mag seinen Anteil daran haben, keine Freundschaft bleibt ohne Spuren. In der Nacht, gegen Morgen, glaubte sie bemerkt zu haben, daß Bereiche seines inneren Lebens brachlagen. Oder er hielt sie verschlossen, und Ludwig, der ihn gut genug kannte, hatte recht. Als sie ins Dorf kamen, befiel ihn gespanntes Schweigen. Eine aufmerksame Andacht. Hier die Post, wo sein Vater war. Das Gehöft der Großeltern unverändert und direkt gegenüber immer noch der Gasthof. Nur die Schmiede war geschlossen und diente wohl als Schuppen. Auch das große Tor war erhalten, zwei Flügel, in dem einen befand sich die Tür, neben der Großvaters steife Lederschürze hing, die Brandstellen wie Wunden.

Das innige Verhältnis zum Großvater kam, weil der Vater zeitig in den Krieg mußte und nicht zurückkehrte und weil die Abneigung gegen die kaltherzige Großmutter sie früh zu Verbündeten machte. Alles gehörte ihr, die Geschwister ausgezahlt alle, hier herrschte allein sie, und daß dieser Geselle, auf Wanderschaft begriffen, erschienen war, dablieb und sie ihn schließlich zum Manne nahm, verzieh sie ihm nie. Er blieb, der er war: der Hergelaufene, geboren und aufgewachsen im Gesindehaus eines schle sischen Ritterguts, Sohn einer Magd und eines herrschaftlichen Schäferknechts. *Unanständige Masken sowie Dienstboten werden durchaus nicht zugelassen.*

«Vom Kaufmann habe ich ihm heimlich Kautabak geholt», sagte Stefan. «Sie verbot ihm alles. Und in die Wirtschaft bin ich auf einem weiten Umweg, damit sie mich nicht sah. Erst zur Sandgrube, die liegt hinter dem Feld, wo immer Großmutters Gurken standen, dort über die Straße und zwischen den Gärten hinten ins Gasthaus. Eine kleine Flasche Stonsdorfer jedesmal, die konnte ich gut unterm Hemd verstecken. In einer Schmiede wird man durstig. Er war bärenstark, aber wie ein Lamm friedfertig und ohne Schutz. Er roch nach Eisen und Rauch und Pferdehuf. Das verzieh sie ihm nie. Gehen wir ein Stück.»

«Bist du das erste Mal wieder hier?»

«Nein. Das zweite. Es ist acht oder zehn Jahre her.»

Er durfte dann bald das Schmiedefeuer versorgen, Kohle nachschütten, den Blasebalg ziehen, der Schwengel blankgegriffen wie poliert und faßte sich an wie Glas. Zieh, Junge, zieh. Das Eisen wurde dunkelrot und blau unterm Hammer, begann sich zu formen und zu häuten, blaue feine Schuppen platzten ab. Das Wasser im Kühltrog zischte wütend, der Dampf war schmutzig. Aber Großvater schlug ein Hufeisen aus dem Rohling. Stefan sieht noch alles. Zwei Männer halten das Pferd. Versengter Huf riecht nicht gut. Und wenn die zänkische Alte ins Dorf ging, schlichen Großvater und der Junge in den Keller, schnitten vom Speck ab und der Wurst, stahlen jeder ein Ei und schlugen es mit Zukker. Sind nie erwischt worden. Sogar den Hund hat sie schlecht behandelt, und wenn er spielen wollte, trat sie nach ihm, bis er gelernt hatte, sie zu fürchten.

An der Böschung hinterm Feld saßen sie. Die Sandgrube kam ihm kleiner vor als damals.

«Bist du mal wieder im Haus gewesen?»

«Nein. Das mag ich nicht.»

«Man hört es von vielen, daß sie einfach anklopfen. Und sie werden empfangen wie andere Gäste auch.»

«Ich mag's nicht», sagte er nur. «Abends haben wir oft hier gesessen, und Großvater rauchte die Zigarre. In der Stube durfte er das nicht. Die dicke Zigarre wirkte dünn und zerbrechlich in seinen schweren Fingern. Blies in die Glut, sog und spielte verzückt mit dem Rauch. Nur ihren Hitler hat sie im Kopf, sagte er einmal. Er hing sogar neben den Engeln über dem Bett. Der darf alles bei ihr, dem würde sie alles und jedes bringen. Und ich weiß noch, daß ich fragte: Trinkt der Führer denn Stonsdorfer? Und Großvater: Zuzutrauen ist ihm alles. Aber dem alten Fritzen ist sie gram; daß er nicht weitermarschiert ist das Stückchen noch. Und sie in Österreich geboren ist. Ich aber in Preußen. Das vergißt sie mir nie.»

Stefan stand auf und streckte die Arme aus, wie zum Fluge bereit. «Wie ich mich gut fühle. Erklär mir das mal. Wieso ich mich so fühle mit dir.»

«Wie denn?»

«Eben gut. Unanständig jung. Jedenfalls jünger.»

«Und wieviel gibst du dir?» Was hätte sie anderes sagen sollen. Sich bedanken für sein Lob, ihn küssen und sagen: Ich weiß, ich weiß und kann noch mehr, wenn ich weiter so schön mitspiele.

«Hundert Jahre weniger», sagte er. «Aber mindestens zwölf. Es sei denn, du magst Männer, die jünger sind. Wie alt ist er?»

«Er ist jünger», sagte sie. «Neunundzwanzig.»

«Dann muß ich erhöhen und sage dreizehn.»

«Nein, bleib so. Er ist die Ausnahme.»

Stefan war während der ganzen Rückfahrt guter Dinge. «Und wir hatten im Dorf den Pfarrer Bungc. Allerhand Listen und Sprüche sagte man ihm nach. Er erwartet hohen Besuch für den nächsten Tag, füttert seine Hühner und ruft dabei: ‹Fraßt ock, Puttchen, fraßt. Murgen kummt da Bischuff, da hult euch suwieso alle dar Deibel.›»

Sie lachte mit, und es war eine sonderbare Mischung aus Schuld und Mitleid, mit der sie ihn ansah. Die Heiterkeit, die ihr gelang, war bescheiden, aber sie wollte nicht, daß er es spürte. Selbst den Wagen steuerte er vergnügt, jedoch ohne Leichtsinn, hielt an, wenn ein lieblicher Blick auf die Landschaft sich bot.

«Ich bleibe noch», sagte er plötzlich. «Einen Tag länger könnte ich bleiben.»

«Nein», sagte Anna.

«Doch. Dann hätten wir noch drei Tage ganz genau.»

Und das Blatt in dem Umschlag mit den Zeilen für ihn trug sie bei sich in der Tasche.

«Ich bin ein Mensch in Urlaub», sagte er. «Ein Urlaubsmensch muß das Recht haben, noch drei Tage hierzubleiben. Und mit dir.»

Aber sie ging aus seinem Arm und fragte: «Was hast du zu Hause erzählt?»

«Eine Tagung», sagte er. «Und nicht ich. Du weißt, ich lasse erzählen.» Sein Schweigen dauerte wohl länger als beabsichtigt. Es war nicht der Augenblick, fand sie, über seine Stirn zu streichen und die Falten zu glätten. «Tagungen sind alltäglich», sagte er. «Zusammenkünfte. Ist es etwa keine Zusammenkunft.» Seine Hand lag auf ihrem Schenkel, der feine Stoff. Und es war dieses Kleid, fiel ihm jetzt auf. «Das hattest du an im Wald. Finden wir die Stelle wieder?»

Sie schüttelte den Kopf.

«Doch. Wenn wir suchen. Ich wollte dich heute überraschen und im Hotel ein Zimmer nehmen. Sie hatten keins. Es hätte dich schön überrascht. Oder nicht?»

«Und deine Frau erwartet dich Montag», sagte Anna.

«Ich müßte nur anrufen. Es ist ein schönes Heim, wo wir sind. Sie wird sich gut fühlen mit dem Jungen. Vielleicht ist es der letzte Urlaub mit ihm. Am Abend rufe ich Erwin an. Dem fällt immer etwas ein. Du kennst ihn ja. Ohne ihn wäre ich nur halb. Er ist ein Alleskönner. So ähnlich wie dein Ofen. Sag nicht, es war ein schlechter Gedanke.»

«Jedenfalls kein guter», sagte Anna.

«Ein Tag ist sogar wenig und sehr bescheiden.»

Vom Wert des Widerspruchs wußte er viel, brauchte ihn unablässig, ermahnte sich – wenn Erwin es nicht tat –, ihn seiner Umgebung wieder und wieder abzuverlangen, Leute verdächtig zu finden oder sogar ungeeignet, die nicht lernen konnten zu widersprechen. Hier schien das alles ohne Bedeutung. Ihren Widerspruch nahm er nicht an oder nicht ernst; er störte ihn. Oder nahm er ihn nicht einmal wahr.

«Am Montag», sagte sie leise, «wirst du bei deiner Familie sein. Wie vereinbart.»

«Du weißt zuwenig über Erwin. Er wird es gut und mühelos tun. Und überzeugend.»

«Nichts an der Sache ist mühelos», sagte Anna jetzt. Sie stieg aus. Auf der Hügelkuppe, wo sie standen, gab es nur die Straße und den schmalen Parkraum. Sie wäre gern zu sich gekommen, auf einem Weg über ein Feld gegangen, um den Entschluß zu finden. Aber er kam nach, stand bei ihr und hielt sie leicht im Arm.

«Nicht ein einziges Mal fragst du mich», sagte sie endlich. «Du hast beschlossen und teilst es den Versammelten mit. Nur ein Unterschied: die Versammelten bin ich. Ob es mir gefällt und wie ich damit fertig werde, interessiert dich einen Quark. Ja.» Und sie fügte hinzu: «Eine Kunst des Leiters, sagst du, ist es, Aufgaben zu stellen, die bewältigt werden können.»

«Ich bin ein Esel», sagte er. Und wollte sagen: ein verliebter dazu. Das zählt doppelt.

«Nein, ein Tölpel. Wie sagt Ludwig: ein Schmalfußtölpel, ein blauhalsiger.»

Endlich ging er auf sie ein. Es werde so geschehen, wie sie möchte. Seinen Antrag zieht er ersatzlos zurück. Sie werden Späße treiben und dummes Zeug. Der Augenblick ist Trumpf. Sollte Verliebtheit aufkommen, ist sie sofort bloßzustellen, der jeweils andere hat grob und mit Beschimpfung zu reagieren. Auf kleinster Flamme. So müßte es gehen.

Ja, vielleicht.

In Vrchlabí kehrten sie ein und aßen Prager Schinken, hauchdünn, sahen die Auslagen der Geschäfte an. Plötzlich fiel ihr ein, jeder sollte dem anderen etwas kaufen, eine Kleinigkeit. Also, in einer Viertelstunde am Auto. Bei Spielwaren entdeckte sie einen großen Bogen, zweimal gefaltet und eine Puppe aufgedruckt, die man an- und ausziehen konnte mit lauter Sachen zum Ausschneiden: Hüte, Kleidchen, Brille, Pelz und Rock. Man kann die Puppe auch aufstellen.

Und er. Nagellack. Unterhöschen. Einen Halter für die Büste trägt sie nicht. Oder diesen Kochtopf, rotgeblümt. Als er Socken sah, erinnerte er sich der Strümpfe, die sie in der Nacht trug. Außer dem Kettchen. Er kaufte ein paar rote Socken. Sie freuten sich. Ihre Idee mit der Puppe war natürlich die bessere; er wird den Bogen sorgfältig aufbewahren. Er küßte sie.

«Bleib mir vom Hals», sagte Anna wütend und küßte ihn.

«Du mir auch», sagte Stefan. «Du Schlampe.»

«Und du. Lüstling. Vorsitzender du. Haltlos, daß man sich ekelt.» Aber es war das Geschickteste, was ihnen einfallen konnte. Sie gingen, statt Abstand zurückzugewinnen, nur noch weiter aufeinander zu. Spielerisch nahm er ihr alle Mittel der Abwehr eins nach dem anderen aus der Hand. Konnte lachen wie ein Spitzbube. Und sie sagten mitunter Sie zueinander.

Als sie im Zimmer war, um sich für den Abend umzuziehen, nahm sie das Blatt für ihn aus der Tasche. Sie las einen fremden Text. Der geeignete Zeitpunkt war verstrichen, die Mitteilung enthielt nun sogar Züge von Lächerlichkeit. Sie wusch das Haar und entschied sich für die Kette mit dem Türkis. Wehe, er bemerkte ihn nicht. Ein ärmlich stumpfer Banause, der du bist. Sich beschimpfen bis zur Umarmung. Dann aber nicht mehr, bei allem Sinn für Humor, dabei nicht. In der Küche verabschiedete sich Anna von der lieben Wirtsfrau, drückte sie fest. Gut Freude wünschte sie ihr, herzlich wie immer, und nichts deutete darauf hin, daß sie etwas wußte.

Im Restaurant saßen sie einander gegenüber. Er trug schon längst keine Falten mehr, hatte kurz zuvor noch eine Übung gemacht und sah befreit aus, die Gesichtsfarbe frisch und etwas rosig von der Sonne auf den Bergen.

«Wenn Sie mich noch länger so ansehen, mein Herr, verlange ich das Gästebuch.» Sie war verliebter als gestern um diese Zeit, «Komisch», sagte sie, «ich bin überhaupt nicht mehr gespannt auf das Essen.»

«Dann bestellen wir ab. Probieren vielleicht die Suppe.»

«Außer dir ist mir alles Wurscht», sagte sie flüsternd.

«Du willst mich ruinieren. Weiß ich doch und setze mich zur Wehr. Aber vorher noch die traurige Geschichte von meinem Freund Heinrich, damals staatlicher Leiter, angesehen, erfolgreich, Abgeordneter in einem Bezirkstag. Dem läuft also eine übern Weg wie du, und der Mann ist erledigt, wartet nur den Urlaub ab, für den alles schon geplant war mit der Familie. Und er verschwindet, taucht unter auf einem Zeltplatz an der Küste mit ihr. Die Kripo sucht. Alles sucht. Ist er entführt, verunglückt, abgehauen. Keine Spur. Drei Wochen bleibt er mit ihr in dem Zelt und lebt ein früher nicht gekanntes Leben. Weiß genau, was danach geschehen wird. Er wird entlassen aus allen Pflichten, sein Mandat aberkannt, strenge Rüge in der Parteigruppe. Ein Mensch, der moralisch so versagt, kann kein guter Ökonom sein. Darf keiner sein. Die einzige, die verziehen hat, ist seine Frau. Er verwaltet jetzt das Materialdepot in einem Stahlwerk. So geht es einem, der zu spät Widerstand leistet.»

«Und der den Mut hat, alles hinter sich abzubrechen. Hast du den?» Aber damit keine Nachdenklichkeit aufkommt, fügt sie schnell hinzu: «Er muß verzweifelt geliebt haben. Und du? Du bist triebhaft.»

«Na, wo hast du das Zelt. Komm», sagte er leichthin. «Hast du gesehen, wie teuer hier der Sekt ist? Ich habe etwas eingekauft für die Nacht. Wenn das Fräulein noch eine Kerze hätte. Oder zwei.»

«Hat sie.»

Aber ganz so ohne Spur, wie sie es sich vormachten, war die Geschichte dieses Mannes nicht vorübergegangen. Einmal dachte sie: Wie ein Weib blind und taub wird gegen die Tatsachen, nur weil einer sie begehrt. Und du ihn. Und taub gegen alle eigene Überlegung dazu. Und er? Wir sind längst schon im Zelt wie diese beiden, ob für drei Tage oder drei Wochen, macht keinen Unterschied. Nur mag er es nicht eingestehen. Wer verpflichtet ist wie er, jeden schwerwiegenden Fehler zu vermeiden, erlernt nach und nach die Fertigkeit, überhaupt keinen Fehler mehr zu machen oder etwa zuzugeben.

In der Hotelhalle tanzten sie einmal, tranken bitteren Wermut. Er wollte ein Eis. Wann die liebe Frau schlafen geht? Immer mit den Hühnern. Dann können wir gehen?

Sie nickte heftig.

Er lief voraus, um aus seinem Zimmer das Bier und den Sekt zu holen. Im Bad sah er dem Mann ins Gesicht, entspannte die Stirn – seine häßliche Gewohnheit, die Stirnhaut mit den Brauen hochzuschieben –, so gefiel er sich besser, sah überhaupt noch sehr ordentlich aus. Diesen Mut, da hat sie recht, wird er nicht aufbringen. Wenn Heinrichs Verhalten mit Mut zu tun hat. Viel eher mit dem Zwang, Gewohntes abzuschütteln. Dauerndes peinliches Befragen bis zur Selbstzerstörung. Auch dieser Zug ist Stefan fremd oder fremd geworden, er hat alle Neigungen diszipliniert, wenn auch nicht weit genug, um ohne Wunsch zu sein.

Sehen kann man nicht, ob und um wieviel jünger sie dich macht. Die Schlaffheit um die Augen war unversehrt. Wie zeigt man die Pose des Liebhabers vor: unter gesenkten Augenbrauen der schwere Blick, die Spur eines ungenauen Lächelns hinzutun. Der Schatten der Falte über dem Mund wurde nur schärfer davon. Die Maske strengte ihn an, er nahm sie ab. Mann der Familie, Mann und Vater, ausgebrochen, allerdings ohne die Absicht, die vertraute Arena zu verlassen, probiert nur seine Kräfte und findet sie wunderbar intakt – woran er insgeheim zweifelte. Noch wichtiger ist die Erfahrung, der Beweis, das Erlebnis, nicht versagt zu haben, über einen Vorrat zu verfügen, der nicht vorhanden schien und den er aufgespürt hat. Er zupfte ein paar Haare aus den Ohren. Wieso, es war sie, die das entlegene Depot entdeckt und freigelegt hat. Die Körperkräfte gut, wer wird sie unterschätzen, aber es sind viele mehr, die dort lagern. Du fühlst dich neu, bereichert im wörtlichen Sinne. Das gängige Wort ist Ressourcen. Sie soll daran teilhaben, es ist die beste Art, ihr zu danken für die Erkundung. Rasiert ist er gut. Nein. Barbara bleibt geheimnisvoll entfernt und außerhalb und unberührt davon.

Spät in der Nacht schloß Anna das Fenster. Es war kühl und der Himmel wolkenlos. Am Fenster stehend, sagte sie: «Ich hab den ganzen Tag nachgedacht seit früh. Besser, du fährst heute schon. Mittags essen wir zusammen, und dann fährst du.»

«Wann denn. Warum heut?»

Nun war es gesagt, sie konnte zurückkommen und sich wieder neben ihn legen.

«Du magst nicht, daß wir noch einen Tag haben?»

«Unterwegs suchst du dir ein Zimmer und übernachtest dort. Und ich denke an dich.»

«Warum schickst du mich weg?»

«Streichel mich noch», sagte sie. «Du faßt dich schön an.»

«Aber es gefällt dir überhaupt nicht.»

«Doch. Und ich mag dich auch riechen.» Mit dem Finger schloß sie seine Lippen. Sie legte sich zu ihm, und ihr Atem ging leise und eilig. Wir spüren beide uns, jeder sich, aber uns. Die kurze Zeit. Anna hatte Durst. Unten vor dem Bett stand alles, er goß ein und versuchte die Mischung, die ihr gefiel. Das konnte er schon gut.

«Laß mich bleiben», sagte Stefan und sah verzweifelt ernst aus, als hinge alles ab von noch einem Tag.

«Es wird schlimmer», sagte sie. «Und ich will auch nicht, daß du direkt zu ihr fährst. Bleib unterwegs und übernachte.»

Schlimmschön, wollte er antworten und erklären, daß er anders atmete und sah, der Breitmaulochse, alter weinerlicher Esel, berauscht und gedämpft gleichermaßen, aber er sollte wohl beginnen, die Schwäche zu unterdrücken und Widerstand zu leisten mit den Mitteln der Vernunft. Wie kommt sie plötzlich zu so viel Stärke.

«Hat es mit ihm zu tun?» fragte Stefan. «Wann seht ihr euch, du und er?»

«Es hat nur mit mir zu tun. Jetzt ziehen wir uns an. Ich begleite dich, und wir stehen noch auf der Brücke. Und nehmen schnell Abschied.»

Wie oft wird er sich an dieses Zimmer erinnern, an alles, was war, den Geruch von Milch und Slibowitz und das Knarren der Dielen auf der Treppe, die volle feine Luft in dem Tal. Unterwegs gab sie ihm den Umschlag.

«Ich habe schon letzte Nacht einen Zettel für dich geschrieben und wollte ihn dir bringen, wenn du schläfst, und unter der Tür durchschieben. Du liest ihn erst später, ja?»

Die Hotelbar war geöffnet, und er wollte den Abschied gern verlängern, aber sie ging nur bis zur Brücke mit, wie sie gesagt hatte. Es war schön, so ist es besser. Es war, indem es begann, zu Ende. Sie lief von der Brücke und stand dort. Nein, bleib und komm mir nicht nach, leb wohl. So bewußt und lebhaft nimmt man Abschied vor einer langen, gefährlichen Reise.

Zum letztenmal blieb sie unter einer Lampe am Platz stehen, er sah sie winken, sich dann umdrehen und endlich gehen, mit jedem Schritt nun weiter, und schnell eintauchen in das Dunkel. Wenn er es richtig und ruhig beurteilt, kommt sie nicht zurück. Er hofft es doch. Immer noch meint er sie zu sehen. Ohne Mühe könnte er sie einholen und wüßte gern, ob sie genau das erwartet. Ihr Entschluß hatte fest und unwiderruflich gewirkt. Er wußte nicht viel mehr, als daß er hier stand und das Wasser hörte in dem schmalen Bett. Das Licht der Laternen auf dem Wasser, das er rauschen hörte.

Im Hotel trank er einen starken Kaffee und entschloß sich, jetzt bald zu fahren, unterwegs ein paar Stunden schlafen im Auto oder am Tage im Wald. Aus dem Zimmer holte er die Sachen, legte das restliche Geld auf den Tisch. Einer seiner Nachbarn im Hochhaus arbeitet als Geiger beim Rundfunk; in der warmen Jahreszeit hört er ihn üben, sieht ihn mitunter sonnabends losgehen mit seinem Kasten, einer von acht Geigern oder zehn im Orchester. Kaum jemand könnte hören, ob seine Stimme fehlt, ob er da ist und mitspielt oder nicht, und an seinem Gang, wie er den Rücken trägt und den Kasten, sieht man, daß er es weiß. Geht aber trotzdem. So sah Stefan sich jetzt gehen, zum Auto, mit seiner Tasche über den menschenleeren Platz, und sein Schatten, der unter Lampen vor ihm her lief, hatte den Rücken des Geigers und diesen Gang wie altes Eisen.

Nach einer Stunde Fahrt begann es hell zu werden, und er hielt endlich an, um ihren Brief zu lesen, mußte aussteigen und umhergehen und die Zeilen wieder lesen.

Es ist wie Mausen. Ich kann die Rolle nicht spielen.

Er glaubte dem Text nicht, obwohl er sich erinnerte, was sie schon am ersten Tag ihrer Begegnung gesagt hatte und mit den Zeilen nun bestätigte: Nichts kann sie mehr, was länger als eine Nacht dauert. Alles Für und Gegen trug er zusammen und immer wieder an den folgenden Tagen; jedesmal so, daß er die Glaubwürdigkeit des Textes bezweifeln konnte.

Augenblicke mit Anna fielen ihm ein während der Wanderungen und Ausflüge, bei der Rast am Waldrand – Barbara hatte sogar Eis mitgenommen für ihn und den Jungen. Selbst wenn sie Würfelspiele machten, war er nicht bei der Sache. Einmal, wieder in Gedanken an Anna, las er aus dem «Riesengebirgs-Boten» vor, doch seine Heiterkeit wirkte erzwungen. Barbara nahm sein Zerstreutsein als ein Zeichen dafür, daß es ihm nicht gelang, abzuspannen und sich zu erholen.

Ob und wann er ihr etwas sagen oder etwas andeuten sollte, wußte Stefan nicht. Lief im Kreis, wie ein Ochse an der Stange, der dreschen muß. Bei Moses Herzog steht: *Verbrennt man das Haus, um das Schwein zu braten?*

14

Was dazu gehört, als Malschwein zu gelten, und ob damit Lob einhergeht oder Tadel, bleibt umstritten. Kreativ, aber schlampig, besessen und ebensogern wieder faul, vom Modell, vom Vorwurf ganz gefangen, bis zur Narrheit, Vollblutmaler, wie Corinth und andere es waren. Die frische weite Einfalt unbekümmert und dann doch kontrolliert, die Welt sehen und denken aus vollen Zügen, witzig ernst auf der Suche, immer. Ein Maler, der sich findet, steht geschrieben, ist verloren.

Wehe dem, der sich findet. Es ließ Ludwig unbeeindruckt, ob er zu den Malschweinen gehörte oder nicht. Das Chaos, in dem eine sinnreiche Ordnung steckt, mag dazu gehören. Seine Pinsel an einem bestimmten Ort aufzubewahren und nur dort, wäre undenkbar. Ludwigs Palette – obwohl er welche besitzt und irgendwo liegen hat –, seine Palette war seit Jahren der alte Servierwagen, die Räder kaum noch fahrtüchtig, darauf kommt es nicht an, oben auf der Glasplatte drückt er die Farben aus und mischt, die Reste trocknen, Platz ist genug, solange er Platz findet. Ein schlechtes Zeichen wäre, wenn er die Platte mit dem Palettenmesser reinigte. Er wirft sie weg und nimmt eine neue, Fensterglas der billigen Sorte, zehn Stück hat er noch stehen, kürzlich erst zuschneiden lassen und abgeholt. Sie stehen im Schuppen.

Zwei Wochen hatte er kaum gearbeitet, keine der schöpferischen Pausen, nicht die Muße vor dem Neubeginn, wenn er «des kühlen Schlafs genießt». Er hatte Kupferplatten vorbereitet, mit Holzkohle geschliffen, entfettet mit Kreidebrei, um den Ätzgrund einzuwalzen. Da war die Nachricht vom Tode des Vaters gekommen. Auf dem Amt sagte man: Regensburg, ja. Und der Tote heißt wie und ist Ihr Vater? Mein leiblicher nicht, der war U-Boot-Matrose und ist versenkt worden, was es damals gab. Eine Erinnerung an ihn hab ich nicht. Mein Vater ist dieser. Sie mögen ihn nennen, wie Sie wollen, Stiefvater, Zweitvater, Mann meiner Mutter. Einen, der Ihnen paßt, kann ich nicht vorweisen. Ich hatte immer nur den. Und die Dame auf dem Amt sagte wieder, die Frau, die Person sagte: Sie können nicht fahren, das hören Sie doch. Nur wenn einer der leiblichen Eltern.

Und sie sagte: «Wenn Ihre Mutter stirbt, können Sie wiederkommen.»

Sagte sie wahrhaftig.

Ludwig stehend nun, die Hände auf dem Tisch, die Fingernägel schwarz von den Resten der Holzkohle. «Wenn ich das gut genug verstanden habe und Sie wissen noch, was Sie da gesagt haben, kann ich nur hoffen, daß meine Mutter die Kraft hat, Sie zu überleben.» Und staunte, wie ruhig er dabei blieb, wünschte den vorgesetzten Offizier zu sprechen, fuhr zu Orje, dem Dicken in der Leitung des Bezirks. Mit Rücksicht auf sein Ohr sollte er jede Aufregung meiden. Dabei haben wir noch Glück gehabt. Um ein Haar, und ich hätte sie geohrfeigt. Weiß sie überhaupt noch, woher sie kommt, wo sie lebt, in wessen Auftrag sie dort sitzt. Wem sie schadet. Sie heißt Schiefelbein. Da sollst du vermeiden, dich aufzuregen. Es war falsch, sie nicht geohrfeigt zu haben. Ich kann es nachholen. Sitzt und riecht an den Papieren, sieht dich nie an, hockt mißmutig da wie ein grauer Tapir, satt und selbstgerecht. Ich geh sie ohrfeigen. Wir kriegen ein schönes dickes Verfahren, und die Sache kommt wirklich zur Sprache.

Das wird sie auch so, sagte Orje.

Am nächsten Tag war entschieden, daß er fuhr.

Er nahm den Nachtzug, aussteigen um vier Uhr früh in Nürnberg und eine gute Stunde Aufenthalt, der Bahnhof wie ein Ufer, zwischen den Reisenden deutlich erkennbar die Gestrandeten; ihr Gepäck ist ein Beutel mit Habseligkeiten, der als Kopfkissen dient, das Quartier eine Bank, eine Nische, Zeitungen sind die Matratze. Sie müssen bald aufstehen. Und dann. Den Skizzenblock hatte er bei sich wie immer, wollte aber nichts zeichnen.

Auf dem Bahnsteig wartete die Mutter, blaß, schwarz gekleidet, noch kleiner geworden und mager. Ludwig spürte ein Wundsein und Brennen am Herzen und in dessen Nähe, das nicht verging während dieser Tage. Er lief von Behörde zu Behörde, ein Schriftstück fehlte fast immer. Dann das Feilschen mit dem Mann vom Institut für Bestattungen. Sein Tonfall und die Sprüche sind studiert, je teurer der Tote, desto stärker seine Rührung.

Hände und Finger natürlich gepflegt, denn er muß fein die Bildtafel vorzeigen mit Särgen und Totenkleidung, sehr gern genommen wird dieses Hemd, Lochstickerei à la Richelieu, dezent, aber eben würdig.

Ludwig hatte Mutter gebeten, nicht mitzukommen. Mein Vater, wissen Sie, war im Leben ein schlichter Mann, ein Tischler, hier angestellt gewesen bei seinem Herrn Bruder wie alle anderen auch. Weshalb sollten wir einen Pinkel aus ihm machen ganz zuletzt. Das betrifft ebenso den Sarg und die Urne. Als der Mann hörte, daß sogar ein Grabstein entfällt, nahm er auch die letzte Wehmut aus der Stimme. Es war Vaters Wunsch, wissen Sie, in dem Dorf zu liegen, wo ich wohne. Aus der hinteren Stube im Gasthaus, wo wir oft gesessen haben, sieht man den Friedhof und die Ulmen. Er und der alte Krüger konnten gut miteinander trinken. Es ist der, von dem ich die Mühle habe.

«Ja, wenn Sie nun hier unterschreiben.»

«Und wissen Sie, was er sagt, der alte Krüger, der ein Müller war. Mein ganzes Leben, sagt er, habe ich auf Wind gewartet. Ist das nicht schön. Und er meint es philosophisch.»

Gereizt und unwillig war der Mann längst und hatte jedes Interesse an dem Fall verloren, aber Ludwig erzählte weiter, um ihn wirklich zu ärgern. «Oder Vater half ihm beim Imkern. Es ist besonders die Carnica-Biene, die sich durch Sanftmut und Sammeleifer auszeichnet. Auch durch Wabenstetigkeit. Sofern sie reinrassig ist. Wußten Sie, daß die fleißigsten bis zu dreißigmal täglich ausfliegen. Jetzt sind sie noch bis Ende August im Klee unterwegs. Und noch ist umstritten, ob Bienen eine Leber haben. Gern hörte mein Vater auch den Specht bei der Arbeit. Das Landleben hat er spät entdeckt. Wir werden ihm eine schöne Beisetzung machen.»

«Verstehe vollkommen», sagte nun der Mann scharf. «Wenn Sie hier noch unterschreiben. Es betrifft die Überführung. Und hier.»

Alles in allem nur neunhundertachtundzwanzig Mark. Keine Grabstelle, weder Kränze noch Sargschmuck noch Musikanten. Ein Toter, der sich kaum gelohnt hat. Zum Glück gibt es andere. Ludwig dankte hinterhältig für das feine Mitgefühl des Mannes, das so gut tut in schwerer Stunde. Wieviel Edles bleibt zurück auf dem Müll der Jahrhunderte. Danke.

Etwas einkaufen und kochen, oder sie aßen bei einem Griechen, das war erschwinglich. Mutter schien wie betäubt, ohne Antrieb. Er ließ sie immer bis zu Ende sich ausweinen in seinem Arm. Wenn er mit ihr ging, hielt er sie fest wie sein Kind. Ihre Schwägerin kam gelegentlich, die letzte Verwandte in der Stadt, verwandt den Papieren nach, bot auch Geld an, natürlich käme es von Herzen. Immer denkt man, es kommt von der Bank. Mutter nahm es nicht an. Ludwig schlug vor, auf eine Anzeige in der Zeitung zu verzichten. Lieber kaufen wir zehn Glas Honig für dich, drei Löffel am Tag und zum Einschlafen einen extra.

Nur einmal vormittags zeichnete er unten am Fluß, Mutter kam mit und sah zu, neben ihm auf der Bank. Diesseits die alten Gebäude für die Posten und den Zoll. Die schwere feine Brücke, ihre starken Füße im Fluß. Daß man kunnt hinüberrucken, mit Armee wohl vor die Stadt. Ach, das war woanders.

Am Tag, als in den amtlichen Mitteilungen der Lokalseite Vaters Name unter den Sterbefällen erschien, klingelte der erste schon kurz vor acht, sagte das Beileid und ob kein Hausrat abzufahren sei. Er täte es kostenlos. Leider nichts, aber wenn er Zeit hätte für einen Schnaps oder Rotwein. Der dritte kam um zehn. Ihre Geschichten ähnelten einander alle: arbeitslos, einen Unfall gehabt, der Streit mit dem Arbeitgeber schwelt noch. Auch wenn euer Gewerbe jung ist, sagte Ludwig, ihr solltet euch die Stadt aufteilen in Bezirke und Reviere. Aber es sind zuwenig gute Gegenden, sagte der andere. Bei den Reichen hat es keinen Sinn. Meinen Sie, da steht wertloses Zeug rum. Da geht unsereins leer aus.

Mutter hatte nicht geweint beim Abschied. So schnell es geht, kommst du und bleibst lange. Und dann für immer. Denk daran zu essen, und an den Honig. Ja, mein Junge. Sie hob, als der Zug fuhr, nur wenig die Hand, so als schmerzte sogar das Winken. Er stand im Gang am Fenster, sah die Landschaft und sah sie auch nicht. Anfangen, für sie ein Zimmer zu suchen, er kennt fast jeden im Dorf, Stube und Küche, ein Stück Garten. Er wird es ihr schön machen, Gardinen mit ihr aussuchen, Möbel. Im Gang am Fenster weinte er nun doch. Sicher will sie Tapeten. Noch ist ihr der Gedanke umzuziehen nicht vertraut, allein wegen der Rente, die sie schwer erarbeitet hat, drei Jahre über die Zeit wegen ein paar Mark mehr. Allein darf sie da nicht bleiben.

Zu Hause ging ihm nichts von der Hand; beim Aufstehen keine Lust auf den Tag. Da hilft nur Arbeit. Die Radierung, meinte Liebermann, zwingt dich zurück zur Disziplin. Der verzweifelt ratlose Schmerz im Gesicht der Mutter zuletzt auf dem Bahnhof. Auch ein trotziger Schmerz. Auf den Fotos und Zeichnungen von ihr fand er keine Spur davon. Und dennoch nahm er ein Foto zu Hilfe, etwas, was er nie tat. Er läßt nur ein einziges Vorbild gelten: die lebendige Natur. An einem Balken über der Tür hängt ein Druck vom «Tanz um das Goldene Kalb», weil Poussin es nach Statuen gemalt hat und nach Wachsfiguren. Das Blatt hängt wie zur Abschreckung dort.

Ludwig ließ die Platte unfertig liegen, saß schon zur Mittagszeit mit Hannes im Dorfkrug. Mit dem Bau der Eckbank zu beginnen, die unten in den Raum sollte, erwog er eine Zeitlang, und schob es abermals hinaus. Er säuberte das Beet mit den Küchenkräutern. Wenn doch jemand käme. Sonst kommen sie, wenn die Lust zur Arbeit ihnen fehlt, und halten ihn ab. Nun nicht. Er fuhr in die Wohnung, um nach der Post zu sehen, besuchte einen Malerfreund, der am anderen Ende der Stadt wohnte, um endlich den Sack zurückzuholen. Vor mehr als zwei Jahren hatte ihm Ludwig Kisten und Behälter für den Umzug geliehen. So auch den Sack, stabiles Material, unbeschädigt, wie geschaffen als Leinwand, Postsack der Deutschen Bundesbahn. Es ist zu lange her, um noch genau zu wissen, woher er ihn hat, immer wieder daran gedacht, nun holt er ihn endlich, wird ihn auftrennen und einspannen, grundieren mit Knochenleim und Kreide und etwas anfangen.

Vielleicht Anna. Warum kommt sie nicht und läßt sich sehen.

Oder die Mühle, die er sich schon lange als ein Faß vorstellt, mit Rotwein gefüllt bis oben, aus Rissen und Fugen strahlt der Wein in Bögen in die Münder der Zecher, liegen überall im Garten rund um die Mühle, Männer und Frauen, durcheinander.

Zwar denkt er oft an Ulrike, hat aber wenig Lust, sie anzurufen und zu holen. Sie ist doch zu jung. Das zu junge Weib läßt dich wissen, wie alt du schon bist, füttert reichlich deinen männlichen Stolz mit schlechter Kost. Er magert ab.

Seit Stefans Anruf war Anna damit beschäftigt, warum sie sich so falsch verhalten hatte: ihn täuschen mit verstellter Stimme, dunkel, gedehnt – wenn die Täuschung überhaupt gelungen war – und sich verleugnen. Außer einigen Tagen Zeit war nichts damit gewonnen, nur der Verlust von Selbstvertrauen und ihre Torheit blieben. Kometen teilt man ein in kurz- und langzeitperiodische. So benötigt der Halleysche sechsundsiebzig Jahre für einen Umlauf. Elch scheint sich weit entfernt aufzuhalten, seine Anziehungskräfte sind minimal. Wenn sie mit Annette sprach, hörte sie Tadel, aber keine Antwort. Auf Ludwigs kleinem Gemälde steht sie wie schwebend und doch fest und füttert die Vögel und Fische in der Luft, man hatte nie den Eindruck, als mißtraute sie ihrer Kraft. Auf Annas Ratlosigkeit hätte sie verständnislos und einfach reagiert und gesagt: Ja, was denn wohl. Wenn du weißt, was du willst, sag's ihm und fertig. Oder aber: Wenn er dir doch Spaß macht, was quälst du dich? Überlaß das den Engeln und den Jungfern.

Mutter war zur Schwester gefahren und Anna allein im Haus. In der Klinik war ihr gegen Mittag schlecht geworden, wohl wegen der Hitze, die in den Zimmern nach Süden zu stand. Der Gedanke, schwanger zu sein, so abwegig er sein mochte, kam ihr sogar. Nun in der Kühle und nach dem Duschbad fühlte sie sich besser. Dem Alten mit den Fahrradspangen, wenn er unter einem billigen Vorwand käme, wird sie nicht öffnen. Oder sagte Annette: Hast du nicht noch Briefeschreiber? Den am wenigsten Doofen suchst du dir aus oder kannst einen rausziehen, wie man ein Los zieht, und ihn vorladen und dich ablenken. Mach was, fahr nach Budapest, in den heißen Tümpeln sich strecken und ein kaltes Bier. Wenn du dich hängen läßt, drehst du durch. Kauf dir einen Hund. Heirate deinen Mann. Aber mach was.

Oben, wo früher ihr Zimmer war und Mutter jetzt schlief, saß sie am Fenster. Der Duft der Kindheit ließ sich nicht erinnern; es roch nach getragener Wäsche und nach Baldrian. Der Baum mit den Früchten wie kleine Mirabellen blühte immer im Mai, das Fenster tagelang ganz ausgefüllt mit den weißen winzigen Blüten; aber weil die Äste das Dach und die Hauswand beschädigten, hat Mutters Freund, statt den Baum zu beschneiden, ihn gefällt. Die dicken Alben mit den Abbildern der Vergangenheit, die meisten Fotos hat Onkel Ernst gemacht. Mutter mit der Schürze beim Backen, die Kinder lecken den Streuselteig von ihren Fingern, jedes von einer Hand.

Plötzlich begann sie das Foto jener Frau zu suchen, die damals jung war und «das Flittchen» hieß, im engen Trikot, harmlos heiter im Sommer auf einer Wiese sitzend, ohne jeden Ausdruck von Schuld oder etwa Reue. Und doch schuldig. Oder nicht schuldig, und die Ehe der Eltern war längst brüchig und zerfallen, bevor sie erschien. Warum sucht Anna das Foto? Sie hat es vor Augen und kann alles beschreiben: die Schüssel auf dem Badetuch, wie die Frau den Löffel hält. Und den Blick. Oma und Opa fand sie mit den winzigen Enkeln, den Vater in Uniform und mit vielen Orden, die Hochzeit, Bruder Thomas zur Jugendweihe, als er hilflos verstört seine allererste Trunkenheit durchmachte, und während die Erwachsenen nichts als Spaß daran hatten, tat der Bruder ihr leid, so daß sie weinte. Jene Frau sah sie damals mit dieser einfachen, unbedingten Schärfe des kindlichen Urteils, wo zwischen Gut und Böse noch kein Platz ist. Es kam ihr vor, als suchte sie das Bild, um sich endlich und ausdrücklich zu entschuldigen.

Sie fand es nicht; es lag wohl in Mutters Kassette, wo sich alles befindet, was Zeugnis ablegt: Geburts- und Trauschein, Perlen und der Ring, das Sparbuch und das Urteil der Scheidung.

Stefans Frau oder die Kinder werden nie ein Foto finden.

Wie mühelos Annette mit etwas fertig wurde. Sie war ertappt worden mit einem Mann in dessen Wohnung, seine Frau kam unerwartet zurück, warf sie beide auf der Stelle hinaus, wie sie waren, nichts wollte sie anhören und war bereit zuzuschlagen mit der Vase oder Flasche, die sie gegriffen hatte, schmiß ihnen gnädig ein Laken hinterher, es war zum Glück spät in der Nacht und im Sommer, die Telefonzelle, wo sie ersten Unterschlupf fanden, war dunkel, bis sie endlich ein Taxi sahen und hinausgingen, doppelköpfiges Gespenst auf der Straße, das winkt. Und hatten wieder Glück. Der Mann war unerschrocken und hielt. Nach Annettes Schilderung zu urteilen, war sie nicht die Betroffene; sie hatte amüsiert zugeschaut und lobte vor allem die zornige Entschiedenheit der Frau, woraus man zu lernen hätte.

Unten hörte Anna das Telefon, und sie ging. Nein, Annette natürlich nicht. Weiß einer, wie es anfängt, wenn man den Verstand verliert. Immer anders wird es anfangen. Karlchen könnte in Not sein und sie fürs Wochenende brauchen. Oder Mutter fragt nach dem Rechten. Das «Ja», das sie sagte, war knapp und leise, so daß Stefan fragte, ob sie es sei. Hätte es schon öfters versucht und sei in zwei Wochen von einer Reise zurück. Es wäre gut, wenn wir uns sehen. Der letzte Sonnabend im August. Geht das?

«Bist du noch da?» fragte er.

«Ja.»

«Ginge es bei dir?»

«Laß mich nachsehen», sagte sie, obwohl sie wußte, daß sie Ende August freihat. Der Hörer auf dem Tisch. Sie fühlte sich erhitzt, wie wenn Fieber zurückgeht und leicht der Schweiß ausbricht. Wieso eigentlich sonnabends, am Tag der Familie.

«Ich versuche es einzurichten», sagte nun Anna.

«Gegen achtzehn Uhr bin ich da. Ich bin in Eile. Ich freue mich.»

«Ja», sagte Anna.

Sie fühlte sich zunächst sogar erleichtert, ging am Abend, trotz der Hitze, zu dem Vortrag. In der Reihe «Köstliches aus Kunst und Küche» gab man im Kulturbund «Das Weltbild des Leonardo» mit vielen Dias, und für den Gaumen eine Pizza, die sicher nicht sehr künstlich ausfallen würde. Wieso sagst du, ich könnte nichts entscheiden. Du siehst, ich gehe, wirke ausgeglichen, nur wenig blaß, bereit, vom Weltbild des Meisters zu profitieren. Der Referent fiel jedoch aus; jemand war eingesprungen und erzählte über Quasare, geheimnisvolle Licht- und Energiequellen am Ende des Universums. Oder an dessen Anfang. Achtzehn Milliarden Lichtjahre entfernt, genauso weit, wie die Entstehung des Alls zurückzuliegen scheint.

Sie sprach mit Elch oder Annette oder mit beiden. Du hast die Krümmung des Universums unterschätzt auf deinem Flug. Aus Übermut. Bist zu nahe herangekommen an einen dieser Quasare, riesige energieverschlingende Schwarze Löcher, in die jede Materie rundum stürzt. Die Pizza, obwohl sie nicht hierher paßte, gab es trotzdem. Sie war ein Ärgernis wie dieser Professor mit den großen Ohren. Ich werde alle Kräfte gesammelt haben, bis Stefan kommt. Ich bin gut beisammen, fast wie früher, und bereite mich vor, alles gut zu handhaben. Hab ich dir je das alte Osterlied gesungen, das Großmutter kannte. Ich war tot, und siehe, ich lebe. Leben, leben sollst auch du.

Aber ihr Schlaf wurde dünner, nachts schreckte sie schweißgebadet auf. Sie entschloß sich doch, zu Herrn Nelkenhöner zu gehen. Als ihm alle Werte vorlagen, nahm er sich viel Zeit, untersuchte sie gründlich: Reflexe, Oberbauch, Lymphknoten, hörte lange das Herz an, beobachtete sie nachdenklich und genau. Jede seiner Berührungen geschah zurückhaltend, eben als Fachmann, so daß die Scham, die sie gehabt hatte, schnell nachließ. Ihre Beschwerden beschrieb sie mit viel zuwenig Schlaf, besonders nach den Nachtwachen, Schwäche der Konzentration, Angstgefühle. Ein Beklemmtsein. Mitunter Schwindelgefühl. Der Magen ist unwohl? Manchmal. Annettes Tod ließ er unerwähnt. Nun hatten Sie etwas Urlaub. Allein? Nicht ganz. Und haben viel gearbeitet in letzter Zeit. Mehr als nötig. Auch in jener Nacht war sie da, als man den Schauspieler brachte, der auf der Bühne mitten im Satz zusammengebrochen war; sein Zustand bedrohlich, aber sie schafften es doch, daß das Herz weiterschlug. Der Kampf gegen den Tod verliert nichts von seiner Schärfe dadurch, daß man ihn gewinnt.

«Darf ich mich anziehen?»

«Ja. Nun schreiben Sie bitte einen Satz auf.»

Er gab ihr Stift und Papier, wollte wissen, weshalb dieses Übermaß von Arbeit hier und dann nebenher in dem Café. Ob es Gründe gäbe, sich, das heißt etwas, zu betäuben durch Erschöpfung. Er bestand jedoch nicht auf einer Antwort.

«Schreiben Sie bitte auf: Wir haben jetzt August. Das Wetter ist wieder kühl, aber freundlich.»

Ohne es betrachtet zu haben, legte er das Blatt zu den Unterlagen. «Denselben Satz schreiben wir nächste Woche wieder auf. In vierzehn Tagen noch einmal. Sie sind so kerngesund, wie man nur sein kann. Bis auf die Neurosen. Das, was unbewältigt ist. Wahrscheinlich mehreres. Etwas geht Ihnen gegen den Strich.» Was die Psyche nicht verarbeiten kann, sucht sich eben andere Wege. Und erzählt von einem Fall. Jemand soll zur Kur ans Schwarze Meer, ein Komponist, meint jedoch, keine Zeit zu haben, eine Arbeit beenden zu müssen, sträubt sich derart gegen diesen Aufenthalt, daß er dort Ohnmachten bekommt, eine schwere Allergie. Alles nur Ausdruck inneren Unbehagens. Wenn sie ihm Genaueres sagen möchte, sollte sie anrufen. Wenn nicht, genüge es für sie zu wissen, daß er es weiß. Wenn auch keine Einzelheiten. «Ich schreibe Sie ab heute krank.»

«Ich habe Spätdienst», sagte Anna sofort. «Die Oberschwester wird so schnell niemand finden.»

«Ich spreche mit ihr. Sie vergessen das und gehen sofort aus dem Haus, nehmen pünktlich, was ich aufschreibe. Es wird Sie ruhigstellen. Sie werden viel laufen.»

«Radfahren auch?»

«Ja. Viel Bewegung. Gartenarbeit. Durch den Wald gehen. Schwimmen. Mittags eine Stunde schlafen oder ruhen. Freude haben. Sich an allem freuen, was Sie sehen. Schenkt Ihnen jemand Blumen?»

«Ich wüßte nicht», sagte Anna.

«Sie müssen Blumen stehen haben oder Zweige. Kaufen Sie sich welche. Nächsten Mittwoch kommen Sie. Fünfzehn Uhr. Aber keinen Alkohol», sagte er noch.

«Manchmal trinke ich abends ein Bier.»

«Ein Bier ja. Haben Sie eine Freundschaft ähnlich der mit Annette?» – «Nein.»

«Besuchen Sie Bekannte, wenn Sie es gern tun. Oder laden Sie ein. Warten Sie», sagte er plötzlich, schien erschrocken, nachdenklich jedenfalls. Besser, wenn sie nicht herkäme, nicht an dieses Haus dächte, weder an Kranke noch Sterbende. Er käme Mittwoch. Am Wasserturm vorbei, zweite Straße rechts. Nein, die dritte. Er schrieb Straße und Hausnummer auf. Nach achtzehn Uhr käme er.

Nun wieder ein Urteil zurücknehmen, das sie damals zu schnell, fast ohne Kenntnis fertig hatte. Mit dreißig darf man sich das nicht mehr gestatten. Der scheinbare Nelkenhöner und nun dieser. Sind Sie jemandem verpflichtet. Das sollten Sie alles lassen, hatte er noch gesagt. Für jemand waschen oder kochen. Nur tun, was Sie gern und mit Bedürfnis tun.

Also wie, was beginnen mit der unverhofft langen freien Zeit. Christels Geschäft lag unweit der Apotheke. Anna bekam einen Kaffee, frischer Kuchen war da. Und die begehrten preiswerten Strumpfhosen zweiter Wahl, was nicht zu sehen ist, fünf Paar für zwölf Mark achtzig.

Alles, was Ihnen Freude macht.

Zu Karlchen ging sie nicht. Es hätte an ungeliebte Tätigkeit erinnert, Stehen, Tragen, müde Füße. Macht dreifünfundneunzig. Der Mann legt vier Mark hin, sagt: Stimmt so. Danke, mußt du sagen. Kommen Sie bald wieder. Nur Herrschaften gibt es bei mir, sagt Karlchen. Jeder Gast ein König. Habt ihr das kapiert?

Sie dachte daran, Ludwig anzurufen oder Christoph in der Gärtnerei am Friedhof zu besuchen. Wenn wir über den Berg sind, hatte Nelkenhöner vorgeschlagen, sollte sie einen seiner Kurse besuchen. Spannung ist Kräfteverbrauch, Entspannung Kraftersparnis. Ersparte Kraft wird dem Wiederaufbau zugeführt. Entspanntes Tun und Leben gibt Kraft für das Wesentliche.

In den Wald fahren war jetzt wesentlich. Es hatte am Vormittag etwas geregnet, und manchmal tropfte es in der Stille von den Bäumen. Zweige und Blätter sieht sie genauer an; die Tropfen an den Blättern wie auf Ölpapier. Sie war auch durch sich selbst mobilisiert, durch die Erinnerung an Patienten, die ihr Kranksein nicht mochten und sich wehrten. Und sie sollte sich Ziele setzen, hatte er geraten. Die der Antriebsarmut begegnen. Ich *werde* morgen ein Stück Garten umgraben. Ich *werde* zum Schwimmen fahren. *Der Entschluß ist die Lösung.* Von heut auf morgen nicht. Aber Sicherheit und Ruhe können erlernt werden wie Pferdsprung oder Seiltanz.

Anna saß an der Böschung am Teich, wo sie mit Stefan gesessen hatte, und Emmes brachte Wurzelstücke, die etwas darstellten. Dann die Ahnung von Familie, flüchtig und unerlaubt, und der Satz Ich werde das Gefühl von Familie sofort vergessen war nicht zur Hand. Hier ein Organismus, der nicht leisten will, was er sollte, dazu die Schwäche zu entscheiden, wann und wie das Nötige zu tun sei – und dort die fabelhafte Formel, die zu simpel und federleicht daherkommt, als daß sie Zutrauen verdiente.

Ich werde morgen anfangen, die Fächer unten im Schrank zu ordnen. Ich werde zum Mond fliegen. Wenn ich den Omnibus erreiche. Ich *werde* den Hasen erwischen, sagte sich der Hund. Die alten Weiden in Ufernähe warfen schon die Blätter ab. Ein Handtuch hatte sie eingepackt. Ich werde schwimmen. Und steckte das Haar sorgfältig hoch. Das Frösteln dauerte nur kurz. Von der Mitte des Wassers her war der Rundblick am schönsten. Der Ahorn beginnt als erster sich zu verfärben. Kein Mensch weit und breit, sie hätte laut rufen können: Alles werde ich zuckersüß finden, Herr Nelkenhöner. Es war vor allem sein Versuch mit der Schriftprobe, der ihren Widerstand bewirkt hatte. So, wissen Sie, erhalten wir ein Bild über die feinmotorischen Abläufe.

Da muß man doch wissen, daß man aus dem pflegeleichten Alter nun heraus ist, sich krank fühlen, also gewarnt.

Stefan hatte die Bewerbungsunterlagen bereits schicken lassen. Ob er jemals etwas zu tun versäumt. Es war ein Werk für Kran- und Landmaschinenbau. Sie würde mehr verdienen als jetzt bei doppelter Arbeit. Vierzig Minuten Bahnfahrt. Doch sie boten in dem Schreiben eine Wohnung an. Im vierten Quartal bereitgestellt werden. Komplett ausgestattete Einraumwohnung mit Küchennische, Stefan wird kommen, selten und nicht, wie damals Birnbaum anbot: immer mittwochs. Wird sie nur bei Dunkelheit besuchen oder in Maske: Brille und Hut. Das Recht zu kommen hat er erworben, aber sehen und erkennen darf ihn niemand. Er bittet sich aus, seine Angelegenheiten für intakt und geordnet zu halten, was sie sind, bis auf diese Ausnahme, die ihm gut gefällt und wohl tut. Herbeigeführt hat er sie nicht, begonnen hat Anna und soll nun das Ende finden.

Ich werde die Unterlagen nicht ausfüllen und nicht abschicken, werde mich besser und besser fühlen.

Einen Strauß Gräser und Zweige wird sie pflücken und auf dem Rückweg bei Ludwig vorbeifahren. Schon von weitem sah sie sein Fahrrad an der offenen Tür. Neben der Mühle hingen zwei seiner Kittelhemden auf der Leine, Kragen und Ärmel nach unten, und manchmal blähte der Wind sie figurenhaft auf. Was sie hörte, war kein Hämmern, mehr ein Klopfen oder Schlagen. Sie sah ihn in der Mitte des Raumes, unter den Füßen eine hölzerne Platte, darauf ein weißer Bogen, auf dem er hüpfte und stampfte, nicht mit Schuhen, nur mit Socken. Er schien in einen kultischen Tanz versunken und Rhythmen zu folgen, die keiner hörte außer ihm, unterbrach plötzlich das Ritual, um eine Pfeife anzustecken.

Anna klopfte leise. Er starrte sie an, legte die Pfeife irgendwohin.

«Weißt du, daß ich am Vormittag angerufen habe? Ich denke, wo steckt sie, höre, du bist krank, suche dich zu Hause. Aber alles zu. Du hast mich gesehen?»

«Nein», sagte sie. «Ich komme aus dem Wald und bring dir das.»

Er umarmte sie. Die Fee, die aus dem Walde kommt. Was fehlt ihr? Nur wenig, sagt die Fee. Er prüft ihre Schultern, die Hüften, ein bißchen auch die Schenkel. Nichts fehlte. Also was.

«Ich erzähl's dir schon.»

Stimmung und Gefühle verbirgt er nie, abzulesen jetzt an der kopflosen Art, etwas Ordnung zu schaffen, vor allem Platz, damit Anna sitzen kann. Und ein Gefäß für die Zweige. Natürlich bekommt sie Kaffee. Während das Wasser heiß wurde, kniete er vor dem Blatt, strich noch mit Fingern und Handballen nach und zog es sorgsam vom Stock ab. Teile von Fenstern und Dächern, halbe Häuser eines Dorfes in der Slowakei; es war nur ein Drittel des künftigen Ganzen zu sehen, nur der blaue Anteil eines Dreifarbenholzschnitts. Auch die beiden anderen Stöcke hatte er fertiggeschnitzt. Jeden der zwanzig Abzüge dreimal millimetergenau auflegen und bearbeiten, sechzigmal die Druckstöcke einstreichen und dann das leicht feste Stampfen und Tanzen sechzigmal, alle Farben und Linien zueinanderfügen zu der Sicht auf dieses Stück dieses Dorfes, die ihm vorgeschwebt hat. Nur ihm. Hat Häuser, Gassen, Giebel gesehen, erfunden, abgebildet. Die gibt es nicht. Nirgends. Nur bei ihm. Etwas gemacht, was es vorher nicht gab.

«Und du?»

«Ja, was hab ich denn. Nichts, was man greifen könnte. Ich soll nur alles schön finden, was ich sehe.»

«Dann sieh mich mal schön an», sagte Ludwig.

Er hatte sich gewaschen und sogar umgezogen für sie. Und das am Nachmittag, bei sich zu Hause. Das weiß nur zu deuten, wer ihn kennt. Alkohol hat man ihr verboten. Das eine Bier trinkt sie vielleicht später. Als sie ihren Zustand beschrieb, dachte sie zum erstenmal, Annette könnte sich so ähnlich gefühlt haben kurz zuvor.

«Ich schlucke die Pillen und denke: Freu dich mal immerzu.»

Während sie lachte, unterdrückte sie die Tränen.

Aus einem Stapel Mappen, die auf einem Hocker neben der Radierpresse lagen, zog Ludwig eine große, die überquoll, kramte darin und nahm ein Blatt heraus. Mädchen mit Leguan an einer felsigen Küste. Kann sein auf Galapagos.

«Soll ich das sein?»

«Möglich ist es.»

Er mag Echsen und besonders den Leguan, der lästige Insekten fängt. Er malt und zeichnet ihn oft: das Weise, das pfiffig Abwartende, leistet sich den Luxus zu tun, als durchschaute er nichts, da alle sich maskieren, warum nicht er mit einer Krone.

«Und das der Prinz.»

«Jedenfalls ein verwunschener. Und einer aus der schwerttragenden Klasse der Priester, Ärzte und Gelehrten. Kann auch Direktor sein. Willst du eins?»

Er bekam einen Kuß, und sie bekam ihn zurück, und er sagte plötzlich: «Du könntest zum Beispiel hierbleiben und machen, was du willst. So lange du willst. Jeden Morgen frische Brötchen und von Hannes die nestwarmen Eier. Du liegst in der Sonne oder fährst ans Wasser. Wenn wir Lust haben, wird gegrillt, und wir machen dich gesund. Bleib einfach hier.»

Wie sie ihn das sagen hört, muß sie schon wieder heulen. Du bist ein ziemlich mächtigfacher Lieber. Muß ich sofort antworten. Ich denke darüber nach. Aber nach Hause müßte ich schon noch, die ganzen Pillen holen und etwas Krempel. Auch das Fläschchen mit dem Sud gekochter Lorbeerblätter, den sie nach der Haarwäsche ins Spülwasser gibt. Ursprung jenes ungewissen roten Schimmers in ihrem Haar. Etwas Rouge auch gegen die Blässe. Wenn schon, will sie eine ansehbare Hausgenossin sein.

Er hatte übrigens einen Ton Seegrün in ihren Augen entdeckt.

Als sie zurückkam, standen Kornblumen auf dem Tisch, ein hohes Glas und der lange Löffel für ihr Zuckerbier. An seinem vergnügten Eifer, der Gesichtsfarbe und dem springenden Blick waren Freude und Zuneigung, nein, Wonne, leicht abzulesen – diesen hauchdünnen Abstand, der seit der Silvesternacht galt, hielt er jedoch ein; es gab keinen Anlaß, die Übereinkunft zu erwähnen oder etwa neu zu beraten. Zum erstenmal nötigt eine Frau ihm, unbemerkt selbstverständlich, so viel ernsten Respekt ab. Nun ist sie hier, er soll es glauben, läßt sich kneifen, kneif mich in die Nase, und er legt sein Gesicht in ihr Haar.

Von Stefan zu sprechen lag seit Stunden in der Luft; keiner schien bereit, damit zu beginnen.

«Was nimmst du da für Zeug?»

«Es macht mich immer stiller», sagte sie. «Bis ich auf Null bin.»

«Willst du jetzt dein Bier?»

An der geöffneten Luke stehend, fragte er, ob sie je in seinem Keller war. Natürlich. Damals mit Elch haben sie alles angesehen, und der trug sie, fällt ihr jetzt ein, leicht die steile Kellertreppe hoch wie einer von der Zirkusschule.

«Gibt es ihn noch?»

«Ja.»

«Annette sagte, ihr seht euch selten.»

«Oft genug», erwiderte Anna nur, und als er wissen wollte, wann zuletzt, sagte sie, im Mai. In welchem Jahr, war ja nicht gefragt. Die Rede kam auf Hannes, der jetzt Honig schleudert. Über der Tür zu seinem Bienenschuppen steht: Willst du Honig ernten und Rosen brechen, lerne, daß Bienen und Dornen dich stechen. Unbedingt muß sie die Jungbullen ansehen, die er füttert, hat immer mindestens zwei, und wenn sie elf oder zwölf Zentner wiegen, anderthalbjährig, verkauft er sie. Jedesmal bricht ihm das Herz, heilt aber wieder. Viertausend Mark sind schließlich auch schönes Geld.

«Den nächsten verkauft er im Herbst. Ich zeig ihn dir.» Und endlich sagte Ludwig: «Letzte Woche war ich in Berlin und hab mit Stefan gehockt.»

«Und habt erzählt.»

«Wieder zu kurz», meinte Ludwig. «Er müßte seinen Kram viel öfter rausreden. Er friß zuviel in sich rein. Daß die meisten notdürftig ihre Pflicht tun, gerade so, frißt an ihm. Du kannst es regelrecht sehen. Welchen Weg nehmen sie von zwei, drei möglichen? Immer den bequemsten. Kann man abends nach Hause gehen wie das Schwein vom Trog, sagt er. Zufrieden, eben gerade das gemacht, was unbedingt nötig war, keinen Schritt mehr. Und was rauskommt, ist zuwenig, Zeit wird verloren, Kraft vergeudet, Material, kluges Zeug gequatscht und dummes gemacht. Aber jeder lobt jeden, alle sind ausgezeichnet. Wenige, die die Wahrheit vertragen.»

Stefans Ärger und Besorgnis wirkten nun wie sein eigener. Der Zusammenstoß mit einem Vorgesetzten, der rumsitzt in der Nähe des Ministers oder wo. Stell dir mal vor, sagt er zu dem, ich arbeite für dich. Ja? Denk dich da mal rein. Du wärst mein Boß und ich bei dir angestellt. Bei dir. Ich hätte den Krempel längst hingeschmissen, so wahr ich Stefan Edmundowitsch bin. Und mir einen anderen Boß gesucht. Aber weil wir keinen haben und die ganze Sache ganz anders ist und die Absichten sauber, werde ich überhaupt nichts hinschmeißen. Und werde keinen Streit mit dir vermeiden.

«Er war sehr erregt diesmal und offener als sonst. Obwohl er Genaues nie sagt.»

«Und noch?»

«Was?»

«Was er noch sagt. Erzähl ruhig alles.»

Ja, das hat Ludwig vor. Am besten als Bote beginnen, wenn das überhaupt geht, als Überbringer des Gehörten, der nicht wertet, nur beschreibt, Dolmetsch, der gewissenhaft dem Text folgt. Er bekommt dich nicht aus dem Kopf, so seine Worte, weigert sich, daran zu denken, es könnte zu Ende sein, und denkt es doch, dreht sich und rennt zwischen Zweifel und Hoffnung. Es trifft ihn um so härter, weil es ihn, festen Boden gewöhnt, Mann der harten Kontrolle, so unvermutet trifft. Es hat mich an unsere Lehrzeit erinnert, als ich Streit und Schlägerei schlichten mußte wegen eines Mädchens, und er war der Leidenschaft und Eifersucht und seinem Zorn ganz ausgeliefert. Ich konnte Umrisse sehen von diesem frühen unfertigen Stefan von damals.

Er ruft also an, ohne dich zu erreichen, und fährt zu dir. Er war hier bei dir, wird es vielleicht nicht erzählen, klingelt, wartet, sitzt im Auto, eine Stunde oder länger, wartet wie ein Schüler, den es zum erstenmal umgeworfen hat, erwägt, einen Zettel zu schreiben, und weil er fürchtet, du nimmst es übel, tut er es nicht. Nun hofft er auf den Tag, an dem ihr euch seht, weiß ihn endlich und fürchtet den Tag.

Als Bote, der nur die Nachrichten bringt, müßte er auch den Rest berichten; als Vermittler kann er ihn verschweigen, denn er ist zu betroffen von Annas Betroffenheit. Ein seltsamer Anwalt: Vertreter beider Parteien, beteiligt, tief verwickelt in den Fall, der Fachmann sagt befangen, deshalb ungeeignet. Und muß die Rolle doch spielen. Er kann entscheiden, wieviel Zeit er ihr läßt, um das übrige zu erfahren.

Das Bier mußte eine friedfertige Verbindung zu den Medikamenten hergestellt haben. Bei aller ratlosen Nachdenklichkeit wirkte Anna ruhig, sogar besonnen.

«Hat er dir erzählt, was ich geschrieben habe?»

«Ich hab's gelesen», sagte Ludwig, und er fügte einen Eindruck hinzu, den er gehabt hatte. Den Brief zog Stefan aus der Tasche wie einen Bescheid, eine Art Urteil, das unverhofft kam, das man nun bei sich trägt, immer wieder liest, aber nicht fassen kann. So sammelt man Mut, den Bescheid anzufechten. Zum erstenmal seit Jahren hat Ludwig ihn unsicher gesehen und auf schwankendem Boden. Und er wirkte ganz menschlich in seiner Verwirrung.

Auf sonderbare Weise vollkommen. Ein Gedanke fiel Ludwig ein: Nur sehr starke Naturen vergessen, was sie nicht bewältigen können. Nimmt deinen Zettel aus der Tasche wie eine Verfügung, der er nicht gewachsen ist.

Und wie verhält es sich damit. Ist es ihr Ernst mit ihrem Urteil, ist es gültig? Ja. Sie nickt. Sie macht öffentlich bekannt und versichert, daß der Entschluß gilt.

Während der Tage, an denen sie dableibt, kommen sie nicht öfter als nötig auf Stefan zurück. Ludwig gibt sich Mühe, sie abzulenken, im Dorfkrug sitzen unter guten Leuten, Hannes besuchen, den Jungbullen bewundern, dessen Kräfte heranwachsen und schon zu sehen sind, Kartoffeln backen in heißer Asche, dazu Butter und Dill. Freilandgurken. Das Einlegen ist eine Wissenschaft.

Ich hab einen Freund, der ein Musikstudium nicht ganz zu Ende brachte, leitet jetzt eine Schule, wo Leute lernen, die Kultur verbreiten sollen, und wenn er mit viel Streß fertig werden muß, liest er Partituren, Mahler oder Strauss, taucht unter, verschwindet, und lesend hört er die Gewalt und das Orchester und befreit sich. Das könnte Stefans Entdeckung mit dir gewesen sein, der Rückzug auf dich, die Möglichkeit des Rückzugs, entfernt von Heim und Kind und Gesellschaft, ja, auch ein politisch Ding durchaus, Flucht in deine Stube und dein Bett, zu dir. Und hörte die Gewalt und das Orchester. Und die Schwerelosigkeit. Vielleicht gehört er zu den wenigen, die sie erfahren haben.

Was Ludwig sagen will, weiß sie natürlich, beurteilt es nur anders, jetzt jedenfalls.

Einen gelösten Abend gab es, als er mit ihr zu einem Kollegen fuhr und sie albern ausschweiften zu jenen Ufern, wo keine Mühsal ist und sicher auch wenig Kunst und Erkenntnis, stachelten sich an, mit der wilden Malerei endlich zu beginnen, von sich reden machen mit Filzobjekten, eingefärbten Plexiglasstücken, die man «Selbstbildnis» nennt. Oder mit diesen Pinkelbildern, die es schon gibt, na und, jedes wird anders, experimentieren mit dem Untergrund, auf dem chemische Reaktion dann stattfindet, pinkeln und pinkeln ist nie dasselbe. Saure Milch auf eine Leinwand, darauf Kardamom und Kaffeesatz. Rot freundlicher machen durch zugesetztes Grün und wild verteilen. Raserei mit Pinselhieben.

Ach, so redet nur, wer sich treu bleibt. Die Welt in ihren Teilen und Beschaffenheiten zeigen, wie sie ist, nicht wie sie aussieht. Was man halten soll davon, Sicht auf die Welt, das Verhältnis zu ihr.

Immer nach dem Credo muß es heißen: Prost. Oder doch die Bratküche. Oder eine Bar mit Tischtelefonen, das Ballhaus «Zur grauen Schläfe» eröffnen.

Anna blieb vier Tage in der Mühle, und er ließ sie spüren, es sei zu kurz; sie tat, wonach ihr der Sinn stand, ließ ihn arbeiten und blieb lange fort, allein an den Teichen, traf Kraniche, sogar weidende Kühe und schaute ihnen zu. Wenn sie kam, schien er sie längst erwartet zu haben. Sie konnte gut und fest schlafen, folgte Nelkenhöners Gebot, das nicht von ihm stammte: Heiteren Sinn, Diät, die gemäß ist, und Ruhe. Ich *werde*. Was denn? Frieden und Klarheit werde ich erreichen. Sie empfand schon wieder das Bedürfnis, mit den Hühnern und der Katze zu reden. Von den Wurzeln, die Ludwig im Schuppen sammelte – was sammelt er nicht: exotische Briefumschläge, alles was sonderbar bedruckt ist, Etiketten von Flaschen aus Singapur und Jamaika, die Seeleute für ihn mitbringen –, eine Wurzel suchte er für sie aus, malte ihr einen Schafskopf, Mähne und Schweif eines Pferdes, Ringelstrümpfe an einem Fuß: auf andere Art ein Schakahu.

Er war nun entschlossen, ihr den letzten Rest nicht zu sagen: Stefan hatte vorgehabt, mit Barbara zu sprechen, aus Gründen des Anstands, keine Einzelheiten, nur sei er bei allen anderen üblichen notwendigen Verstrickungen in ein persönliches Problem verwickelt und bitte sie um Zeit; unausgesprochen wohl auch um ihre Besorgnis und ihr Mitgefühl. Anna mußte das nicht wissen. Und Ludwig sollte Stefan vorher noch treffen, ihm von Annas Haltung sagen, um ihn nicht im Nachteil zu lassen für die Begegnung mit ihr.

An einem dieser Nachmittage fühlte Anna eine besondere Nähe zu ihm, ließ aber nur wenig davon erkennen.

«Wir waschen dir heut richtig die Hände», sagte sie plötzlich am Abend.

«Das Zeug ist längst eingewachsen», sagte Ludwig. Kohle, Graphit, Öl, Farben, alles schon zu Haut geworden.

Aber sie weichte seine Finger in der Schüssel ein, er ließ es sich gefallen, stöhnte spaßhaft übertrieben, als sie seine schwarzen

Nägel und Nagelbetten bürstete. Geübt. Bei Kranken tut sie es auch. Der Überschwang, den sie wahrnahm, die Leichtigkeit und Hellsicht mochten bedeuten, daß die Genesung stattfand. Von den Pillen und Tabletten nahm sie bereits weniger als verordnet. Die Kraft, die heilte, schien Ludwig zu sein, der Aufenthalt bei ihm.

Als sie zu Bett gingen und er dabei war, hinaufzusteigen in seine Kammer, bat sie ihn, sich zu ihr zu setzen. Ein Weilchen noch. Und sieh mich an, laß dich anfassen. Ihr fiel es leicht, so still zu sein und nur die Nähe zu haben. Sein Atem an ihrer Brust. Von ihm verlangte sie viel. Wenn solche Art Beherrschung peinigt; Triumph ist sie später. Er gehorchte und verstand, daß sie nichts dringender braucht als Kräfte, die aus der Selbstachtung kommen. Der Gehorsam, den er übte, war ein weiteres Zeichen seiner Werbung.

«Du weißt es», sagte er schließlich. «Du kannst kommen und bleiben.»

«Ich weiß.» Sie berührte ihn ganz sachte. «Wir haben Zeit. Du bist ein dunkelbunter Lieber.»

Er küßte ihre Schläfe. Und du.

Ich bin ruhig. Mir geht es gut und besser. Ich werde keinen schlechten Traum zulassen.

Bevor sie am Morgen fuhr, sagte er, sie sollte etwas dalassen. Vergiß eine Bluse oder etwas. Eine Schachtel mit Creme. Oder eine von diesen Spangen. Laß irgend etwas liegen.

15

Die Tür zu Christophs Unterkunft am Ende des Stallgebäudes stand halb offen. Niemand war da. Zwei Teetassen auf dem Tisch, ein Karton Gebäck. Das Pferdchen nebenan wandte ihr nur kurz den Kopf zu; es erwartet nichts von einem Fremden. Die vertrockneten Blüten und ihre Flugapparate lagen weit verstreut unter den Linden. Sie ging zu Annettes Grab, um ihr die Blumen zu bringen. Der Gedanke, den ich habe, wird dir nicht gefallen, und was ich tun will, wirst du für einen Mangel an Selbstvertrauen halten. Ich kam darauf, als ich an Elch schrieb.

Fast täglich hatte sie ihm geschrieben, ohne jedoch das neue Datum einzufügen, so daß die verschiedenen Teile des Berichts wirkten wie ein einziger langer Brief. Und sie schrieb, daß sie ihn dringend für einen Tag brauchen würde, natürlich für länger, besonders jedoch für diesen einen. Es ist der nächste Sonnabend. Wenn Stefan da ist, werde ich sagen: Übrigens kommt heute noch Besuch. Ich erwarte ihn am späten Abend, und ich nehme sogar an, er wird dir gefallen. Wenn deine Eitelkeit es erlaubt. Denn von sich überzeugt ist er sehr und an Niederlagen nicht gewöhnt. Aus dem Foto, das ich von der guten Frau habe, lasse ich dich herausarbeiten. Man muß nur ein Negativ machen und kann dich aus der Mannschaft herausnehmen und vergrößern. In dieser Woche ist das Bild fertig.

Die Kleine im Grab gegenüber war immer noch neun. Tote altern nicht, und den Vorteil hast du jetzt auch. Neulich abend hab ich deinen Händel wieder gehört, die Suite Nummer Sieben hat uns immer gekräftigt. Genau wie Tschaikowskys Andante. Sicher kann Kunst nicht mehr, als man selber will und von ihr erwartet. Hat Ludwig dir von seinem Freund und Lehrer erzählt, dem die Nazis die Schulter zertreten haben und den rechten Arm. Daran muß ich denken, wenn ich Oistrach höre oder Rubinstein.

Und ich muß Nelkenhöner Abbitte leisten. Er ist mit Ernst bei der Sache und läßt mich mitarbeiten. Ich erzähle wenig, und er vermutet eine erotische Depression. Was uns alles eingefallen wäre, stell dir vor, zu diesem Befund. Er hat sich sehr korrekt verhalten. Ich mußte einen Satz schreiben. Er sagt viel Ehrliches unter vier Augen. Einer der großen ärztlichen Tricks sei, und der gelte für jede Art Information, dem Patienten nur genau das sagen, was er verkraften kann, wohldosierte Wahrheit jedesmal. Leider werde der Trick miserabel beherrscht. Zu den schwersten Fehlern gehört es, den Patienten zu unterschätzen. Natürlich durchschaut er auch den Chef, Seine Majestät, den hohen Herrn, von dem ich dir genügend erzählt habe. Kennt auch die Gründe für seine billigen Eitelkeiten, für die Kasernenhofmanieren und das oft verletzende Imponiergehabe, von den ärztlichen Fehlern, die so geschehen, ganz zu schweigen. Wie gut du Nelkenhöner gekannt hast, frag ich dich ein anderes Mal. Oder ich frag sogar ihn. Mal sehen.

Der Gedanke, dort wegzugehen und wieder in einen Betrieb, beschäftigt mich seit Stefans Angebot immer öfter, auch wenn ich seinen Vorschlag wohl nicht annehmen werde. Wieder Lehrlinge haben wäre schön, wie sie trotzig gelangweilt sind oder so tun jedenfalls, und dann die Erregtheit und das Staunen, wenn plötzlich was zusammenpaßt nach dem Fräsen oder Bohren und sie was Brauchbares hergestellt haben.

Ja, wieder zurück in überschaubare Verhältnisse. In der Medizin herrscht zuwenig verläßliche Erkenntnis, zuviel Platz für subjektives Urteil und Spekulation, also auch für Gaukelei und Dünkel. Ein Chef oder der jeweils Ranghöhere hat eben recht – kraft seines Amtes irrt er nicht. Das Rechthaben von Hause aus. Nur die ungeschicktesten Gaukler werden überführt. Stell dir das anderswo vor, daß man so Betriebe leitet oder die Wirtschaft. Ich habe Elch oft davon geschrieben. So viel Anlaß und Zeit zum Nachdenken hatte ich lange nicht. Diese Briefe ins Wäschefach – ich hab sogar Ordnung gemacht in den Fächern – sind eine sonderbare Beichte mit mir selbst. Erinnerst du dich, wie spielerisch es anfing mit diesem Stefan. Und du hast ihn mir ein paar Wochen zuvor aus den Karten gelesen. Einer von hohem Rang, ein Schriftgelehrter oder wer, Ende Dreißig, ein Kind, wie ich sehe, unverheiratet oder fast. Liebt Pferde und das Reiten. Das wenigste hat gestimmt. Dann war dein Blick immer, wie wenn du ins Wasser siehst. Du konntest lange und mit Leidenschaft in fließendes Wasser sehen, das weißt du bestimmt noch.

Von allen, die in Betracht kamen – ihr Mann, Lehrausbilder Manfred, vielleicht Herr Hahn – schien ihr Seeoffizier Krümel am ehesten geeignet. Er hätte schnell verstanden und Spaß an der Rolle gehabt. Aber er befand sich irgendwo im Stillen Ozean. So entschied sie sich für Christoph. Nur durfte er den schwarzen Anzug nicht tragen, der ihn noch hilfloser macht.

Sie fand ihn in seiner Stube. Eine alte Dame sei dagewesen, er habe sie zum Bus begleitet. Und Anna sollte den köstlichen Tee probieren, den sie gebracht habe. Vor drei Monaten sei ihr Mann hier beerdigt worden, ein Forscher.

«Sie wohnt ganz in Ihrer Nähe», sagte Christoph. Er wirkte tief erregt, aufgewühlt und redete sprunghaft von dieser Frau, von dem Mann, der in Malinesien geboren war, in Neuirland, das damals deutsche Kolonie war und Neu-Mecklenburg hieß. Er kehrte später immer wieder dorthin zurück und erforschte die geheimnisvollen Sitten der Leute. Das ganze Haus sei voller Kultgegenstände. Malanggane sind kunstvoll geschnitzte Figuren. Manche aus einem ganzen Stamm geschnitten. Oder gemalt auf Kokosleinwand. Tanzmasken mit Helmen aus Bast und wieder andere, die die umherschweifenden Seelen an bestimmte Plätze binden. Anna sollte das alles sehen, es wäre einzurichten. Schmeckt der Tee? Sie nickte.

«Jede Muschelgeldkette ein Kunstwerk. Dann die Rasseln aus Kokosschalen, die zum Haifischfang dienen, zum Anlocken der Tiere. Sie waren lange nicht hier», sagte er, ohne eine Antwort zu erwarten. «Und der Wunsch ihres Mannes war, im Garten am Haus bestattet zu werden, wie die Leute dort, wo er geboren wurde.»

Christoph schien etwas Bestimmtes mitteilen zu wollen, erzählte jedoch, wie man andernorts einen Toten mitsamt seiner Hütte zu verbrennen pflegte oder ihn in seinem Boot hinaustreiben ließ auf den Ozean. «Sie werden mich auslachen», sagte er. «Sie lädt mich oft ein, aber ich gehe ungern. Ich fürchte mich in dem Haus. Ich kann es anders nicht bezeichnen, und es ist lächerlich.»

«Ich lache nicht», erwiderte Anna nur.

«Es ist, als gingen die Geister und Seelen überall umher und wären anwesend. Nun hat sie den Platz für ein Zweitgrab ausgewählt, und wir haben begonnen, es anzulegen. Sogenannte Mu-

musteine, die sie hat, werden die Einfassung bilden. Ich weiß eben nicht, ob ich sie enttäuschen darf. Sie rechnet fest mit mir. Möchten Sie noch Tee?»

«Ja, gern.»

«Und sie beschenkt mich.» Er ging an ein Schubfach und brachte eine dieser Muschelgeldketten, zwei Meter lang oder drei, mit amulettähnlichen Verzierungen dazwischen aus Pflanzensamen, Schnecken und Korallen. «Für diese konnte man damals acht bis zehn Schweine kaufen. Von ihrem heutigen Wert zu schweigen. Ich fühlte mich in einen großen Spuk verwickelt.» Er sah sie mit ikonenhafter Schuld und Schärfe lange an und sagte, er habe nichts davon in der Absicht erzählt, sie um Rat zu bitten. Niemand könne ihm da raten. Doch, es sei immer möglich, einander zu raten, meinte Anna. Oft sogar notwendig. Auch sie komme mit einer Bitte oder Frage. Ob er am Sonnabend für sie Zeit hätte. «Am Abend. Gegen acht.»

«Immer, wenn Sie wollen», sagte er mit unbewußter Eilfertigkeit.

Eine Zeitlang hatte sie erwogen, ihr Anliegen für sich zu behalten. Er war zuwenig ausgeglichen, zuwenig mit sich im reinen, um ihm die Begegnung mit Stefan zuzumuten. Sie kam auf den Gedanken, daß er ja nicht kommen mußte, es genügte, wenn er anriefe, und sie könnten sich dann treffen.

«Ich werde Besuch haben zu dieser Zeit», sagte sie. «Möchte aber weggehen. Rufen Sie mich kurz nach acht an?»

«Ja, natürlich.»

Sie schrieb ihm ihre Nummer auf, den Tag und die Stunde.

«Sie kennen die Klause am Theater, dort bestelle ich einen Tisch, und wir treffen uns dort. Ich habe einen bestimmten Grund, Sie einzuladen. Und ich werde am Telefon du sagen. Das darf ich doch?»

Er nickte.

«Oder wir üben es jetzt schon und sagen du.»

«Wenn Sie möchten.»

Mit den Teetassen stießen sie an. Er reagierte weiter wie im Halbschlaf, stellte keine Fragen nach Einzelheiten oder dem Grund ihres Anliegens. Als er ihr von dem Gebäck anbot, benutzte er das Sie, und Anna korrigierte ihn. Sogar sein Lächeln sah zerstreut aus, erzwungen, beinahe schmerzhaft.

«Ich will dir sagen, was sie möchte.» Niemand war in der Nähe außer dem Pferd nebenan, doch er dämpfte seine Stimme. «Sie will die Urne. Am zeitigen Morgen wird keiner mich sehen. Ich soll sie ausgraben und ihr bringen. Nur dieser Gedanke beherrscht sie. Ihren Mann dort bestatten, wo er gewünscht hat. Und ich soll es tun in dem Garten, während aus dem Haus die Trommeln zu hören sind und die uralten Gesänge von den Inseln.»

Er stand auf, legte – wenngleich um Sorgfalt bemüht – die Muschelkette hastig zusammen und an ihren Platz, lief umher, blieb stehen. «Ihre Hoffnung, daß ich es tue, ist so stark, daß sie wie ein Zwang auf mich wirken muß. Ich weiß nicht, ob Sie das schon erlebt haben.»

«Ja», sagte Anna.

«Obwohl sie weiß, daß so etwas streng verboten ist, zwingt sie mir ihre Absicht auf, indem sie so fest und verzweifelt mit mir rechnet.»

Er schien nicht wahrzunehmen, daß er sich wiederholte, fragte abermals, ob sie sich in diese Art moralischer Zwanghaftigkeit hineinversetzen könne. Und ihre Meinung wolle er durchaus nicht erbitten. Nicht in diesem Augenblick. Er habe die Nächte und die vielstimmige tragende Stille hier. Auch könne man die Frau noch hinhalten, denn sie beging den Fehler, dem Friedhofsverwalter gegenüber eine Andeutung zu machen, der das Ansinnen natürlich zurückwies. Allein deshalb sei das Abwarten nötig.

«Der Ausweg ist Zeit», sagte er langsam, so als sei die Lösung überraschend gefunden. Sein Blick war unnatürlich weit und wachsam. Er mußte aufstehen und horchen. Worauf? «Ja, natürlich. Die Zeit.»

«Oder ist es dir lieber, wenn wir es verschieben?» fragte sie nun.

«Was?»

«Am Sonnabend. Daß du anrufst und wir uns sehen.»

«Nein, nein.» Er suchte den Zettel. «Du hast alles aufgeschrieben. Vielleicht ist es hier doch zu einsam. Selbstgespräche sind kein Ersatz für Gespräche.» Seine Erregtheit hatte nachgelassen. Ihm fiel ein, daß er mit keiner einzigen Frage sich nach ihr erkundigt hatte, und bat um Entschuldigung.

«Ich rufe pünktlich an. Wir sprechen kein Wort über mich. Nur über Sie.»

«Über dich», sagte Anna.

«Ja. Über dich.»

Später dachte sie, ob er an seinem Zustand nicht sogar Befriedigung findet, daß er es wünscht, verwirrt zu sein, und die Verzweiflung ebenso eigensinnig sucht wie die Ratlosigkeit. Vielleicht störte es ihn nur, wenn man versuchte, ihm zu helfen. Etwas an ihm erinnerte an eine Patientin, die sie zuletzt gehabt hatten. Maja, einundzwanzig, zwei Kinder, eingeliefert mit schweren Verletzungen. Nach einem Selbstmordversuch. Gestört bis ins Innerste durch ihren Mann, den sie geliebt hat, der sie schlägt und den sie hassen möchte. Wenn die Kinder nicht wären. Auch in ihrem Blick war das Entrückte, Verhangene. Am meisten mißtraut sie der Veränderung, also jedem Ratschlag, ihr einziger Halt scheinen Furcht und Verzweiflung. Als er zu Besuch kam, sah man ihm nichts an. Er brachte Blumen und Schokolade. Also das ist ein Kranfahrer, der seine Frau schlägt. Sitzt hier und läuft frei herum. Aktivist sind Sie auch, dachte ich mir doch.

Aber war ihr erlaubt zu fragen, zu sagen, zu tun. Ihn mit Verachtung anzusehen war alles, was sie durfte. Hier ist kein Gericht. Aber ein Stück Gesellschaft ist hier, also doch Tribunal und Ort für Verhandlung. Nein, hier haben wir Kranke, die versorgt werden bis zuletzt, so oder so. Und danach haben wir andere Kranke. Aber Anna richtete es so ein, daß sie ihm begegnete, als er ging. Und stand vor ihm, um sich doch einzumischen. Denken Sie wenigstens darüber nach, fragte sie. Bis auf die schlechten Zähne sah er gut und gesund aus. Und schwieg. Ein Witwer mit zwei Halbwaisen, der schuld hat am Tod seiner Frau. Viel hat nicht gefehlt. Wissen Sie das? Er nickte, war sprachlos, verstört, und für Augenblicke schien auch er hilfsbedürftig und wirkte wie ein Opfer. Sie werden die Narben sehen, wenn Maja entlassen ist. Dann denken Sie an die anderen, die Narben innen. Hören Sie zu? Junger Pionier waren Sie doch auch? Er nickte. Wie alt sind Sie, fragte sie streng. Einundzwanzig, sagte er. Sie wandte sich ab, und so ließ sie ihn stehen auf dem Gang.

Gut, daß sie Christoph nicht zu sich eingeladen hatte, obwohl sie Stefans Verhalten gern erlebt hätte. Erwartet den Rivalen und trifft einen Schwächling. Der intensive, hellsichtige Mann und Leiter tritt an gegen den verängstigten Sonderling, den selbst die Rolle eines Hilfsgärtners überfordert. Christoph wäre womöglich mit Pferd und Wagen gekommen, nachlässig gekleidet, schlecht rasiert, wie so häufig. Braucht er auch das, um jenes Bild, das er von sich hat, sauberzuhalten. Von wem kennt sie dieses Wort: Wer morgens um sechs nicht rasiert ist, verkommt. Daraus wird Christoph keine Schlüsse ziehen, wird mit ungenauer Geste und umwölkten Augen um Verständnis bitten.

Ludwig fuhr für drei Tage an die Küste und lud sie ein. In eine Werft, da wollen sie, wie er es ausdrückte, was Gemaltes haben auf einem Schiff, im Mannschaftsraum. Zu jeder anderen Zeit wäre sie gern mitgefahren. Aber sie brauchte jetzt jeden Tag. Der Arzt kam wie verabredet, und sein Urteil über ihre Verfassung hörte sich gut an. Der Satz, den sie wieder schrieb, und der Vergleich mit dem, der schon dastand, schien ihm zu gefallen. Und der Schlaf.

«Ich schlafe wie ein Kind», sagte Anna.

Obwohl er abgespannt war, gab er sich Mühe, beteiligt und aufmerksam zu erscheinen; auch das kann wohl erlernt werden, wie so vieles.

Da Anna auch diesmal nicht über sich und ihre Dinge redete, ging er bald. Eine Woche warten wir noch ab. Es sieht aus, als wären wir über den Berg.

Am Vortage feilte sie die Fingernägel und trug sorgfältig den Lack auf. Die Farbe paßte gut zu dem Kleid, dem mexikanischen, das sie tragen wird. Das Haar wäscht sie morgen. Von den grünen Pillen wird sie drei nehmen. Dreimal eine.

Wir sind über den Berg.

Elch teilte sie mit, sie habe das Foto abgeholt, und nun hängt es an der Wand über der Liege. Du wirst Dich wundern und nicht wissen, wie ich dazu komme. Wenn man es aus gewisser Entfernung ansieht, stört das grobe Korn nicht, und bei allem und dauernd sieht Du mir jetzt zu. Ich fühle mich gut gerüstet und auf dem Posten und werde alles so tun, wie ich muß und vorhatte, so daß Du mich loben wirst und ich fünf Bienchen bekomme, wie die Knirpse das nennen. Die eigenen Absichten kennen ist bestimmt das Wichtigste, und Du hast es geschafft. Sie ausführen bereitet nur noch einfache Anstrengung. Absicht im Sinne von Richtschnur und Anspruch. Ist das nicht von Dir: das Gift des Anspruchs. Unmoralisch leben heißt ohne Maßstäbe leben oder die

Meßlatten, je nach Bedarf, zuschneiden. Frederico Engels hat natürlich recht: der Mensch das gesellschaftliche Wesen und ein Wesen der Natur. Aber wer sagt mir, zu welchen Teilen.

Oft in letzter Zeit dachte ich, Du Kerl könntest verheiratet sein. Gesprochen haben wir davon nie, und so wäre ich Zweitfrau auch bei Dir. Selbst wenn, es wäre anders als in dieser Sache, an der ich schuld bin. Ich wußte alles vorher. Kein Vergleich wäre möglich. Sowieso ist alles anders mit Dir. Kannst Du eigentlich grob sein, ich meine die natürlich schöne männliche Grobheit. Und angenommen, Du kommst und bleibst da. Wirst Du dann der Elch bleiben? Und wie lange.

Ich weiß nicht genau. Es kann spät werden, hatte er zu Hause gesagt. Das konnte es auch. Das weiß allein Anna oder nicht einmal sie. Nun wartet er doch diesen Tag ab und wird sehen, ob er mit Barbara spricht und was er ihr sagt. An ihrem Verhalten ist nichts Außergewöhnliches. Diesmal bedurfte es keiner Lüge, die Tagung gab es wirklich. Er konnte es einrichten, sie um sechzehn Uhr zu beenden. Wieder erfolgreich, zur richtigen Zeit das Wesentliche sehen, packen, darstellen. In diesem Falle die Kaltumformung bestimmter Teile für die Wälzlager. Bei sinkendem Materialeinsatz nimmt die Festigkeit der Stücke sogar zu, ein Drittel Energie wird gespart. Schlimm eine Rede, die zu dünn gerät, die du dann nachsprichst und wiederkäust, bis sie endlich ist, wie sie hätte sein müssen. Heute gut. Bis auf Blumen für Anna hatte er alles bedacht. Immer lebt er zu einer Hochstimmung auf, wenn vor Ort die Praxis ihn ermuntert, wenn er sieht, wie er eingreift.

Zum Küssen erfolgreich, als Lehrling schon, im Verband der Jugend, ohne Tadel das Studium, risikofreudig auf den Baustellen, wissend in der Verwaltung, unbestechlich und mit dem Kopf nicht durch die Wand – was willst du in der Nachbarzelle, steht geschrieben. Achte auf die Steine unterwegs, gerade beim Stolpern brauchst du Umsicht und Erfahrung. Das Glück des rechten Augenblicks, das manche im Stich ließ. Kalle, du hattest zuwenig Glück. Der Termin für den Besuch ist gekommen. Warte nur, balde. Erfolg ist, ihn nicht anstreben um seiner selbst willen, ihn befragen nach Sinn und Nutzen für das Ganze, beunruhigt sein von jedem Erfolg, den Fehler kommen sehen. Straucheln und Stehen sind nicht zwei Teile einer Übung, sondern eine Übung.

Ich mach das gerade durch mit den Investitionen für Bernsdorf. Das war zuviel zum falschen Zeitpunkt. Wenn der Aufpasser es gestattet, erzähl ich dir davon.

Und von den Bauunternehmern in Alabama oder North Carolina, hab vergessen, wo der Mann her war. Wir haben kürzlich in Brünn beim Abendbrot gesessen. Also die versammeln sich dort, die Hälfte ist schon pleite, Baumaschinen längst versteigert, und zu Beginn der Versammlung beten sie. Den Regierenden, Gott der Herr, gib Einsicht und uns wieder bessere Zeiten. Wahrhaftig. Stell dir vor, ich sage zur Eröffnung der Konferenz: Genossen, laßt uns beten. Mach Erich stark und weise, lieber Gott, und uns gib das Kraftstoffkontingent, das wir im letzten Jahr hatten, die Investmittel auch und diesen einen Posten guten Stahl, du weißt schon. Wegen der Rationalisierungsmittel und der Schichtauslastung fragen wir das nächste Mal. Amen. Der Aufpasser lacht vielleicht mit, wenn er darf und wenn er zuhört.

Ein leichtsinniger Überholversuch, den er in letzter Sekunde aufgeben konnte, erschreckte ihn; er befand sich längst auf der einspurigen Autobahn. Das Herz schlug weiter heftig. Im späten Herbst muß er zur Kur, der Arzt besteht darauf. Er dachte daran, abzubiegen und in einem Dorf nach Blumen zu fragen. Nein. Er wird welche suchen auf einer Wiese am Wald für Anna. Und tat es. Er sah, der Sommer ist vorüber.

Es blieb noch Zeit, und er machte eine Übung. Er war durchaus unzufrieden mit seiner Verfassung, die fiebrige Helle und Hast der Gedanken, der Puls zu schnell, die Hitzewellen geduckt und auf leisen Sohlen. So schlecht gerüstet darf man einer Niederlage nicht entgegengehen. Die wird es wohl, nach allem, was Ludwig angedeutet hatte. Als er Minuten später aus seinem Abgrund zurückkehrte, blieb er noch ausgestreckt liegen. Sie hatten letztes Jahr den Ulk mit dem Hundeohr gemacht. Man kann bis zum Sechzehnfachen hören und kommt ohne Steuerung nicht aus. Wer so viel hört oder hören muß, dreht selbstverständlich durch. Ludwig entwarf sogar ein Merkblatt mit Hinweisen zur Bedienung. Und sagte: Muß nicht als sicher gelten, daß auch die menschlichen Regungen mit jeweils feiner akustischer Schwingung einhergehen, und wir könnten schlechtes Gewissen, Hochmut oder Trotz und lügnerische Absicht bereits wahrnehmen, noch ehe dieselben geleugnet werden können. Ebenso die zarten

Gefühle: das Bereitsein des weiblichen Herzens oder, ja doch, des Fleisches und der Schenkel. Das hörst du schon deutlich, während sie noch vom Wetter und der Jahresendprämie redet. Stell dir den Zeitgewinn vor, Ochsenfrosch. Wieviel Umweg und nutzlose Narrheit würde man sparen.

Und heute, ausgestattet mit diesem Ohr, könnte Stefan alles über Anna erfahren und den Regler einstellen auf den Punkt: Gefühle, Absichten und verborgene Regung des Gesprächspartners.

Ja, du bist sieggewohnt.

Die Fähigkeit des feinen Hinhörens hat gelitten. Zweifel meldest du so gewohnheitsmäßig an, wie du dir sicher bist; kein Versagen soll dich aus der Bahn werfen. Und schließlich: er hatte nicht versagt, war nur abgewiesen. Für Augenblicke dachte er an Schachspielen, da gibt es Partien, die schon nach wenigen Zügen nicht mehr zu gewinnen sind, man spielt sie dennoch und gibt rechtzeitig auf. Vor der Niederlage aufgeben, weder gesiegt noch verloren. Das gute Wort heißt remis. Er kannte genug Beispiele für mangelhafte Kampfführung: Wegen einer unerwartet aufspringenden Leidenschaft verlieren Männer den ganzen Verstand, machen sich zu Trotteln und laufen Amok. Auch wenn ihm danach zumute ist – er wird nicht jammern oder betteln. Er wird ein Remis spielen. Es war nun Zeit, und er fuhr. Auch als Verlierer kommt er pünktlich.

Annas Haltung und Art erschienen ihm nicht sonderlich verändert. Bei der Begrüßung war sie rasch aus seinem Arm gegangen und mit genau der schmiegsam spröden Abwehr, die er kannte. Er bat darum, den Sekt für kurze Zeit ins Tiefkühlfach zu legen, und sie zeigte die Freude über das Bier: in einer Tragepackung original Pilsener, das er vor dem Abflug in Prag gekauft hatte. Zu den Würstchen in der großen Dose sagte sie: Wieso bringst du immerzu so was mit. Er musterte das Zimmer, während sie Kaffee kochte. Die Puppe aus Lappland saß an ihrem Platz, abgewandt, und ein bißchen winkte sie. Kannte er das Foto des jungen Mannes? Vielleicht ein Verwandter.

Dann saß sie ihm gegenüber, wie anfangs immer, und blickte selten zu ihm auf. Der Duft, der von ihrer Haut kam, war derselbe. Sie wirkte ruhig und aufmerksam und war zugleich, wie so häufig, kühl und auf beherrschte Art abweisend. Er fand sich auch jetzt davon ermuntert, aufgefordert, ihre Nähe zu gewinnen.

Sie sei etwas krank gewesen, nichts Ernstes, der Blutdruck zu niedrig. Ihren Text hatten beide geprobt. Doch den Auftritt schoben sie hinaus; keiner mochte den Vorhang öffnen. Inzwischen war der Sekt kühl, und Stefan mischte ihn, auf die genaue Dosierung bedacht, mit dem köstlichen Bier.

Und bei ihm?

«Nichts Neues unter der Sonne. War das nicht Salomo.»

«Willst du etwas essen?»

«Danke. Ich habe seit letzter Woche ein gutes Pfund zuviel. Fast siebenhundert Gramm. Ich lasse mitunter eine Mahlzeit aus.»

«Vielleicht zu oft», sagte Anna. «Du siehst abgespannt aus.»

«Alles normal», sagte Stefan. «Im Oktober muß ich zur Kur. Ich bin reif, aber ausdauernd.»

Es war unnötig, ihre gemeinsame Angelegenheit zu erwähnen, sie verstand ihn auch so. Annette habe er ja kaum gekannt, sagte Anna. Und wisse auch von den Anzeigen nichts und den nutzlosen Versuchen, die alten Zwänge abzuschütteln. Sie hatten einen merkwürdigen Burschen kennengelernt, Ende Zwanzig vielleicht. Auf Annoncen zu antworten war sein Hobby.

«Also konnte er sich kaum retten vor Briefen und Bekanntschaften. Ich weiß nicht, warum, er erzählte uns alles. Und wenn er einen Kontakt abbrechen wollte oder mußte, bat er einen Kumpel. Und der schrieb die Karte. Teile ich Ihnen schmerzerfüllt mit, daß mein Freund, unser Freund einen tragischen Verkehrsunfall nicht überlebt hat. Kuvert mit schwarzem Rand und ab die Post. Keine sehr feinfühlige Art, doch er fand die Methode glänzend. Damit war ein Vorgang ein für allemal aus der Welt.»

Natürlich hätten die Zeilen, die sie ihm schrieb, nichts von dieser Endgültigkeit, sie könnten sich sehen, jeder hat Freunde, wie sie Ludwig trifft oder andere, trifft sie auch ihn. Nur bin ich ungeeignet für die Rolle der Ersatzfrau. Ich muß es mir beweisen. Kennst du so was nicht? Ja, es scheint doch ein Remis zu werden oder sogar mehr. Er kann etwas Zukunft eintauschen dadurch, daß er ihre Wünsche respektiert. Auch das Getränk erhöhte bereits seine Stimmung. Und vorstellbar, daß Verliebtheit aufkommt, wenn man sich begegnet, heranwachsen läßt man sie nicht. Immer ein Neubeginn, jedesmal.

Antwort genug, wie sie nun aufblickte, fand er. Sollte sie wissen wollen, was während der Tage im Gebirge war, zu welcher Zeit und wo, er wüßte Minute für Minute alles. Ach, wie er sich das fremde Ohr wünschte und einen wirklich guten Regler dazu. Anna ist jemand, der Routine stark verabscheut. Staunend sah er seine Sanftmut, wie anpassungsfähig er war und sich belehren ließ.

Das Telefon klingelte kurz vor acht, und nun erst sagte Anna, daß sie Besuch bekäme und wahrscheinlich essen ginge mit ihm. Christophs Stimme klang zaghaft, etwas habe sich geändert, die alte Dame habe ihn für heute abend eingeladen, sie beide. Ausdrücklich sei Anna willkommen. Ist es Ihnen recht, wenn ich Sie in einer halben Stunde abhole? Ja, sagte sie. Ich erwarte dich.

Stefan versuchte zu verstehen, daß nichts Absonderliches vorgefallen war. Sie ist verabredet. Eben noch hatten sie ihr Verhältnis zueinander neu und übereinstimmend beschrieben. Es steht ihr zu, jemanden zu erwarten. Aber die kühle Überlegung schien ihm nicht zu gelingen. In einer halben Stunde wird sie ihn verabschieden, wird den Abend irgendwo mit irgendwem verbringen. Und wer.

«Ein guter Bekannter», sagte sie.

«Von dem du gesprochen hast?»

«Nein. Ein anderer.»

«Und was macht er?»

«Gärtner im Augenblick. Auf einem Friedhof.»

«Den Erwin hier getroffen hat», sagte Stefan. «An deinem Geburtstag. Der halbtags arbeiten wollte. Du hättest nicht absagen können?»

«Es wäre schlecht gegangen. Gerade heut.»

Der gereizte Ton, den er in seinen Fragen hörte, Annas stille offene Gelassenheit, dieser gescheiterte Fremdling, dem sie den Vorzug gab, die unverhoffte Wende, die es ja doch war – Stefan mußte sich ermahnen. Gesammelt, konzentriert, ihrem Inneren zugewandt, hieß es, können Übende viele Leistungen steigern. Gefühl, Empfindungen, innere Einsicht stehen klarer und besser zur Verfügung. Aber wenn Stolz und Gleichgewicht gestört sind und die Zügel dir entgleiten. Gerade dann. Beiläufig fragte Anna nach Ludwig, ob er da sei. Wahrscheinlich. Sie räumte das Kaffeegeschirr ab. Oder willst du nicht doch noch eine Kleinigkeit essen. Doch noch. Selbstkontrolle, die der Alltag fordert, wird durch das autogene Training schon sehr erleichtert. Einen Spiegel hätte er gern gehabt, um zu prüfen, was man ihm ansah.

Als es klingelte, ging sie öffnen, und er hörte an der Tür die Stimmen. Er wollte ihn sehen. Warum kommt er nicht. Aber Stefan blieb sitzen. Einmal hatte er, an Ludwigs Fenster stehend, lange die Spinnen beobachtet. Verspeisen sie wirklich ihre Männer. Sie wohnten außen in den Ecken und an der Scheibe und gingen ihrer Arbeit nach, brachten Opfer in den Unterschlupf, reparierten das Netz oder hingen wie leblos im Gespinst, um die Gegner zu täuschen oder neue Kraft zu sammeln in der Selbstversenkung. Alles was sie taten, war geschickt und vernünftig. Nun ging er doch hinaus, und Anna stellte sie einander vor. Ein junger langer Mensch in schlechter Haltung, das Haar ungepflegt, Schultern und Arme ohne Entschluß. Seine Augen aber waren fiebrig und in Eile.

«Kommen Sie rein», sagte Stefan scharf.

Nein, er hole nur Anna ab. Er könne draußen warten.

Wieso draußen. Wenn ich sage, du kommst rein, dann ist doch alles gesagt. Stefan faßte ihn sogar am Ellenbogen an. Der Kerl war dürr und schien zu zittern, folgte aber. Selbst sein Gang war verwahrlost. Na, setz dich. Er hatte nicht vorgehabt, ihn zu duzen, es ergab sich, die Erscheinung, die der Mann bot, ließ nur das zu. Auch Anna, um ein Glas gebeten «für unseren Gast», gehorchte.

«Wir stoßen erst mal an auf den schönen Abend», sagte er unnatürlich heiter. Auf die neuen Kräfte, die er sich zutraute angesichts des verängstigten Burschen, hätte er besser verzichtet. Einen Ungeübten oder Anfänger zur Partie herausfordern, um sich Stärke und eigenen Spielwitz zu bestätigen – billiger Triumph, Stefan Edmundowitsch. Ohne eine Spur von Würde. Und er konnte sich dennoch nicht abhalten davon, goß sorgfältig ein, ließ den Schaum sich setzen, goß nach.

«Wie heißen Sie?»

«Er heißt Christoph», sagte Anna.

«Zieht er sich immer so schlampig an, wenn er mit einer Dame ausgeht? Lassen Sie sich Zeit mit der Antwort. Ich lauf auch gern so rum. Aber zu Hause. Prost. Ich heiße Stefan.»

Der andere schwieg. Auch nahm er das Glas nicht auf. In seinem Gesicht war nur Trauer, keine Abwehr.

«Na, was ist?»

«Laß ihn», sagte Anna.

«Wieso? Ich biete ihm das Du an. Er sitzt wie ein Fisch. Magst du kein Bier? Er gibt mir nicht mal Antwort. Bist du krank? Ist er böse oder krank?»

«Er ist nicht böse.»

«Er will mich reizen. Also prost.»

Und endlich sagte Christoph, er trinke nicht. Danke.

«Warum?»

«Ich muß noch fahren.»

«Wohin?»

«Mit dem Pferd.»

«Du siehst, er sucht Streit», sagte nun Stefan. «Ich frage, wohin, er sagt, mit dem Pferd. Also bist du ein Reiter? Du kommst hier angeritten, setzt die Dame auf dein Pferd, und ihr reitet zum Abendbrot. Bin ich denn im Kino?»

Anna stand nun auf und sagte zu Christoph: «Komm, warte draußen. Na, komm.»

Als Christoph aufstand, faßte Stefan zu. Einige Griffe von damals beherrschte er noch, zu einem Gürtel, wie Sohn Michael, hat er es freilich nie gebracht. Doch er ließ den Arm des anderen schnell wieder los und sagte: «Du bleibst schön sitzen. Erzähl mir was.»

«Stefan», sagte Anna jetzt laut. «Hör auf damit.»

«Er interessiert mich. Und ich kenne ihn. Seit Erwins Beschreibung kenn ich ihn genau. Er läßt andere seine Arbeit machen. Aus der Reihe getreten und beiseite. An nichts mehr interessiert, nur an sich selbst. Man hat auch als Ingenieur einen Abschnitt an der Front. Sie sind doch Ingenieur. Und haben ihre Truppe im Stich gelassen. Dort ist jetzt eine Lücke. Aber das ist Ihnen scheißegal.» Nur kurz verlor er die Gewalt über seine Stimme und konnte sie wieder dämpfen. «Du siehst, an solchen Sachen hab ich ein verdammtes Interesse.»

«Hast du gehört», sagte Anna. «Du sollst dich beherrschen.»

«Ich bin doch dabei. Siehst du das nicht.»

«Nein. Zum letztenmal. Beherrsch dich.»

Da ließ er von ihm ab, saß und sah vor sich die schlechte Partie. Der Schwächere, Verwundbare, der mit den falschen Zügen war er, nicht der blasse duldsame Mensch, den irgend etwas schützte, der nichts tat und zu erkennen gab, auch nicht Entrüstung oder Vorwurf. Handel und Wandel ganzer Landstriche kann die Vernunft in Gang halten, Ideen und Produkte kann sie zur Welt bringen, Flüsse bändigen, den Bedarf von Backwaren ermitteln, die besten Transportwege, den idealen Schiffskörper, das Optimum von Aufwand und Ergebnis. Vernunft, die zur Verfügung steht. Beherrsch dich, hatte sie sehr laut gesagt. Gezügelte Gangart wie das Klassepferd beim versammelten Galopp.

So wird dem autogen Trainierten, hieß es doch, eine entspannt-gelassene Haltung zur zweiten Natur. Hat aber schlecht funktioniert. Oder wirst du alt. Du schämst dich nicht. Verlernt man auch das. Er hörte von der Tür her ihre Stimmen. Noch konnte er gehen und Versöhnliches sagen. Amtierender Direktor bittet Hilfsgärtner um Entschuldigung. Ein Leiter, der sich schämt. Besser und einfacher: Das Fehlverhalten ablegen wie ein Sakko, an den Platz, wohin es gehört. Hohe Dinge, die deine Kräfte verlangen. Große Beträge, wahrhaftig. Und dir geht durch den Kopf, einen Gärtner zu schlagen.

Es gibt Frauenstimmen, die beunruhigen und sind spitz, ihre war schmiegsam und machte zufrieden.

Als Anna zurückkehrte, setzte sie sich ihm still gegenüber.

«Er wartet, ja?»

«Nein. Wir sind eingeladen, und ich gehe nach. Es ist fünf Minuten von hier.»

«Ich hätte ihn fast geprügelt», sagte Stefan und lachte seltsam flüchtig und mürrisch in sich hinein, ohne Spaß.

«Ich weiß», sagte sie. «Du magst sicher Kaffee.»

«Ja. Vor zwanzig Jahren hätten wir uns geprügelt. Das heißt ich. Hab ich noch etwas Zeit?»

«Ja.»

«Ich geh dann zu Ludwig. Einmal sind wir den Weg gegangen. An dem ersten Abend. Wir mußten den Schnee schaufeln vor deiner Tür. Wie lange läuft man?»

«Dreißig Minuten höchstens.»

So grau und zerstört, wie er aussah, fühlte er sich. An Fahren war nicht zu denken. In einer Stunde baut die Leber sieben Gramm Alkohol ab, die gesunde, und benötigt dafür siebzehn Liter Sauerstoff. Oder bei Ludwig bleiben, mit ihm das Universum, das Land in seine Teile zerlegen, auf der Suche nach dem Greifbaren. Das kann man mit ihm. Gut, daß er ihn hat und seine bösen Fragen. Stefan hatte Lust, zu stampfen oder zu schreien. Bald wird er sich besser fühlen. Verglichen mit den Herren Managern, die da und dort seine Partner sind, aus Lüttich oder sonstwoher, kann er nicht klagen. Die schickt man jährlich ein- oder zweimal zur peinlichen medizinische Durchsicht, doch das Ergebnis kennen nur die Chefs; der Konzern will entscheiden, wer altes Eisen ist und wann. Schon bei geringster Abweichung sortieren sie dich aus, denn sie leisten sich nur allerbestes Material, fit durch und durch, bis auf die Wolle fit. Und das gibt dir Trost, und du fühlst dich ermuntert davon, hatte Ludwig damals erwidert, obwohl er wußte, was gemeint war. Der Langarmaffe. Ein Stück zum Unterschied war gemeint. *Ein Zipfel wieder des Unterschieds.*

Er hatte Anna um zehn Minuten Zeit gebeten. Oder fünfzehn, sich zurechtgesetzt und alle Kommandos erteilt. Schwer. Warm. Atmung. Herz. Drei mal vier, und der Tag gehört dir. Strecken, beugen. Die Partie am See hätt ich nicht spielen dürfen. Gedankenreste, schon entstellt, fliegen noch auf wie Laub im Wind. Stirn. Sonnengeflecht. Ruhe. Sie wird mir einen Schal stricken. Fällt ein Pferd von der Brücke. Dann schwebte er, um die Ordnung wiederherzustellen, schwerelos frei, es atmete und trug ihn in eine lila Dämmerung, wo es nach Kräutern roch.

Anna kam aus der Küche und setzte vorsichtig das Tablett ab. Er saß auf dem Sofa, lag mehr, als er saß. Wie damals auf der Bank am Brunnen. Acht Monate ist es her, oder sind es zehn. Nur der Schnee fehlte und der unnatürlich dünne spitze Schatten, den die Sonne warf. Auch trug er die Mütze nicht auf der Stirn und über den Augen. Blaß und unbrauchbar lagen neben ihm die Hände. Sie hatte vermieden, ihn wie einen Kranken zu behandeln, und die Entgleisung, seine Bosheit so gut sie konnte ignoriert. Sie fühlte jetzt keinen Zorn. Daß er sie nicht wirklich verstand, mußte ihn verletzt haben. Sollte er nicht aufwachen, wird sie ihn wecken. Sein Gesicht, die Lider unbewegt, war frei von Streitsucht; so entspannt wirkte er wie ein Fremder. Sie sah ihn nicht einmal atmen. Man konnte glauben, er sei ohne Bewußtsein oder sogar tot.

16

Um den Monatsanfang kommt die Post besonders spät, häufig erst gegen Mittag, denn die Frau kassiert Gebühren. An diesem Sonnabend – ihr Dienst begann um vierzehn Uhr – fuhr Anna schon kurz vor elf in die Stadt. Für den Abend hatte Christel Karten zur Spätvorstellung besorgt, und gleichgültig, ob der Film die Erwartungen einlöste – Henry Fonda und auf Breitwand war die Mühe wert. In Christels Hinterzimmer fand sie wahrhaftig Schuhe für das mexikanische Kleid, und wie lange sie schon suchte, genau der Ton; sie bestaunte sie wie ein kleines gewaltiges Wunder.

Im Omnibus bekam sie einen Sitzplatz, aber niemand wollte die vollendete Harmonie zwischen Schuhen und Kleid beachten, und es machte ihr Spaß, ein Enttäuschtsein zu spielen. Nur noch wenige Minuten, und sie wird sich umziehen. Ähnlich geht es vielleicht Schauspielern, sie wechseln die Kleidung, betreten die Bühne: Es ist soweit. Der Junge auf Zimmer acht lebte, mehrmals am Nachmittag kam der Oberarzt, die Anweisungen gab er leise, knapp, ohne Pathos, doch er saß oder stand bei dem Operierten, als betete er. Was zu tun war, ist getan – bei Schädelbasisbruch und Blutung in den Hirnhäuten die Trepanation, kleine Öffnungen in das Schädeldach bohren – was zu tun bleibt, hat wenig Bedeutung. Wenn er diese Nacht durchsteht, verlieren wir ihn nicht. So drückt er es aus: Wir haben einen Patienten verloren. Von Statur klein, beinahe schmächtig, hat er die Stärke eines Bären, umsichtiger, besessener Arbeiter, gerecht, bescheiden, aufmerksam. So genießt er das natürlichste Ansehen, das es gibt, und hat auch jene Energien noch frei zur Verfügung, die mancher vergeuden muß wegen etwas Respekt oder wenigstens Gehorsam. Er sollte hier Chef sein. Wenn er bei der Anrede nur den Vornamen gebrauchte, empfand man es wie ein Lob. Um zweiundzwanzig Uhr war er immer noch im Hause. Anna klofte an seine Tür, um zu sagen, daß sie wegging. Er saß und schrieb. Gute Nacht, Annelore. Danke.

Der Film lief bereits. Reiten und Schießen bei staubiger Hitze und zur Musik, die man kennt. Ähnlich wie Fonda geht der Elch. Es ist ein Schreiten, und ebenso schwebend steigt er vom Pferd. Doch das sichtbare einzelne war es nicht, Blick oder Gesten, es war die Summe, der Mann selbst, die mühelose, sogar unbeholfene Art, männlich zu sein, verhalten, straff. Sie wird Elch fragen, ob er reitet. Nun hatte sie lange nicht geschrieben, vielleicht der deutlichste Hinweis auf ihre Genesung. Und vieles war mitzuteilen. Stefan hat es ihr dann leichtgemacht, und sie wollte nicht, daß er sich wegen seiner zornigen Heftigkeit schämte. Sein Großvater litt ein Leben lang, weil er damals einen verwundeten Franzosen erschossen hat. Zwischen den Schützengräben fand er ihn, halb sitzend gegen eine Böschung gelehnt, die Stimme schwach, und er schoß, als der andere, der Feind, in die Jacke griff, der Arm fiel herunter und lag leblos neben dem Mann; er hielt in der Hand ein Foto. Die Freiheit des Hilfsgärtners hat Stefan als einen Zustand der Orientierungslosigkeit beschrieben. Er ist Wirtschaftsmann, wie du weißt, Hundefreund, Parzellenpächter. Gern hätte er einen Beagle, aber für einen Stadtbewohner bleibt das ein Traum. Das Private hält er kurz, auch darin seid ihr euch ähnlich. Du würdest glänzend gegen ihn bestehen. Ihr fiel dann ein, daß Vater den Gebrauch von Waffen nie erwähnt hat. Kann er überhaupt schießen? Schon vor Jahren hatte er Anna eingeladen zu kommen. Aber sie schrieb nur eine Karte. Sie wußte auch nicht, ob er die Frau im Badetrikot geheiratet hatte, wohnt am Stadtrand von Berlin und schrieb am Schluß: Grüß Deine Mutter. Im Juni hatte Anna vom Steilufer aus einem jungen Mann zugesehen, der aus dem Wasser kam, bärtig, ganz gebräunt und sehr schön, er lief hin und her, um an der Luft trocken zu werden. Sie sah hinunter, und er ließ sich viel Zeit.

Oberkellner Joochen hatte in der Nachtbar Plätze reserviert. Christel fand einen Tänzer, und der Freund bemühte sich um Anna, Ingenieure auf Reisen, und bald der Vorschlag, an die Bar zu gehen, das Ritual wie gewohnt, vertraulich machen mit allen Siebensachen, starke Hoffnung setzen sie auf den Alkohol. Anna dachte immer, sie haben alle den gleichen Kursus besucht, die meisten vergebens. Es war heiß und voll. Sie hatte plötzlich gegen zwei den Drang, wegzugehen und nach Hause zu wollen. Joochen besorgte ein Taxi. Die neuen Schuhe drückten längst.

Sie fühlte sich müde, aber unruhig und überreizt. Innen auf dem Fußboden lag die Zeitung, und Post war dabei. Ein Brief ohne Absender, eine Karte von der Reinigung. Im Garten hing noch Wäsche, aber erst bequeme Schuhe, etwas Anhörbares auflegen nach dem Stampfen und Gedröhn der schlechten Kapelle. Gitarre und Manuel de Falla. Essen wird sie nichts. War es der verspätete Brief eines Herrn Bewerbers? Aber ihre Anschrift hatten sie niemals angegeben. Ein blauer, federleichter Umschlag, Maschinenschrift. Der Stempelaufdruck schlecht zu entziffern. Es könnte Berlin sein. Sie wendete den Umschlag, roch daran, Minuten später weiß sie schon nichts Genaues mehr über die erste Reaktion, hat sie seltsame Dinge getan oder nur dagesessen, auf den Bogen gestarrt, mit allen Fingern das Haar über den Kopf und vor die Augen, eine Hand vor dem Mund, um den Aufschrei zu unterdrücken. Es kann lange dauern, sechs Zeilen zu lesen und zu glauben. Besonders diesen Satz, über den sie nicht hinauskam. Wie lange ist es bis dahin, drei Tage oder dreißig. Die Musik war zu Ende, aber sie wollte das Blatt nicht aus der Hand legen.

Ich komme am achtzehnten Oktober, Donnerstag, abends gegen sechs, und nimm vier oder fünf Tage frei, wenn Du kannst.

Welches Datum heut war, fiel ihr nicht ein. Natürlich steht es auf der Zeitung. Aber sie ging in die Küche, den Brief in der Hand, setzte sich.

Seid Ihr gesund, Du und das Körperchen.

So sagt er mitunter. Aber wie soll sie lesen, wenn sie weint. Erst die Mitteilung in Besitz nehmen. Das Papier war ebenfalls blau und hauchdünn. Ganz unten stand: 5. Oktober. Wenn heut der dreizehnte ist, bleiben sechs Tage. Nur noch fünf.

Du wirst im Mai viel gewartet haben. Ich konnte nichts ändern.

Brauchte sie Kaffee. Vielleicht auch. Der Rest von dem Calvados fiel ihr ein, der hinten unten in der Speisekammer stand. Nur selten hat sie seit damals davon getrunken. «Trockenen Apfelsaft» nennt ihn der Elch. Das fremdartige Schriftbild bemerkte sie erst nach und nach. Eine Maschine, die keine Umlaute hat. Bei ändern und Körperchen hat er die Punkte mit dem Stift gemacht. Zweimal war ein Schrägstrich über einem a. Soll diese Unterschrift vielleicht Peter heißen. So in Eile warst du. Jemand hat den Brief für dich mitgenommen und hier eingeworfen. Sei nicht in Chile. Und sie erschrak beim Gedanken, er könnte an einem dieser vielen Plätze der Welt sein, wo sie köpfen und verschleppen und erschießen so alltäglich, wie man anderswo tanzt und atmet und zur Arbeit geht. Sei schon unterwegs. Sie ging hinaus und bis zur Gartentür. Nein, er ist noch nicht da. Nun ließ sie sich die Zeit und weinte schön, sah hinterm Haus die Wäsche, aber nahm sie nicht ab. Wäsche abheben, sagt sie dazu manchmal.

Es war wie Ballonfahrt oder Fliegen; von weit oben sah sie sich zu, legte Zettel an, notierte sofort, wenn ihr etwas einfiel, was zu bedenken und erledigen war. Christel bitten, Knoblauch zu besorgen. Nagellackentferner. Sie muß nur einfach die Pille einige Tage länger nehmen, so überlistet man das Körperchen leicht. Die freie Zeit eintauschen war das wichtigste. Und plötzlich die weiße Bluse auch. Seit Monaten liegt sie, der Kragen, das Kragenfutter, eingelaufen. Jetzt schneidet sie ihn ab, und aus Baumwollgarn häkelt sie ein Bündchen und will – geheimnisvolle Gründe ausgerechnet jetzt – die Bluse noch fertig haben, Stäbchen und feste Maschen. Achtundvierzig auf jeder Seite, zum Abschluß eine feine Reihe Pikots. Bei der Kosmetik, unter der Effektpackung schläft sie ein.

Es war in einem kleinen tschechischen Dorfgasthaus, wo es Elch gefiel, und er war nicht davon abzubringen und hat den Kellner genötigt, sich zu setzen, und hat ihn bedient. Oder an die See. Der Oktober ist noch schön, und Paulchen kann wieder das «Jingelchen» durchschauen. Ich kenne aalle. Aalles kenn ich.

Seit dem frühen Nachmittag ließ sie die Haustür einen Spaltbreit offen; sie will ihn sofort hören. Das Hefestück war angesetzt und warm abgedeckt. Schon während der Zubereitung der Pizza trinkt sie das erste Glas Rotwein, und im Spiegel fand sie sich heiter, gesund, erregt und beflügelt und gut anzusehen. Er hatte gern, wenn sie zwei Zöpfe trug und mit rosa Schleifen. Ihre Augen waren weit und warm. Anderthalb Jahre darf es nicht wieder dauern. Das sollten wir versuchen. Gefühlen und der Leidenschaft soll man mißtrauen, weil sie erhöhen und vergrößern, was bei nüchternem Ansehen wieder schrumpft. Immerhin war es dein erster Brief. Ich will mich hüten, darin mehr zu sehen als eine Nachricht. Den Klapperstein hast du damals schon am ersten Tag gefunden; unsereins sucht den Strand ab jahraus, jahrein; du bückst dich zweimal und findest. Die Steinzeit gab es, die

Bronzezeit. Unsere wird die Milchbeutelzeit sein, wenn alle Ozeane überlaufen und alle Strahlung der Elemente längst aufgehört hat – unsere Milchtüten werden weiter existieren und milchfarben über den Wassern treiben.

An ein Fläschchen Augentropfen hast du vielleicht gedacht.

Das Hantieren mit Hefeteig fand sie sinnlich. Man spürt, wie er lebt. Die Zutaten lagen bereit. Schinken, Käse, Tomaten, gehäutet, Majoran, Knoblauch. Erst wenn er gekommen ist, wird sie den Teig belegen und bei der Sache sein mit der Verspieltheit und dem ernsten gewissenhaften Übermut, die ein Kunstwerk fordert. Nachdenklich macht das Sozialverhalten der Reismehlkäfer, ihr differenzierter Kannibalismus, denn Schwäger oder Vettern schmecken ihnen besser als Geschwister.

Sie hörte das Auto und lief zur Tür, es war dasselbe, immer noch dunkelgrün. Sie sah ihn aussteigen und sah, daß er keinen Bart trug, und sie rannte ihm entgegen, wie nur Kinder rennen. Ein Hund sprang ihr aus dem Weg.

Stephen Becker

Rendezvous in Haiti

208 Seiten, gebunden, Schutzumschlag

1919. Der Krieg, der alle Kriege beenden sollte, ist vorbei. Nur US-Marines kämpfen noch – in Haiti. McAllister führt eine Marines-Einheit, die den Kampf gegen die aufständischen Cacos aufnimmt, doch dieser Kampf folgt schwer zu verstehenden Gesetzen: Obwohl die Cacos ihren Haß gegen die führenden Schichten des Landes ausleben, findet McAllister keinen Rückhalt in der Bevölkerung – naiver Stolz und kindische Einfalt, beides geprägt vom Zauber des Wodu, führen auf dieser geheimnisvollen Insel zu einer unerklärlichen Feindseligkeit.
Nachdem Caroline Barbour unverhofft auf Haiti eingetroffen ist, wird sie kurz darauf von Blanchard entführt. McAllister nimmt die Herausforderung an: Mit seinem Führer, dem intellektuellen Father Scarron, einem Schwarzen, macht er sich allein auf den Weg durch das unwirkliche Hinterland der Insel. Die Spuren führen schließlich zu dem Dorf von Martel, dem eingeborenen Führer der Cacos – und dort treffen McAllister, der US-Marine, und Blanchard, das mörderische Genie, aufeinander ... ihr Redezvous mit Leben und Tod beginnt.
Dies ist auch ein Roman über die Schwächen der menschlichen Natur.

Shirley Abbott
Vom Winde nicht verweht
Frauen in den amerikanischen Südstaaten (5707)

Elisabeth Albertsen
Das Dritte
Geschichte einer Entscheidung (4134)

Toni Bentley
Tanzen ist beinahe alles
Selbstporträt einer Tänzerin des New York City Ballet (5177)

Marie Cardinal
Schattenmund (4333)
Der Schlüssel liegt unter der Matte (4557)
Die Irlandreise
Roman einer Ehe (4806)
Selbstgespräch mit Klytämnestra
Roman (5322)
Die Reise nach Algerien
Im Garten meiner Kindheit (5655)

Martine Carton
Eine Frau ist eine Frau ist eine... (4302)

Judy Chicago
Durch die Blume
Meine Kämpfe als Künstlerin. Mit einem Vorwort von Anaîs Nin (5310)

Laurie Colwin
Eine altmodische Liebesgeschichte und andere sentimentale Stories (5282)
Wie ein französischer Film
Roman (12127)

neue frau

Eine
Auswahl

Kerstin Thorvall
Die Verschwundene
Roman (12180)

Märta Tikkanen
Wie vergewaltige ich einen Mann?
(4581)
Die Liebesgeschichte des Jahrhunderts
Roman in Gedichten (4701)
Aifos heißt Sofia
Leben mit einem besonderen Kind (5166)
Der Schatten, unter dem du lebst
Eine Erzählung in Gedichten (5558)
Ein Traum von Männern, nein, von Wölfen
Roman (5946)

Esther Tusquets
Die Liebe ist ein einsames Spiel
Roman (4989)

Alice Walker
Die Farbe Lila
Roman (5427)

Fay Weldon
Briefe an Alice oder Wenn du erstmals Jane Austen liest (5896)

Maria Wimmer
Kindheit auf dem Lande (4291)

Andrea Wolfmayr
Spielräume
Roman (5335)

Sandra Young
Ein Rattenloch ist kein Vogelnest
Eine Jugend in den Slums von Baltimore
(5188)